小学館文庫

千里眼　洗脳試験

松岡圭祐

小学館文庫

千里眼　洗脳試験

舞踏

友里佐知子《ゆうりさちこ》は壁一面を覆った巨大な鏡の前で、クリスチャン・ディオールの新色のルージュを手にとり、唇にうすくひいてみた。ゴールドベージュは自分の顔に馴染《なじ》まないと思っていたが、そうでもない。色彩だけでなく、ノーメイクよりも軽く思えるほどのつけごこちのよさがある。淡いいろのルージュは顔色がくすむので嫌いだったが、これはそうでもない。

さすがディオール。わたしの選択眼にかなっただけのことはある。そう思った。

鏡のなかの自分をみつめた。斜《はす》に構えてみると、ミディアムにまとめた髪型が計算どおりに横顔を美しくうかびあがらせているのがわかる。やや前下がりにレイヤーをいれて、前髪を短めにしてある。綺麗《きれい》なフェイスラインをありのままにみせるコツだった。むろん、そもそも美というものに無縁な女には意味をなさない髪型だろう。自分にとってこそ価値がある、そんなヘアスタイルだった。

身にまとっている紫のネグリジェは、どちらかといえば厚手で、シルクのしなやかな光沢と肌触りがあった。そのシルエットには抜群のプロポーションがうかびあがっている。

顔に手をやると、ネグリジェの袖《そで》がするりと落ちて手首があらわになった。ホワイトゴールドのブレスレットが鋭い輝きを放つ。胸もとのペンダントと同系色だった。古風なデザインのイヤリングにもマッチする。あいかわらず、自分が身につけるものはふしぎな一体感を持って溶けこみあう。その触媒の役割を果たすのが、自分の美であることは疑う余地はない。友里はそう思っていた。

顔をみた。端正で、一分の隙《すき》もない。五十歳を間近に控えているという実年齢は、どこかへ消し飛んでしまっている。目の前にあるのは、三十代の若くつややかな肌を持った女性の顔だ。大きな瞳《ひとみ》、高く筋の通った鼻、硬さとやわらかさを併せ持った唇。それらはディオールのメイクと完璧《かんぺき》な合奏曲を奏でている。芸術の高みへと昇りつめた表情、それがここにある。これが鏡でなくキャンバスだったら、描いた画家にとっては最高の栄誉だろう。なにより、究極の美を後世につたえることができる喜びにうちふるえるだろう。

女医として世間に名が売れていたころにはよくいわれたものだ。友里は整形している、鼻には人工軟骨《プロテーゼ》が入っているし、顎《あご》も削っていると。美と才能をほしいままにしている友里に対する世間の羨望《せんぼう》はすさまじかった。愚かな庶民。偶像に唾《つば》を吐きかけたところで、自分の醜さに歯止めがかかるわけではなかろうに。

友里はいちども整形など受けてはいなかった。ここにある美はすべて天然のもの、神から授けられたものだ。神というものが、自分のほかに存在するならの話だが。友里は笑った。

しばらくのあいだ、友里は自分の顔にみとれていた。それはいつものように、甘くせつない時間だった。人類はこのように、慈しむべき美という存在に触れる機会を失っている。自分ひとりだけが、鏡の前に立つことで毎日、この美しい女性と会い、心ゆくまで鑑賞することができる。なんと栄誉なことか。なんと罪深いことか。例によって、喜びと苦しみは表裏一体なのだ。

そんな時間が過ぎていった。どれくらい経《た》ったのだろう。その顔に翳《かげ》りがさした。どうしたのか。自分でもよくわからなかった。ただ鏡のなかの自分に、奇妙な違和感を覚えた。それが自分でなく他人であるかのように錯覚することは、いままでにもよくあった。あまりにも美しすぎるから。しかし、いま友里の胸中をよぎった感情は、それとは異質のものだった。

鏡のなかの顔はだれかに似ている。そう思った。それがだれなのか、意識のなかで急速にあきらかになりつつあった。それは美に酔う時間を打ち砕く破壊者、邪悪な侵入者にほかならなかった。

岬《みさき》美由紀《みゆき》。あの小娘。

次の瞬間、友里はわきにあった椅子《いす》の背をつかんだ。細い肘掛《ひじか》けのついた上質な調度品のひとつだった。それを両手で抱えた。頭上高く抱えあげた。友里は自分の絶叫をきいた。

怒りとともにほとばしる声。椅子を鏡に叩《たた》きつけた。鈍い音がして、放射線状にひびが走った。何度も鏡を打った。ひびはくもの巣のようにひろがっていった。細かな破片が、きらきらと光を放ちながらこぼれ落ちる。しかしそれは一部だけだった。鏡は砕かれながらも、壁にへばりついたままはがれ落ちようとはしなかった。友里の前に、存在しつづけた。甲高い音がした。椅子の脚が折れ、後方へ飛んでいった。椅子自体も、もはや使いものにならないほどに変形していた。壁にぶつけてもしなるばかりになっていた。友里は、椅子を放りだした。

息を切らしていた。静まりかえった部屋のなかに、自分の呼吸音だけがせわしく響いていた。視界には、壊れた鏡のなかで醜くゆがんだ岬美由紀の顔があった。ざまをみろ、そう思った。

が、すぐにそれは自分の顔だとわかった。そうだ、これはほかならぬわたしの顔だ。そう気づいた。

悲しみがこみあげ、涙に視界が揺らいだ。頬《ほお》にしずくが流れおちるのを感じた。泣いている、自分でそう感じた。ところがそれは、相反する別の感情とまざりあっていた。友里は笑ってもいた。肩を震わせ、笑った。涙を流しながら笑い声をあげた。

岬美由紀の顔にみえた。自分の顔が、あんなに下品で卑しく、意地汚い小娘の顔に。愚かしい。ばかげている。冗談にもなりはしない。

そう、あの女は化粧ひとつできなかった。男のように力仕事をしているのが性にあっているような女だった。メイクも、美という概念自体も、友里が教えた。あの小娘は、そのただの受け売りにすぎない。クリスチャン・ディオールが肌になじんでいるからといって、あんな小娘と自分を同一視するなど、自分はどうかしている。黒真珠とゴキブリを見まちがうようなものだ。

ひとしきり笑ったあと、奇妙に上機嫌になった。流れた涙を手でぬぐった。せっかくのメイクが台無しになった。それでもかまわなかった。美は永遠だ。それはいつも、自分とともにある。

室内を振りかえった。広々とした部屋。閑散としている、といえるかもしれない。黒ずんだコンクリートに囲まれた、薄汚い空間。天井にはむきだしの送電線や水道管が縦横に走り、裸電球がいたるところにぶらさがっている。床はごつごつとしたセメントだった。この場に不似合いな高級品のクローゼットやベッド、テーブルや椅子が点在している。鏡を張った側以外の三方の壁面は、赤や緑でスプレーした落書きで埋めつくされていた。落書きはすべて、友里の手によるものだった。

下水の臭《にお》いが鼻をつく。このところ気にならなくなっていたが、また悪臭が強さを増したようだ。工場廃水によるものだろう。

けっこうだ、友里はそう思った。事実、ここは自分にとって地上のどこよりも居心地がよい、この世に残されたたったひとつの楽園だった。陽《ひ》のささない、地中深くの楽園。この居場所を見いだしたとき、自分の新しい人生ははじまった。いや、伝説は、歴史の新たな一ページはここからはじまるのだ。

そう思うと、いっそう気分が高揚した。友里は部屋の片隅に集められた機械類のほうに駆けていった。低いテーブルに、四台のデスクトップ型パソコンが並んでいる。そのうちの一台に手を伸ばした。キーを叩くと、モニタには最新型のＤＡＤＳと呼ばれるソフトが表示された。これにより、コンピュータ上でロボットの作動状況を正確に確認できる。慣性モーメントや質量など、ロボットの個々の物理的な特性やジョイントの状態、バネや粘性などの力学要素を数値で入力して調整できる。

リターンを押した。暗い部屋の一角で、静かな作動音がきこえた。

「フレッド」友里はいった。「踊ってくださる？」

本田技研工業が開発した二足歩行ロボットは、数年前までは取るにたらない存在だった。はじめてつくられたＥ０はたんなる電動人形と変わらなかった。人間と同じ〝動歩行〟を実現したＥ２についても、たいした技術革新とは思えなかった。だが腕と胴体がついて人間型ロボットになったＰ１あたりから世間で騒がれるようになり、まるで人間のように歩きまわることができるＰ２にいたって、世界的に注目されるようになった。

しかし、この世に生まれた技術はすぐに人の手に渡る。本田技研の長年の研究の成果も、台湾や韓国の部品下請けメーカーを通じて闇《やみ》取引され、別の技術者によって設計図が描かれた。本田技研のロボットそっくりにつくられたコピー品が、東南アジアでは一体一千万円で手に入る。

いま、壁ぎわにうずくまるように静止していた三体のうち、一体がゆっくりと起きあがった。身長は一メートル八十センチほどもある。本田技研の最新型ロボットＭＫ１とうりふたつのメタルホワイトのずんぐりとした身体《からだ》が、一歩一歩踏みしめるようにしてこちらに歩いてくる。

歩行はＰ２やＰ３などよりはるかに自然で、速くなっていた。段差も傾斜面も、難なく踏みこえていく。たとえバランスをくずしても転倒しないように自ら体勢を立て直す。

外見は、宇宙服を着てヘルメットをかぶり月面着陸船から出てきた宇宙飛行士のようにみえる。とりわけ、前面を丸く不透明なガラスで覆った頭部がその雰囲気をかもしだしている。そこを開けると人の顔が現れるのでは、そう思えるほどのリアルな動きだった。体形も、かつてのロボットよりはスマートで、背負ったバッテリーパックも小さくなり、肩から突き出していた受信アンテナも体内に収納されている。

ロボットはこちらに歩いてきた。置いてあった椅子をセンサーで感知し、避けて歩いてくる。友里の前までくると、前かがみになり、手をさしのべた。

すべて、あらかじめプログラムされた動きだ。感情はない、意思もない。そういう意味では、目の前のこの物体はやはり電気仕掛けの人形にすぎない。しかし友里は、その考えを頭から追いはらった。いつものことだ。逆らう意思などはじめから持たないパートナーのほうがかえって信頼できる。たとえ生命さえも持たないものであっても。

友里はミニコンポのボタンを押した。『美しく青きドナウ』が流れだした。ヘルベルト・フォン・カラヤンの指揮だけにテンポは速めだ。友里にとっては好ましかった。

ロボットはセンサーで音を感知した。リズムを解析し、左足の踵《かかと》を浮かせた。

友里はロボットの手をとった。五指の先まで、関節がなめらかに動く。つめたかったが、それもいつものことだった。踊っているうちに、温かさはつたわる。人間には、わたしと踊れる栄誉を与えられた者はいない。だから感謝なさい。心のなかでそう語りかけた。

音楽にあわせて、ロボットは左足を前、右足を後ろへステップした。つづいて右足、左足の横にステップ、左足、右足の後ろにクロス、左足、右足の横にステップ……。

ロボットと手をとり、踊りまわりながら、友里は笑った。また笑い声をあげた。ロボットの顔、いや人間であれば顔があるはずの部分のガラスに、友里の顔がうつった。凸面《とつめん》なので歪《ゆが》んでいた。鼻がいやに大きくうつっていた。あなたにはそうみえるの、フレッド。友里はそう話しかけた。不幸なものね。美しいものを美しいととらえられないなんて。

友里は踊りつづけた。疲れきり、自然に眠りにつくまで、ダンスはつづく。毎晩のことだった。こうして踊るうち、心の暗雲は晴れ、天にも昇る気持ちになる。そう、空高く舞いあがっていくのだ。わたしには無限の可能性がある。わたしを阻むものは、なにもない。心は大空の彼方《かなた》にある。わたしは雲の上でダンスしている。友里の心のなかはそんな夢想で満ちていた。

陰陽道

雲の切れ間からわずかに赤みがかった朝の太陽がのぞいたとき、パイロットの筑紫豊一《つくしとよかず》はみずからが空を飛んでいるような錯覚に包まれた。

実際には、雲海と青い空は視界すべてにひろがっているわけではない。コクピットのフロントグラスに四角く切り取られた、そのわずかな空間が覗《のぞ》けるにすぎない。それも、離陸後から雲を超える高度に達するまでのあいだ、ずっと必要としてきたワイパーが、まだしきりに窓の外を拭《ぬぐ》っている。雲の下はどしゃ降りの雨だった。そのため、ワイパーは〝HIGH〟のスピードに設定してあった。毎分二百七十五ストロークのワイパーの動き。それはひどくあわただしく、一定の速いリズムで目の前をちらつかせつづけた。ウォッシャー液がときおり自動的に吹きつけられては、一瞬のうちに拭い去られる。だが筑紫は、それを認識してはいても気に留めてはいなかった。視界のなかにありながら、ワイパーの存在を忘れていた。ただ無限に広がる雲の上の美しい景色にみとれていた。大型のプロペラ輸送機という閉鎖された空間のなかではなく、鳥のように自由に大空を羽ばたき飛行している、顔に風すら感じる、そんな幻想にとらわれていた。

「そろそろ」隣りでつぶやく男の声がした。「ワイパーを止めては、どうでしょう」

筑紫は右隣りの席に目をやった。自分と同じくらいの歳《とし》、三十代半ばぐらいの副操縦士が、前方をぼんやりと見やっていた。

この副操縦士の名はなんといったろう。筑紫は思いだそうとしたが、頭のなかには目の前と同じく、白いもやのような雲が広がっていた。思考が鈍かった。なにもかもが、霧に覆われたなかにうっすらと浮かびあがるていどのものにしか感じられなくなった。副操縦士の名前も、ここでなにをしているのかも、自分が何者であるのかも、すべてが現実感をともなわない、夢か幻のように実感のないことのように思えてきた。

自分はいつから操縦士になったのだろう。この仕事についてどれくらい経っただろう。仕事。自分の仕事とは、いったいなんなのだろう。民間航空貨物の操縦士。名古屋と鹿児島間を往復。以前は新聞や宅配便など無難なものを運んでいたが、この不況の折、どの業者も嫌がる危険物を運搬することになった。いまも、医療用として利用される液体窒素を空輸している。液体窒素は危険物貨物扱いになる。危険物のラベルが貼《は》られた液体窒素・高圧ガスの非加圧容器、一本あたり十リッター十二キログラムの金属容器。それが数百本、背後の貨物室いっぱいに積み込まれている。危険は感じなかった。いささかの怯《おび》えも緊張もない。自分はただ、飛んでいる。この広い大空、衝突の危険などどこにもない。あるのはただ、果てしない解放感だけだ。

遠くを見つめていた筑紫はふと、目の前に焦点を合わせた。狂ったような速度で左右を往復しつづけるワイパー、その先端がどうも気になる。

「先っぽが、曲がってるな」筑紫はぼんやりといった。

「はあ」副操縦士が応じた。「なんのことですか」

「ワイパーだよ。先っぽが二センチほど曲がっちまってる」

副操縦士は怪訝《けげん》そうにいった。「そうですか？　飛行前の点検ではそんなことはなかったと思いますが」

「さっき雲の下で雷が当たったろ。そのせいじゃないのか」

コクピットに沈黙がおりた。二軸式のターボ・ファン・エンジンの音だけが、軽微な振動とともに響き渡っていた。

やがて、副操縦士がたずねてきた。「ワイパー、いちどでも止めましたっけ？」

「いや」筑紫はいった。「ずっと動かしっぱなしだな」

「どうして先が曲がってるってわかるんです？」

見ればわかるだろ。筑紫は内心そう思いながら、スイッチに手をのばした。オフにすると、ワイパーは死んだように静止した。

副操縦士が息を呑《の》む気配がつたわってきた。「なんてこった」

「なにがだ」

「このワイパー……。先が曲がってる」

「そういったろ」

「見えなかったはずですよ」副操縦士は、真に驚嘆した声をあげていた。「〝HIGH〟の速度で動いてるワイパーなんて……」

「知るか。俺には見えた。それだけだ」

筑紫がそういうと、副操縦士は凍りついたように押し黙った。

眼下の雲海には、いたるところに青白い閃光《せんこう》が走ってみえる。稲光だ。地上は豪雨だろうか。

筑紫はしばし、そのイルミネーションのように明滅を繰り返す雲を眺めつづけていた。どれくらい時間が過ぎたのか、背後から男の声が静寂を破った。

「鹿児島に着いたら、特別検査をしなきゃいけませんね。さっきの雷で電子系統に異常がでてるかもしれない。機体外板や、翼端のスタッティック・ディスチャージャーが溶けてる可能性もあるし」

誰だ。筑紫は一瞬そう思ったが、声にはださなかった。振りかえりもしなかった。雲を見つめたまま考えた。そうだ、コクピットには自分を含め三人が乗っている。後ろの席にいるのは機上整備員《エンジニア》だ。忘れていた。その男の名も思い出そうとしたが、記憶のなかの霧はいっこうに晴れる気配がなかった。

どうでもいい、と筑紫は思った。この職務では相棒は毎回替わる。チーム編成はいつも流動的だ。副操縦士もエンジニアも、前に組んだことのある奴《やつ》ではない。今後も、顔を合わせる可能性は少ない。名前を覚える必要はない。

必要がないといえば、コクピットにこれほどおびただしい数の計器類が果たして不可欠なものといえるのだろうか。フロントグラスの下を埋め尽くす中央計器盤とセンター・ペデスタル。左右に首を振れば側面コンソール。見上げればオーバーヘッドパネル。どこもかしこも数値の表示ばかりだ。

数値か。そもそも数とはいったいなんだろう。誰がつくったのか、決めたのか。ゼロの概念はインド人が発見したときいたことがあるが、それはつまりどういう意味なのか。ゼロとはなんだ。無。なにもない。この世に存在しない。それを認めること。心に刻むこと。

「機長」副操縦士の声が耳に飛びこんだ。「どうかしたんですか、だいじょうぶですか」

はっと息を呑んだ。同時に、数秒にわたって幾何学的な意味をわずかに感じる複雑な模様にすぎなかった計器類が、飛行機の運航に欠かせないメカニズムであることを認識する、そのごく常識的な思考が戻ってきた。そのひとつひとつの意味するところも、ちゃんと理解できている。これはフラップ・ポジション・インジケーター。フラップの、現在の開度を表示している。左右翼燃料計はメインタンクと、補助タンクの残量を二本の針でそれぞれ示している。左右N1回転計は、エンジンの低圧回転軸の回転数をパーセント表示している。そう、すべてわかっている。すべてわかっているのだ。自分はこの飛行機のメイン・パイロットだ。なにもかも、手に取るようにわかっている。

筑紫はようやくひと息ついた。副操縦士に目をやり、なんでもない、そういった。

副操縦士は眉《まゆ》をひそめて見返した。「もしお疲れなら……」

「いや」筑紫は首を振った。「疲れてはいない。正常だ」

そうですか、副操縦士はぶっきらぼうにいって、右手のコンソールに目をやった。

心配はない。自分は特別な教習を受けたパイロットなのだ、多少考えがぐらついても、操縦に支障はない。筑紫は自身にそういいきかせた。

前方に目を戻した。陽の光を受けて広がる雲海は前にも増して美しかった。瞳孔《どうこう》の奥に鋭い痛みを感じるほどの強烈な日差し。それがかえって心地よく感じられた。光は放射状に何重もの帯をつくり、辺りを巻き込んでいく。光のなかに吸いこまれていく、筑紫はそう実感した。あの光があるかぎり、自分は針路を迷うことはない。そう実感した。

そのとき、ふいに雲の一部が太陽を覆い隠した。視界はふたたび暗転した。

薄暗い、憂鬱《ゆううつ》な闇。コクピットの温度も何度かさがったように思えた。雲海から突起した雲、それが陽の光をさえぎる。すべての光の源を遮断する。残されたのは、冷たく暗い閉ざされた世界。金属板と無意味な幾何学模様に囲まれた箱のなかの世界。

筑紫は怯えていた。身体が震えた。その理由は恐怖と寒さのいずれなのか、さだかではなかった。ただ震えていた。震えはとまらなくなった。

副操縦士の声が耳に届く。「機長。熱でもおありですか」

熱、そんなものはない。熱さも暖かさも、自分には無縁だ。ここにはなにもない。筑紫はそう感じた。なにかがすべてを呑みこもうとしている。あらゆるものが、闇の中にひきずりこまれようとしている。そしてその使者が、いま目前に姿を現そうとしていた。

太陽を覆い隠した突起状の雲。それがしだいに形を変えていく。細長く空に向かって垂直に伸び、その先が枝葉のようにわかれていく。いや、樹木ではない。筑紫はその正体に気づきつつあった。雲海は深紫の束帯《そくたい》に姿を変えつつある。束帯、すなわち朝廷に出仕するときに文官や武官が着る衣服。その袖から突きだした手が、太陽を包み隠している。そうだ。そうだったのだ。この世は闇に閉ざされつつある。だれもそこからは逃げられない。一縷《いちる》の望みもない。抗《あらが》う術《すべ》はない。

平成とは、平安の世とつながっているのではないのか。そうとしか思えない。なんびともその怨霊《おんりよう》からは逃げおおせない。闇に呑まれ、悶死《もんし》するよりほかにない。そう、あの〝手〟の主とおなじだ。

「道真《みちざね》の手だ」筑紫はぼうぜんとつぶやいた。

「なんですって」副操縦士がきいた。「なにをいってるんです、機長」

道真の手には、〝京組み紐《ひも》〟が握られている。それを筑紫は見て取った。紐は空中を漂い、蛇のように機体に伸びてくる。自分の乗るこのプロペラ輸送機に襲いかかる。

強い振動を感じた。激しい揺れ、そして機体が大きく右に傾いた。

「機長！」副操縦士が叫んだ。「なにをしてるんです！」

「くそ」筑紫はいった。「放せ、放せ！」

背後からエンジニアの声が飛んだ。「放せって、いったいどうしたっていうんだ」

副操縦士が声を張り上げた。「なぜ旋回するんです、機長。操縦輪をまっすぐに戻してください」

筑紫は、副操縦士がなにをいっているのかわからなかった。操縦輪はもはやコントロール不能になっている。〝京組み紐〟のせいだ。風圧によって補助翼が傾き、それに同調して操縦輪が右に切られたままになっている。戻そうとしても不可能だ。

「機長」副操縦士が怒鳴る。「旋回を中止してください」

なにをいっている。これは旋回ではない。道真のしわざだ。

筑紫は副操縦士に叫んだ。「陰陽道《おんみようどう》のわかるやつ、だれかいないのか。無線でそうきいてみろ」

「陰陽……？」

「そうだ。厄を払ってもらわねばならん」

エンジニアがいいはなった。「さっさと機長を取り押さえろ」

副操縦士がベルトをはずして立ち上がろうとしているのを、筑紫は視界の隅にとらえた。

この男は操られている。筑紫は直感的にそう思った。〝京組み紐〟を通じてなにかが送りこまれたのだ。おそらくエンジニアも同様だろう。この男は自分の敵にまわった。自分からすべてを奪おうとしている。この機体も、筑紫の魂も。

「さあ」副操縦士が立って筑紫に近づいた。「操縦輪から手をはなしてください」

その瞬間、猛然と強い感情が筑紫の身体を突き動かした。ここで捕らわれてはいけない。闇に呑まれてはいけない。

コクピットの下に装着された非常用消火器をつかみだし、筑紫はそれを副操縦士の顔めがけて振り下ろした。鈍い衝撃があった。副操縦士は打ち倒され、座席に覆い被《かぶ》さる形で転がった。エンジニアの悲鳴にも似た声がきこえた。

だが、その声を上回る声量がコクピットに響き渡った。それが自分の口から発せられた声だと筑紫が気づくまで、いくらか時間がかかった。だが気づいても、なにも変わらなかった。いてもたってもいられない恐怖が、全身を包んでいた。筑紫は叫び、暴れた。なにが起きているのかわからない。ただ副操縦士とエンジニアが頭から血を流して床を這《は》う。自分は叫びをあげている。それだけが、頭の片隅でぼんやりと認識できていることだった。

惨事

ファーストフード店のカウンターで、西口道也《にしぐちみちや》はぴかぴかに磨き上げられた壁面のガラスに目をやった。そこに映ったのは、安い仕立てのスーツに無理に糊《のり》をきかせたワイシャツ姿の、この界隈《かいわい》ではよくみられる公務員のひとりにすぎなかった。四十をすぎて、頭にはかなり白いものが混じってきた。浅黒い顔に刻まれた皺《しわ》も、ずいぶんその数を増やしたように思える。

いや、自分が急速に年老いたわけではない。西口はそう思い直した。これほどありのままの自分を克明に映しだす、鮮明な鏡の前に立ったことがなかっただけだ。スーツは何年も新調していない。毎朝家を出る前の身だしなみのチェックも妻まかせだ。おそらく、みじめな自分の姿を直視するのを無意識のうちに避けていたのだろう。にもかかわらず、よりによってファーストフード店の廉価なランチを手にする瞬間の自分をみる羽目になってしまった。

「おまたせしました」カウンター越しに、若い女性が黄色い紙に包まれた塊をトレイに載せていった。「ハンバーガー単品でひとつ。ほかには?」

「いや、いい」

「こちらのスペシャルバリューセットがお得になってますが」

「いいよ。バーガーだけで」

そうですか、と女性は静かにつぶやいてレジに向き直った。

西口は、非があるわけでもないのに自責の念に駆られた。せっかく勧めてくれたのに、断るのか。いいや、それは安物買いしかしない最近の客に対する、店側の対策かもしれなかった。やや残念そうに、あるいは軽い侮蔑《ぶべつ》がかいまみえるような表情でつぶやく。そうすることで、霞が関の役人のプライドをくすぐろうとしているのかもしれない。バブル崩壊前は銀座のホステスがよく用いた手段だ。そう、ここは黙ってハンバーガーひとつだけを手にすればよい。よけいなものはいっさいいらない。

気恥ずかしさを紛らわすための強情であることは百も承知だったが、西口はその感情に身をまかせることにした。八十八円です、レジの女性にいわれるまま、五円玉や一円玉を含む小銭できっちりと払った。

バーガーを手にして踵《きびす》をかえした。自分と同じくスーツ姿の男性たちの長い列が、店の外にまでつづいていた。知った顔も何人かいたが、特に挨拶《あいさつ》をかわすこともなく通りすぎた。

不況とはなんと嘆かわしい現象だろう。西口は首を振りながら店外にでた。

営団地下鉄霞ヶ関駅付近。穏やかな春の日差しに包まれ、公園沿いには美しく開花した桜の木がつらなっている。しかし、この界隈の人間の胸のうちはすさんでいた。桜田通りを歩いていくと、自分と同じくファーストフード店やコンビニエンス・ストアの袋を手にした男たちの姿が目につく。二十一世紀になって中央省庁改革がおこなわれたところで、役所の貧窮ぶりはあいかわらずだった。教育科学技術省にしろ法務省にしろ、接待費は事実上請求できない状況であり、タクシー券はさっぱりお目にかからなくなった。省庁のなかにある食堂はひと月分の食費として換算するとかなりの額になってしまう。そこにつけこんだのか、さっきのファーストフード店がオープンした。飢《う》えた役人たちは安い食べ物を求め、なけなしの金を握りしめてそういう店に殺到することになった。学生時代、生協の売店に群がったころを思いだす。なんとも情けない気分だった。

東京高等裁判所の角に、コーラの自販機が置いてあった。飲み物はいつもここで買う。ファーストフード店で買ったのでは高くついてしまうからだ。

硬貨を投入してダイエットコークを買った。それを手にして、歩道のベンチに腰を下ろす。道路をはさんだ向こうに農林水産省のビルがみえる。いつもここで、あのビルを眺めながら昼食をとっている。

さいわい花粉症でもないし、やわらかい春の日差しの下で食事することはピクニック気分に近いと思えなくはない。そう自分にいいきかせながらハンバーガーの包みを開いた。

せかせかとした足取りで目の前を往来するビジネスマンやＯＬを、ぼんやりと見つめた。

無理もない。西口の役職は、ふだんは雑用ていどの仕事しか与えられていない。週末の証券取引所のような忙しさにみまわれるのは、一年を通じても数回だけだ。それも、ごく形式どおりの書類づくりに終始するときている。部署自体に、さほど経費が認められるはずがない。

きょうもなにも起きない時間が過ぎる。それはそれでいいだろう。すべては平和の証《あかし》と思えばいい。自分が働くことがない、それは平安の世を意味する。

ハンバーガーを口に運ぼうとしたとき、携帯電話の着信メロディが鳴った。先月ｉモードでダウンロードした福山雅治の『Ｇａｎｇ』だった。着メロは誰の携帯電話か判別しやすくて便利だが、自分を含め四十代や五十代の国家公務員ともあろうものが、無邪気にも自分の携帯電話のメロディを選択することが常識になるとは予想もしていなかった。

ふと自分を客観視する。省庁の一角、格安のハンバーガーに缶コーラ、ポップスの着信音を鳴らす四十代。なるほど、この国の経済がいっこうに回復しないのもうなずける。高度経済成長期を支えた管理職クラスの人間たちが、眉をひそめるわけだ。

自嘲《じちょう》ぎみに携帯電話をとりだした。と、メロディがやんだ。液晶画面には〝委員会招集〟とでていた。

西口は全身に緊張が走るのをおぼえた。特定の番号による呼び出しだった。応答せずとも発信者番号通知によりこの表示がでるようになっている。緊急事態を意味する鶴《つる》の一声。ただちに委員会に出席せねばならない。

ふと西口は疑念を抱いた。さっき部署をでる寸前まで、航空機事故のニュースは報じられていなかった。二か月ほど前の旅客機同士のニアミス事故もそうだったが、航空事故調査委員会が招集されるのは、きまって報道が事故の内容を克明に伝えたころと決まっていた。それがいまは、寝耳に水の呼び出しだ。

たいした事故じゃないのかもしれないな、西口はそう思った。航空事故といえども、そこには民間のグライダーや熱気球の乗員の負傷事故も含まれる。おおごとではない可能性が高い。いや、きっとそうだ。

もう少しのんびりするか。西口はひと口かじったハンバーガーをわきに置き、缶コーラのプルトップをあけた。

西口が国土交通省の建物に戻ったとき、短い昼休みの時間は終わりを告げつつあった。守衛のいる門で身分証明書を提示し庁舎に入ると、すでに各部署は静まりかえって午後の業務を再開していた。

ひとけのない廊下を歩いていき、エレベーターに乗った。この建物の五階から十一階がかつての運輸省にあたる。航空局のある八階のボタンを押した。

きょうも夕方五時を過ぎたらさっさと帰路につこう、そう思った。残業らしき残業はない。軽く一杯、上役からそう求められることも最近はめったにない。

自宅に戻るまでに立ち寄る店を思案しているうちに、エレベーターの扉が開いた。とたんに、異様な喧騒《けんそう》に包まれた。

書類を手にした職員たちが廊下を駆け抜けていく。それを横目で見やりながら、携帯電話でなにごとか怒鳴っている一団がある。腕章から新聞社だとわかった。記者の数は五、六十人にものぼる。大規模な旅客機墜落でもないかぎり、まず集まらない人数だ。

西口は啞然《あぜん》として立ちつくしたが、やがて焦燥感に突き動かされ、走りだした。まさか、こんな事態になっているとは。小規模な事故にすぎないと思っていたのに。

廊下の角を折れたふたつめのドア、航空事故調査委員会と記された表札のかかったドアを開け放った。同時に、西口は凍りつくような寒気に襲われた。

オフィスには冷ややかな空気がたちこめていた。室内の温度が、実際に氷点下までさがっているようにさえ思えた。普段はほとんど無人に近い部屋に、現在は身動きもとれないほどの大勢の男たちが集まっていた。男たちは一様に部屋の隅にいる誰かのほうを向いて立っていたが、その視線が次の瞬間にはいっせいに西口をとらえた。

あきらかに事故調査委員会の定員五十余名全員が集結していた。西口は気まずさに耐えながら頭をさげた。

「西口」群衆のなかで六十近い艶《つや》やかな白髪をした老眼鏡の男が、厳しい声を投げかけてきた。上司の小室哲二《こむろてつじ》だった。「遅い。怠慢にもほどがある」

「すみません」西口は言い訳も思いつかなかった。学生のような昼食につづいて、遅刻を叱咤《しった》されるという状況に立たされた。社会人としての自覚が足りないといわれても仕方がなかった。

だが小室はそれ以上西口を責めることはせず、硬い表情を部屋の隅に向けていった。

「航空事故調査官十六名、揃《そろ》いました」

小室は委員会事務局に属する三人の次席調査官のうちのひとりだった。壁ぎわに立っていた首席調査官が、やはりしかめっ面をしながらうなずいた。その首席調査官が告げる。

「調査官、全員揃いました」

「やっとか」部屋の一角に横並びに置かれたデスクのなかで、ひとりが立ちあがった。事務局長だった。「年間四十件あまりの航空事故しか起きない昨今にあって、緊張感が薄らぐのはわからないでもない。だが、われわれは必要とされたときには即活動を開始しなければならない。このようなことでは困る」

申し訳ありません、首席調査官が頭を垂れた。ついで小室次席調査官が頭をさげ、つづいて調査官全員がおじぎをした。ひとりぼうぜんとたたずんでいた西口は、事務局長の射るような視線にさらされた。あわてて周囲にならい頭をさげた。

そのとき、ほかの男のしわがれた声がした。「小言はそれぐらいで。緊急を要する事態だ」

国会から任命を受けた委員長の声だと、西口はすぐに察した。緊急。この委員会では初めて耳にする言葉だ。西口は身が引きしまる思いがした。よりによってこのようなときに遅刻とは。

西口が顔をあげると、さいわいにも事務局長の視線は逸《そ》れていた。事務局長は総務課の人間たちとなにか言葉を交わしたあと、調査官に向き直った。「では詳しいことは、調査企画官から」

ひとりの男が立ちあがった。年齢は四十代後半ぐらい、背が低く、やせた男だった。男は声を張り上げた。「消灯、メインスクリーン表示」

音声認識システムは、中央省庁再編に伴って各庁舎に導入された。照明やドアの施錠を含めいくつかの室内の設備が、あらかじめ登録されている担当者の発声によって作動する。ほどなく、非常灯を残して明かりが消え、壁の一部が横滑りに開いてリアプロジェクション・スクリーンが姿を現した。

表示されたのは、飛行中の大型プロペラ輸送機をとらえた資料映像だった。左右の翼にそれぞれ二基のプロペラを搭載、ずんぐりとした機体はＹＳ11を思わせるが、尾翼の形がわずかに違っている。

「VE15」調査企画官がいった。「フランス製の民間用貨物輸送機。全長二十六・三メートル、全幅三十二メートル、高さ八・九八メートル、離陸重量二万四千五百キログラム。名古屋の航空運送会社、株式会社翼日堂《よくびどう》が四機所有している。きょう午前十時七分、そのうちの一機が愛知県小牧空港から鹿児島に向けて離陸。ごくふつうの航空輸送のためだ。……マップ4Fを表示」

画面の映像が切り替わった。西口が子供のころから見慣れた地形、近畿《きんき》地方の地図だった。陸地の高さはCGによって段階的に色分けされている。静止衛星からの映像らしかった。

調査企画官がつづけた。「離陸後しばらくは順調に飛行していたが、京都上空で突如機体が針路を外れ、右旋回を開始。航空局管制保安部が確認した情報によると……」

次、と調査企画官がいうと、地図上に赤い円が表示された。

「……京都市上空のこの直径二キロの円周上を、飛行機は右回りに旋回しつづけているという」

室内は沈黙に包まれた。調査企画官は言葉を切り、黙りこくっていた。

西口もただ、立ち尽くすしかなかった。こんな奇妙な報告を受けるのは初めてだった。

静寂が、調査官のひとりの声によって破られた。「あのう、旋回しつづけているといわれると……」

調査企画官はうなずいた。「現在も旋回をつづけている。無線でパイロットに呼びかけているが、応答がない。ひたすら旋回しつづけているだけだ。計算によれば、あと二時間足らずで予備も含めすべての燃料は切れる。機体はその時点で、この円周上のどこかに墜落することになる」

室内はざわめいた。事故調査委員会は離着陸失敗や墜落の報《しら》せを受け、原因を究明するための調査を行い、再発防止のための施策について勧告することを通常の業務としている。事故の前に声がかかることはまずないといっていい。少なくとも西口はそのような状況に立ち会ったことはなかった。

「静かに」調査企画官は調査官たちをいさめると、地図を指さした。「見てのとおり、機体が旋回する円周はすべて市街地の上空にあたる。どこに落ちようとも大災害になることは必至だ」

調査官のひとりが手をあげた。「円周上の住民への避難勧告は?」

ふいに調査企画官は口ごもり、視線を落とした。その件だが、とおずおずと切りだし、重苦しい口調でいった。「この輸送機は鹿児島の病院へ、放射線治療に利用される液体窒素を大量に運搬することになっていた。液体窒素は十二キログラムずつ多数の金属容器に分配され密封されているが、もし容器が破損した場合、空気と接触することによって酸素を溶かし込み、酸素および不純物との反応で爆発が起きる」

爆発……。西口は息を呑んだ。

「そして」調査企画官は顔をあげた。険しい顔で調査官たちを見渡した。「専門家の見解によると、この液体窒素をおさめた容器は、侵入熱を減らすため家庭用の魔法瓶とさほど変わらない構造になっていて、事実そのていどの耐久性しか持っていないという。墜落で破損した容器の爆発が、他の容器の破壊を引き起こし、積まれているすべての液体窒素の爆発へとつながる。半径二キロ圏内に壊滅的な被害をもたらすことになる」

室内は静まりかえっていた。もはや誰も発言しようとはしなかった。半径二キロ圏内を壊滅させる大爆発、そんなことが想像できようはずもなかった。西口はスーツの下で鳥肌が立つのを感じた。重大な事態、それは部屋に入ってすぐ察しがついた。しかし、航空史上はじまって以来の大惨事が今まさに起きようとしている瞬間に直面することになろうとは、予想できるはずもなかった。それも、よりによって京都市とは……。

委員のひとりが立ちあがった。「あえて申し上げるまでもないことだが、京都市の人口は百五十万人。赤ん坊から老人まで含めた人数だ。うち十五パーセントが七十歳以上にあたり、寝たきり高齢者や要介護者も多く含まれている。いまから二時間のうちにその全員を安全区域まで避難させることは、事実上不可能といっていい。なにより、百五十万人が一斉にパニックを起こした場合、この一帯の秩序と機能は爆発を待つことなく完全に崩壊してしまう。それは是が非でも避けねばならん」

調査官のひとり、三十代の小太りの男が沈黙に耐えかねたようにつぶやいた。「京都府には、貴重な文化財も数多くありますしね」

「きみ」委員長が眉間《みけん》に深い縦皺《たてじわ》をきざみ、その男を指さした。「真面目《まじめ》にきいているのか。京都に文化財がいくつあろうが知ったことじゃない。多くの人命が奪われようとしているんだぞ。そのことをなにより大事に考えるべきだろう」

「……すみません」叱《しか》られた男は肩を落とした。

だが、西口はその男とは正反対の心情だった。西口の実家は京都市内にあった。年老いた両親だけでなく、姉と数多くの親戚《しんせき》や友人がいる。その事実がいまになって、はっきりと西口の頭のなかに浮かびあがりつつあった。

こうしてはいられない。西口はとっさに携帯電話をとりだし、ダイヤルしようとした。

「そこ」調査企画官の声がした。「なにしてる」

顔をあげると、調査企画官がこちらをにらんでいた。

西口は震えながらつぶやく自分の声をきいた。「実家に電話を……」

「だめだ」委員長が冷たくいいはなった。「この件はまだマスコミにも発表をさしひかえるよう要請してある。民間人に情報を与えるわけにはいかない」

「そんなばかな。京都市には親や親戚がいるんですよ。いまから逃げるようつたえれば……」

「いかん。噂《うわさ》が広まる恐れがある」

西口は言葉を失った。こんなことが許されるのか。二時間後にほぼ確実に起こるであろう大惨事を知らされて、黙って待てというのか。

「そんな」西口は我を忘れてわめいた。「そんなことってありますか！　私は生まれも育ちも京都なんです！　大通りにも路地にも知っている顔がある。その人たち全員が危機に瀕《ひん》しているのに、機密を保持しろなんて……」

だしぬけに、人垣を割って小室が近づいてきた。小室は物憂げななかに険しさを漂わせながら、西口をにらんだ。

西口は思わず、立ちすくんだ。

小室は西口の手から、そっと携帯電話をとった。低い声でいった。「あせるな。事故が起きるときまったわけじゃない。報告を最後まできくんだ」

安堵《あんど》できるわけはなかった。それでも小室の言葉は、西口にわずかだが冷静な思考をよみがえらせた。たしかに、事故はまだ起きてはいない。回避する手段があるのかどうかも、調査企画官の口から語られてはいない。

西口はため息をつき、小室に深々と頭をさげた。「すみません」

「いや。気持ちはわかる」小室はそういって、委員長のほうをふりかえった。

小室が一礼すると、委員長は調査企画官に指示した。つづけろ。

はい、と応じた調査企画官がふたたび張りのある声でいった。「職員のなかに動揺する者がいたとしても無理はない。まさに前例のない事態だ。京都府警と消防署、航空自衛隊が厳戒態勢をとり対策を練っているが、この輸送機の乗員と連絡がとれない以上、打つ手がないのが現状だ。旋回の原因は不明だが、恐らく機体の故障と思われる」

「というと」調査官のひとりがたずねた。「片側のエンジンが停止したため、左右の推力バランスが崩れて旋回したとか?」

「いや。警察のヘリコプターが輸送機にできるだけ近づいて確認したところ、両翼のプロペラエンジンは正常に作動している。それに推力不足なら操舵《そうだ》でおぎなって直進コースに戻すことができるはずだ。ヘリからの情報によると、輸送機は左補助翼が下がり右補助翼が上がっている、すなわちみずから旋回するよう操縦した形になっている、ということだ」

室内がまたざわついた。委員長が咳《せき》ばらいし、静寂をうながした。

調査企画官は額を指先でかきながらいった。「むろん、パイロットははじめ三人の乗員がそのような意味不明の旋回をつづけているとは思えない。飛行中になんらかの理由で機体を右に傾けたところ、そのまま固定されて動かなくなったか、あるいはまっすぐ飛んでいたはずがなんらかの故障によって右旋回をはじめたか、とみるのが妥当だろう」

「諸君」委員長があとをひきとった。「周知のとおり、残念ながらわが国には、このような事故を未然に防ぐための組織はない。当委員会は過去に数多くの航空事故を調査してきた。そのデータをもとに、この輸送機の故障の原因と対策法を早急に検討してもらいたい。意見や提案があれば、どのような小さなことでも発言してほしい」

委員長の呼びかけに対する答えは、気まずく重苦しい沈黙だけだった。調査官たちはなにも口にしなかった。うつむき、黙りこむばかりだった。

西口も同様だった。だいいち、警察が対処できない問題を事故調査委員会があつかえるはずがなかった。アメリカのＮＴＳＢ・国家運輸安全委員会とはちがうのだ。

ＮＴＳＢは独自に事故調査をおこなう。そこで収集された資料は、損害賠償を求める訴訟などの証拠としては使用できないようになっている。ＮＴＳＢは裁判のためではなく、あくまで事故の再発防止を目的に調査する機関だからだ。ハワイ島沖でアメリカの潜水艦グリーンビルが緊急浮上して日本の水産高実習船を直撃した事故が発生したとき、潜水艦の操舵席に民間人が座っていたという事実が判明した。ああいった軍や政府に不利益な事実は、ＮＴＳＢのような組織でなければ暴けなかっただろう。

しかし日本では、航空事故の調査は刑事捜査主導で行われる。航空事故調査委員会は警察が調べあげたデータをもらいうけるにすぎない。したがって提供されたデータは警察の捜査員による独断と偏見で客観性を欠いている。本気で検討する価値のある航空事故のデータ、そんなものはお目にかかったことがない。

調査官のひとりが沈黙を破った。「VE15はたしか短距離での離着陸性能を上げるために、翼の大部分をフラップが占拠している構造になっていたはずです。そのために、補助翼の面積を大きくすることができなかった。そこで主翼上面にスポイラーをつけて運動性をおぎなっています。そのスポイラーのほうに、なんらかの異常が発生したのではないですか」

調査企画官は困惑のいろを浮かべた。テーブルから書類をとると、書面に目をおとしながらいった。「たしかにVE15輸送機は、通常の飛行機の補助翼のように揚力を大きくするのではなく、スポイラーで揚力を小さくすることで左右翼のバランスを崩し、機体を傾ける構造になっているが……」

「でも」べつの調査官がいった。「たしかにスポイラーは油圧式なので、ケーブルかスポイラーミキサーの故障によって開いたままになる可能性もあるでしょう。しかし、補助翼は人力ですよ。左側の操縦席、つまりパイロットの握っている操縦輪の動きが、そのままケーブルをつたわって補助翼を動かすんです。だから補助翼が操作されているということは、スポイラーのみの故障とは考えられません」

西口は耐えがたい苦痛を感じた。データの検討もなにもあったものではない、ここでは憶測に基づいた机上の空論がやりとりされているにすぎない。机上の空論。いままで航空事故調査委員会はそれを生業《なりわい》にしてきた。しかしいま、迫りくる事故の瞬間を前にして、それがいかに無意味な行為であるかを認識した。ここでの井戸端会議は冗談のように価値がない。

そのとき、廊下を駆けてくる足音がした。ワイシャツ姿の職員がひとり、血相を変えて飛びこんできた。手にはなにか、タバコの箱ぐらいの大きさのものが握られている。「旋回の原因がわかりました」

ざわっとした喧騒が辺りにひろがった。委員長と四人の委員が立ちあがり、身を乗りだしてその職員の説明をきいている。西口のところまでは、その声はとどかなかった。

やがて、委員長が大声で告げた。「静粛に。どうやらさきほど、パイロットが無線の呼びかけに応じたらしい。その録音テープが届いた」

故障箇所がわかるかもしれない。その可能性に、西口の胸は高鳴った。メインスクリーンのわきの壁に埋めこまれたオーディオシステムに、職員がカセットテープをセットしている。そのようすをじれったく思いながら見守った。

ほどなく、テープは再生された。シューという雑音が室内に響き渡った。

だしぬけに、ノイズのなかに大きな男の声が発せられた。「こちら薪島《まきしま》管制塔。翼日堂航空輸送二七六便、応答願います」

その言葉は、数秒の間をおいてふたたびくりかえされた。なおも応答がない。呼びかけはさらにつづいた。こちら薪島管制塔。応答願います。

パイロットが応答した部分から再生すればよいではないか。西口がそう思いながら額の汗をぬぐったとき、管制塔とはべつの声が耳に飛びこんできた。

低い男の声だった。「こちら二七六便」

唐突な応答にとまどったのだろう、管制塔の職員が息を呑んだような一瞬の沈黙があった。焦燥と歓喜のいりまじった声が呼びかけた。「二七六便、無事だったか。どうぞ」

だが、その喜びに冷水を浴びせるような静寂がつづいた。かなりの時間が過ぎた。パイロットらしき男の声がぼそりと告げた。「無事じゃない」

張り詰めた空気のなか、ふたたび緊張のいろを漂わせた管制官の声がたずねた。「故障の状況を知らせよ。どうぞ」

またしても無言の応対がつづいた。耳障りな雑音もときおり、途絶えがちになっている。飛行中、たびたび雲に電波を遮断されるのだろう。

「絡んでる」パイロットが応じた。「絡みついてる」

「絡みついている？　なにが、どこに？　状況を詳しく伝達せよ、どうぞ」

「絡んでる。機体全体に」

「機体全体。……なにが？　なにが絡んでいるのか、どうぞ」

「京組み紐」

妙な気配が辺りを包んだ。調査官たちは意味を理解できなかったらしく、たがいに顔を見合わせた。

西口は鼓動が速くなるのをおぼえた。このパイロットはなにをいっているのか。普通ではない。あきらかに、正常ではない。

管制官も当惑したらしい。「キョウ……クミヒモ？　それはいったいなにか、どうぞ」

「絡んでる」

「……状況を詳しく説明せよ、どうぞ」

ふいに、パイロットが大声をあげた。「道真の手だ！」

西口はその声に驚いて身体をこわばらせた。周囲の調査官たちも同様だった。

「手？」管制官の口がマイクから離れ、周囲の誰かに問いかけている気配があった。あまりにも意味不明なパイロットの言動に、ひとりでは対処できなくなったのだろう。やがて管制官はふたたびたずねた。「状況を詳しく説明せよ。わかるように願います、どうぞ」

パイロットの声は、なにかに憑《つ》かれたようにわめきちらした。「道真！　菅原道真！　悶死！　憤死！　逃げられない！　怨念！　怨霊《おんりょう》！　妖怪《ようかい》！」

「二七六便、状況を……」

「道真の手！　京組み紐を放せ！　放せ！　放せ！」

「二七六便……」

「陰陽師《おんみようじ》を呼べ！　怨霊を封じろ！　陰陽道を！　陰陽道を！　陰陽……」

突如として、音声はとだえた。ノイズがやんだ。静寂のなか、管制官の声が問いかけた。

二七六便、どうしたのか。状況は……。

かちりという音とともに、テープの再生は終わった。停止ボタンを押した職員が、困惑のいろを深めながらふりかえった。

静けさが辺りを包んだ。たんに誰もが口をつぐんでいるだけではない、異様な空気が室内にたちこめていた。

西口は凍りつくような寒さを感じていた。吐息が白く染まる、そんなふうに思えるほどだった。

どれくらいの時間が過ぎたのか、西口には想像もできなかった。ほかの者と同じように、ただ立ちつくしていた。やがて委員長の声で我にかえった。

「諸君」委員長は深刻な顔でいった。「どうやら事態はわれわれの予測に反し、機体の故障が原因ではないようだ。一九八二年二月の……羽田沖事故と同種のものとみねばならないだろう」

羽田沖事故。日本の航空史上でも最も忌まわしい事故のうちのひとつ。西口は意識が遠のきそうになった。この部署に着任してきたばかりのころ、当時は調査官だった小室の下で調査助手を務めた。そのころのことが、まざまざとよみがえってきた。

百七十名余りの乗員と乗客をのせて福岡から飛んできた旅客機が、羽田空港沖で突如として逆噴射し、失速して滑走路手前の海に突っ込んだ。乗客二十四名が犠牲となった。逆噴射の原因は、機長みずからの操作によるものだった。

小室が西口をふりかえった。その顔には、絶望のいろがうかんでいた。あの事故と同じ原因だとすれば、打つ手は皆目思いつかない。そういいたげな視線だった。

上司のその表情に、西口はいっそうの恐怖にとらわれた。西口は小室とともに、羽田沖事故の機長に面会したことがある。機長が身柄を拘束されていた拘置所でのことだった。機長の意味不明な言動、理解不能な言葉の数々、うつろな目、混沌《こんとん》とした思考。それらを思いだした。

意思を通い合わせることは不可能だった。あのような状態にある人間が、いま操縦輪をにぎって京都上空を旋回している。墜落は即、西口の故郷の壊滅を意味する……。

調査企画官がいった。「羽田沖事故の当時の担当者は?」

小室が手をあげた。「自分です」

「意見を」と、調査企画官。

小室は肩を落としていた。「そうですね。まあたしかに、いまの無線の応答を聞くかぎりでは、例の事故の機長に似ているかもしれません。なんとも理解しがたい精神状態というよりほかはありません」

委員長が小室にたずねた。「当時の機長の精神分析とか、そのようなものはデータに残っているのか?」

はあ、と小室は力なく答えた。「機長の精神的変調。……報告書にはたしか、それぐらいの言及しかないはずです……」

また静かになった。調査企画官はしばし小室を見つめたあと、メインスクリーンに向かって音声入力した。「報告書一覧。一九八二年二月を選択。羽田沖事故を表示」

検索中の文字が何度か明滅をくりかえしたあと、画面は切り替わった。滑走路の直前、浅瀬のなかに無残に浮かびあがった機体の空撮写真と、報告書の文面が表示された。

コンピュータの合成音声が、文字表示を読みあげた。「……事故の原因は、同機が滑走路に進入する際、きわめて低い高度において、機長が不適切にも操縦輪を押しこみ、同時に全エンジンのパワーレバーをフォワード・アイドル位置に引き戻し、さらに第三エンジンのリバースレバーをリバース・アイドル位置に引いたことにより、逆噴射し推力を失ったためと推測される。ボイスレコーダーには、事故発生の寸前、副機長が機長の突然の行動に驚き、制止を呼びかけた声が録音されている。このことから、前述の操作は機長の独断によるものと思われる。また、機長がそのような操作をおこなった理由は、機長の精神的変調によるものであり、その精神的変調は、機長の心身症にもとづくものと思われる」

音声がやんだ。委員長が眉間に皺を寄せてきいた。「これだけか?」

調査企画官は硬い表情を小室に向けた。「小室次席調査官。この報告書は具体性に欠けるうえ、言葉遊びによって論点をあいまいにした形跡がみられる。小学生の作文じゃないんだ、報告書の原稿をそれなりに埋めればよしというものではない。これでは今回の事態の参考にはならない」

申し訳ありません、小室はそういって頭をさげた。

西口は憤った。いざとなると組織全体の無責任さを誰かに押しつけてしまう、官僚的体質。多くの人命が危機にさらされているこんな状況でも、それはいっこうに変わらない。調査企画官のいう、言葉遊びや作文のような報告書作りこそがこの委員会の仕事の本分だったというのに。

国土交通省は運輸省の時代から、各航空会社に対して運航の安全管理を行う行政許認可権や行政監督指導権を有していながら、ひとたび航空事故が発生すると緊急の特別立ち入り検査などを行い、あたかも裁判官か神のごとく業務改善勧告を下し、非を責めたてるのが常だった。ただそれだけを仕事としてきた。役所自体が責任を負わねばならないような事態は皆無だった。それがいま、目前に迫った危機を前に責任のなすりあいが始まっている。なんとも見苦しい光景だった。

「調査企画官」西口はたまりかねていった。「報告書にすべてを書かなかったのは当委員会の慣例に従ったまでのことです」

小室がとがめるような目つきを向けた。だが、西口はかまわなかった。

調査企画官の表情はさらに険しさを増した。「どういうことかな?」

「われわれは機長の精神分析を専門家に依頼し、その報告もまとめていました。機長は妄想型精神分裂病と診断されています。しかしそれを載せたのでは航空会社の雇用問題から精神病理の問題まで、多岐にわたる論争が巻き起こる可能性がありました。こうした場合、問題が起きないように無難な表現にとどめるというのは、当委員会のみならずわが国の組織における慣習といえると思いますが」

ふん。調査企画官は軽く鼻を鳴らしていった。「まあ意見として聞いておく。それで、その機長の精神分析の内容はどうだったのか。今回の件に当てはまるような症例がみられたのか?」

「それは」西口は困惑し、口ごもった。「私も専門家じゃないので、詳しいことはよく覚えていません。ただ……羽田沖事故の機長がしきりに幻覚や妄想にとりつかれていたことをしめす、同僚や家族の証言があったと記憶しています。このVE15輸送機のパイロットも、なんらかの幻覚を見ているのではと思いますが」

「幻覚ね」調査企画官はふうっとため息をついた。「菅原道真がどうとか、キョウなんとかが絡んでいるとかいう言動をきけば、誰でもそう判断するだろうな」

「京組み紐です」西口はいった。

「なに?」

「京都の伝統工芸ですよ。その名のとおり、糸を組み上げて作る組み紐です。帯締めだとか、羽織り紐なんかに用いられている……」

調査企画官が口をさしはさんだ。「どうせ妄想のたわごとにすぎないんだ、言葉の意味をとらえようとしたところで……」

「きみ」委員長が調査企画官にいった。「そう結論を急がんでもいい。彼に意見があるならきこう」

調査企画官は不服そうな顔をしたが、西口のほうに顎をしゃくった。「それで、きみはどんな見当をつけている?」

調査官たちがいっせいにふりかえった。誰もが西口に注目していた。西口は居心地の悪さを感じながら、つぶやくようにいった。「見当というか……。そのう、パイロットは陰陽道がどうのと口にしてましたよね。だから妖怪とか、そのようなものを幻覚で見ているのでは、と」

降り注ぐ視線が冷ややかなものに変わっていくのを、西口は感じていた。

調査企画官はぶっきらぼうにいった。「陰陽道とかいうものが、どんなものかはよく知らないが……それがなぜ、右旋回につながるんだ?」

「これも推測ですが……。〝菅原道真の手〟に向かって、放せと叫んでいたことを考えると……機体にからみついた京組み紐の一端を、その〝道真の手〟がしっかり握って放さない。だからその手を中心として、京組み紐の長さを半径にした円を回りつづけている……ということではないですか」

事務局長が唸《うな》った。「紐でつながれた犬のように、ぐるぐる回っているってわけか」

西口がうなずいた。「そういう妄想にとりつかれているのでは、と」

調査企画官はしばし考えこんでいるそぶりをしたのち、一同に向かってたずねた。「菅原道真ってのは……誰だった？」

即答する者はいなかった。西口にとっても、航空機の知識ならいざしらず、日本史についての記憶となると忘却の彼方だった。ここにいる誰もがそうなのだろう、沈黙は長くづいた。

やがて、事務局総務課のひとりが自信なさそうに発言した。「太宰府《だざいふ》天満宮に祀《まつ》られていて……。いまじゃ学問の神様として有名で、受験生がよくお参りに……」

「よくわかった」調査企画官はいまいましげにいった。「もうなにもいわんでもいい」

また重い沈黙が辺りをつつんだ。考えれば考えるほど、狂気というよりほかない、そんな感覚に支配されそうになってくる。もはや飛行機の専門家のでる幕ではなかった。降下速度や摩擦係数についての知識がいくらあろうが、なんの役にも立たない。ちかごろの事件はどうしてなにもかもがこうなのだろう、西口は苛立《いらだ》たしく思った。突如として親に刃物をふりかざしたり、子を虐待したりと常軌を逸した精神状態による犯罪が頻出する。それがついに航空の分野にも飛び火してきた。羽田沖事故の教訓を生かすこともできず、異常の原因の糸口さえもつかめない。

委員長がいった。「とにかく、事態が輸送機の故障に起因するものではないとわかった以上、われわれとしては対策の講じようがない。とはいえ、できるかぎりのことはせねばならん。羽田沖事故を筆頭に、類似する事態……機長の精神的異常が原因となって引き起こされた航空事故に関するデータをただちに集め、警察に提供すべきだ」

「しかし」と調査企画官。「この報告書では、提供したところで……」

委員長は西口のほうをみた。「羽田沖事故の機長を精神分析したのは、どこの専門家だ？」

西口は答えた。「東京カウンセリングセンターです」

「ああ」委員長はうなずいた。「虎ノ門《とらもん》にある、心理療法の権威的な機関だな。よかろう、そこから詳細な精神分析結果をもらいうけるとしよう。それに、その機関の専門家に無線の録音テープをきかせて、輸送機のパイロットの精神状態も分析してもらおうじゃないか」

西口は不安になった。そんな悠長なことでいいのだろうか。事故後の調査ならともかく、さしせまった危機を回避する手段としては、あまりにも短絡的で頼り甲斐《がい》のない判断に思える。だいいち、パイロットの病名や症例を知ったところで、どんな対策が立てられるというのか。

ひょっとして委員長は、すでに事故は起こりうるものとして諦《あきら》めの姿勢をきめこんでいるのではないか。それでも委員会としては手をつくした、そういうゼスチャーをとるために必要な素材を集めようとしている、ただそれだけのことではないのか。

西口が疑心に駆られていると、調査企画官が告げた。「では、小室次席調査官。至急虎ノ門の東京カウンセリングセンターに赴き、羽田沖事故当時の担当者と会ってきてくれ。あとの調査官には個別に指示を与える。再三にわたって通告しておくが、この件について他言は無用だ。以上」

調査官たちがざわめきながら動きだした。そのざわつきぶりを、西口は立ちつくしたままぼんやりと眺めていた。

ふと、小室が西口の肩を叩いた。「一緒に来い」

西口は呆然《ぼうぜん》として小室をみかえした。「私が、ですか」

「そうだ。羽田沖事故のときにも私に同行したろ」

「しかし」西口は言葉に詰まった。無理に言葉を発しようとすると身体が震える、そんな状況のなかで、なんとか異議を申し立てた。「とてもそんな心境では……」

「来るんだ。ここにいても何にもならん」小室は語気を強めた。「忘れたのか。これはきみの故郷を守るためなんだぞ」

年輪のように深い皺がきざまれたその顔に、西口は着任したばかりのころの上司の厳しさをみた。思わず、はいと返事した。

いこう、と小室はいって腕時計に目をやった。「燃料切れまで、あと九十分もてばいいところだ」

小室にうながされ、西口は歩きだした。それでも疑念は消えなかった。こんなことをしている場合なのか。精神分析なんかに、一都市の命運を委《ゆだ》ねてよいものだろうか。東京組み紐、道真の手。事態は自分の認識を超えている。そう思った。さっきまで安いハンバーガーをかじっていたサラリーマンには荷が重すぎる。祈るしかなかった。絶望の淵《ふち》から救いだされることを、ただ願って待つしかなかった。

カウンセラー

廊下側のすりガラスが割れた。粉砕されたガラスの破片とともに、大きな物体が飛びだしてきた。教室の椅子だった。椅子は廊下を転がった。

女生徒の悲鳴が辺り一面に響き渡った。廊下は逃げまどう生徒たちで混乱を極めていた。

廊下の床に目をやった。いま問題の渦中にある男子生徒のカバンが投げ捨てられ、中身が散乱している。さっき教室に飛びこむ寸前にぶちまけていったものだ。開いたカバンから、整髪料や男性化粧品、万能ナイフ、ゲームボーイ、CDウォークマンなどが転がりだしている。学業に関《かか》わりのあるものはいっさいない。唯一の書籍は新書サイズの小説だった。『バトル・ロワイアル』、表紙にはそう記されている。その近くに落ちているCDには英語で〝アクセルレーターズ〟とある。どちらも以前に社会問題化した経緯を持つ、いわくつきの商品だった。

耳をつんざくような音とともに、またガラスが割れた。今度は花瓶が廊下に投げだされた。花瓶は床に叩きつけられると同時に粉々に砕けた。

教頭の白井郁子《しらいいくこ》は、呆然とたたずんでいた。私立の女子大学を卒業後、教師になって二十六年、教頭に就任してからは三年。家庭は夫とふたりの子供に支えられ、平和で円満な毎日がつづいている。それなのに勤め先のこの高校は荒れるばかりだ。このところ教育科学技術省の指導で、スクールカウンセラーを招いてから、しだいに事件は減りつつあった。教員としては外部の人間の助力を得ねばならない立場に複雑な心境をおぼえたが、それでも実際に問題の発生件数が減少傾向にあることは喜ばしいと感じていた。これでしばらくは自分のクビが飛ぶこともない、そう思って胸をなでおろしていた。ところがここにきて、たったひとりの問題児のためにすべてが台無しになりつつある。

一般にはあまり知られていないが、問題が起きた学校の教職員は重い社会的制裁を科せられる。このように都会を離れたベッドタウンではよりその傾向が強い。教育委員会が率先して教師をつるし上げる。悪評はたちまちのうちに近隣の県にまでひろがり、最悪の場合、再就職の可能性はほとんど消滅する。生徒数が年々減少する昨今にあって、教師もリストラの対象となっている。それまでの勤続年数や業績にかかわらず、たったいちどの問題によって教職から永久追放される。それは決してめずらしいことではなかった。

若い教員たちが教室の扉に歩み寄っていく。扉を開けようとしたとき、室内から男子生徒の声が飛んだ。

「近づくな！」まだわずかにあどけなさが残る声に、異様な殺気が満ちていた。「扉を開けるな！」

まずい。まずすぎる。白井はひどく焦燥感に駆られた。問題はたちどころに事件あつかいになる。マスコミが嗅《か》ぎつけたら、すべては終わりだ。

「教頭」小太りの学年主任がいった。「やはり警察に連絡したほうが……」

「ばかなことをいわないでください」白井は思わず声を張りあげた。「校内で起きた問題は私たちで解決する。それが本分でしょう」

学年主任は不服そうだった。「しかし、女生徒を人質にとってるんですよ。これはれっきとした事件で……」

「だめといったらだめです。問題が大きくなるのはご免こうむります」背後が騒々しい、そう感じて白井はふりかえった。

怯えた顔の生徒たちが廊下にひしめきあっていた。

白井はいらだち、学年主任に向かっていった。「生徒たちを別の階の教室に移して。これ以上動揺させないで」

学年主任は戸惑った顔をしながらも、ほかの教員たちに呼びかけて生徒のほうに向かっていった。三階へいけ。急いで。そう怒鳴った。

だが、ほとんどの生徒は教師たちの呼びかけを無視していた。好奇心に駆られたたんなる野次馬というわけでもなさそうだった。とりわけ女生徒たちは不安をあらわにし、泣いている者さえいた。こんな状況だ、興奮がかえって生徒たちの気をおかしくさせる。白井はそう思い、叫んだ。「さあ心配しないで。先生たちのいうとおりに従って!」

ところが生徒たちは、教頭の呼びかけにも無反応だった。あからさまに視線をそらし、割れた窓ガラスのほうをしきりに見つめている。

白井は頭に血が昇るのを感じた。わたしのことが眼中にない、そんなそぶりを生徒全員がみせている。これほどの屈辱はなかった。

「いうことをきいて!」白井は怒鳴った。「三階にあがりなさい!」

その瞬間、白井は自分の過ちをさとった。生徒たちの目に怯えと敵愾心《てきがいしん》がやどった、それをはっきりと感じた。反発と反抗。それらの感情がこもった視線が白井に向けられた。

生徒たちの心と、自分の気持ちが相容《あいい》れない状況へと悪化していることを肌身に感じた。とはいえ、どうすることもできないではないか。白井は額の汗をぬぐいながら思った。彼らはまるでとらえどころのない動物のようだ。同じ人間とは思えない。

ふいに若い女の、おちつきはらった声がした。「そんなふうに思ったら、生徒たちがかわいそうですよ。そう思いませんか」

生徒たちは白井の肩ごしに、一点をみつめて静止した。その顔には、これまでとうってかわって希望に満ちた輝きがひろがった。岬先生。女生徒のひとりがそういった。

歓喜の叫びに近い声を発する生徒たちの視線を追い、白井はふりかえった。

外からの日差しを受けて、ガラスの破片が床にきらきらと輝いている。その上に立っているのは、二十代半ばか後半ぐらいの、すらりとした身体《からだ》つきのひとりの女性だった。

白井は一瞬、言葉を失った。その女性の背はさほど高くはないが、痩《や》せた身体から伸びた細く長い手足と小さな顔は欧米のモデルのようだった。スタンドカラーのジップアップベストに同素材のタイトスカートを身につけ、インナーの黒袖と、光沢のある黒のブーツが引き締まった印象を与えている。肩にかかる髪は、鮮やかなナチュラル・イエローブラウンに染めてあり、ストレート感を残したゆるめのパーマで前髪をサイドパーツ風に流してあった。顔だちは女子大生のようなあどけなさと、端正さや鋭さを混ぜ合わせたような、独特の表情を持っていた。すっきりと通った鼻と小さく薄い唇は大人びた感じだが、それらと対照的に瞳は大きく、丸々と見開かれた目はフランス人形のようだった。そのアンバランスが、透き通るように白い肌のなかで映え、目が離せなくなるほど耽美《たんび》な顔つきを構成している。これほど美しく、清楚《せいそ》な感じを漂わせた女性はみたことがない。白井は一見してそう思った。

しばしの沈黙のあと、白井教頭はその女性が自分の心中を見透かしていたことを悟った。そんなふうに思ったら、生徒がかわいそうですよ。女性のその言葉は、自分の思考に呼応したものなのだ、そう認識したとき、白井は凍りつくほどの驚きに包まれた。

「そんなに驚かないでください」女性はにっこりと微笑《ほほえ》んで、控えめな口調でいった。「カウンセラーという仕事柄、あなたがどう思っていたかを察するのはさほど難しくありません」

「ああ」白井は女性が誰であるかの見当がついた。「するとあなたが、スクールカウンセラーをお務めになってる……」

「はい。岬美由紀です」

美由紀が頭をさげたとき、またしてもガラスが砕けて運動靴が一足、廊下に投げだされた。白井はびくついたが、意外なことに美由紀は表情ひとつ変えずに顔をあげた。まるでなにごともなかったように、平然とした顔をしている。

白井は岬美由紀の度胸に舌を巻いた。人間としての器が違う、教師たちからはそうきかされていたものの、白井はそうしたスクールカウンセラーの評判にこれまで懐疑的だった。校長からは直接カウンセラーに会ってあいさつを交わすべきだと勧められていたが、多忙を理由に断りつづけていた。教師の仕事の一部である生徒の管理を担うことになる部外者、教師たちには理解できない心理学用語を訳知り顔で駆使して翻弄《ほんろう》し、教育方針にケチをつけてくる存在。いままではどうしてもそういう偏見が拭い去れなかった。顔を合わせたいとは思わなかった。

だが、それはまちがいだったかもしれない、そう思った。長いあいだ生きてきて、ひとを見る目もそれなりに培ってきたつもりだ。ひとめみればこの女性がそんな不愉快な人間でないことはわかる。

テレビを観《み》めったに観ない白井は知らなかったが、この学校にくる前から、岬美由紀という女性は〝千里眼〟などと呼ばれ、マスコミにもてはやされていたという。学年主任から、そうきかされた。マスコミが持ちあげたがる人材など、ふつうたかが知れている。白井はそういう点でも彼女の力量を訝《いぶか》しく思っていた。しかし、こうして真正面から向き合うと、たしかに彼女の澄んだ瞳はその名にふさわしい、ふしぎな輝きを放っていた。太古からの歴史のなかで育《はぐく》まれてきた結晶が、磨きあげられ曇りひとつない宝石へと変化した、そんな奥深い神秘と優雅さを漂わせていた。

むろんそれらは、思い過ごしにすぎない。千里眼という彼女の評判も、それだけ心理学的知見が旺盛《おうせい》で、ひとの心理を読むことに長《た》けているという職務上の評価から生じたものだときいていた。それでも岬美由紀が、めったにないカリスマ性をそなえていることは疑う余地はなかった。特殊な存在感と親近感を同時に抱かせる。魅了されると同時に心を許してしまう、そんな女性だった。

生徒たちもそのように感じているのか、美由紀が歩み寄っただけでしんと静まりかえった。岬先生、岬先生と口々に呼ぶ生徒たちの顔は、最近のこの学校の教師たちに決して向けることのない、尊敬の念と親愛の情に満ちていた。

ひとりの女生徒が泣きながら訴えた。「岬先生。梨香《りか》ちゃんが……」

美由紀の表情が硬くなった。たずねるような目で白井をみた。

白井は答えた。「人質にとられてるんです。男子生徒にナイフをつきつけられて」

「男子生徒の名は？」美由紀がきいた。

学年主任がいった。「二年C組の日向涼平《ひゅうがりょうへい》です。問題児でして、前任のスクールカウンセラーも手を焼いて……」

美由紀はその言葉を聞き流すようなそぶりで、床に目をやった。散乱した日向涼平の持ち物をみた。

学年主任はめんくらったような顔をしたが、白井は美由紀を非礼だとは思わなかった。むしろ感心した。美由紀は偏見を持たないよう、初めから必要以外の情報をシャットアウトしているのだ。

美由紀はかがんで、日向涼平の所持品をいくつかひろいあげた。

白井はいった。「その本、中学生どうしが殺し合うって内容の小説ですわよね？　以前に国会でもとりあげられた」

「ええ。でも開いた跡はありませんね。読んでいないみたいです。映画化の告知が帯についているから、買ったのは何か月も前のはずです。でも、読むこともなく携帯してた」

「どういうことです？」

美由紀は黙ってCDケースのほうに目を向けた。今度は、美由紀の表情が硬くなった。ケースを開けながらいった。「この〝アクセルレーターズ〟のCDはよく聴いているようですね。何度も出し入れした跡がある」

そのとき、教室のなかから日向の声が響いてきた。「おい！　マスコミを呼べ。テレビ局を呼べ！」

学年主任がむっとした。「調子に乗ってやがる。やはり警察を呼んだほうがいい」

「いいえ」美由紀がぴしゃりといった。「その必要はありません」

「なぜです」学年主任がきいた。「女子生徒の身に危険がせまっているんですよ。それに、あの日向というやつは、以前からわけのわからない言動をくりかえしていた。最近よく報じられているような、十七歳の理解不能なタイプで……」

「この生徒はそのタイプではありません。いいですか、凶悪で残虐な少年犯罪が多く報じられたからといって、問題を起こした子供をすぐそれらと結びつけるのはよくありません。注意欠陥多動性障害と呼ばれる子供たちすべてに問題があると見なすのはまちがっています。ああいった極端な犯罪のケースは、むしろそうした症例による区分とはまったく異なる、脳の形成異常に起因しているというのが、最近のわたしたち専門家の見方です。たとえば、きわめて稀なことですが、母親が流産を防止するために黄体ホルモンと甲状腺ホルモン製剤を大量に服用していたなどの理由で、胎児期に脳の形成異常が起き、過剰な男性化ホルモンが分泌されたため、ふつうの男性以上に攻撃的で猟奇的衝動を持つようになった。しかしこの日向君というのは、そんな子供ではありません」

学年主任が顔をしかめた。「なぜそういいきれるんです。前のカウンセラーに聞きましたが、注意欠陥多動性障害ってのは落ち着きがなく、少しでも集中や忍耐が要求されることを嫌ったり、授業中に反抗的態度をとって周囲に迷惑をかけるっていう特徴があるんでしょう？　まさにあの日向涼平そのものじゃないですか」

「いえ」美由紀はいった。「彼はそういう振りをしているだけです」

白井教頭は驚いてきいた。「振り？」

美由紀はうなずいた。「この『バトル・ロワイアル』という小説が有害かそうでないかはともかく、彼は読んでなかった。読みもしない小説をわざわざ買い、長期間にわたって持ち歩き、しかも立て籠《こ》もる前にここにぶちまけておいた。その理由はひとつだけです。彼は問題児だと思われたがっている。凶悪な事件を起こしかねない生徒だと思われたがっているんです」

「わざとわたしたちに恐怖心を与えようとしているとか？」

「なら」学年主任が小説を指差した。「これは犯行声明みたいなものかもしれんでしょう。自分が凶悪であることをみせつけ、人質にとった生徒を刺してやるという……」

美由紀は首を振った。「ありえません。凶悪犯罪を犯す衝動にとらわれた人間は、邪魔が入らないように遂行しようとするため、犯行声明はだしません。仮にそのような行為をおこなうにしても、血染めのナイフや小動物の死骸《しがい》といったものを置くはずです。日向君という生徒が『バトル・ロワイアル』を置いていったのは、小説同様に自分は読み解かれなければ理解されえない特殊な心情を抱えているという、一種の無意識的なアピールによるものです。すなわち彼は話し合いを求めているし、冷静かつ正常な思考がはたらいていると推察されます。人質を傷つけるつもりなんかないはずです」

学年主任はなおも食い下がった。「そんなことといって、違っていたらどうします？　だいたい、本気で犯罪に手を染めるつもりがないのなら、なんのためにあんなことを……」

「それは」美由紀は教室の方に足を向けた。「本人にきくしかありませんね」

白井は呼びとめた。「待って。どうするおつもりですか」

美由紀は足をとめ、ふりかえった。「話し合いです。それがスクールカウンセラーの仕事ですから」

美由紀の口もとに浮かんだやさしい微笑に、白井はまたしても黙りこんだ。

あの自信はいったいどこからくるのだろう。それに、岬美由紀のあの頭の回転の速さ。ほとんど質問が終わると同時に、論理的で整然とした答えをかえしてくる。彼女が千里眼という異名をとっているのもうなずける。どんな状況も見通しているかのごとく沈着冷静を貫く態度。同じく生徒を相手にする職務に就いているというのに、自分たちとは理解の深さがちがう。白井はそう思い、圧倒されていた。

美由紀はつかつかと教室の戸口に近づき、ノックすることもなく扉を開けた。

「なんだ！」涼平の怒った声がきこえた。「勝手に開けるな！　でてけ！」

「おちついて」美由紀は扉からなかを覗きこんで、穏やかな口調で語りかけた。

教室のなかのようすは、白井からはみえなかった。

美由紀はいった。「日向涼平君ね。わたしは岬美由紀」

「でてけっていったろ！」

「話をしにきたのよ。あなたの要求がききたくて」

「要求？　さっきからいってるだろ。テレビ局だ。マスコミだ」

学年主任がたまりかねたようにいった。「教頭……」

だが、白井は美由紀から目をそらさず、手をあげて学年主任を制した。「黙ってて……」

小声だった。ところが、美由紀はその声をききつけたかのように、白井のほうをみた。

ふたたび、勇気づけるような笑みをうかべてから、教室のなかに足を踏み入れていった。

絶望はありえない。白井教頭は美由紀の背を見送りながら、なぜかそう思った。

人質

セダンの後部座席からみる都心の街並みは、いつもと変わらない平穏さに包まれていた。荒っぽい運転とスピードでせめぎ合う都会の交通も、かえってその背後にある平和な日常をきわだたせていた。少なくとも西口は、そう感じた。

西口は隣りに座っている小室を見やった。「失礼ですが、こんな行為が事態の解決につながると本気で思っておいでですか?」

「どういう意味だ」小室は視線をそらしたままきいた。

「事件発生後の保身をはかるような判断に従うよりも、いまやれることをやるべきだと思うんです。自衛隊は輸送機を海上に誘導することはできないんでしょうか? 複数のヘリで針路を妨害するとか、ケーブルで牽引《けんいん》を試みるとか……」

「それはわれわれの仕事じゃない。それに、常識で考えてみろ。VE15のどでかい機体の行く手を、そんなに簡単に阻めると思うか? もっと冷静になれ」

冷静。とても無理な相談だ。西口はこみあげてきた怒りを懸命に制して、窓の外に目をそむけた。

「なあ、西口」小室が穏やかな口調でいった。「覚えていないか。東京カウンセリングセンターの職員たちはとても優秀だった。職務に忠実だっただけでなく、出向したわれわれの心さえ気遣ってくれた。羽田沖事故の機長についても、簡潔な報告だけでも充分すぎるほどの分析がなされていた。改善策や事故予防策に関する提案もあった……。委員会の体質のせいでそれらを活用することはできなかったが、彼らの分析と報告はすばらしかった。私は、彼らなら少なくとも信頼するに足ると思う」

西口は小室の言葉に、おぼろげながら当時のようすを想起しはじめていた。

そう。たしかにそうだった。東京カウンセリングセンターはいつも献身的だった。その報告の価値を無にしてしまったのは、ほかならぬわれわれだ。委員会の体質を嘆きながら、結局それに従っていた。それはわれわれの責任なのだ。

信頼するに足ると思う。小室はそういった。すなわち、最後まであきらめるべきではない、上司は自分にそう告げたいのではないか。西口はそう思った。

運転手がいった。「あれですね」

地下鉄神谷町駅前を通過し、テレビ東京と城山《しろやま》ヒルズの向こうに、三十階ほどもある円柱型のビルが、銀いろの光を放っていた。二十世紀の末期に流行したインテリジェントビルのデザイン感覚に満ちている。以前に訪問したときは斬新《ざんしん》に感じたが、いまこうしてみると妙に落ちついた風情をかもしだしている。

東京カウンセリングセンターは、都内のみならず国内で最大のカウンセリング機関だった。東都医大付属病院精神科内のセクションが独立する形で設立されたが、現在も同病院とは提携関係にある。したがって同センターに在籍するカウンセラーたちは東都医大付属病院の職員でもあり、精神科の専門家として全国の医療機関や教育機関に派遣されることも多い。

同センターは精神病や神経症の相談にかぎらず、家庭内の問題に対する個人レベルのカウンセリングから企業を相手とする経営コンサルティングまで幅広く対応している。相談者《クライアント》の訪問件数は年間十二万件以上を数え、九十七パーセント以上の人々が心身の健康をとりもどし、元気に社会復帰していることから、同センターのカウンセラーの献身的な姿勢は広く一般に知られている。

カウンセリング部には催眠療法科、行動療法科などに加えて外国人の相談にも応じられる国際科も設けられている。司法・行政機関から専門家の派遣を要請されることも多く、必要に応じて民事訴訟の助言から地方行政の過疎・高齢化問題の対応策も検討できるシンクタンクとしての側面も併せもっている。いわばカウンセリングの総本山ともいえる。

同センターが多くの信頼を得ているのは、病院にありがちな権威主義と薬漬け療法のない、純粋に心の問題を解決しようとする基本姿勢が確立されているからで、その意味でも世界の精神医学界の注視する存在となっている。事実、カウンセラーをこころざす人々にとって、東京カウンセリングセンターはあこがれの就職口でもあった。毎年三月から四月にかけて全国から希望者が殺到するが、実際に採用されるのは千人にひとりの割合だった。同センターのカウンセラーは、臨床心理士の資格を有していなければならず、心理学の広範囲の知識が必要とされるうえに、相談者の人格や適性を見抜き、正しい処置がとれる力量をもっていなければならない。ある意味では医師免許を取得するよりも同センターの専属カウンセラーになるほうがはるかに困難だといえる。

そう、この機関のカウンセラーたちはまさに心理療法において最先端をいく存在だった。西口はそのことを、いまやはっきりと思い起こした。あるいは彼らならば、この危機的状況を回避するすべを見いだせるかもしれない。

これを最後の訪問にしたい。もし次があるのなら、そのときはまたしてもパイロットの精神的変調による事故の発生か、あるいは故郷や肉親を失い心を病んだ西口自身がカウンセリングを受けに来る、そのふたつの可能性しか考えられない。そんなことはごめんだ。そう思った。

美由紀はがらんとした教室を眺めまわした。

机の上には国語の教科書やノートがある。授業中だったらしい。騒ぎが起き、教員と生徒たちは退避した。その騒ぎの張本人は、いま黒板のすぐ近くにうずくまっている。

「でてけといってるだろ!」日向涼平が怒鳴った。さっきから何度も、同じ言葉をくりかえしている。

だが美由紀はかまわず、整然と並んだ机の隙間《すきま》を前方に向かって歩いていった。最前列の机は乱れている。そこでひと波乱あったのだろう。シャープペンシルやボールペンが床に散乱している。それでも血痕《けっこん》はない。涼平が飛びこんできてすぐ、教師を含め全員が誰も刃向かうことなく一目散に逃げ出したのだろう。この場にかぎっていえば、それは最善の判断だった。

教壇に座りこんだ少年は、ひとりの女生徒の首に腕をまわし、はがいじめにしていた。顔面を蒼白《そうはく》にして怯える女生徒の顔に、アーミーナイフが突きつけられていた。

美由紀は数歩離れたところに立ちどまり、ふたりを見下ろした。

日向涼平は小柄だった。やせ細っているが病的な感じはない。不良っぽさもない。髪はナチュラルのままだし、丸顔で女の子のように大きな目が子供っぽさをかもしだしている。ひと昔前なら、たとえ日本刀をかざしていても鼻でせせら笑われるようなタイプだったろう。ところが、いまでは大人たちはとらえどころのない少年犯罪に恐怖心を抱きすぎて、外見からの判断はまったく頼りにならないと思いこんでいる。純朴そうな少年、ひ弱そうな少年が刃物をかざしてひとを襲う。それが日常化されていると信じている。この日向涼平という生徒も、それを計算にいれてこういう行動にでたのだろう。美由紀はそう思った。

捕らわれている女生徒のほうは、涼平よりはやや男の子っぽくみえる。いや、多少ボーイッシュな感じのする女の子は、いまではきわめてふつうの存在なのだろう。髪をショートにしているせいで、そう思えるのかもしれない。この子は梨香という名だと、廊下にいた女生徒が教えてくれた。梨香は震えながら、困惑と恐怖のいりまじった目を刃物の先に向けている。

涼平はともかく、梨香のほうは本気で恐怖を感じている。美由紀はそう見当をつけた。多少でも余裕があれば視線はこちらに向く。ナイフから目をそらせられないということは、それだけ危機を身近なものに感じている証拠だった。

「たすけて」梨香がおずおずとつぶやいた。

「うるせえ」涼平が叫んだ。美由紀に視線を向けていった。「おい、おまえ先公じゃねえな」

「そうよ」美由紀は穏やかにいった。「わたしはスクールカウンセラーの岬美由紀」

「名前なんかどうでもいい。カウンセラーなんか信用できない」

「……あなたは、以前にカウンセラーと話したことがあるの？」

涼平はしばし黙りこんだあと、やや声のトーンを低くしていった。「おまえなんか、この学校にきても意味はない」

「どうしてそう思うの？」

「なにも変わりゃしないからだ」

「どう変わりたいの？」

「うるせえな」涼平はナイフの先端を梨香に押しつけた。梨香はびくついて、小さくうめき声をあげた。見開いた目は虚空を見つめ、顔面の筋肉がぴくぴくと痙攣《けいれん》している。呼吸することさえ忘れてしまっているらしく、苦しそうに喘《あえ》いでいた。

「ねえ」美由紀はいった。「話し合いをしましょう。まず梨香さんは放して。関係ないんだから」

「指図すんな」

「梨香さんが怯えているの、わかるでしょう。震えてるのもつたわってくるでしょう？」

「指図すんなってんだよ」そういいながらも、涼平の顔にはわずかに困惑のいろがうかんだ。美由紀はそれをみてとった。

穏やかな解決が最ものぞましい。理由はわからないが、涼平が迷いながらもこうした凶行におよばざるをえなかった、その背景も探らねばならない。だがそれよりも、まずは梨香の精神状態を守らねばならない。彼女はとてつもない恐怖を感じている。涼平を救うためとはいえ、彼女にこれ以上の不安と恐怖を強いることはできない。

「もう一回だけいうけど」美由紀は涼平にいった。「ナイフ、おろしてくれない？」

涼平の顔がこわばった。次の瞬間、涼平はナイフを梨香の顔の前にふりかざした。
梨香はふたたび刃物の先を目でとらえ、恐怖に身をのけぞらせた。

分析

二十階のカウンセリング部長専用執務室に足を踏み入れたとき、小室次席調査官の脳裏には以前ここを訪れたときの記憶がまざまざとよみがえった。一部署の最高責任者が持つオフィスとしては、ずいぶん優雅で豪華だった。奥の壁は全面ガラス張りで、広く都心が見渡せる。高級だが押しつけがましくない、スマートなインテリア・デザインが心を和ませる。よくみると、アール・デコ調の幾何学模様の代わりに、卍《まんじ》崩しや千鳥のような日本の文様がデザインの基盤に使用されている。アール・デコと日本の文様の近親性を巧みに結びつけた、趣味のいい和洋折衷《せっちゅう》の室内環境だった。

すべては小室が訪ねた当時のままだった。いささかも古びたようすはなかった。同時に、一介の調査官にすぎなかった羽田沖事故当時の自分に戻ったような、奇妙な錯覚にとらわれた。あの事故の解決を曖昧《あいまい》にしたせいで、ふたたびここに戻らざるを得なくなった。そんな気がした。

西口もそんな気がするのか、黙って室内に立ちつくしていた。小室は西口を、当時の自分と重ね合わせていた。羽田沖事故。あの理不尽にして多くの犠牲者が出た事故の責任の所在を、白日のもとにさらそうと躍起になった日々。西口の目つきは、あのころの小室の信念を思い起こさせた。いや、彼の場合はより強烈なストレスにさらされている。なんといっても、大惨事の秒読みが進行するなかでの行動だ。取り乱してほしくはない。しかし、どうしても西口には自分に同行してほしかった。小室はそう思っていた。彼は羽田沖事故のときから事態の重要性を認識していた。精神的変調、それはあの事故機の機長ひとりの問題ではない。いつかまた再発する。小室同様に彼も、そのことを骨身に沁《し》みて感じていたはずだ。是が非でも東京カウンセリングセンターの協力を得ねばならない現状において、小室は西口の強い信念を必要としていた。西口が求めれば、東京カウンセリングセンターの側も以前の非礼を水に流し、真摯《しんし》に対応してくれるかもしれない。

右手の壁にあった扉が開いた。隣りの部屋から、ひとりの男が入ってきた。グレーのソフトスーツをごく自然に着こなした、五十歳ぐらいの男性だった。額は禿《は》げあがっているが、髪を黒々と染めているせいか、さほど年齢を感じさせない。いや、若くみえるのはそのせいだけではない、小室は一見してそう感じた。ただ痩せているだけではない、引き締まった身体つき。背筋をまっすぐに伸ばして歩く姿勢。そして、頑固そうに結ばれた口もと、鋭いが不思議な優しさを漂わせた目。皺の数こそ小室とほぼ同じだが、顔つきは老いのかけらも漂わせてはいなかった。

男は軽く頭をさげた。「カウンセリング部部長、倉石勝正《くらいしかつまさ》です。以前にも、お会いしたと思いますが」

さすがに声は少ししわがれた印象があったが、きびきびとした挨拶の態度はあいかわらずだった。かつて小室が面会したころ、倉石は働きざかりのハンサムな紳士という風体だった。いまはいっそうの威厳を漂わせている。たしか十歳近くも年下のはずだったが、その存在感には圧倒される。小室はそう感じながら、挨拶をかえした。

「ええ、おひさしぶりですな」小室はいった。「こちらは部下の西口調査官です」

西口は軽く頭をさげただけで、あわてたようすで切りだした。「いま京都上空で起きていることですが……」

倉石はうなずいた。「航空局からのEメールで、だいたいのことは把握しているつもりです」

ふいに、西口はかしこまった姿勢で頭を垂れた。「どうか、力を貸していただけるようお願いいたします。以前の羽田沖事故では、あなたがたに詳細な調査を依頼しておきながら、こちらの一方的な都合により、定期的に受けるはずだった調査報告を勝手にも途中放棄するかたちになってしまいました。誠に申し訳なく、失礼をはたらいたと反省しております。どうか現状の重みを理解していただき、急な話ではございますがご協力を賜りますよう……」

「ああ」倉石はふっと笑った。「そのことですか。いえ、なにも気にしてはおりません。

どうか頭をお上げになってください。うちにとっても役所への協力は頻繁にあることですので、どんな性質のものかはよく存じあげているつもりです。調査を途中で切り上げたのも、調査官であるあなたがたの本意ではないでしょう。それより、事態は緊急を要することです。一致協力して、問題の解決にあたりましょう」

小室は、倉石という男がやはりただのカウンセラーではないと確信を深めていた。それは、少なからず安堵をおぼえたようすの西口の横顔をみてもあきらかだった。倉石は自制心と冷静な判断力を持ち合わせている。かつて、官庁の権威を盾にして羽田沖事故の当該機長の精神分析を闇に葬った委員会側の態度に、不快を感じていないはずはない。それでも、いまはそうした感情とはきっぱりと決別し、なにが重要なのかを悟っている。これほどの男は霞が関にも、そうはいない。小室はそう思った。

「恐縮です」小室はいった。

「では、おかけください」倉石はソファを指ししめした。「それにしても、奇妙な事態ですな。仮にその輸送機のパイロットがなんらかの理由で幻覚をみているのだとしても、コクピットにいるのはパイロットひとりではないのでしょう？　あとの乗員はいったいどうしているのか……」

小室は西口とともにソファに腰をおろしながら、倉石をみていった。「たしかに輸送機には副操縦士とエンジニアが同乗してます。しかし、彼らは無線に応答していません。機内でなにが起こったのか、詳細も不明です」

倉石は唸った。なにかをじっと考えているようすで立ちつくし、やがてデスクに歩み寄るとインターホンのボタンを押した。嵯峨《さが》科長を通してくれ。倉石はそういって、ふたたび小室に向き直った。「そのパイロットを雇っている……たしか翼日堂という名の会社でしたね。そこと連絡は？」

「ええ。むろん警察が連絡をとり、輸送機が離陸した小牧空港のほうに呼びだされていると思いますが……。ごくありふれた中堅の運送会社にすぎないらしく、これまで問題を起こしたこともないようです」

「パイロットの名は？」

西口が懐から手帳をとりだし、身を乗りだした。「筑紫豊一。勤務歴十一年のベテランです。過去に違反や失点もなく、前科もないとの報告を受けてます」

ふうん、と倉石は腕を組んだ。「まず考えられるのは、薬物による幻覚症状ですが……」

そのとき、戸口のほうから男の声がした。「それはどうでしょう」

小室はふりかえった。戸口を入ってきたのは、わずかに光沢のある紺色のスーツに身を包んだ青年だった。年齢は二十代後半から三十歳ぐらいだろうか。やせ細った華奢《きゃしゃ》ともいえる身体つき、髪は長めでウェーブがかかっていて、片方の眉のうえに念入りに櫛《くし》を通したようなひとふさがかかっている。顔はやや面長で頰がこけていて、太くりりしい眉の下には鋭く知性あふれる両目が光り、そのあいだにはすっきりと通った高い鼻があった。薄い唇が固く結ばれているさまは、倉石のそれと似通っていたが、この青年の顔は倉石よりもずっと肌が白く、スーツ同様に皺ひとつ見当たらない。最近の若者に多い、どこか女性的な清潔感を漂わせた端正な顔だちだった。

青年は分厚いファイルを小脇に抱えたまま部屋の隅に立ち、落ち着きはらった声でいった。「薬物依存の進行状況を考えると、このパイロットの場合その可能性は皆無かと思いますが」

小室がめんくらっていると、倉石が穏やかにいった。「嵯峨敏也《としや》、催眠療法I科の科長です」

科長。この若さで。小室は舌を巻いた。たしかこの機関には常時数百人のカウンセラーが在籍しているはずだ。四十代、五十代のカウンセラーも多くいる。そのなかで科長職を務めるのは並大抵のことではないはずだ。この事態に倉石ほどの男が呼びつけたからには、よほど信頼度の高い職員にちがいなかった。

嵯峨は一礼し、にこりともせずにつづけた。「薬物には大きく分けて化学合成物質である覚醒剤《かくせいざい》と、天然物質を主原料とする麻薬の二種類があります。このパイロットが液体窒素などの医療用品を運搬していたことを考えると、後者の麻薬は医療で麻酔に使用されることもあり、合法的に手に入った可能性もあります。ただし、麻薬は中毒症状が激しく、脳の破壊も急激に進行します。妄想や幻覚が生じるところまで症状が進んでいたとすれば、いままで一度か二度はミスを犯し、とがめられた経緯があるはずです」

西口が急《せ》かすようにきいた。「麻薬でないとしたなら、ほかにどんな原因が考えられますか」

そうですね、と嵯峨はひと息ついて答えた。「たとえばタバコやコーヒーなども、大量に摂取すれば幻覚に結びつく可能性はあります。コーヒーのようにカフェインを含むものは習慣性があり、過度に摂取すると不眠を引き起こします。また、タバコのニコチンは脳を覚醒させる効果がありますが、タールやダイオキシンなど有害物質を多く含んでいるので、おもに免疫系を破壊します。ただしこれらも、麻薬同様にそこまで頻繁に摂取していれば周りが気づくはずです。よって今回の件は、そういう物理的な要因以外のことによって引き起こされたのでは、と思います」

嵯峨の声にはふしぎなトーンの響きがあった。若者らしい甘さと、男性的な厳格さが入り混じった、丁寧で人の心をとらえる話し方だった。嵯峨の声は、小室の娘が好きなテレビのバラエティ番組にでている男性アイドルタレントの声に似ていた。舞台演劇で培ったような明瞭《めいりよう》な発声、しかし同時に落ちついた低い小声を心がけていたあのタレントの声。この若いカウンセラーの発する言葉は、そのタレントと同様の聴きやすさと奥深さに満ちていた。小室はそう感じた。そういえば、顔だちもあのタレントに似ている。名前はなんといったか、あのタレントは……。

ふいに嵯峨が告げた。「稲垣吾郎《いながきごろう》ですか」

小室ははっとして顔をあげた。嵯峨の澄んだ目が、じっと小室を見つめていた。

西口が妙な顔をして小室をみた。「なんです？」

小室は動転していた。この男は自分の心のなかを読んだのか。これが洞察によるものだとしたら、あまりにもずば抜けている。まるで以心伝心の世界だった。

「嵯峨」倉石がため息まじりに声をかけた。

「すみません」嵯峨はかすかに笑った。はじめてみせた笑顔だった。「同僚にもよく似ているといわれているので、あなたがそう思われたのだろうと」

「しかし」小室はいった。「どうしていま、そう感じていたのがわかったのですか。あまりにもタイミングがよすぎる」

「それは、あなたの視線の動きです」

「視線……？」

嵯峨はうなずいた。「人間は無意識のうちに思考が眼球の動きになって表れます。左上に視線が向かったときは、以前に見たことのある光景を思いだしている。右上なら、見たことのない想像上の光景を思い浮かべている。左下を見ているときには、声や音などを想起していますｏあなたは僕の声を聞きながら、目が左下に向き、ついで左上の虚空をぼんやりと眺めた。表情筋が弛緩《しかん》ぎみであるということは、事故に関《かか》わる重大事を思い浮かべているわけではない。それで僕の声を聞いたときにありがちな人の反応だろうと見当をつけたわけです」

西口が苛立ったようすで小室にいった。「こんなときに、そんなことを考えるなんて」

「いや、申し訳ない」そういいながら、小室はまだ驚きを失っていなかった。優秀なカウンセラーは相手の心のなかを読む術《すべ》を身につけているとはきいていたが、これほどみごとなものだとは思っていなかった。

嵯峨は穏やかな顔を西口に向けた。「失礼しました。でもあなたも、緊急時でありながらさっきから子供のころのことばかり思い起こしていたでしょう？　子供のころ育った街並みとか、友達の顔とか……。たぶんいま危険にさらされている土地が、あなたの生まれ育った場所ではないのですか」

西口は目を見張って絶句した。言葉にならない声を無理やり絞りだすようにしていった。

「どうして、それを……」

「左上を見て遠くに焦点が合っていたからです。かなり昔の記憶を想起しているのだろうと思いました。いいですか、おふたりとも、このような急を要する場でそういう思考が生じたことを、恥じることはありません。察するにおふたりとも、あまりにも事態が大きすぎて緊張が強まっており、それを和らげるための適応規制として無意識に僕の言葉を聞き流し、ほかのことを考えようとする衝動が起きているんです。これは強いストレスを感じているときには誰でも同じです。しかしそれでは、こうしてディスカッションをしている意味がありません。どうかもっとリラックスして聞いてください。ある意味では、腹をくくった気持ちになることが重要なんです」

嵯峨のアドバイスは的確だった。恐ろしいほどに的を射ていた。そしてそれは、小室にとって驚くほどの沈静効果をもたらした。不安に揺れ動いていた自分の心を正確に見抜かれたことで、かえって落ちつきを取り戻した。自分の気持ちは誰にもわかってはもらえない、そういう孤独感と絶望感が払拭《ふっしょく》された、そう感じた。

西口も同じらしかった。こわばっていた顔がわずかに緩み、小さくうなずいた。それは、この東京カウンセリングセンターなら事態の解決もあるいは不可能ではないと感じた、その証かもしれなかった。

たしか二十年ほども前に倉石に会ったときにも、カウンセラーの芸術的ともいえる洞察力と話術に圧倒された。しかし嵯峨という男の素質は、それをさらに上回っているように思えた。倉石が高く買っているわけだ、小室はそう思った。

「それで」小室は嵯峨にきいた。「そういう物理的な理由以外に、幻覚をみることはありうるのですか。やはり以前の事故と同じ、精神分裂病というものなんでしょうか」

嵯峨は肩をすくめた。「もしそうだったとしましょう。精神分裂病は、思春期の破滅型、青年期の緊張型、成人期の妄想型に大別されています。このパイロットの場合、三十代半ばにして発病したことになるので、羽田沖事故と同じく妄想型と推察されます。妄想型精神分裂病ならば、たしかに幻覚や妄想など激しい急性症状にみまわれることになります」

西口がきいた。「そうだったとして、対策は？　精神分裂病は治らない病気だときいたことがあるんですが……」

倉石がため息をついていった。「いえ。このところの精神医療の進歩で、新しい治療法が次々と開発されてきました。当センターは病院ではありませんが、私をはじめ精神科の医師免許を取得した人間も多くいますので、薬物療法の併用もおこなえます。ただし……」

倉石が口をつぐみ、困惑のいろを漂わせながら嵯峨をみた。

嵯峨は上司の心中を察したようすで、あとをひきとった。わきに抱えていたファイルを小室にさしだしながらいった。「これを。羽田沖事故の妄想型精神分裂病に関して、当センターとしてまとめあげたものです」

小室はとまどいがちにそれを受け取った。「われわれが調査から撤退したあとも、これだけのことを？」

倉石がいった。「そうです。いつかは取りにこられると思ってましたから」

「ただし」と嵯峨。「まさか、同様の事故についてこんなに事態が切迫したときにお越しになるとは……。その書類の第七項、事故の予防および治療法という欄をご覧いただければわかるのですが、そうした精神病の兆候がみられた場合、向精神薬服用を主体とする外来の通院治療をつづけることが、最も早期解決につながります。ほかに精神療法やカウンセリングを併用し、社会復帰のためのリハビリテーション、家族の協力などが……」

西口が首を振った。「いまはそんな暇はないんです。妄想を抱いたパイロットは操縦輪を握って空中にいるんですよ」

嵯峨は深刻な表情をうかべた。「わかっています。ただ、これだけはいっておきます。精神病の場合、それを瞬時に治すような方法は存在しません。魔法のような術を求めておられると、かえって解決は困難になります」

西口はなおも不服そうにいった。「そうはいっても、いまは藁《わら》にもすがりたいというのが事実です。あなたは催眠療法科の科長さんなんでしょう？　無線を通じて、パイロットに催眠をかけて……」

嵯峨は手をあげて西口を制した。「催眠とはあくまで言葉の暗示によって、相手の心理状態を変容させ若干のリラクゼーションを与えるていどのものでしかありません。たしかに深い催眠状態まで誘導できればいくらかの暗示を受け入れさせることはできるでしょうが、飛行機の針路を変えさせるなどの複雑な指示は無理です」

「無理でも、やってみてくれませんか」

「まだおわかりにならないようですね。催眠療法は、テレビや映画でみられるような〝催眠術〟ショーとはまったく異なるものです。相手の側が、こちらの言葉に耳を傾けて暗示を受け入れようとしないかぎり、効果はありません。呪文《じゅもん》か念仏のようなものを唱えると相手が自然にこちらの言いなりになるとか、そういう種類のものではないんです。魔法ではないと申し上げたのは、そういう意味です」

西口は口をあんぐりと開けて、なおも反論しようとする素振りをみせたが、なにも言葉を思いつかなかったらしい。がっくりと肩を落とし、ソファの背に身をうずめた。

小室は嵯峨にきいた。「パイロットのいっている、陰陽道とか道真の手という言葉には、どんな意味があるのですか」

嵯峨は首をかしげた。「陰陽道というのは古代中国の学問で、陰陽五行の理《ことわり》に基づいて天文や暦、占いなどの判断をおこなうものです。ただオカルティズムは、当センターの専門外なので……」

倉石がいった。「精神病患者は、幻覚や妄想も手伝っていわゆる超常現象を真実とみなし、オカルト信者になる場合があります。この筑紫さんというパイロットも、その可能性が高いでしょう」

西口がつぶやくようにきいた。「まさか、本物の呪《のろ》いだとか……」

嵯峨がきっぱりといった。「ありえませんね。このような異常かつ緊急の事態でも、ご自身が分野は違えど科学者であることを忘れないでください」

西口は黙りこくってうつむいた。その横顔にはふたたび絶望のいろがあらわれていた。

小室は戸惑いながら、手もとの書類をひらいた。意識せずともそうしていた。と、ふとその手が凍りついた。小室は顔をあげ、嵯峨にきいた。「この書類は……」

倉石がうなずいた。「詳しい内容でしょう？　正直な話、私もそこまでのものがまとまるとは思ってもみませんでした」

西口がきいた。「なんです？」

小室はページを繰った。この羽田沖事故の機長の精神分析、それはふつう司法機関が専門家に依頼して作成させる精神鑑定書などとはあきらかに異なっていた。どのページにも飛行機の図面やコクピットの図解があった。離陸時の騒音が聴覚に与える緊張と不安の度合い、オーバーヘッドパネルのライティングが視覚に及ぼす影響、シートの硬度やベルトの素材が機長の精神状態にどのような変異をもたらしていったか、一分ごとのタイムテーブルを作成して克明に記してあった。ざっとみただけでも、その分析は飛行機のあらゆるハードウエアに詳しく、操縦士の心理を知り尽くしている人間にしか行えないものであることがわかる。

欄外には「赤字で記された部分は機長の精神的変調に多大な影響を及ぼしたポイントで

あり、これらの点の改善をもってすれば仮に同様の症状を持った機長が操縦していた場合でも、精神面に圧迫を与えず、事故を回避する方法が模索できる」とあった。

これほど具体的かつ、価値のある報告書はみたことがなかった。小室はそう思った。おそらく航空事故調査委員会の報告書の持つ欠陥をすべて補ったものといってさしつかえないだろう。

小室は驚いて顔をあげた。「いったい……」

倉石は落ちついた声でいった。「当センターのカウンセラーは、たんに心理学をまなんできただけでなく、以前にさまざまな職業に就いていた者が多いのです。それらの経験を生かしながら精神分析や治療に役立てることにより、一部の医師やセラピストにありがちな視野の狭い症例判断を防ぐことができます」

「すると」西口がいった。「これをつくったのは、以前に航空機に関わる仕事をしていたひとですか」

そうです、と倉石がうなずいた。「作成者は、おもに未成年者のカウンセリングを中心に受け持っている、催眠療法II科の科長です。防衛大出身の幹部候補生だった人間で、岬美由紀という女性です」

小室は頭を殴られたような衝撃を感じた。その名は、日本の航空業界においては伝説的な存在として知られていた。小室はソファから跳ねおきんばかりに身を乗りだしていった。

「岬美由紀といえば、平成五年度の航空自衛隊女性パイロット一期生だったひとじゃないですか。F15Jイーグル主力戦闘機部隊に配属されていた……」

嵯峨はかすかに笑い、うなずいた。「本人は救難部隊に所属したがっていたのに、腕を見込まれてそうなったんです。それで嫌気がさして自衛隊を辞め、カウンセラーに転職しました」

小室は呆然としてつぶやいた。「まだ若いひとだったと思いますが……」

「ええ」嵯峨はいった。「僕と同じ歳、二十八です。でもカウンセラーとしての知識と素質はすばらしく、一時は政府の首席精神衛生官に任命されていたほどです。彼女にかかれば、僕ていどのカウンセラーなんて……」

はにかむような微笑を浮かべた嵯峨に、小室は打ちのめされたような気分になった。

「嵯峨さんほどのひとが、そんなふうにおっしゃるくらいの」

西口が軽く膝《ひざ》を叩いた。「思いだした。岬美由紀さんというのはここ数年、千里眼という仇名《あだな》で呼ばれているひとですね。そうですか、元自衛官の岬美由紀さんと同一人物ですか。なんでも人の心を見透かしてしまうとマスコミでも評判になっていた……」

倉石が禿げあがった額を指先でかきながらいった。「ええ、そうですね。彼女の師事していた人物がそのように呼ばれることを好んでいたせいで、いまでは岬美由紀も千里眼といわれるようになってしまいました。が、彼女自身はそう呼ばれるのを好んではいません。

岬美由紀の用いる技術は、さっき嵯峨がおこなったような観察力に根ざしたカウンセラーのテクニックにすぎません。オカルトとは無縁の、あくまでも学術的な心理学者ですよ」

「すると」小室はこみあげてくる希望とともにいった。「ひょっとして、岬美由紀さんが今回の事態に力を貸してくださるので？」

ええ、と倉石は力強くいった。「そのつもりです。残された時間でなにができるかはわかりませんが、とにかく彼女なら適任でしょう」

西口がきいた。「岬美由紀さんは、いまどちらに？」

「それが」嵯峨の顔が曇った。「伝言はくりかえしつたえているのですが、彼女も出張中なんです。果たして間に合ってくれるかどうか……」

倉石がいった。「彼女がつかまるまで、われわれとしても事態の解決のためにできるだけのことはするつもりです」

お願いします、小室はそういいながら、壁の時計に目を走らせた。時は刻一刻と過ぎていく。懐の携帯電話に着信がないということは、状況に変化はないのだろう。

いまも破滅の使者は京都上空を旋回しつづけている。残り時間は長く見積もっても、一時間強しかない。一時間。その事実に、ふたたび小室は希望が霧散していくのを感じた。

この報告書をもう少し早く受けとり、それなりの対処を促していれば、今回の事態は回避できたかもしれない。それをうやむやにしてきた官僚的体質。その代償は、あまりに大きい。小室はそう感じていた。

「刺すぞ！」涼平はナイフをふりかざしてから、何度もそうくりかえしていた。かなりの時間が経った。梨香は恐怖に凍りつき、身じろぎひとつしなかった。

だが、美由紀にはわかっていた。涼平にはナイフを振り下ろすことなどできない。そんな意図など、はじめからないはずだ。

美由紀の冷ややかな視線に耐えきれなくなったのだろう、涼平の視線がわずかに逸れ、刃物の先端をみた。

美由紀はその瞬間をのがさなかった。深く踏みこんで姿勢をいったん極端に低くし、そこから突き上げるように右手を繰りだした。右手は親指と人差し指で輪をつくるかたちにし、その二本の指先を開き、拳法《けんぽう》でいう月牙《げつが》叉手《さしゅ》の攻撃動作で涼平のナイフを持った手首に襲いかかった。つかむというよりも、曲げた中指の第二関節あたりでしたたかに涼平の手首を打った。涼平が悲鳴に似た声をあげた。鋭い打撃が手の感覚を麻痺《まひ》させる。ナイフが指先からこぼれ落ちそうになった。美由紀は金剛指《こんごうし》のかたちをとった手でナイフの刃をすばやくはさみ、涼平からとりあげた。急速に身をひるがえしながら一歩退いた。

涼平が美由紀の動きに驚き、さらに痛みを感じて手首をかばったときには、もう美由紀の動作はすべて終わっていた。美由紀はもとの位置に立っていた。ただし、ナイフは涼平から美由紀の手へと移っていた。

必要最低限の力しかこめなかったため、涼平はすぐに苦痛を感じなくなったようすだった。表情に残るのは、ただ驚愕《きょうがく》のいろだけだった。

緩められた涼平の腕から、梨香が逃れた。梨香はいまにも泣きだしそうな顔で、美由紀のほうに駆けてきた。

美由紀は梨香を抱いた。梨香は震えていたが、精神面にさほどのダメージはないようすだった。しっかりと自分の足に重心をかけて立っているところをみても、それはあきらかだ。美由紀はやさしくいった。「さあ、梨香ちゃん。廊下にでて、友達を安心させてあげて。先生たちには、まだ入ってこないようにつたえて。いい？」

はい、梨香は震える声でいった。その瞳が美由紀をとらえた。美由紀もじっと梨香を見返した。

やがて梨香は、かすかな安堵のいろを漂わせながらうなずいた。戸口へと駆けていき、廊下に姿を消した。

美由紀は教壇でうずくまっている涼平に目をやった。

涼平は言葉を失い、ただぼうぜんとして美由紀を見つめ返していた。

これで冷静な話し合いができる。美由紀はそう思いながら、手もとの忌まわしい物体に目を落とした。赤い柄に白十字がプリントされている。スイス製のアーミーナイフだった。「ウィンガー社製のソルジャーって品ね」美由紀はひとりごとのようにいった。「缶きりとワインオープナーに使うにはいいナイフね。ただし……」

美由紀は軽くナイフを宙に放って半回転させ、刃のほうを指先で持った。手首のスナップをきかせてナイフを真後ろに投げた。ナイフは一直線に飛び、教室の後ろにある掲示板に突き刺さった。

「とても鋭利な凶器になりうる。それをよくわかっておくことね」

美由紀は涼平に目を戻した。涼平は真っ青になっていた。さっきまで梨香がうかべていた表情が、いまの涼平にあった。

自分が手にしていたものが、ひとの命をも奪いかねない凶器であることを、いまさらながら認識する。ナイフを板に突きたてたことで、その効果は充分にあったようだった。お灸《きゅう》を据えるのはこれぐらいでいいだろう。

美由紀はやさしい言葉づかいを心がけた。「じゃあ、なんのためにこんな異常なこと、というより異常になった振りをしたのか、きいてもいいかな?」

涼平は驚いたように目を丸くした。やはりそうだ、と美由紀は思った。子供が内包している心理を正確に見抜き、まずはっきりとそれをつたえる。そのことで、子供が大人に対して張り巡らせた心の障壁を、軽く取り除くことができる。美由紀はそのことを、経験で熟知していた。そして涼平も、その例に漏れなかった。

「なんで」涼平は小声でつぶやくようにきいてきた。「わかったの」

本当に異常なのではなく、演技だということがなぜわかったのか。涼平はそれをききたがっている。美由紀はそう察した。こういう場合の子供は、言葉少なに他者と接しようとし、それで理解されないとすぐに心を閉ざしてしまう。推察を誤るわけにはいかない。美由紀は注意深く言葉をさぐった。

「さあ」美由紀は肩をすくめてみせた。「なんでかな。わたしにはわかったのよ」

その言葉に、涼平はいっそう関心をしめしたようすだった。もっともそれは、わずかな表情の変化にすぎない。だが美由紀は、これで会話の糸口がつかめたと確信した。

「涼平くん」美由紀はあえて下の名前で呼んだ。「アクセルレーターズのCDアルバムのなかでは、どの曲がいちばん好みなの？」

涼平の顔がわずかに赤みがかった。胸の高鳴りを覚える、そんな境地らしいことがみてとれた。涼平はいった。「六曲目」

「〝ライセンス・トゥ・スリル〟ね」

やはり。美由紀はそう思った。スクールカウンセラーは十代の文化に精通していなければならない。だから美由紀は覚えていた。アクセルレーターズは、過去半年にわたってオリコンのヒットチャート初登場一位を連続して記録している。このままあと二、三曲のシングルが同じように一位を更新すれば、Mr.チルドレンを抜いて史上最高の記録を打ち立てるだろう。〝ライセンス・トゥ・スリル〟はそのなかでも最もヒットした曲だった。曲調としては、かつての尾崎豊に共通するスピリットがある、そのように評されていた。しかし、その歌詞はPTAや教育委員会、ひいては国会でも審議されるほど社会問題化していた。

美由紀は暗記している曲のサビの部分を口にした。「生あるものはいつかは滅ぶ　かたちあるものはすべて崩れる　だからぶち壊すのさ　ふたたび生命《いのち》宿らぬように」

涼平はなにもいわず、じっと美由紀をみかえしていた。

「この歌詞」美由紀はきいた。「どう思う?」

「べつに」と涼平は答えた。

「大人たちの意見では、この曲の歌詞はひとの命というものを軽んじていて、涼平くんたち十代の若者が熱狂的に支持するのはそれだけ若者の心が荒れている証拠で、同時にアクセルレーターズの曲にも若者の暴力性を刺激し煽《あお》る有害性があると……」

「そんなことはない」涼平は表情を硬くした。

「わかってるわ」美由紀は微笑みかけた。「人間はそんなに単純じゃないもの。ね?」

涼平の顔にやや翳《かげ》がさした。黙ってうつむき、悲しげに視線を落とした。

歌詞のメッセージに感化されたというと、誰もが自分はそんなことはないと否定しがちになる。事実、そんな指摘は相手との距離を広げるだけでしかない。だから美由紀は、あえて涼平が望んでいるであろう言葉を投げかけた。人間は単純ではない、ばかにするな、そういいたげな涼平の心境をくみとった。

だが美由紀は、実際には心からそう思っているわけではなかった。音楽と歌には暗示の作用がある。そのメッセージ性と無関係ではいられない。とはいえ、涼平が音楽の暗示を受けて暴れまわったと思うほど短絡的に考えてはいなかった。

「涼平くん、アクセルレーターズのメンバーでは誰が好きなの？」

しばし沈黙があった。涼平は顔をあげた。「なんでそんなことをきくの？　べつに誰でもいいだろ」

発言したがっている気持ちの裏返しだ、美由紀はそう感じとった。「わたしはドラムがいいと思うの。ヨシオってひとね」

涼平の目に、かすかに興味のいろがあらわれた。「変わってる」

「そう思う？　まあ、ビジュアル系バンドのメンバーのなかで、ドラムにまっさきに注目するひとは少ないかもね。でも、ドラムは民族音楽ではヒーリングの効果がある楽器だといわれるし、リズムを刻みテンポを取るバンドの要《かなめ》になるポジションだと思うの。裏方じゃなくて、真の主役だと思うんだけどね」

「そうかな」涼平は首を傾《かし》げた。

ドラムという楽器の一般論には興味がなさそうだった。美由紀は言い方を変えることにした。「目立たないけど、アクセルレーターズはほかのビジュアル系バンドと違って本格的なロックのビートを基盤にしてる、その違いが大きいと思うの。かつてのルナシーやXジャパンほどドラムが前にでて主張している感じはしないけど、ヨシオの技巧にはすばらしいものがあるわね。ほかのメンバーが充分に個性を発揮できるのも、ヨシオのドラムがあってこそじゃないかな」

涼平の表情には、あきらかな変化が表れた。腕や脚の力も弱まり、さっきよりも弛緩《しかん》した感じがみられる。身体がリラックスしてくるのは、心もそうなってきている証拠だった。

美由紀はいった。「涼平くんが好きなのは、やっぱりヴォーカルのヒロユキ？　それにベースのマサシって感じかな？」

「そうだよ」涼平は無表情に答えた。「それが悪いの？」

美由紀は首を振った。「悪くないわよ。かっこいいし、人気もあるものね」

涼平の目に光がやどった、そう美由紀にはみえた。涼平は抱えこんでいた膝を解放し、足を崩して投げだした。

「涼平くん」美由紀は静かにいった。「なんでこんなことをしたか、自分でわかる？」

「わからない」涼平はいった。

「納得してもらえないとか、嘲笑《ちょうしょう》されるとか考えないで。ひとはそれぞれに違いがあるし、他人にはわかりえない苦しみもあるわ。でもひょっとしたら、自分ひとりだけが抱えていると思っていた悩みを、ほかの誰かも抱えているかもしれない。誰にもいえないだけかもしれない。そうでしょう？　だから、話してみてほしいわ」

涼平はじっと美由紀を見返した。口もとが震えている。いうべきかどうか迷っているらしかった。

「誰にもいわない？」涼平はきいてきた。

「もちろん。約束するわ」

涼平はうつむき、小声でささやいた。「ヒロユキと友達になりたい」

そういってすぐに、涼平は上目づかいで美由紀をみた。美由紀の反応が気になるのは当然だった。

美由紀もそれを予測していた。ここでは一瞬でも相手を戸惑わせてはいけない。勇気をだして発言してくれたのだ、大人に軽蔑《けいべつ》されたという印象を与えることは絶対に許されない。

涼平が見返してすぐ、美由紀は答えた。「誰だって、そう思うわよね。彼に対しては」

美由紀は決してアクセルレーターズのヴォーカルに魅了されてはいなかった。それでも、ヒロユキというその男性が広く人気を博し、若者の心をとらえていることはよく知っていた。カウンセラーは世間の流行に敏感でなければならない。社会の風潮が人々の心理にどう影響しているのか、それをいつも把握している必要がある。

「彼と」美由紀はきいた。「友達になって、なにがしたいの？　どんなことを話したい？」

「わからない。ただ友達になってくれればいい」

「涼平くんと同じくヒロユキのファンで、友達になるようなひとはいなかったの？」

「そんなの、だめだよ。そんなの何の意味もない。本人じゃなきゃ意味がない」

美由紀はしだいに、涼平がなにを訴えているのかわかってきた。それはおぼろげにひとつのかたちをとりはじめていた。子供のころなら誰でも感じる気持ち。大人になると、つまらない過去の幻想として片付けてしまうもの。しかし、十代のうちはそうもいかない。ことに、涼平のような純粋な少年にとっては。

「もしちがっていたら答えて」美由紀はいった。「あなたは高校卒業後の進路について、なにも決めていないと答えてるわね。でも心のなかではしっかりときめている。あなたはバンドでプロデビューしたいと思ってるし、そうなれないのなら生きていても仕方ないとさえ思ってる。でもいままで誰かと組んで音楽活動をしてきたわけでもないので、どうしたらいいかわからない。なにより、アクセルレーターズの生き方に憧《あこが》れ、彼らが心底好きで、特にヒロユキについては兄のように思ってる。いえ、本当に兄弟になりたいとさえ思ってるのね。でも他人である以上、できるだけ近しい友達になりたいと思ってるのよ。彼らと一緒に、毎日笑い合って暮らせればそれでいい、その気持ちだけが頭のなかを支配して、それ以外の生活なんてとても考えられなくなってる」

涼平の顔はみるみるうちに赤くなった。「ちがう!」

「そうね。否定したくなるわね。でもちがってはいないのよ」

また静かになった。

涼平はふたたび膝を抱えた。うつむきながら、ぼそりといった。「なんで、わかるの」

美由紀の推察は正しかった。涼平は学校でも家庭でも孤独を感じている。ほんらい、生活の延長線上に存在するはずの娯楽や趣味が、片時も心から離れなくなるほど、いまの生活を無味乾燥なものだと思っている。だからアーティストに心酔する。心のよりどころは音楽を聴くことばかりでなく、その対象となる人物に対する愛情へとつながる。愛情は、相手との対等な人間関係を求めていく。涼平は、アクセルレーターズのメンバーを友達とみなし、彼らと親しくなった自分を日々夢想しているにちがいなかった。

美由紀はいった。「涼平くん。この事件を起こした理由は、ヒロユキに自分を知ってほしかったから。そうじゃない?」

涼平は黙っていた。かなりの時間が過ぎた。やがて、涼平はつぶやいた。「そうかもしれない」

「事件を起こしたところで意味がない、ひとに尊敬されるわけでもない。それはわかってるけど、いてもたってもいられなかったのね。涼平くんはヒロユキのことをよく知っている。でも彼は涼平くんのことを知らない。その状況が、がまんならなかったのね」

「……そう」涼平は小さくうなずいた。「そうだね」

衝動を起こしたときには、自分でもよくわかっていなかったにちがいない。しかしその衝動を引き起こした理由を、涼平はいま自覚した。美由紀はその手応えを感じた。

涼平と同じような境遇に置かれ、なおかつ著名人を愛した人間でなければわからないことだが、こうした心理状態は決して奇異ではない。美由紀はそのことを臨床の現場で学んだ。同じような症例は何度もみてきた。世に多発する凶悪事件の原因のひとつにも数えられている。たとえば昔、ロナルド・レーガン大統領が狙撃《そげき》されたとき、その犯人は手記にこう書き残していたという。自分は『タクシー・ドライバー』のジョディ・フォスターが好きでたまらない。彼女のことはなんでも知っている。だが彼女は、いっこうに自分を知ってはくれない。だから大統領を撃つのだ、と。

「どうせ」涼平はつぶやいた。「僕はばかだよ」

「どうしてそんなことをいうの？　そんなわけないじゃない」

「ばかだよ。頭もおかしい。だからこんなことをする」

美由紀はそうは思わなかった。もし涼平が神経症的な深みにはまりつつあるなら、涼平は夢想に満足する無気力人間になっているはずだ。実際に行動を起こすより、夢想に身をゆだねていたほうがはるかに楽なのだから。だが彼は、それでは満足できなかった。現実の世界が、夢に近づいてほしかった。それでもどうしたらいいかわからない。ヒロユキと友達になるどころか、顔をあわせる方法さえみつからない。ブラウン管のなかに現れる有名人、彼らはすべて別世界の人間にみえる。逆にいえば、ブラウン管のなかの人々はみな横のつながりがあるように思える。だから彼らに加わりたい、不特定多数の人間に名前と顔を知られたい……たとえ愚行だとわかっていようと。そうせねば気がすまない心境。思春期、孤独、心を奪われるほどの偶像崇拝。すべてが揃わないかぎり起こり得ない心理現象。しかし涼平は、いまその渦中にある。

「よくわかるわ」美由紀はそういいながら、涼平に近づいた。涼平に並んで、教壇に腰を下ろした。

涼平は面食らったようすだったが、身を退《ひ》こうとはしなかった。

美由紀は涼平と肩が触れ合うほど近づいて座っていた。虚空をながめながら、ぼんやりといった。「わたしも昔、似たような思いにとらわれたわ。誰でもいちどは、そうなるものよね」

涼平が美由紀をみた。「ほんとに、そんなことがあったの」

「うん。そうねえ。わたしが涼平くんと同じぐらいの歳だったころ……わたしも夢中になったアイドルがいたのよ」

その言葉は、涼平にとって意外に思えたらしかった。「先生が……？」

美由紀は笑った。「とにかく、寝ても醒《さ》めてもそのひとのことしか考えられなくなって、自分でもばかげてると思うんだけど、出演しているテレビ番組を録画したり、ファンクラブに入ればなんとかなるかなと思ったり、原宿にでかけて生写真買いあさったり……。大学受験が迫ってたのに、ずいぶんおかしなことしてたなあって思うけどね。わたしの周りは勉強できる子ばかりだったから、誰にもいいだせなかったけど、ここだけの話、本気で好きになってたのよ」

「それ」涼平がきいた。「どんなアイドル？」

美由紀は言葉に詰まった。こういう話をするのは苦手だった。だが、つくり話ではない。まぎれもない事実だった。その後、防衛大から航空自衛隊へ、そして東京晴海《はるみ》医科大付属病院から東京カウンセリングセンターへと転身するなかで、いちども口にしなかったこと。ごくふつうの、少女時代の思い出だった。

「誰にもいわない？」美由紀はきいた。

「いわない」涼平はわずかに微笑して答えた。

「涼平くんは知らないかもなあ。ジャニーズ系で……」

「光ゲンジとか？」

「知ってるの?」

「知ってるよ、それぐらい」涼平は笑った。今度ははっきりと笑った。「ダサいよ」

美由紀は顔がほてるのを感じた。赤面しているかもしれなかった。自分の心を見透かされた経験はあまりない。「笑われるのはわかってたわ。その当時から、恥ずかしくてひとにいえない気分だったから。でも、わかってはいるけど心をとらえて放さない存在だったのよ」

「光ゲンジの、誰のファンだったの?」

「それは、その」美由紀は返答に困った。なぜかあまりにも恥ずかしい答えに思えた。「まあとにかく、そのひとのことを昼も夜も考えてたの。いま自分がこうしているときにも、彼は地球上のどこか、たぶん東京のどこかだろうけど、どこかにいてなにかをしている。いまこの瞬間にも。どこでなにをやってるんだろうなあ……なんてね。そんなことばかり考えてた。コンサートにでかけて、近くのファーストフードにでも入ったら、偶然そのひとがいて、知り合いに……なんてことまで夢想したりとか」

涼平は笑った。「そんなことまで」

「あら、おかしくないでしょう。涼平くんと同じよ」

「ちがうよ」

「どこがちがうの?」

「僕が好きなのはヒロユキだし、男だし、恋愛とかそういうものじゃないし……」

「でも友情を持ちたいと思ってるわけだし、心をひかれているのは変わりがないじゃない？　わたしも熱病にうなされるような日々がつづいたのよ。とても苦しいことだったように記憶してるわ。おかしな話よね、観て楽しむはずのタレントさんに恋愛感情を持ったことで、かえって苦しい思いをするなんて。でも涼平くん、それだけヒロユキが好きなら、少しでも長く自由な生活をして、会えるチャンスを増やしたいとは思わない？」

「会えるチャンス？　そんなものはないよ」

「わからないわよ。もっとも、彼のことが好きでいるうちに会えるかどうかはわからないけど。世の中にはたくさんの出会いがあるし、自分の人生のなかで気持ちも変わっていくものよ。だから生き急がなくていいんじゃない？　お巡りさんに捕まったんじゃ、かえってチャンスも遠のくでしょう。そう思えば、なにもない生活を送るのも悪いことじゃないと思うけど。いったんそういう生活を送ってみて、それからなにをするかを考えてみれば？」

涼平はかすかに安堵のいろを漂わせていた。同時に、そわそわした感じもみうけられた。廊下のほうに目をやり、ささやいた。「叱られるかな」

現状が気になりだした。冷静さを取り戻した証拠だ。美由紀はいった。「だいじょうぶ。わたしがいっしょに出ていって、そんなことにならないようにするから」

涼平は、さっきとはうって変わって優しさに満ちた目を美由紀に向けた。「また話せる？」

その瞳には、寂しさと後悔の念がこめられているようにみえた。美由紀のように共感してくれるひとがいるのなら、こんなことをすべきではなかった。そういいたげな目つきだった。

「もちろん。学校にいるときでもいいし、虎ノ門の東京カウンセリングセンターにきてもらってもいいわよ。相談者としてじゃなく、友達としてつきあいましょう」

涼平は黙って美由紀をみつめていた。その大きな瞳が潤んだ。みるみるうちに涙が満ちてきて、やがて表面張力の限界を超え、しずくとなって頬をこぼれおちた。

「誰もわかってくれなかった」涼平は泣きながら、早口に喋《しゃべ》りだした。「友達なんかできるはずもなかった。お母さんも、なにもわかってくれない。ボリュームをあげてアクセルレーターズを聴いていても、その意味を理解してくれない。僕がなぜヒロユキが好きなのか、それを考えてほしかったのに」

涼平は顔を真っ赤にして泣きじゃくっていた。美由紀はようやく、全容を理解できたと思った。涼平の悩みは、すなわち家庭に対する不満だった。彼は家庭のなかで両親とうまく交流できない自分を感じている。アクセルレーターズのメンバーに自分のあこがれと人間関係の理想をみた涼平は、自分がそう思っていることを親に理解してほしかった。自分という人間の価値観や心情をアクセルレーターズを通じてわかってほしい、そう親に訴えつづけていたのだ。

美由紀は涼平を抱きよせた。涼平は美由紀の腕に抱かれて泣きつづけた。親と相容れない悲しさ。そのことを美由紀は、よくわかっているつもりだった。十代のころ、美由紀も両親と対立しつづけた。やがて美由紀が成長し、親の存在を尊いものと感じたころには、両親はこの世にいなかった。

美由紀は、泣いている涼平の頭をそっとなでた。声にはださなかったが、心のなかでささやきかけた。心配しないで。あなたは独りじゃないわ。

白井教頭は廊下にたたずんでいた。教員たちの誘導で生徒たちは三階に移り、この二階廊下はひっそりと静まりかえっている。近くで学年主任がおちつきなく歩き回り、往復しているほかには、誰もいない。

十分ほどが過ぎた。まだふたりは教室のなかにいる。なにか、とんでもないことが起きているのでは。そんな不安が頭をかすめる。だが、岬美由紀というカウンセラーは梨香を通じてつたえてきた。ふたりの話し合いを邪魔しないで、と。

いちど信じたからには、最後までその信念を変えるべきではない。そう思っていた。自分はこれまでにも多くの後輩をそうして育ててきた。教員は経験によって育《はぐく》まれる。カウンセラーとて同じだろう。岬美由紀はあの歳でもうベテランの領域に達しているようだが、たとえ問題が容易に解決できなかったとしても、彼女が助力を求めてこないかぎり救いの手をさしのべるべきではない。彼女はおそらくいま、全力でひとりの生徒と向き合っている。そこに介入する余地はない。

そのとき、扉が開いた。美由紀が戸口に姿を現した。

岬先生。そう声をかけた白井は、思わず立ちすくんだ。美由紀のすぐ横に、日向涼平が立っていた。涼平はあいかわらず無表情で、視線を床に落としていた。

「さあ」美由紀は涼平にいった。「先生にちゃんと謝ったら、授業に戻るなり、家に帰るなりしていいわ。きょうは好きにしていいの。わたしから、教頭先生にいっておくから」

驚いたことに、涼平はぺこりと頭をさげ、それから歩きだした。あまりにも意外だったので、白井は立ちつくしたまま無言でそのようすを見つめていた。

やがて、学年主任が我にかえったようすで静かにいった。「よし、じゃあとりあえず職員室にいこう」

涼平がわずかに顔をあげた。その目は、泣き腫《は》らしたように赤くなっていた。白井はそれをみてとった。

まだ疑わしげな顔をした学年主任と、歩をあわせるようにして涼平は歩き去っていった。

白井は美由紀のほうをみた。「いったいどうやったんです。あの子があんなにおちつくなんて」

美由紀は冷静さを漂わせながらいった。「本音で語りあっただけです」

本音。このカウンセラーの本音とは、いったいどんなものなのだろう。白井はそう思いながら、美由紀の表情が教室に入る前にくらべて、ずっと穏やかなものに変わっていることに気づいた。ひとを射すくめるようなところもあった彼女の神秘的な瞳は、いまは子供っぽい、あるいは女神のようなやさしさに満ちている。生徒とのひとつの危機を乗り越えた、その安堵感に包まれている、そうみえた。

「岬先生」白井はいった。「なんとお礼をいえばよいのか……」

ふいに電子音が短く鳴った。美由紀は白井のほうを見かえしていたが、白井がどうぞ、というと、失礼します、そういって携帯電話をとりだした。

メールが着信したらしい。美由紀は二つ折りになった携帯電話を開き、液晶画面を見つめた。その顔が、ふたたびこわばった。さきほど姿を現したときよりも、いっそう緊迫した気配を漂わせた。

「あの」白井は声をかけた。「どうかしたのですか」

すみません、と美由紀は顔をあげていった。「急な呼び出しがかかりまして……」

医者のように急患がでて呼ばれることが、カウンセラーにもあるのだろうか。白井はそう思いながらも、微笑んでいった。「いえ。そういうことでしたら、お引き留めするわけにはまいりませんよね。ぜひまたじっくりと話を聞かせてください」

ありがとうございます。そういって笑いかえした美由紀の顔をみて、白井はついきのうまでこのカウンセラーを敬遠していた、そんな自分を恥じた。これほど素晴らしい教育者はいない。わたしたちは彼女に多くのことを学ばねばならない。そう痛感した。

「では失礼します」美由紀はそういって、足早に立ち去っていった。

白井は、教室の扉を入っていった。無人の教室。配置の乱れた机。

ふと、後部の掲示板に刺さったナイフに気づいた。いったいなにがあったのだろう。

白井はその場にたたずんでいた。かなりの時間がすぎた。

突然、どこからともなく、大きなエンジン音が響いてきた。白井は我にかえった。

校庭ではない、職員用の駐車場からだ。白井はそう思い、廊下に駆け戻った。ときどき卒業生や生徒の不良仲間がバイクでいやがらせにやってくることもある。

窓の下を見下ろし、白井は思わずあっと声をあげた。

駐車場には一台の黒光りする大型バイクがあった。たしかに暴走族じみた若者が乗りまわすような、馬のように大きなバイクだった。だがそれにまたがっているのは、襟をたてたブルゾンにジーパン、スニーカー姿に着替えた岬美由紀だった。一見して彼女とわかったのは、ヘルメットをかぶっていないせいだった。

美由紀はエンジンをふかしバイクを急発進させた。小柄な女性がまるでスクーターのように軽やかな走りで、停車中のクルマの合間を縫って門へと去っていく。

岬先生かっこいい。三階から、誰か女生徒が叫んだ。生徒たちの歓声が響いてきた。

白井教頭はあっけにとられ、ため息をついて窓辺にもたれかかった。スクールカウンセラーのおかげで、とりあえず生徒の起こした理解しがたい事件は収束に向かった。だが今度は、そのカウンセラーをどう理解すればいいのだろう。

フライト

美由紀はカワサキの一九九八年製ＺＲＸ１１００を駆って、目黒区のはずれを疾走していた。この辺りは狭い路地が多い。買い物帰りらしい主婦のわきを通りすぎた。主婦は足をとめて目を丸くした。それが一瞬美由紀の視界に入り、背後に飛びさっていった。リッターバイクにノーヘルメットでまたがる若い女、無謀な走り屋と思ったかもしれない。だが、それには理由がある。この緊急事態の下、走行中に携帯電話をかける必要があったからだ。道路交通法違反は承知していたが、ｉモードのメールで伝えられた内容は並みの事態ではない。自衛官時代にも遭遇しなかった重大な危機が、いま大都市の上空に存在している。

片手をポケットにつっこんで携帯電話をとりだした。いまひとつハンドルが安定しなかった。東京カウンセリングセンター勤務を機にいったんバイクを卒業しようとし、それまで乗りまわしていたＧＰＺ１０００ＲＸを売りに出した。が、やはりカウンセラーに転職しても、自分にはバイクで疾走して気を紛らわす時間が必要だと感じた。だからこのバイクを買ったのだが、まだ馴《な》らし運転が充分ではなかった。ホンダなら最初から馴染むのだろうが、カワサキのバイクはまさに野生の馬だった。ふつうなら千キロほどで馴らし運転が済むところを、このバイクの場合はあらゆるパーツの調子があがるまで二千キロ以上も要した。いまでもフロントサスペンションがやや固く、なめらかなリヤサスペンションとのバランスがとれていない。そのせいでコーナリングでの倒しこみが軽く、まるで二百五十ccバイクのように簡単に傾くのだが、曲がりぐあいはよくない。コーナーではかなり、慎重な走りを要する。

それでも連絡をとらねば。手もとに目をやらずに携帯電話のボタンを感覚でさぐった。検索ボタンを三回、そして通話ボタン。これでつながるはずだ。

バイクが路地から昔ながらの風情を残す商店街に入った。さいわい、通行人は少なかった。耳にあてた携帯電話から発信音がくりかえされる。すぐに相手がでた。東京カウンセリングセンター、催眠療法II科です。

部下の事務員の声だとわかった。美由紀はカワサキのエンジン音にかき消されないよう、大声で怒鳴った。「岬です。メール読んだわ。その後の状況は?」

「おまちください」部下の声は緊迫していた。「倉石部長からの伝言があります。航空局関係者が目黒区の烏山《からすやま》離着場で岬科長の到着をお待ちしている、とのことです」

「烏山離着場ね。わかったわ」電話を切ってポケットにおさめた。烏山離着場は小規模な民間専用の空港だった。ここからなら北西の方角だ。美由紀は商店街の角を左折しふたたび路地に乗りいれた。東京の路地はまさに迷路だ。近道を通ろうとすると、行き場を失って袋小路に迷いこんだりする。急がば回れだ。美由紀は路地を抜け、環状線に走りでた。

烏山離着場は、古い家屋が立ち並ぶ住宅地の真ん中にある。狭い路地を抜けるといきなり視界が開け、金網に囲まれた広々とした芝生の土地をまのあたりにする。一見、ゴルフ場かラグビー球技場のようだ。離着陸するセスナ機など小型飛行機の数もあまり多くない。ふだんはひっそりと静まりかえった、近隣の住民に広大な敷地の占有を嘆かれる土地にすぎなかった。

だがいまは、様相が一変している。美由紀は離着場沿いの道をバイクで駆けながら、金網ごしにそのようすをはっきりととらえた。

米シコルスキー社製のSH3シーキング・ヘリコプターのずんぐりとした機体が、滑走路の真ん中に居座っている。メインローターは回転をつづけ、いつでも離陸できる態勢にあるようだ。どことなくボートを思わせる大きな機体は、緊急着水を考慮して完全水密の艇体構造にしてある。そのため救難活動にも用いられることが多い。後部胴体部分に海上保安庁とある。この緊急時に、最も速く飛べるヘリが駆り出されたのだろう。

正門は開け放たれていた。美由紀はバイクを乗り入れ、ヘリに向かって駆けていった。ヘリの周りには整備員のほかに、三人のスーツ姿の男がみえる。ひとりは五十代、その横にいるのは四十代ぐらいにみえる。最後のひとりは、美由紀の同僚だった。嵯峨がまっさきに美由紀の接近に気づいた。ヘリの爆音でバイクのエンジン音もきこえないらしく、スーツ姿のふたりはこちらに目を向けていなかった。嵯峨が声をかけて、ようやくこちらに気づいたようすだ。

美由紀はヘリから離れたところにバイクを停《と》めた。降りて走っていくと、嵯峨が足ばやに近づいてきてふたりを紹介した。事故調査委員会の小室次席調査官と、西口調査官だ。

「どうも」美由紀は会釈していった。「あらましはきいてます」

小室はうなずいた。「では、詳しいことはヘリのなかで」

ふたりのスーツの男たちは、踵をかえしてヘリのほうに駆けていき、乗りこんでいった。美由紀もそれにつづいた。メインローターがもたらす突風のなかで、ヘリに乗りこもうとしたとき、背後からついてきた嵯峨の顔色に気づいた。

美由紀はきいた。「嵯峨君、だいじょうぶ? ヘリは苦手?」

嵯峨は青い顔をしていたが、激しく首を横に振った。「平気だよ。ここまで乗せられてきたんだから」

実際には、嵯峨にとって空の旅は大の苦手だと美由紀は知っていた。飛行機を極端に怖がる相談者に催眠療法をおこなうにも、嵯峨の場合はいっこうに効果があがらないのだ。自信たっぷりに、飛行機に乗っても不安は起きませんと、その暗示のひとことがいえない。

迷いが生じ、それが相談者につたわってしまう。そのせいだった。カウンセラーとしては美由紀の先輩にあたり、数々の論文を発表して学界を唸《うな》らせているエリートの、唯一の短所ともいえた。

「嵯峨君。なんなら、この場はわたしにまかせて……」

「いや、倉石部長に同行しろといわれてるんだ。それに、僕はついこないだアメリカから飛行機で帰ってきたばかりだよ。心配ない」

美由紀はため息をついたが、嵯峨に微笑みかけていった。「そうね。いきましょう」

ああ。嵯峨はそういった。その返答にわずかながら後悔の響きがこもっていたことを、美由紀は聞き逃さなかった。

ヘリが離陸してから三十分ほど経った。このヘリは実質的に時速三百キロ近くの巡航速度をだすことができる。流れていく雲のスピードからみて、おそらくそれぐらいの速度で飛んでいるのだろう。美由紀は窓の外に目をやりながら、そう思った。

美由紀と嵯峨が進行方向を背にして座り、向かいに小室と西口が座っていた。西口は緊張の面持ちでいった。「以上が、京都上空で起きた不可解な事態です。こうしているあいだにも燃料は着実に消費され、残すところもわずかのはずです。もちろんそれ以前に、故意であるか否かにかかわらず、輸送機が失速して墜落する可能性もあります。なにしろ、筑紫豊一操縦士は……まったくわけのわからない状態になっているものですから」

離陸後、西口が状況を説明するあいだ、嵯峨は黙ってうつむいていた。頭痛をこらえるように、指先で額をおさえている。早く地上に降りたいと思っているにちがいない、美由紀はそう察し、嵯峨を気の毒に思った。

美由紀は西口にきいた。「交信はずっと途絶えたままですか」

「ええ」西口はうなずいた。「無線が故障したわけでないことは、確認済みです。パイロットの筑紫氏が応答しない。それだけです」

小室が腕組みした。「失神している可能性もあるだろう」

西口は首を振った。「いいえ。さっき管制保安部から入った連絡によると、ＶＥ15輸送機は高度および針路を修正しつつ、正確に同一の円周上を旋回しつづけているそうです。操縦輪を握りつづけていることは確かです」

小室は、ふうっとため息をついて腕時計に目をやった。「大阪にある管制保安部管制課の出張施設に着いたら、すぐに航空交通流管理センターに……」

美由紀はいった。「待ってください。そこへは向かわずに、旋回中の輸送機そのものを目指すべきです」

西口は目を丸くした。「なんですって」

小室があわてたようにいった。「無線設備はすべてセンターのほうにあるんですよ。そこなら衛星からの情報も入るし……」

「いえ」美由紀は首を振った。「無線に応答がない以上、どこかの部屋にこもってマイク片手に呼びかけをつづけるしかありません。それは誰かがやってるでしょう。わたしたちは、目視できる位置にまでおもむき、いままで入手できていない情報を得るべきです」

「しかし」小室は困惑のいろをうかべた。「いまから全速力で飛んでも、われわれが到着できるのは輸送機の燃料が尽きるかどうかのころですよ」

「事件は会議室で起きているんじゃない、現場で起きているんです」美由紀はふたたび窓の外を見やった。「わたしの入院を見舞ってくれたあるひとの言葉ですけど」

小室と西口は戸惑いがちに嵯峨に目を向けた。

嵯峨はため息をつきながらいった。「ま、美由紀さんのことだから、いいだしたらきかないでしょうね」

西口は美由紀にたずねた。「なにか講じるべき手段があるのですか」

美由紀はあっさりと答えた。「行ってみなければわかりません。多くの人命がかかっている以上、少しでも可能性が開ける行動をとるべきです。離れた場所で無線だけを頼りにするよりはましでしょう」

小室が表情を険しくした。「地上で液体窒素の大規模な爆発が起きた場合、上空も危険になりますが」

そうでしょうね、と美由紀はいった。「京都に住む人々と運命を共にする覚悟があるかどうかときかれてるのなら、答えはイエスです。その気持ちで臨まなければ危機は回避できません」

その言葉に、西口は少なからず心を動かされたようだった。「たしかに」

「本気か」小室がきいた。

「ええ」西口は座席の後ろに備えつけてあった受話器をとった。「VE15輸送機を目指せ。

ヘリのパイロットにそう指示し、受話器を置いた。

西口は小室のほうをみた。「岬さんのおっしゃるとおりです。われわれ事故調査委員会は、いつも事故の発生後に現場に駆けつける役割だった。それが同種の事故の発生を防ぐための調査だとはいえ、いつも疑問に思ってきた。いまはその信念を試されているときです。そうは思いませんか」

小室は黙って西口を見返していた。やがてその口が開いた。「わかった。あるいは、きみのいうとおりかもしれん。われわれも逃げを打つ立場ではないだろう」

西口はうなずき、そして目を閉じた。運命を覚《さと》るように、座席の背に身をあずけた。

美由紀は彼らが腹をくくってくれたことに、内心ありがたさを覚えていた。保身をはかる官僚特有の体質は、いまこの場においては不要なものだった。彼らの強い決意は、それだけ事態を解決できる確率の上昇につながる。もっとも、はじめからごく低い確率であることは疑う余地はない。

それでも、あきらめてはいけない。美由紀は思った。運命などというものは存在しない。一分後の未来も、自分でつくっていくものなのだ。

「嵯峨君」美由紀はいった。「幻覚が生じた原因だけど……」

「ああ」嵯峨は、わずかに乗り物酔いの気配を漂わせながらも、真剣な顔で応じた。「倉石部長もいろいろなケースを検証してるけど、いまひとつわからない。妄想型精神分裂病という説については、どう思う？」

「可能性は高くないわね。みずから墜落を引き起こした羽田沖事故の機長とちがって、今回のパイロットの筑紫氏は旋回をつづけているだけよ。しかも、放せと要求しているということは、自分が捕らえられていて、無事に脱出しないかぎり危険だと信じていることになる。いうなれば、平常に運航しなければならないという義務と責任を失っていないわけね。何時間も旋回しつづけている現状をみても、一定の思考がそれだけ持続するということは、精神病とは考えにくいでしょう」

「僕もそう思う。だけど、ほかに物理的要因はありうるのかな。輸送機が飛んだ地域の天候とか、気温とか……」

西口がいった。「離陸した愛知の小牧空港はどしゃ降りの雨でした。上昇中に雷が当ったという連絡が、エンジニアから入ったと記録されています」

嵯峨は美由紀をみた。「落雷の電流が？」

美由紀は唸った。「たとえ雷の直撃を受けても、ＶＥ15なら内部への影響はないはずよ。でもコクピットが強烈な稲光にさらされた可能性はあるわね」

嵯峨がうなずいた。「光感受性発作か。でも、かつてのポケモン騒動同様、一時的に混乱が生ずることはあっても幻覚に至るとは思えないな」

「ほかに潜在的な原因があって、光感受性発作が引き金になった、とは思えない？」

「なるほど」嵯峨はいった。「それならありうるね。でも麻薬などの摂取以外に、そんな原因となるものがあるかな」

「極端な寝不足だけでも、充分原因になりうるわ。レム睡眠が摂取できていない状態が何日もつづいていると、起きているあいだに仮レム睡眠状態が発生し、幻覚や妄想が生じる。現実と夢との境界があいまいになるという点で、今回の事態によく当てはまるような気がするの」

嵯峨は何度もくりかえしうなずいた。「そうだな。それは有力な仮説だ。筑紫氏は不眠症だったのかもしれない。危険物を空輸するというストレスに日々さいなまれ、夜も眠れず……」

小室が首を振った。「いえ、それは考えにくいですよ。たしかに今回のように大量の液体窒素を運ぶという仕事はそうあるものじゃありませんが、彼らとてプロですからね。自分の腕には自信を持ってるはずです。それより、私も自分なりに考えてみたのですが……液体窒素そのものが噴出し、パイロットたちに物理的影響をおよぼしているとか、そんなことはありえないですか？」

美由紀はいった。「たしかに窒素が漏れていれば、思考や意識状態に多大な影響をあたえるでしょうね。多量に吸入すれば即、気絶してしまうでしょうし、空気中に混入しただけでも深刻な状況になります。酸素濃度が十四パーセント以下になった場合、呼吸量と脈拍が増加し、注意力や思考力の低下がはじまる。十パーセント以下で判断力が消滅、痙攣《けいれん》や発作が起きますが……」

「それだ」西口が興奮したようすでいった。「それにちがいない。以前に何の問題も起こしたことのないパイロットが、突如異変にみまわれた。積み荷に原因があるにちがいない」

いいえ、と美由紀はいった。「そこまで窒素を吸入したら、筋力も減少するはずです。VE15の操縦輪は補助翼を人力で動かす構造のため、操縦にはあるていどの力を必要とします。その状況で旋回をつづけることなど考えられません」

「くそ」西口は吐き捨てて頭を抱えた。「どういう理由なんだ、いったい」

「西口さん」美由紀はそっと語りかけた。「どうか、気を強く持ってください。最後の瞬間まで、あきらめるべきではありません。ご両親やご親戚の無事を、信じてください」

西口はうつむいたまま唸っていたが、やがて顔をあげ、美由紀をみた。「そうですね……。ここでじたばたしても始まらない……」

生まれ育った土地が最悪の事態を迎えようとしている、その事実から生じる危機意識は想像を絶するものがあるだろう。美由紀はそう思った。この西口という男はそんな状況で、気丈にも自我を保ち、事態解決のために尽力しようとしている。

なんとしても、彼らの気持ちに応《こた》えたい。美由紀は思った。大惨事が起きるとわかっていて手をこまねく、その苦痛は察するにあまりある。

　パイロットの幻覚がなんらかの理由による仮レム睡眠状態の発生によってもたらされているとすれば、どう対処すべきだろう。パイロットには現実と夢との判別がつかない。ゆえに、むりに彼の幻覚を妨げる方法をとろうとしても、反発され混乱状態におちいる可能性がある。夢にうなされているひとを揺すり起こすと、目覚めたあともその恐怖が残ってしまう。この場合、その何倍ものショックがパイロットを襲うことになるかもしれない。燃料が残り少ないいま、パイロットが取り乱すのは非常に危険だ。

　ならば、彼のみている幻覚の世界に入りこまねばならない。幻覚のなかで彼にとって自然な反応ならば、彼もしたがうのではないか。

「嵯峨君」美由紀はいった。「そのオカルトめいた幻覚についてだけど……」

「陰陽道ってやつだね」と嵯峨。「パイロットの筑紫氏本人が道真とか、陰陽道とか口にしているということは、そのあたりの知識があらかじめ筑紫氏にあって、今回生じた幻覚がその知識の記憶と結びつき、オカルト現象が目の前で本当に発生したと思わせている、と考えられるね」

「陰陽師を呼べ、と筑紫氏はいったのよね？　道真の手に捕らえられている、そこから脱するために陰陽師を必要とする……」

　小室が眉間に皺を寄せた。「道真って、菅原道真ですよね？　いったいどういう意味でしょう」

美由紀は答えた。「菅原道真は晩年、太宰府に左遷され、配所から一歩もでることのない日々を送っていたといわれています。劣悪な環境のなかで健康を損ない、道真を京で待っているはずの夫人の死去の報せが届くと、病はさらに悪化し、延喜《えんぎ》三年に死去した。その怨念が平安京を席巻しつづけた……と、『今昔物語集』にあります。この物語のなかで、道真の怨霊をはじめとする数々の妖怪を退治するのが、安倍晴明《あべのせいめい》という陰陽師で、いうなれば魔法使いか呪術師《じゆじゆつし》的存在……」

そのとき、ふいに嵯峨が小さな笑いをこぼした。すぐにそれは、明確な笑い声へと変わった。

緊迫した状況ゆえに、西口と小室は妙な顔をして嵯峨をみた。

美由紀も不審に思ってきいた。「嵯峨君、どうかしたの?」

嵯峨は周りの空気に気づいたらしく、失礼、そういって硬い顔つきになった。しかしまだ、どことなくおかしさを感じているような目つきでいった。「テレビドラマだよ、NHKの」

「NHK?」西口がきいた。

「そう。安倍晴明を主人公にしたSF調のドラマが、NHKで放送されてるんです。最近、世の中にはあまりにも陰陽道に関するフィクションや文献が出回りすぎてて、すぐに頭に浮かばなかった。ちょうどきのう放送された回に、道真の怨霊が登場し、大きな手が牛車《ぎっしゃ》をつかみあげる……そんな場面があった。このパイロットは、陰陽道やオカルティズムに傾倒してるわけじゃなく、たんにそのドラマを観ていただけだよ、きっと」

「すると」美由紀はいった。「そのドラマの記憶が、幻覚に結びついた……。仮レム睡眠状態ならありうるわね。子供が熱でうなされると、以前に観たテレビ番組の怖かった場面が幻覚になって現れる。それに近いわね」

「では」小室が美由紀をみた。「その幻覚から覚醒させるには……どうしたら？」

「道真の手につかまっているから、陰陽師を呼べと要求した。筑紫氏はドラマのストーリーに沿った妄想のなかにいます。陰陽師である安倍晴明を連れてきて、厄払いをしてもらわねば逃れられないと考えているんでしょう」

西口が身をのりだした。「それなら、その安倍晴明という人物の幻覚も妄想のなかに登場させればいいんじゃないでしょうか。さっき嵯峨さんたちは、催眠というのは万能ではないとおっしゃったが、たとえば無線を通じて安倍晴明が現れたとか暗示をかければ……」

かける。その表現自体、西口が心理学の面では素人《しろうと》であることをあらわしている。暗示は魔法のように〝かける〟ものではなく、言葉として〝与える〟ものでしかない。

美由紀は否定した。「いいえ。筑紫氏は強迫観念にとらわれています。このようなとき、人間は本能的に悪いほうへと考えがちになるため、妄想は希望の光がさすような方向へは向かいません。就寝時に悪夢をみると、内容がどんどん悪い方向に転がっていくのと同じです。だから陰陽師の幻覚は現れないんです」

「なら」西口はいらだったようすでいった。「どうしたらいいんです」

美由紀は考えをめぐらせていた。暗示は無理だとしても、ほかにパイロットの妄想に影響をあたえる方法はないだろうか。安倍晴明。パイロットの筑紫はＮＨＫドラマの安倍晴明をみていた。それが彼にとっての陰陽師。

美由紀は嵯峨にきいた。「そのドラマで、安倍晴明を演じている俳優はだれなの？」

嵯峨は苦笑しながらいった。「稲垣吾郎だよ。だから僕も、そのドラマの話を同僚からよくきかされて……」

西口と小室が、押し黙ってじっと嵯峨を注視した。彼らも美由紀と同じ考えらしい。美由紀も嵯峨に目を向けた。

嵯峨の顔には、まだしばらくのあいだ笑いがとどまっていた。その顔がわずかに凍りつきながら、問い掛けてきた。「どうかした？」

降下

嵯峨は叫んだ。「ちょっとまって。そんなばかな」

美由紀が荒々しくヘリ側面の扉をスライドさせて開けたとき、嵯峨は身体を凍りつかせていた。突風がヘリの内部に吹き込む。美由紀の髪が嵯峨の顔に覆いかぶさった。嵯峨はいま、美由紀に向かい合わせにぴたりと身を寄せ合っている。抱き合うとか、そんなロマンチックな風情は皆無だった。美由紀はさっきヘリの後部にある小部屋に入り、淡いグリーンいろのレンジャー・スーツに着替えてきていた。しかし、嵯峨は直前までなにも告げられていなかった。スーツ姿のままだった。いま嵯峨のJ・P・ゴルチエのソフトスーツは型崩れを起こすほど縦横無尽にベルトによって締め付けられ、美由紀のスーツに固定されている。

風はすさまじかった。ニューヨークでエンパイア・ステート・ビルの吹きさらしの展望台に昇ったことがあるが、それ以上だった。耳をつんざくような轟音《ごうおん》が響く。ヘリの音なのか、風の音なのか判然としない。その風によって、心の奥底まで冷やされる。そんな恐怖に満たされていた。

美由紀が身体を傾けたため、嵯峨の視界に開放された扉の向こうが目に入った。ヘリの外は、なにもない空だった。青い空。雲ひとつ浮かんでいない。それよりずっと高いところを飛んでいるせいだった。

「暴れないで」美由紀がぴしゃりといった。「降下するときはできるだけ風圧を受けないように、身体を小さくして」

「降下って。美由紀さんには朝のジョギングと変わらないことかもしれないけど、僕には……」

「じっとしてればだいじょうぶ。操作はぜんぶわたしがするから」

「美由紀さん。きみはもう自衛官じゃないんだよ。カウンセラーがこんなことをするなんて……」

「自分にできることがあるなら、やるまでよ」

美由紀がまた身体を動かし、ヘリの外に向き直った。そのため、嵯峨の身体は空を背にして、ヘリの側面から突きだしたかたちになった。足は浮いていた。美由紀の身体とつながっているベルト以外、嵯峨の身を支えているものはなかった。

嵯峨は視線を落とした。雲。足の下には雲海がひろがるばかりだった。そのなかに、小さく小島のような影がうかびあがっている。VE15輸送機だった。真上にきました、さっき西口はそういった。できるだけ接近しています、そうもいった。ところがこうしてみると、輸送機はおもちゃのように小さくみえる。遠い。遠すぎる。

　空中、その事実がふたたび認識に上った。嵯峨は美由紀にしがみついた。

「嵯峨君」美由紀が冷静にいった。「あまり腕に力をいれないで。動く自由が奪われるとかえって危ないわ」

　身体を小さくしろといい、強く抱きつくなとは。どうしろというのだ。嵯峨は怯えていた。恐怖感で頭が支配され、パニックに陥っている自分を感じていた。

　西口の声がきこえた。「嵯峨さん。だいじょうぶです、私たちも体験訓練でやったことがあります」

　嵯峨は怒鳴り返した。「こんな上空で、ですか?」

「いえ」気まずそうな一瞬の沈黙のあと、西口の声がかえってきた。「シミュレーターで、ですけど」

　嵯峨は恐ろしさのあまり目を閉じた。すぐ近くに美由紀の顔がある。ときおり、息づかいを感じる。美由紀が動いているのがわかる。ヘリの外部で、なにか操作をおこなっているらしい。遠くにあるものに手を伸ばしているらしく、ときどき美由紀の身体はヘリの外壁に大きく乗りだされる。嵯峨はそのたびに、どうすることもできず美由紀に同調して空中で揺り動かされる。まるで母親の抱っこ紐におさまった赤ん坊のようだった。嵯峨は情けない気分になった。

「ほかに」嵯峨は大声でいった。「方法はないの」

美由紀は身体を動かしながら返答した。「これが最良の方法なの」

「僕が稲垣吾郎に似てるから？　冷静な計画とは思えないよ」

「そうでもないわ。筑紫氏はドラマのなかの安倍晴明に会いたがっている。安倍晴明が現れれば道真の手から解放されると思っている。あなたが筑紫氏にもっともらしく話しかけてくれれば、筑紫氏の妄想は好転するかもしれない」

「それなら、無線で話しかければ……」

「相手の状況がわからなければ、幻覚や妄想がどんな性質のものかも正確にはわからない。嵯峨君ならその点だいじょうぶでしょ？　それにきのうのNHKドラマを観た人間は、あなたのほかにここにはいないの。どこからみても、最良の決断だわ」

「最悪だよ」

「大勢の人々の命がかかっているのよ。それを忘れないで」

そうだった。事態はきわめて深刻かつ重大だ。だから自分もここに駆り出された。それを忘れていた。

恐怖を頭から追いだそうとして、嵯峨は冗談めかせた言葉を口にした。「いっそのこと、十二単《ひとえ》みたいな服を着てくるんだったな」

「この場に服があれば、迷わず着てもらってたわよ」美由紀はそういいはなった。身体を揺するたび、頭上で耳障りな金属音が響く。

　嵯峨は目を開け、ちらと上に視線を向けた。ヘリの胴体側面に突き出した吊り下げ装置に、美由紀は自分の服の背に連結されたフックをとりつけようとしている。あちこち錆《さ》びついている。嵯峨の目には、ひどく頼りないものに見えた。

「それだけ?」嵯峨は不安とともにいった。「そんな鉤《かぎ》状のものだけでふたりの身体を支えるの?」

「あるていど外れやすくしておかないと、下に降りたときに困るわ」美由紀は頭につけていたインカムの、マイク部分を指で引き下ろしていった。オーケー。

　その声に、嵯峨はいっそうの恐怖にとらわれた。「ほんとに、輸送機に降りるつもりなのか」

「向こうは一定の速度と角度で旋回をつづけているだけよ。だから速度も合わせやすいの」

　頭上で大きな音がした。モーターの作動音、きしむ音。メンテナンスは充分なのだろうか。嵯峨がそう思ったとき、がくんと身体が落下した。

　ひっ、と声をあげて嵯峨は美由紀にしがみついた。数メートルほど落下した、そう思えた。そこから断続的に、身体は下へ下へと降ろされていった。ウィンチに巻きつけられたロープは、スムーズにほどけてはくれないらしい。気分が悪くなるような短い落下と、静止の連続だった。

強い風のなかでただ女性と抱き合っているだけなのだ、そう自分にいいきかせようとした。が、無駄だった。驚くほど、自分が宙吊《ちゅうづ》りになっているという具体的な感覚が全身につたわってくる。ロープに揺られる不安定さ、ヘリの速度と、わずかに右旋回の針路をとっているせいで身体が左斜め後方へ流されていること。たんに芋虫のように、頼りなげにぶら下がっているだけの状態。それははっきりとしていた。頭に刻みこまれた文字のようにあきらかだった。ごまかそうとしても、ごまかせるものではない。知らぬうちに、嵯峨はわめき声をあげていた。

同時に、身体が回転をはじめた。たった一本のロープにぶらさがっているのだ、回転をとめるための方法はない。ほどなく、めまいと吐き気に襲われた。ひどく気分が悪くなった。

「嵯峨君」激しい風の音のなかで、美由紀の声がきこえた。「視線を回転方向に移して。そうすれば目は回らないわ。ダッチロールって知ってる?」

ダッチワイフなら知っている。恐怖のせいか馬鹿げた考えが浮かぶが、とても言葉にはできない。美由紀の気分を少しでも害そうものなら、空中に放り出されるような気がしてならない。

「知らない」と嵯峨はいった。

「とにかく、回転する方向に顔を向けて」美由紀はそういいながらも、視線を下に向けているようだった。目が回るのを覚悟で輸送機の位置をとらえようとしている。

並みの神経ではない、嵯峨はあらためてそう思った。できれば最後までその集中力が持続してほしい。悲鳴をあげて空を飛ぶ、それが人生の終わりだなんて、あまりにも酷《ひど》すぎる。

降下がつづき、命綱の長さがどんどん伸びていることを嵯峨ははっきりと感じていた。それだけ風に揺れる度合いが大きくなっている。まるで鯉《こい》のぼりのように吹き流されている。それに、身近にきこえていたヘリの爆音が遠のいていく。あるのはただ、ゴウゴウという風の音。それが鼓膜を刺激しつづける。

美由紀の声がした。「みえたわ。速度をもう少しあげて。左十五度修正」

速度をあげろだなんて。嵯峨は内心そう思いながら、美由紀にしがみついていた。

ふいに、美由紀が語りかけてきた。「嵯峨君。歌を歌って」

「なに？」

「この訓練を最初に体験したとき、上官がわたしにそういったわ。歌を歌えば気が紛れるの」

「勘弁してよ。こんなときに……」

「じゃ、声にださなくても、心のなかで歌って。それだけでも、気は楽になるわ」

たしかに、いま神経を張りめぐらしていても自分はなんの役にも立たない。すべてを美由紀にまかせて、待つしかない。

嵯峨は心のなかでなにか音楽を奏でようとした。ところが、メロディらしきものはなにも浮かばない。自分には知っている音楽というものがないのか。いや、そんなはずはない。SMAPのアルバムは全部持っているはずだ。GLAYやTMレボリューションのコンサートもDVDで観た。それなのに、なにも思いだせない。でてきたのは、幼少のころ以来歌ったことのない曲だった。メリーさんのひつじ、ひつじ、ひつじ……。

嵯峨は情けなさに涙がでそうになった。絶体絶命の恐怖に頭のなかで奏でられるのがメリーさんのひつじとは。そんなていどのことしかできないのか、自分という男は、そのていどの男だったのか。

そのとき、突然身体が大きく揺れた。美由紀がブランコを揺するように、体勢の変化によって揺れを大きくした。そう感じた。うかびあがった身体が、また振り子のように戻りかけたとき、どすんという音とともに強い衝撃を感じた。嵯峨の身体は、なにか硬い金属板のようなものに押しつけられた。鈍い痛みが全身につたわってきた。

美由紀が嵯峨の上に覆いかぶさっていた。片手を背にまわし、なにかしきりに操作している。「絶対に動かないで」

動くものか。嵯峨はそう思った。いま、自分がどんな体勢なのかもさだかではない。どこをみても空ばかりだ、どっちが上で下なのかもわからない。ただ、仰向《あおむ》けに板の上に押しつけられている、それだけを認識していた。

そういえば、ヘリとはちがった轟音《ごうおん》がする。美由紀の肩ごしに、飛行機のプロペラがみえた。翼につけられたプロペラだった。飛行機。これが目標の輸送機なのか。

美由紀はかたわらに手を伸ばし、なにかを動かそうとしていた。金属のこすれる音がする。次の瞬間、激しい音とともに板状の物体が嵯峨のすぐ横から外れ、空中へ飛んでいった。扉のかたちをしていた。それだけはみてとれた。

美由紀は嵯峨を輸送機の外壁に押しつけたまま、じりじりと横に這《は》っていった。嵯峨はふいに、背後に空間ができたのを感じた。美由紀はそのまま前のめりに倒れこんできた。嵯峨は思わず声をあげた。と同時に、硬い床に背を打ちつけた。いままで全身を包んでいた強風が、ぱたりとやんだ。

目の前に美由紀の顔があった。暗い。室内のようだと嵯峨は思った。天井がみえる。縦横に鉄骨が張りめぐらされたひどく汚い天井だ。

輸送機の機内だ。無事に潜入したのだ。

美由紀はまた背に手をまわし、なにかをつかんで強くひいた。火花が散るとともに激しい音がして、美由紀の背にあったロープがはずれた。ロープは、たちまち吹き飛ばされた扉の外へと消えていった。

美由紀がわずかに身を起こしたとき、ベルトでくくりつけられた嵯峨の身体も床から浮きあがった。美由紀があちこちに手をまわし、ベルトを外しているのを感じる。

急速にこみあげてくる安堵のなかで、嵯峨は美由紀の声をきいた。「嵯峨君。だいじょうぶ?」

嵯峨は泣きそうな気分をこらえて、美由紀の目を見た。美由紀にこれほど顔を近づけたことはかつてなかった。澄んだ瞳が、じっと嵯峨をとらえている。こんな状況だというのに、嵯峨は赤面しそうになる自分を感じた。

美由紀の顔に、妙な気配が漂った。「ベルトは外したわ。手を放して」

嵯峨ははっとした。自分が両腕をしっかりと美由紀の胴体に巻きつけている、それを知った。外そうとしたが、力が抜けなかった。自分の腕だという実感もわかない。やがて、少しずつ両手を左右にひろげた。大の字に寝そべり、目を閉じた。深呼吸した。

無事に着いた。嵯峨はため息をついた。こんな恐ろしい経験はもうたくさんだ。

目を開いた。美由紀がかがんで、嵯峨の顔をのぞきこんでいた。

その顔をみるうちに、嵯峨は自分の使命を思いだした。そうだ、パイロットに会わねば。跳《は》ね起きようとしたが、身体がいうことをきかなかった。もぞもぞと起きだした。身を起こすと、ここが輸送機の後部にあたる場所だとわかった。側面は、美由紀が吹き飛ばした扉の部分だけ四角く開いていて、青い空がみえている。風はあいかわらず流れこんでいたが、さっきまでの状況にくらべればそよ風のようなものだった。

「立てる?」美由紀がいった。「燃料切れまでもう時間はないわ。ついてきて」

　嵯峨はうなずいた。まだ足もとがおぼつかない。ひどい頭痛がする。それでも、苦痛を訴えている余裕はなかった。美由紀につづいて、少しずつ歩を進めていくことにした。

　狭い通路だった。輸送機のせいか窓はなく、左右の壁は天井までびっしりと鉄製の引き出しで埋めつくされていた。〝危険〟と記された赤いステッカーがいたるところに貼られている。

「美由紀さん」嵯峨は声をかけた。「この引き出しが……」

「そう」美由紀はふりかえらずにいった。「液体窒素の容器がおさめてあるの。さいわい、窒素が漏れだしているようすはないわね」

　恐るべき危険物に囲まれ、嵯峨は思わず身をちぢこませた。いま強い衝撃が襲ったりしたら、嵯峨も美由紀もひとたまりもないだろう。その思いが、宙吊りに代わる新たな恐怖として嵯峨を支配しつつあった。心が休まるときがない。嵯峨は重い足をひきずりながらそう思った。

　やがて視界が開けた。薄暗い、広めの通路だった。ここには収納らしきものはなく、ただ金属に囲まれた空間が前方につづいている。照明も窓もないため見通しは悪い。足もとの床の下は空洞らしく、歩くたび太鼓のように鈍い音が響きわたる。

通路はすぐに、一枚の扉の前に行き当たった。美由紀は扉に手をかけ、力をこめたようすだったが、扉はびくともしなかった。

美由紀はふりかえった。「扉、破るしかないわね」

そのとき、足もとでうめき声がした。美由紀ははっとした顔で、ウエストポーチから懐中電灯をつかみだし、点灯した。

嵯峨は照らしだされた床をみた。同時に、思わず一歩退いた。ひとが倒れている。ひとりではない、ふたりいる。

美由紀はかがんで、倒れた男をのぞきこんだ。嵯峨は懐中電灯をうけとった。ふたりの男は同じフライトジャケットを着ている。後ろ手に縛られ、口にはガムテープを貼られていた。そして、頭部にはひどい傷あとがある。硬いもので殴りかかられたにちがいなかった。

ふたりの意識があることは、目の動きでわかった。美由紀がガムテープをはがし、話しかけた。「救助にきました。パイロットの筑紫さんは?」

「コクピットです」男のひとりがいった。「私は副操縦士で、こっちはエンジニア。筑紫さんのいきなりの乱心で、叩きのめされて……」

美由紀は男の両手をしばった紐をほどきながらいった。「安心してください」

嵯峨もかがみこんで、もうひとりの男の紐をほどきにかかった。「じゃあ、パイロットはやはりまだ操縦輪を……」

ええ、と副操縦士がいった。「わけのわからないことを叫んで、刃向かったらこんな目に遭って……。なにがどうなってるのか、見当もつきません」

エンジニアが口をさしはさんだ。「もう一刻の猶予もありません。本機には液体窒素が……」

美由紀はやさしくいった。「わかってます。どうかご心配なさらずに」

副操縦士が美由紀の腕をつかんだ。「まってくれ。扉を破るとかいってたが、荒っぽい手段をとるのはよくない。筑紫さんが瞬時に逆上して、機体を急降下させるかもしれない。コントロールを失ったら一巻の終わりだ」

「それもわかってます」と美由紀。「そうならない方法をとるつもりです」

嵯峨は、額を真っ赤に染めているふたりの男性をみるにつけ、自分の果たすべき役割の重大さを痛感した。どんな種類の精神異常かはわからないが、いますぐにでも妄想にストップをかけねばならない。これ以上、いかなる犠牲者もだしてはいけない。

嵯峨はいったん尻を床につけて座りこんだ。あぐらをかく姿勢をとり、うなだれて目を閉じた。相手の幻想のなかに、うまく入りこまねばならない。相手はきのう観たドラマと、現実の区別がつかなくなっている。陰陽師を呼べと彼はいった。それに呼応して、嵯峨がやってきた。そう信じさせねばならない。あのドラマでの安倍晴明の表情はどうだったか。

言葉づかいは。なにより、安倍晴明ならどうやってパイロットに話しかけようとするだろう。

「嵯峨君」美由紀の不安そうな声が語りかけてきた。「どうかしたの?」

「いや、心配ない。メソッド演技の理論だよ。役になりきろうとしてるんだ」

実際には、嵯峨には演技の経験などない。メソッド演技についても、精神療法のシンポジウムでわずかにききかじったにすぎない。それでも、アドリブで演技するためには演じる役の心理を把握しなければならない、その必要性を感じていた。パイロットからみて、要求どおりの安倍晴明に近ければ、一瞬だけでも隙が生じるかもしれない。美由紀が一緒にいるのだ、一瞬の間さえあれば充分だろう。

あのドラマに漂う雰囲気。俳優がまとっている空気感。嵯峨はそれを思いおこした。

「よし」嵯峨は目を開いた。美由紀に視線を向けた。

美由紀は、余計な問いかけなどしなかった。すぐに扉に向かい、ウエストポーチから黒い粘土状の物体をとりだすと、扉の錠の部分に押しつけた。銅線を張り、少し離れたところで小型のスイッチを握った。「プラスチック爆薬で鍵を吹き飛ばすわ。開いたらすぐに飛びこんで」

「わかった」と嵯峨はいった。

顔をそむけて、美由紀がいった。副操縦士とエンジニアが指示にしたがったのを見たあと、嵯峨も同様にした。

次の瞬間、閃光が走るとともに爆発音が耳をつんざいた。火薬のにおいが辺りにたちこめる。嵯峨は間髪《かんはつ》を入れずに扉に突進した。把っ手《とって》の部分は跡形もなくなっていた。衝撃で半開きになった扉は、熱を帯びて熱くなっていた。嵯峨はかまわず扉を引いて開けた。手に鋭い痛みを感じる。やけどしたかもしれない。だが、かまってはいられない。

一歩踏みこむと、すぐにパイロットと目があった。筑紫は操縦席におさまり、操縦輪を握ったまま、顔だけをこちらに向けていた。大きく目を見開いて嵯峨を見つめていた。三十半ばぐらい、いたってふつうの労働者といった感じを漂わせている。だが、その目つきはあきらかに常軌を逸した色合いに満ちていた。まばたきをするようすもない。

嵯峨は瞬時にその表情から情報を読みとった。目つきはふつうではないが、鋭い視線を送っているわけではない。用心深さも表れていない。だから一般的な人格障害、精神障害とは異なる。かといって焦点が合わない虚《うつ》ろな目というわけでもない。アルコールや麻薬の中毒者でもない。表情筋には痙攣もみられず、身体に震えもない。大脳に外傷が生じたわけでもない。それでも異質に感じられる目。どこにその原因があるのだろう。

そうだ、その弛緩の度合いだ。嵯峨は気づいた。この男の目もとの筋肉は緩み、一見眠たげにみえるほどリラクゼーションの境地にある。少なくともそうみえる。春の穏やかな日の散歩、あるいは爽快《そうかい》な目覚めの朝。そんな顔を、いまにも墜落しそうな輸送機の操縦輪を握りながらうかべている。さっき仮説として挙がった仮レム睡眠状態に近いとみるのが、最も正しい判断かもしれない。いまの爆発音にも、覚醒したようすは見うけられなかった。

ほんの一瞬で、それだけのことがわかった。しかし、嵯峨は自分の表情を変えていない自信があった。

理性を鎮めた状態でイメージを思い描いておけば、そのイメージは自己暗示として機能する。嵯峨のメソッド演技は自己流の解釈に基づいていたが、いまはうまくいっている。そう思えた。

嵯峨はかすかな笑いを口もとにうかべ、すっと筑紫に近づいた。

筑紫がその動きに反応するより早く、嵯峨は耳もとにささやきかけた。「精霊冥漠《めいばく》に入りて容止《ようし》をみるよしあらず。骸骨灰塵《がいこつかいじん》となりて音旨《おんし》をつたふるにところなし」

嵯峨はいささかも緊張や不安を抱いていない自分をさとった。安倍晴明の役割演技に没頭していた。そのため、筑紫の反応もいたって自然に思えた。筑紫はかすかに表情をやわらげ、こちらをじっと注視している。

俳優が役になりきるとは、こういうことなのだろうか。そう思いながら嵯峨は、意識のかたすみでは筑紫の表情をじっと観察しつづけていた。やはり仮レム睡眠中の妄想は持続している。嵯峨は違和感なく、その妄想のなかに受け入れられた。子供が、遊び相手に対して自分の想像に呼応して〝ごっこ遊び〟に興じてくれることを求めるように、この筑紫という パイロットも安倍晴明と信じるに足る存在が現れることを願っていた。嵯峨はそこにうまくはまりこんだのだ。

「めぐりめぐる多くの日月。かさなりかさなる幾ばくの山水ぞ」

筑紫の腕の力が抜けていることがみてとれた。筑紫は安倍晴明の嵯峨に、きわめて高い依存心を抱きつつある。

嵯峨はそっと手をさしのべ、筑紫の手首を握った。筑紫の手は、嵯峨にしたがって軽く操縦輪からはなれた。

一瞬、嵯峨は心のなかで躊躇《ちゅうちょ》した。操縦輪を手放しにしておいてだいじょうぶなものだろうか。だが、いまはほかに方法がない。

嵯峨はつづけた。「哭《こく》することをやみて平生《へいぜい》を想《おも》ふ。一言遺《のこ》りて耳にあり」

操縦輪から両手を放した筑紫は、ゆっくりと嵯峨のほうに向き直ってきた。輸送機が振動をはじめた。やはり操縦者を失うべきではないらしい。しかし、いまはまだ筑紫を強制的に排除することを考えてはいけない。夢をみているときに揺すり起こされるのが不快であるように、仮レム睡眠状態の相手に強い刺激をあたえたのでは逆上される恐れがある。

羽田沖事故でも、操縦輪を握った機長の瞬時の乱心が大惨事を生んだ。是が非でもそれは避けねばならない。

「曰《いわ》く吾《わ》れ蔭徳《いんとく》を被《こうむ》れり。死すとも生くとも将《まさ》になむぢに報《むく》いなむとおもふといへり……こちらへ」

嵯峨は筑紫の手をひいた。筑紫の視線は、じっと嵯峨の目に向けられていた。そのまま、筑紫は腰を浮かせた。ベルトはしていなかった。ゆっくりと立ちあがり、嵯峨に引かれるままに歩きだした。

コクピット後部の扉には、美由紀が立っていた。美由紀は目を丸くしてこちらをみていた。こんな状況ではあるが、嵯峨はわずかに得意げな気分になった。美由紀にウインクしてみせると、美由紀は微笑をうかべてわきにどいた。

「惟《こ》れ魂にして霊あるものならば、むかしの知己《ちき》を忘るることなし」

嵯峨はそうつづけながら、美由紀のかたわらを通りすぎて、筑紫を奥へと誘導していった。

こめかみに汗が流れおちるのを感じた。やはり心のどこかには不安があるのだろう。しかし嵯峨は、少なくとも表意識においてはそれを感じなかった。ここは平安朝だ。自分は陰陽師、安倍晴明なのだ。

着陸

美由紀は驚きを禁じえなかった。乗組員や航空管制官たちの手を焼かせた人物が、飼い主にしたがう犬のようにおとなしく嵯峨の手にひかれてくる。

むろんそれは魔法でもなければ安倍晴明の方術でもない、心理学的な計算にもとづくものだ。嵯峨は冷静そのものにみえる。美由紀はそのNHKのドラマを観たことはなかったが、たしかにいまの嵯峨は安倍晴明として説得力のある振るまいをしている。威厳があり、適度に神秘性をただよわせ、スマートで心優しい面もかいまみせている。カウンセラーとしての対話のコツは相手を自分に引き寄せることではなく、いかに相手の思考に同調するかにある。どれだけ相手の意識が変容した状態でも、細部にわたって観察すれば同調させうるものだと嵯峨の論文には書いてあった。彼はそれを実証した。役割演技を果たすことで妄想のなかにおさまった。やはり嵯峨は、美由紀とはちがって精神療法ひとすじに学んできた専門家だった。美由紀は同僚に尊敬の念を抱いた。

だが、賛美の言葉を投げかけるほどの猶予はなかった。筑紫の背が扉の奥へ消えると、美由紀は操縦席に突進した。この輸送機にはトリムが備えられているので、操縦輪から手を放したからといってすぐに不安定になるわけではない。が、すでに機首は下がりはじめている。座席におさまりベルトをつけた。操縦輪を手前に引いた。これで水平尾翼にある昇降舵が動く。機体を水平に保った。中央計器盤に目を走らせた。火災警報灯に点灯なし。ウォーニング・ライトも点灯なし。ジャイロが正常に作動し、速度オーバーもないようだ。スラット・フラップ・アシメトリー・ライトも消えている。飛行姿勢が崩れていない証拠だ。電波高度計も異状はない。ただ、トータル燃料計は身の毛もよだつような数値を表示していた。

燃料は底をつく寸前だった。もはや近隣のどの空港までも行き着くだけの力は残されていないだろう。左右翼燃料計によると、メインタンクの残量はゼロ、補助タンクにわずかに残っているにすぎなかった。

美由紀はインカムにいった。「岬です。輸送機の操縦を確保しました、どうぞ」

イヤホンから歓喜の声が響いた。小室と西口のものだった。すぐに西口の声が応答した。

「乗員および積み荷は無事か、どうぞ」

「無事です。それより燃料がありません。コクピットおよび機体には損傷はみられません。至急不時着ポイントを指示してください、どうぞ」

無線の向こう側がふたたび緊張に包まれる気配があった。数秒のあいだ、なにかを話し合う声が小さくきこえていた。やがて西口の声がいった。「二時間前から各方面に協力を呼びかけていたところ、建設中の国道が使用可能だと府警から連絡が入っているが……」

「場所はどこです」美由紀はきいた。

「その位置から西北西二・五キロ、京都市彌梨侘《みりた》区の森林からまっすぐ南下する道路で、充分な道幅があり、三キロまで建設中……」

「照明、電柱、信号機、歩道橋および中央分離帯などは？」

紙をめくる音がした。西口の声が応じた。「まだ設置していないそうです」

「了解。工事車両などを道路から排除してください」

「そこへ」西口が驚きのこもった声でたずねてきた。「降りる気ですか」

「迷っているひまはありません」

小室の声がとってかわった。「岬さん。いま西日本は豪雨にみまわれていて視界はよくない。路面も滑りやすくなっている。その建設中の国道には照明がないし、近くに誘導できる管制官もいないし……」

「了解です」美由紀は相手の言葉をさえぎった。「ほかに有効な着陸ポイントがないかぎり、これ以上つたえていただくことはありません」

美由紀は操縦輪を前方に押し機首をさげ、左に傾けて目的地へ針路をとる。高度がみるみるうちにさがる。厚い雲の表層が目前に迫ってきた。

嵯峨がコクピットに戻ってきた。「美由紀さん」

美由紀はちらと視線を走らせた。嵯峨は扉のわきに立っていた。美由紀はいった。「座ってベルトをしめて」

嵯峨は前に傾斜した床を滑り落ちるようにやってきて、副操縦士席にしがみつき、座りこんだ。

美由紀はきいた。「パイロットの筑紫氏は?」

「あのふたりの乗員の協力で、コンテナに誘いこんで閉じこめた」嵯峨はあわただしくベルトをしめながらいった。「ふたりは、コンテナの外で見張ってるよ」

「筑紫氏が舌を嚙《か》まないように……」

「わかってるって。タオルを嚙ませて両手を縛ってある。気の毒だけど、少しのあいだ辛抱してもらおう」

美由紀は拘束衣というものに反対する姿勢をとっていたが、こうした状況ではやむをえないかもしれなかった。なにより本人の安全のためでもある。

空気調和装置で機内の与圧をチェックしながら、美由紀はいった。「さっきの詩の朗読、みごとね。『菅家後集《かんけこうしゆう》』の『奥州藤使君《おうしゆうとうしくん》を哭す』ね」

「そう。きのうのドラマで安倍晴明が道真の怨霊を鎮めるために使ってた。詩そのものは、古文で暗記してたのが役だった」

「途中省略してあったみたいだけど……」

「うん。きのうのドラマではたしかそうなってたから、同じようにしてみた」

美由紀は思わず笑った。「さすがね」

「どういたしまして」嵯峨はそういったが、声はうわずっていた。「無事着陸できそう？」

「さあね」そう答えざるをえなかった。美由紀は、両翼のプロペラがすでに回転速度をさげつつあることに気づいていた。このままでは失速の恐れがある。上昇気流を利用しながら、水平に保って着陸に向かわねばならない。

雲に入った。一面が白いもやに覆われた。ときおり青白い稲妻が走る。雲は厚かった。あれだけまぶしかった陽の光が遮断され、輸送機は暗黒の世界へといざなわれていく。深い峡谷へと降りていくような錯覚があった。

機体が振動をはじめた。推力が充分でない以上、当然のことだった。ひどい縦揺れが襲った。嵯峨が身をびくつかせた。美由紀はラダーペダルを踏んで機首を針路に戻そうとした。

そのとき、視界がふっと開けた。雲を抜けた。灰色に包まれた薄暗い地上の世界、いたるところに窓の明かりが点々とみえる。

ここからが正念場だった。美由紀は胸ポケットから携帯電話をとりだした。液晶画面を表示した。メニューから〝ＧＰＳナビゲーター〟を選択してボタンを押した。ＮＴＴドコモのこの新機種はカーナビゲーションと同じく、携帯電話の位置を静止衛星からの電波によって確認し、地図上に表示してくれる。もっともこれは、歩行者および地上の乗り物に乗っているひとのためのものだ。これだけの高度があって正確な表示がでるのかは疑わしい。民間用の製品なのでレスポンスも遅い。時速三百キロ近い速度で飛ぶ飛行機の滑走路進入をナビゲートするには、あきらかに力不足だ。それでも、頼りにするのはこれしかない。降りる場所は空港ではなく道路なのだ。

嵯峨が不安そうな声できいてきた。「美由紀さん、なにしてるんだ?」

「これで着地地点を探しながら降りるの」

「そんなこと、ほんとにできるのか?」

「やるしかないのよ」

表示がでた。京都市北部の地図だった。倍率を下げ、カーソルを操作して行く手を表示した。建設工事中の主要道路は黄色のラインでしめされる。森林のなかに、まっすぐ延びる国道があった。拡大した。上下ともに六車線ずつある、道幅の広い道路だった。

美由紀は操縦輪をまわして旋回した。国道に進入するコースをとった。まだナビゲーターの表示はあてにならない。もっと地上に接近したときでないと、正確な位置表示はでない。それがでたときには、もう遅いという可能性もある。高度を見誤れば地上に激突することになる。視界はほとんど暗闇だった。勘でいくしかない。

揺れがひどくなった。窓にはひっきりなしに雨粒が叩きつけられている。美由紀はワイパーを作動させなかった。かえって邪魔になる、そう思えた。右手で操縦輪を、左手で携帯電話を保持した。ランディング・ライトを点灯させた。ほんらいは夜間しか点灯させないものだが、いまは仕方がない。暗闇のなかに降り注ぐ雨が白くうかびあがった。

高度をさげつづけた。ランディング・ギアを下ろす操作をおこなった。ボギーアンセイフ・ライトはついていない。足もとにも軽い衝撃がつたわった。ギアは正常に下りた。

二千フィート以下の低空飛行だ、電波高度計が使用できる。この装置は地上に電波を発射して高度をフィート単位で表示してくれる。いまは、気圧や油圧による高度計より役に立つ。

嵯峨がいった。「なんだか、速度計とカーナビだけ見てクルマを走らせているのに近い気がするんだけど……」

「そうでもないわ。これにくらべれば、クルマを走らせるぐらいわけないわよ」美由紀はさらに高度をさげていった。視界は国道近くの森林、それぐらいしかわからない。だが、方角はこれで合っているはずだ。ナビゲーターの表示を注視した。カーソルとともにスクロールされる画面、その行く手に国道の黄色いラインが現れた。

ここだ。若干針路を左に修正した。そのとき、コクピット内にブザーがけたたましく鳴り響いた。

「なんだ?」嵯峨は驚いたようすできいた。

「燃料が底をついたのよ」美由紀は操縦輪を引き、わずかに機首をあげた。ここからは急激に推力が消失していく。翼と機体にできるだけ風を受けて浮力を得なければならない。ナビゲーターの表示によると国道の入り口に迫った。電波高度計の高度も三百フィートを割っている。このまま降下だ。美由紀は操縦輪を前に倒した。まだ視界はきかない。万一、道路の上になにか置いてあったら終わりだ。それでも賭《か》けるしかない。

高度はこれで間違いないはずだ。進入角も問題はない。ここで得られる情報についていえば、すべて正しい。不測の事態には、瞬間的に対応するしかない。

百フィートを切った。と思ったそのとき、左側の下のほうをまばゆい赤い光がきらめきながら後方に飛び去っていった。

消防車のサイレンだ。国道の横で待機していたにちがいない。瞬時にそう思った。高度はもっと低い。この高度計はあてにならない。機首を上げた。ナビゲーターによれば国道の上にぴたりと位置している。このまま接地するしかない。

VE15には十個の車輪がついている。すべて低圧タイヤだ。いちおう、不整地での着陸も可能ということになっている。むろん、林に突っこんだ場合はそのかぎりではない。

「慎重に」嵯峨がいった。

「わかってるわ」

　前方へと延びる国道の表面がはっきりと見えた。そう思ったとき、横並《タンデム》びの主脚タイヤが、どしんという衝撃とともに大地を踏みしめた。シザーライトが点灯し接地を告げた。騒音とともに輸送機の機体は揺れながら前進していった。

　なぜか機体がひどく揺れた。空中にいたときよりはるかに大きな振動が襲った。このまま揺れが大きくなれば液体窒素の容器が破損する。そう思えるほどの激しい揺さぶりがあった。美由紀は身をこわばらせた。

　だが、振動のピークは過ぎ去っていった。揺れが小さくなり、ライトに照らされた地面から感じられるスピードもわずかに小さくなった。雨で路面が濡《ぬ》れているためブレーキはききにくくなっているが、確実に速度はおちている。

　前方を凝視しつづけた。なにか障害物がみえたとしても、回避できないだろう。たんに覚悟をきめるだけのことでしかない。それでも見つめつづけた。ひたすらなにもない道路がつづいているであろうことを、祈りつづけた。

　速度が落ちた。振動も弱まった。窓に降りかかる雨足が、やさしいものになった。

　揺れはおさまった。遠くからサイレンの音が近づいた。赤い光の明滅が、左右に現れた。待機していた緊急車両が追いついたのだ。

　美由紀はため息をつき、インカムをはずした。嵯峨に目をやった。

　嵯峨も美由紀を見返した。前髪は汗でぐっしょりと濡れ、顔には疲労を漂わせている。

それでも、嵯峨は笑った。美由紀も笑ってみせた。

美由紀は静かにいった。「京都へようこそ。あいにくのお天気で」

嵯峨は苦笑しながらつぶやいた。「平安神宮にお参りでもするか」

迷走

美由紀は渋谷区のはずれにあるマンションの自室で、窓辺にたたずんでいた。寝巻にしている白のロング・ワンピースに風が泳ぐのを感じる。カーテンの隙間からこぼれてくる陽の光はオレンジいろに染まり、黄昏時《たそがれどき》が迫っていることを感じさせた。西日本は前線の影響で大雨がつづいているが、東京は晴れがつづいていた。昼間の京都での騒動が嘘《うそ》のようにに思えるくらい、首都は春の暖かさに包まれている。

感激で目を泣き腫らした西口調査官と小室次席調査官に同行して、京都府警に赴いていちおうの事情説明をおこなったのが午後三時すぎ。警察はパイロットの筑紫豊一を容疑者として逮捕する方針をとっていたが、美由紀は反対した。逮捕後の精神鑑定ではなく、いますぐ精神状態を安定させるための治療をはじめなければならないのだ、そう主張した。結局、事故調査委員会のふたりの尽力もあって、決定は東京カウンセリングセンターの上層部と航空局の話し合いによって下されることになった。筑紫は京都市立病院の精神科に緊急入院し、カウンセリングセンターから京都に派遣されたカウンセラーが面接療法をおこなうことになっている。

美由紀は新幹線で東京に戻った。東京カウンセリングセンターから連絡が入り、きょうは帰っていいと告げられた。嵯峨は残務処理があるといって職場に戻った。美由紀も緊急事態のせいで飛びだしてきた学校に戻りたかったが、とっくに下校時間は過ぎていた。

日向涼平という少年の顔が思いうかんだ。彼はその後、担任や学年主任の教師とどんなことを話しただろう。無事に家に帰れただろうか。

心配なのは、VE15輸送機の筑紫豊一についても同様だった。彼は故意に犯罪をおかしたわけではない、なんらかの事情で精神が変調した状態にあったのだ。しかし、起こりえた被害状況があまりに規模の大きいものだったため、刑事責任を追及されないともかぎらない。彼や、彼の家族の精神的苦痛をやわらげるためにも、一刻も早く妄想と幻覚の理由をつきとめねばなるまい。

だが、それは京都に向かった担当者の仕事だった。きょうの美由紀にはもう、なんの予定もない。こんなにふいに暇がおとずれると、どうしていいのかわからず途方に暮れる。

室内をふりかえった。十五畳ほどのリビングルームには、パールホワイトが基調になった曲線主体のインテリアがひろがっていた。渋谷近辺で買い物をすると、どうしてもこういう品揃えになる。とりわけ表参道のデザイナーズショップで買った楕円《だえん》形のテーブルと丸みをおびた椅子は、やや美観を追求しすぎていて使いにくさをおぼえるところもあった。

だが、部屋全体のトーンが統一されていくにしたがって、こういうインテリアも悪くない、そういう気分になっていた。自衛官時代はアーリーアメリカン調の木材を主にした簡素な家具類ばかりに囲まれていた。いまの職業からすると、これぐらい空間に遊びがあったほうが心にゆとりが生まれるかもしれない。

白いテーブルの上で、真紅のバラの花を一輪さした花瓶が異彩を放っている。その花瓶を手にとり、キッチンで水を入れ替えた。廊下にでて書斎に向かった。書斎には初版の『赤毛のアン』全集がある。インターネットで知り合ったプリンス・エドワード島に住むカナダ人の婦人から贈られてきたものだった。当時の原語で読むと、その後改訂されたものとの違いが随所にあっておもしろい。先日は夜遅くまで読んでいたせいか、マリラとマシュウが朝食を準備している食卓につく夢をみた。そんな夢をみたのは子供のころ以来かもしれなかった。

夢か。美由紀は書斎のドアの前で立ちどまった。睡眠時にみる夢。はっきりとその場にいるように感じ、ひとの姿をみて、声がきこえたように感じる幻覚。子供のころから誰もが経験し、大人になるにしたがって不可思議さを感じなくなる。古代人は、目覚めているときとは別のもうひとつの世界にいくことだと考えていた。現代では、レム睡眠時に脳がつくりだす幻覚だと説明されている。レム睡眠と夢。筑紫豊一には起きているあいだにそれが発生した。それを、どうとらえたらよいだろう。

書斎のドアを離れ、廊下を歩きつづけた。奥の広めの部屋は寝室だった。考えごとをするときには、いつもここにくる。

ここには書籍が一冊もない。置かないようにしている。薄いレースのカーテンがかかった天蓋《てんがい》つきのベッドと、白いグランドピアノが一台あるだけだった。一見、白い壁と出窓に囲まれたシンプルな部屋だが、じつは遮音性能の高いカワイの防音パネルが床と壁に埋めこまれている。この部屋をみた瞬間にグランドピアノの購入をきめた。家庭用の小さなピアノでは、フォルテシモの豊かな音量に酔うことができないからだった。

グランドピアノの近くに立った。人工象牙《ファインアイボリー》の純白かつ光沢のある表面に、自分の顔が映りこんだ。このところ忙しかったせいで、しばらく弾いていない。考えごとをするにはちょうどいいかもしれない。

ピアノの前に座り、鍵盤《けんばん》に両手をのせた。何を弾くかはきめていなかったのに、ほとんど無意識のうちにリストの『ラ・カンパネラ』を弾き始めた。パガニーニのバイオリン練習曲をリストがピアノ曲にアレンジしたものだった。

中学生ぐらいまでは、この曲を弾けることがピアノ上達の最終目標だと思っていた。カンパネラ、すなわち鐘の音を連想させる華やかな高音部、オクターブの連打をはじめとして、ピアノ演奏の技巧すべてが凝縮されている。難しい曲で、本当に自分が弾けるようになるのだろうかと感じていたころを思いだす。いちおう弾きこなせるようになったのは十四歳のころだ。コーダのもたつきを克服し、曲に表情をつけるぐらいになるまでには、それから二年ほどかかった。自信がついたのは十六歳のころ、地元の公民館で開かれた演奏会だった。最後のオクターブを決め、一瞬の静寂のあと、割れんばかりの拍手が鳴り響いた。

あのときの高揚した気分は、最近ではまずもって味わえないものだった。二十八になった美由紀はすっかり拍手を受けるのをきらい、仕事のない日には人目を避けるように郊外にアウトドア・スポーツをしに出かけるか、部屋に閉じこもるかのいずれかだった。特に、自分を〝千里眼〟呼ばわりして追いかけまわすマスコミを忌み嫌い、その報道を通じて自分を万能視する人々の賛辞にも関心がなかった。だが、あの十六歳の演奏会のときの喜びと興奮は、きのうのことのように思いだす。大学生や社会人の参加者も多くいた。そのなかには『ラ・カンパネラ』を弾いたひとも何人かいたが、難易度の高さゆえかミスが頻発した。自分の番がまわってきたときには緊張したが、美由紀はさいわいにも、練習のときと同じように弾き終えることができた。

ふと、美由紀は考えた。あのときの人々の拍手は、なにに向けられていたのだろう。難しい曲を、若くして弾きこなした美由紀に対してか。リストのすばらしい楽曲に対してか。あるいは、それらを超越したところで、その場で耳にした音楽によって得た感動、その心境をただすなおに拍手として表した、そういうことだろうか。

なぜこんな疑問が頭をかすめるのか。理由はわかっていた。日向涼平が心酔したアクセルレーターズ。彼にとってアーティストとはなんなのだろう。たんなる演奏家か。音楽を評価されることが演奏家としての真骨頂であり、それ以外は付随物にすぎないのか。だとするなら、日向涼平のあの精神状態はどう汲《く》みとってやればいいのだろう。たんなる気の迷いか。いや、アーティストのほうが必然的にそういう心理状態をつくりだしているのか。音楽を通じ、演奏家に親愛の情を抱く、彼らの商売はそこまでをひとつのプロセスと考えているのだろうか。たしかにそれは人気というものにつながり、人気はより多くの商品流通を可能にする。しかし、日向涼平のような少年はどうすればいいのか？　本気で、彼らに惚《ほ》れこんでしまった人間は？

いや、問題はアーティストの側にあるのではない。受け手の心理こそが問題なのだ。そう思った。

そのとき、チャイムが鳴った。美由紀は我にかえった。演奏をやめて、顔をあげた。ため息が漏れる。

レム睡眠状態がもたらす幻覚について、考えをまとめるつもりだった。それなのに、日向涼平のことばかりが頭にちらつく。なぜだろう。筑紫豊一の幻覚のほうが、はるかに熟考を必要とする難題だというのに。

美由紀は立ちあがり、壁ぎわのインターホンをとった。「はい」

「ああ、美由紀か」聞きなれた男の声がいった。「なあ。五人が五杯のラーメンを食べきるのに五秒かかったとするなら、百杯のラーメンを百秒で食べきるには、何人必要か」

　美由紀は苦笑した。「五人」

「ほんとか？　百人じゃなくて？」

「ひとりが一杯食べきるのに五秒かかるから、二十杯食べるには百秒かかる。だから五人でしょう」

「……なるほど」

「どうしたんですか、蒲生《がもう》さん？　警視庁のほうで知能検査でもあったとか？」

「いや。ゆうべ息子の和也がだした問題だ。百人って答えたら不正解っていうから、おかしいなと思って」

「それを聞きにいらしたんですか？」

「いや」蒲生の声はふいに重みの感じられるものになった。「東京カウンセリングセンターのほうに呼び出しがかかってな。捜査一課から、俺が派遣された」

「というと、昼間の輸送機の件ですか」

「そうだ。それも、事態は航空局関連じゃなく、俺たち警視庁の手に委ねられる様相を呈してきてる」

　警察。すると、筑紫豊一を逮捕する決定が下ったのだろうか。だが、そうだとするなら京都府警か、輸送機の所有会社がある愛知県警の管轄になるはずだ。警視庁捜査一課が動く、それにはどんな意味があるのか。

美由紀はきいた。「どういうことですか」

「詳しいことは行ってみないとわからん。で、きみも関心があるかと思ってな」

「もちろんです」

「そうか。じゃあ……」

オートロックを開けてほしがっている気配があった。が、美由紀はいった。「下で待っててください。すぐいきますから」

「そうか」蒲生の声に、やや残念そうな響きがこめられていた。

蒲生を信用していないわけではない。いや、むしろ警察関係では唯一信頼できる人物だと思っている。だが、この部屋には入れたくなかった。白のロング・ワンピースを着ているところなど、絶対にひとに見られたくはなかった。

運命

　美由紀がベネトンのベージュいろのスーツに着替え、マンションの玄関をでたころには、空はもう夕暮れの赤みを失いつつあった。透き通った紺いろの空に、いくつかの星がまたたいてみえた。空気は澄んでいた。春の空としてはめずらしい。頬にあたるわずかな風が、爽《さわ》やかさを運んでいた。

　マンションの前の道路に、シルバーメタリックのジャガーSタイプが停まっていた。ボンネットに、サングラスをかけた四十歳前後の男が座っている。小柄でひきしまった身体つき、グレーで統一したソフトスーツはアルマーニ製らしい。ほっそりと頬がこけた浅黒い顔はそれだけでも神経質そうだが、髪をオールバックにして固め、額と眉間にきざまれた皺がはっきりと浮き彫りになっているぶん、よけいにそうした印象をきわだたせていた。

　警視庁捜査一課の蒲生誠《まこと》は、美由紀の姿に気づくと腰を浮かせてサングラスをはずした。「きみの部屋、ワンフロア全部を占拠してるのか。四階までの各フロアにゃ複数の部屋があるのに、五階は501しかないんだな」

　いかにも刑事らしい観察眼だ。そう思いながら、美由紀は応じた。「このマンションのオーナー一家が住んでた部屋なんです。いまは新居に越して部屋を貸しだしてたから、借りたんです」

「ずいぶん高い物件だろうな。宮仕え辞めて正解だったな。公務員じゃこうはいかないぜ」

「このクルマほどじゃないですよ」美由紀はジャガーの助手席側にまわりながらいった。

ふん、と蒲生は鼻を鳴らした。「家族で出かけることも多くなったからな。せめて乗りごこちのいいクルマをと思って奮発した。定年まぎわまでローンがつづくけどな」

美由紀は笑った。蒲生が手で指し示して、乗れよと合図した。美由紀はそれに従い、ドアを開けて乗りこんだ。たぶん蒲生が美由紀を迎えにきたのは、このクルマを披露したかったからだろう、そう思った。

ゆったりとした座りごこちのいいシートだった。だが、新車特有の香りはすでに消えうせていた。運転席に乗りこんだ蒲生は、エンジンをかけながらポケットからハイライトをとりだし、口にくわえた。

「蒲生さん」美由紀はいった。「奥さんや和也くんにドライブを楽しんでほしいのなら、運転中はタバコをやめるべきかもしれませんよ」

「堅いことをいうな」蒲生はタバコの先にライターで火をつけた。「うちの家族の精神衛生は、優秀なカウンセラーにまかせてある」

美由紀はふっと笑っていった。「あなたの精神衛生のためにも、タバコはひかえたほうがいいと思うけど」

「反対だな。こいつは、俺の精神安定剤がわりなんだ」蒲生はチェンジレバーをD《ドライヴ》に入れ、ステアリングを切って発進させた。

この刑事と知り合いになってから数年が過ぎた。最初のうちは職務上のぎくしゃくした関係だったが、やがて打ち解け、いまでは週に一度は蒲生の家を訪問するようになっている。高校受験を間近にひかえた蒲生の息子、和也に家庭教師をするためと、精神病をわずらっている蒲生の妻に適度のカウンセリングをおこなうためだった。過去、何度かの危機を共に乗り越えた仲として、美由紀が蒲生に対して感謝の気持ちをこめて無償でおこなっていた。蒲生は一方的に世話になるのは忍びない、謝礼は払うといったが、美由紀は断固として受け取らなかった。

なぜ自分は蒲生の家族に対してかたくなともいえるほど、献身的態度をとろうとするのか。美由紀はいままで何度か自問自答したが、言葉ではうまくいいあらわせなかった。ただ、蒲生は最初に会ったときから、美由紀に対していっさいの偏見を抱かなかった。そこだけは、ほかの男たちとあきらかにちがっていた。

防衛大学校を首席で卒業し、幹部候補生としてパイロット訓練を受けたころから、美由紀は出会う目上の男性すべてが妙に腰の低い態度をとっているように思えてならなかった。

東京晴海医科大付属病院でカウンセラーの勉強を積んでからは、そういう人々の心理がいっそう読みとれるようになり、窮屈さを感じていた。自分は羨望《せんぼう》を受けるような立場ではない、美由紀はそう思っていたが、周りはちがっていた。男女平等が当たり前とされる時代になっても、世の男性は依然として女性の社会的能力が劣っているほうが安心する、逆にいえば女性のほうが勝っていたのでは落ちつかない、そんなそぶりをみせることが少なくなかった。美由紀は、そう感じていた。

唯一の例外が蒲生だった。蒲生ははじめてあったときから、美由紀に対して特に尊敬の念も表さなければ、卑屈になることもなく、まして色目を使うことなどいっさいなかった。対等であることこそごく当たり前の人間関係なのだ、そんな空気に満ちていた。美由紀は当初わずかに、そのぶっきらぼうな態度に反感を覚えたものの、その後は蒲生という男が自分にとって、どんなことでも腹を割って話せるただひとりの相手になった。

蒲生は警察大学校の出身、警察官としてはキャリア組だ。国家公務員として、美由紀と似た境遇を経験している。それに、蒲生には正義感と使命感がある。それゆえ、組織の上下関係に何度となく反発を繰り返してきたし、仕事のためには家庭を犠牲にする日々を送ってきていた。美由紀はいつごろからか、そんな蒲生に同情心を抱くようになっていた。職務の時間以外には、家族との明るい生活を送ってほしかった。

美由紀が知り合ったころ、蒲生の家庭は崩壊寸前だった。美由紀はお節介を承知で首をつっこんだ。物好きな女だな、きみは。最初のうちそういっていた蒲生も、やがて美由紀の心を理解し、受け容れるようになった。

ジャガーの走行はスムーズだった。音もほとんどきこえない。蒲生は車体に傷をつけたくないのか、初心者のように慎重な面持ちでステアリングを切っている。クルマは路地を抜け、環状線にでた。

結局、蒲生の家族への奉仕は、美由紀自身のためのものだったかもしれない。美由紀はそう思った。

両親と相容れない毎日、防衛大へも強引に進学した。両親と仲違《なかたが》いしたのは、ほんのささいな意識のずれが原因だった。美由紀の親は、美由紀が早いうちに結婚し、主婦になることを望んだ。広く世のために役立つ職業につきたいという美由紀の希望を否定し、美由紀自身とその家族の幸せだけを維持すべきだといっていた。つましくても、温かい家庭を築くことだけを目標にしろ、そう釘《くぎ》をさしてきた。どこにでもあるような中流家庭にすぎなかった美由紀の親は、それこそが手堅く賢い人生の選択だと思っていた。

美由紀はそういう親に猛反発した。家やクルマのローンに悩まされる中流家庭に生まれたこと、女の子に生まれたこと、すべてに反発した。幹部候補生時代、髪を短くして肌を真っ黒に焼いていた美由紀は、男に間違われることが多かった。タバコもふかしていた。それを悪いことだとは思っていなかった。

ちょうどそのとき、平成五年度から航空自衛隊が女性パイロットの正式採用をはじめたこともあり、美由紀は闘志を燃やした。幹部候補生として救難部隊のパイロットになり、ゆくゆくは救難部隊の指揮をとること。それが人生の目標になっていた。

防衛大の卒業式の日、首席の美由紀は同期の卒業生たちの代表として、濃紺の制服を着て壇上に立った。美由紀の号令で、卒業生全員がそろって制帽を会場の天井めがけて、いっせいに投げた。帽子が宙に舞うと、壇を飛び降りた美由紀を先頭に卒業生たちは駆けだした。全員が出口へと走っていく、あの防衛大の伝統のセレモニー。美由紀はその先陣を切った。誇り高い気分になった。これで親も自分を認めてくれるだろう、そう思った。

ところが、幹部候補生学校に入学して半年後、美由紀のもとに両親そろって死亡の通知が届いた。交通事故だった。

最後の半年間は、一通の便りもないままだった。両親はどう思っていたのだろう。自分たちが苦心して育てた娘が、反発したまま家をでていく、それを黙って見守っていた。自分たちの人生は間違っていたのか、そういう思いを胸に抱いていたかもしれない。もう少し時間があれば、打ち解け合うこともできたかもしれない。しかし、いまではもう無理だ。皮肉なものだった。世のなかの誰も不幸であってはならない、どんなひとでも救われねばならない、美由紀はそんな極論めいた信念を抱いていた。それなのに、自分の両親を幸せにはできなかった。残ったのは、心にぽっかりと開いた空虚さだけだった。

　美由紀はその後、航空自衛隊の特別輸送航空隊に配属された。政府専用機のジャンボジェットの搭乗員、ところが、与えられた仕事はスチュワーデスの真似事《まねごと》だった。女性だという偏見にとらわれず、テストの結果を真剣に考慮してくれと上官に訴えた。空将は、美由紀の成績を全面的に反映した再配置をおこなった。救難部隊ではなかった。航空自衛隊最強の精鋭が集う、F15Jイーグル主力戦闘機部隊に配属されてしまった。

　毎日が虚無的に過ぎていった。美由紀は生きる希望を失っていた。ソビエト連邦の崩壊後、戦闘機部隊のスクランブル発進の回数は激減していた。出動がかかっても、それは領空侵犯機との命のやりとりと駆け引きの時間でしかない。燃料の浪費、人生の無駄づかいだった。一方で、国内では大規模な災害があいついだ。救難部隊はいつも人手不足で悩んでいる、そうきかされていた。が、自分にはどうすることもできなかった。

　そのころ、天才的な脳外科医でカウンセラーの女性と出会った。いや、正確にいえばそれは出会いではなかった。向こうから接近してきたのだ。女の名は友里佐知子といった。友里は美由紀の苦悩を見抜き、カウンセラーになって自分の下で働くように強く勧めた。

　両親の死から、心の奥底に癒《いや》されないものを感じつづけていた美由紀は、精神療法の分野に傾倒していった。防衛医大をでていれば医師への道もひらけたかもしれない。美由紀は医師の資格をとらなかったことを後悔していた。それでもカウンセラーになれば、医学よりもずっと身近で、実用的な分野で人生を再出発できるかもしれない。そう思った。

キャリア組からの退職者をだしたくないと考えている防衛庁の人事部と激しく対立したが、美由紀は自衛隊を辞め、カウンセラーになった。それからは、休む間も惜しんで学び、臨床に参加し、働いた。誰も不幸であってはならない、美由紀は本気でそう考えていた。出張費がでないときには自費で地方まで赴き、おもに子供や老人相手のカウンセリングをおこなってきた。別れは突然くる。だからいつでも、よき人間関係だったと感じられるよう、相手をいたわらねばならない。美由紀はそう思っていた。仕事に打ちこむことが、亡き両親への償いのように思えてならなかった。心と癒《いや》し。それがいかに重要なことか、美由紀は身に沁みてわかっていた。

師として尊敬していた友里佐知子とも、別れるときがきた。それも、最悪の決別だった。友里が美由紀を仲間に引きこもうとしたのは、彼女の途方もない野心の実現のためだった。友里には二面性があった。やさしいカウンセラー像のほかにもうひとつ、凶悪なカルト教団の教祖としての顔を持っていた。友里は恐怖政治のような支配体系によって人々を救済に導く、そんな急進的なイデオロギーの持ち主だった。美由紀をはじめ、自衛隊や警察など武力に関する技能を身につけた人間を部下に集めていたのは、そのためだったのだ。友里はテロによって国家転覆をはかろうとしたが、その野望に気づいた美由紀によって阻止された。

元航空自衛隊の幹部候補生にしてカウンセラーという、常識からかけはなれた経歴を持つ美由紀。その美由紀の経歴は、友里佐知子の陰謀によってつくられたことになる。

それから一年ほど経って、友里の死体が発見された。頭部に拳銃《けんじゅう》自殺した痕があった。顔はまぎれもなく友里だった。警察でもまちがいないと断定された。が、その根拠は顔だけだった。友里佐知子という名前は戸籍になく、医師免許を取得した正式な経緯もわからなかった。身内もひとりもいなかった。彼女の存在をしめすあらゆる書類は、すべて捏造《ねつぞう》された経歴で埋めつくされていた。卒業したとされる大学にも籍はなかった。ゆえに、血液型もわからなければ、指紋も歯型も不明だった。彼女が何者だったのか、それはいまもってあきらかではない。

一時は母のように慕い、精神療法のすべてを教わった友里。その友里との対決に、美由紀の心は深く傷ついた。美由紀にカウンセラーとしてのすべてを教えたのが友里佐知子であるという事実、それは揺らぎようがなかった。美由紀はそのころ、激しい自己嫌悪に陥った。

だが結局、美由紀は人生を捨てる気にはならなかった。その後もカウンセラーとして生きていく道を選んだ。人々の心の支えになることに一生を捧《ささ》げよう。そう誓った。自分のようにトラウマを抱える人間が、ひとりでも少なくなるように。

「美由紀」運転席の蒲生がいった。「どうかしたか。ずいぶん険しい顔をしてるな」

「いえ」と美由紀はつぶやいた。

自衛官時代を連想させるような事件に直面したのだ、忘れたい過去を思いだすのは仕方のないことかもしれない。美由紀は気分を変えたくなって、窓を開けることにした。パワーウィンドウがわずかにさがったとき、ざわざわとにぎやかな声がきこえてきた。

クルマはすでに、虎ノ門の東京カウンセリングセンターへとつづく裏道に乗りいれていた。ふだんはひっそりと静まりかえっている一帯に、なぜか多くのひとの気配がする。

角を折れ、カウンセリングセンターの駐車場入り口がみえた。とたんに、蒲生はブレーキを踏んだ。

「やれやれ」

駐車場は報道陣でごったがえしていた。テレビの中継車が数台、その近くにベーカムの取材用カメラか望遠レンズつきの新聞社のカメラを掲げた男たちが列をなしている。緑の腕章をつけ、マイクを手にしているのはリポーターたちだ。そのうちの一部は、蒲生のクルマのほうに視線を向けている。東京カウンセリングセンターに乗り入れる車両かどうかを気にしているのだろう。ここから少しでも進めば、連中がいっせいに駆け寄ってきて取り囲むにちがいない。

蒲生はタバコを灰皿に押しつけた。「航空局のやつら、事件を記者発表しちまったみたいだな」

「どうします?」美由紀はきいた。

「きみみたいな有名人を乗っけてたんじゃ、フラッシュの嵐をくらうだろうな。新車のボンネットが凹《へこ》むのは勘弁してほしいぜ」

「この駐車場が満車のときには、向こうのパーキングに停めますよ。テレビ東京の裏の路地づたいにいけば、東京カウンセリングセンターの職員専用通路に入れます。そこならたぶん、ガードマン以外は誰もいないはずです」

そうするか、と蒲生はいってチェンジレバーをR《リバース》にいれた。後方を振りかえり、クルマをゆっくりとバックさせながらつぶやいた。「おかしな世の中だぜ。正しい行いをしている人間が逃げ隠れしなきゃならないなんて」

デーヴァ

美由紀は蒲生とともに、東京カウンセリングセンターの二十七階にある大会議室に入った。幹部や役員クラスの人間がひしめいているかと思ったが、ちがっていた。室内はがらんとしていた。大きな会議用テーブルに、たったひとり若い女性が座って書類に目を落としているだけだった。

「朝比奈《あさひな》さん」美由紀は声をかけた。「早いわね」

催眠療法II科に属するカウンセラーの朝比奈宏美《ひろみ》は、はっとした顔で立ちあがった。その表情が微笑にかわる。美由紀よりもわずかに背が低く、いっそう小柄で華奢な印象がある女性だった。ヴェールダンスのシンプルなグレーのスーツをさりげなく着こなしているが、めだたないところにお洒落《しやれ》のセンスがある、美由紀は常々朝比奈のことをそう思っていた。髪型も一見ふつうのストレートヘアにみえるが、実際にはちょうど目にかかるかどうかという長さに前髪を切りそろえていることで、子供っぽい顔だちにシャープで強い印象を与えている。髪全体のシルエットは引き締まった感じのするボブで、自然なようにみえてもていねいにスタイリングしてある。もともと美人であることにちがいはないが、より健康的にみえるメイクが趣味のよさを感じさせる。この職場において、二十六歳という年齢にふさわしい、控えめな好印象を漂わせていた。

朝比奈はにっこりと笑って頭をさげた。「岬先生。きょうはもうお帰りになったときいてましたけど」

「大きな動きがあったときには、休んでるわけにはいかないわ」美由紀は笑いかえした。ふと、朝比奈の手もとの書類が気になった。「それ、なんなの？」

「VE15輸送機事件の事後調査で、歴史関係の記録をあたってるところなんです。催眠療法Ⅰ科とⅡ科の人間が、ほぼ全員あたってますよ」

蒲生がテーブルに両手をついてのぞきこんだ。「歴史？　どういうことだ？　なにを調べてるんだ？」

そのとき、別の男の声がした。「それは、捜査一課さんの担当じゃありませんよ」

美由紀は声がしたほうをみた。戸口に、五十歳前後ぐらいの背の低い男が立っていた。小柄で、皺だらけのスーツを着ているが、ふしぎなことに貧相にはみえない。身体を鍛えているせいで、しゃんと背筋が伸びているからだろうか。いかつい顔をさらにしかめっ面にして、出会った人間をわざと敵にまわすような態度をさらけだしている。職業は問う必要がなかった。その男の背後から制服警官がひとり現れた。この男も蒲生と同業だろう、美由紀はそう思った。

蒲生は男をにらみつけた。「あんたは？」

「捜査二課の外山盛男《そとやまもりお》。捜査本部からの指示で、今回の件を担当することになりました」

制服警官の後ろから、嵯峨が現れた。嵯峨は白衣を着て、書類カバンを小脇に抱えている。嵯峨は外山と目を合わせ、軽くあいさつのようなものを交わしあった。知り合いらしい、美由紀はそう思いながら嵯峨にいった。

「嵯峨君。きょうは帰らなかったの？」

「ああ、美由紀さん」嵯峨は書類カバンをテーブルに置いた。「帰るどころか、調べもので大忙しだよ」

外山がふんと鼻を鳴らし、美由紀のほうをみた。「もうひとりの科長さんは、旧知の刑事とデートですか。ずいぶんと気楽なご身分ですな」

蒲生がむっとしていった。「どういう意味だ。だいたい、二課がなんで出張《でば》ってきたのか、俺にゃさっぱりわからん。事情を説明しろ」

「おやおや」外山は哀れなものをみる目つきを蒲生に向けた。「本部と綿密に連絡をとりあうのはわれわれ刑事の務めでしょう？　よほどこちらの美人の先生にご執心なんですな、蒲生刑事」

「美由紀のことを悪くいうな。二課の人間は礼儀ってものをしらねえのか」

礼儀ねえ、と外山はつぶやくようにいった。「それならあなたも襟を正したほうがいいんじゃないですか。こちらの嵯峨先生から、調査報告をいただけるんですから。われわれ警察は頭をさげてありがたく受け取るべきですよ」

「それなら一課のほうで……」

「わからんひとですな。嵯峨先生たちの調査結果により、捜査本部は一課から二課に移されたんです。こいつは悪質な詐欺事件が絡んでる可能性がある。で、私にお声がかかったんです」

「詐欺事件?」蒲生はききかえした。

「そう。まあ、あなたもそちらの岬先生と仲がおよろしいみたいなんで、一緒に座ってきいたらどうですか。嵯峨先生のお話を」

「俺と美由紀はべつに……」

「蒲生さん」美由紀は穏やかに制した。「いいから、座りましょう」

外山はテーブルの一角に向かい、椅子に腰をおろしながらいった。「じゃ嵯峨先生、はじめてくれますかな」

嵯峨は美由紀をみた。「いいかな?」

「待って」美由紀はいった。「部長はお越しになる?」

「ああ、そろそろ」

「それじゃ待ちましょう。お茶を」

か？」

朝比奈が腰を浮かせた。「わたしが手配します。刑事さんたちは、コーヒーでいいですか？」

蒲生はぶっきらぼうにうなずいて、椅子に座った。

外山のほうは、少しばかり面食らったような顔をして、首を縦に振った。その視線が美由紀のほうに向き、また嵯峨を見やった。

どうやら外山という刑事は、嵯峨がこの場の最高責任者であると考えていたらしい。嵯峨が美由紀に意見をきく姿勢をみせたのが、意外だったのだろう。美由紀が赴任してくる前から、嵯峨と知り合いだったにちがいない。嵯峨は過去に何度か、警察官の職務質問のための心理学講義をおこなうため警視庁に派遣されていた。その方面の知り合いも多いはずだ。とりわけ、詐欺や横領事件をあつかう捜査二課には、心理的駆け引きについてのテクニックの需要は高そうだった。外山刑事は、嵯峨にはわずかに尊敬の念をのぞかせている。不遜《ふそん》な態度のなかにも可愛《かわい》げがある、美由紀は内心そう思った。

やがて、近づいてくる足音がきこえた。戸口に倉石が現れた。つづいて、マーガレット・ハウエルの光沢のある紺のスーツを着た、白髪の婦人が入室してきた。六十歳をとうに過ぎているが、化粧もけばけばしくなく、清楚《せいそ》で清潔な印象がある。それでも目つきには政治家か実業家のような鋭さがあり、創業以来このカウンセリング機関を守ってきた長年の自信をうかがわせる。

その視線がこちらをとらえるより早く、美由紀は立ちあがった。嵯峨や朝比奈も立って一礼した。蒲生や外山はとまどいがちにそれにならい、腰を浮かせて頭をさげた。

東京カウンセリングセンター所長、岡江粧子《おかえしようこ》は会釈をかえしたが、微笑は浮かべなかった。険しい顔つきのまま、専用の椅子に座りながらいった。「また被災地に大勢のカウンセラーを派遣することになるかと思ったけど、大事にいたらなくてよかったわね」

岡江が着席してから、全員が座った。

外山がにやりと笑っていった。「輸送機が落ちてたほうが、カウンセリングセンターは儲《もう》かったかもしれないですな」

岡江の険しい視線が外山に向いた。室内の人々の冷ややかな反応が、それに同調した。

外山は自分の失言に気づき、ばつの悪そうな顔で視線をそらした。

「バカが」と蒲生が、美由紀の耳もとでささやいた。

外山に悪気はないのだろう、と美由紀は思った。蒲生は反感を抱いたようだが、美由紀は外山という刑事を嫌いにはならなかった。いまの一言も、場をわきまえなかったところはあるにせよ、空気をなごませようとして口にしたこの男なりのユーモアにすぎない。刑事という職業にもいろいろなタイプがいるものだ、美由紀はそう感じた。

倉石が隣りに座るのを待って、岡江が美由紀にいった。「岬先生。きょうは自衛官時代を彷彿《ほうふつ》とさせる活躍ぶりだったそうね」

「いえ」美由紀は恐縮しながらいった。「それほどでも。墜落を防げたのは嵯峨先生のおかげです」

岡江が嵯峨をみた。嵯峨は照れ笑いをうかべた。

が、岡江はぴしゃりといった。「冒険は困ります。カウンセラーの仕事の本分を忘れて、いちかばちかの賭けにでるのは感心しませんね」

嵯峨はふいに顔をこわばらせ、黙ってうつむいた。

「まあ」岡江はため息をついた。「今回の状況では、仕方なかったといえるでしょう。こういったことを習慣化せずに、最後まで冷静な思考と判断力によって問題を解決することを望みます。いいですね」

岡江粧子は、夫の岡江卓造《たくぞう》が太平洋戦争直後、焼け野原になった東京で、人々の精神衛生のための研究機関を発足させようと思い立ったころから、ずっとその野心に付き添いつづけてきた。岡江卓造は東京帝国大学で心理学を研究し、のちに東都医大に移って教授となった。岡江粧子は夫の死後も、当初は東都医大病院精神科の一部署として発足した東京カウンセリングセンターを維持し、さらに発展させていくことに尽力した。七十歳近いいま、彼女は国内最大規模の精神医学研究機関である東日本カウンセリング協会の会長を兼任している。実質的に、日本の精神療法全般を統率する立場にある。その岡江の発言には重みがあった。カウンセラーは忍耐を要する仕事だ。早急な解決法をみいだそうとすると、かえって状況を悪くすることが多い。岡江は過去に多くのカウンセラーが窮地におちいるのをみてきた。美由紀や嵯峨には、そうなるべきではないと諭しているにちがいなかった。

「では」岡江はテーブルの上で両手をくみあわせた。「事後調査についてうかがいましょうか」

嵯峨が口をひらいた。「事件後は鹿内《しかない》ほか数人のカウンセラーが京都に赴いて、地元の精神科医と協力してパイロットの筑紫氏の治療にあたりました。現在は、落ちつきを取り戻しているようです」

岡江がきいた。「幻覚の理由は？」

「検査の結果、筑紫氏はやはり薬物などを摂取しているようすもなく、幻覚と妄想は仮レム睡眠によるものとの見方が有力になりました」

「嵯峨先生」外山が片手を軽くあげていった。「われわれ素人《しろうと》にもわかるように話していただけると、ありがたいんですが」

嵯峨はいった。「脳は、眠っているあいだにも活動をつづけています。特に活発な時期をレム睡眠といい、このレム睡眠のときに、ひとは鮮明な夢をみます。レム睡眠は、生物にとって不可欠なものです。夢をみることによってストレスの浄化がはかられるからです」

倉石が口をさしはさんだ。「猿などの小動物に、レム睡眠が発生しないよう薬物投与をおこなったところ、数日のうちに死んでしまったという実験結果がアメリカで報告されている」

　そうです、と嵯峨はうなずいた。「だから脳は、レム睡眠が得られないと別の時間に補おうとします。ずっと徹夜をつづけたあとベッドに入ると、目を閉じただけで夢のような錯覚や幻覚を意識することがあります。あれは、半分目が醒めている状態でも仮性のレム睡眠が発生していることを示しています。さらに眠らない日がつづくと、起きて活動しているうちにも仮レム睡眠状態が生じ、幻覚や妄想、錯覚にとらわれ、これらと現実との区別がつかなくなります」

　蒲生がいった。「というと、筑紫氏はそういう状態にあったってわけだな。忙しかったか、不眠症かなにかで眠ることができずに……」

「それが」嵯峨は深刻そうにいった。「筑紫氏の所属する翼日堂という会社の同僚によると、筑紫氏は残業もなく、たいていふつうに家に帰っていたというんです。筑紫氏の奥さんの話でも、家庭ではよく眠っていたそうです」

　岡江が指先でテーブルをとんとんと叩いた。「精神分裂病じゃないの？　精神分裂病の患者はほとんど眠らない。それは、脳機能が低下して本格的なレム睡眠をつくりだせないことに起因している、という学説もあるわ」

「いいえ」美由紀は岡江にいった。「その可能性はまっさきに考えたんですが、筑紫氏をひとめ見れば精神分裂病でないことはあきらかでした。そのほかの精神病、神経症の可能性も低く思えます。操縦輪を握っている状態で仮レム睡眠におちいった、それ以外に特異な状況はなにも見当たりません」

嵯峨がうなずいた。「そこで、アプローチの方法を変えてみました。事件後のカウンセリングによると、筑紫氏は雲のかたちを巨大な手と錯覚したことに端を発し、それが昨夜観たテレビドラマの記憶に結びついて、菅原道真の怨霊と感じた……ということになります。ただ腑《ふ》に落ちないのは、仮レム睡眠時の幻覚というのはもっと混沌としていて、具象化されないことが多いのに、筑紫氏の場合はあまりにも明確に〝道真の手〟と〝陰陽道〟が妄想の世界を構成しているという点です」

倉石が腕組みした。「そのテレビドラマに、異様な執着でもあったのか」

嵯峨は首を振った。「そうではなく、ただ前日に観たというだけです。ただし、こうしたオカルティズムにつながる幻覚の原因には、ある一定の傾向がみられます。たとえば幽霊を見たという例のほとんどはアルコール幻覚症やてんかん性感覚発作による幻視ですし、憑依《ひょうい》は多重人格障害、金縛りは疲労による筋肉の痙攣、幽体離脱は意識障害による自己性幻視が原因です。同様に、心理学的見地から〝陰陽道〟の伝説を洗ってみたところ、興味深いデータが得られました。朝比奈」

ふいに呼びかけられ、朝比奈はあわてたようすで書類に目を落とした。「手のあいている職員全員で過去の文献を調べて集計してみたところ、いわゆる〝陰陽道〟伝説は平安時代の醍醐《だいご》天皇の時代前後、それも京に集中していることがわかりました。同じ時代でも、地方にはそうした伝説はありません。この伝説の共通する特徴として、動植物やたんなる物体に、生命が宿っているような気配を感じ、超自然的な能力を有する陰陽師が、それらと対話することができるというものがあります。これらは幽霊の錯視に近いように思えますが、たんに柳の木を人と見まちがうといったものではなく、もっと具体的に霊のような存在を実感し、その声をきいた……という記録が多く残されています」

美由紀はつぶやいた。「仮レム睡眠による幻覚の特徴ね」

「そう」嵯峨がいった。「平安時代の人々が筑紫氏同様に、集団の仮レム睡眠状態に陥っていたとするなら、説明がつく」

外山が顔をしかめた。「そんなことあるんですか」

朝比奈がうなずいた。「ありえます。この書類は、『今昔物語集』の安倍晴明伝説などを中心に、記録に残されている陰陽道に関する超常現象の発生日時をまとめあげたものです。すると事件はほとんどが京の都の大内裏《だいだいり》で、梅雨どきから夏にかけて起きていることがわかります」

なるほど、と美由紀はいった。「〝四神相応の図〟による環境被害とみることができるわね」

嵯峨がいった。「そのとおり」

蒲生が頭をかきながらきいた。「なんのことか、俺たち刑事は頭が悪くてわからん」

外山は不服そうな顔で蒲生を見やったが、いちおう同意見らしく黙って美由紀に目でたずねてきた。

美由紀は答えた。「風水や陰陽道の思想の基になっている、陰陽五行《いんようごぎょう》の理《ことわり》に、四つの聖獣に都市の四方を守らせるという迷信があります。北に玄武《げんぶ》が棲《す》む山、東に青龍《せいりゅう》が棲む川、西に白虎《びゃっこ》が駆ける道、南に朱雀《すざく》が棲む池。四方にそのような立地条件をもつ都市が栄えるという言い伝えがあり、事実、中国やインドでもそうした都市は目につきます。ただし、二十世紀に入ってドイツの天候学者が指摘したことには、このような立地では夏の雨季に南西から入ってくる温かく湿った風が吹き抜けることができず、都市は高温多湿となり、夜間の不快指数が急激に上昇するということです。事実、これらの都市には蚊が多く発生していたという記録もあります。平安京も、陰陽五行にならって北に船岡山《ふなおかやま》、東に鴨川《かもがわ》、西に山陰山陽道、南に巨椋池《おぐら》という立地でした。平安時代に多く使われていた真綿のフトンは放温能力が優れているので、湿気による水分を蒸発させやすいのですが、梅雨どきは畳と外気の湿度が異常に高くなるためにひと晩で百八十ccの水分をとりこみます。湿度が七十パーセントを超えた場合、全身に強い不快感を抱くため、大脳の休息時間であるノンレム睡眠は発生しますが、身体の休息時間であるレム睡眠はリラクゼーションが充分でないせいで、ほとんど得られなくなります」

朝比奈は目を見張った。「おどろきです……わたしたちが数時間かけて調べたことを、そこまで推測できるなんて……」

「いいえ」美由紀はいった。「あなたがたの調査がヒントをくれたからよ」

外山がため息をついた。「ま、岬先生が物知りだってことはよくわかりましたがね、われわれ警察には、それが今回の件とどうつながりがあるのか、いまひとつピンとこないんですがね」

嵯峨が咳ばらいした。「つまり、こういうことです。平安時代の〝陰陽道〟に関する伝奇のほとんどは、いま美由紀さんが説明したような環境的原因で住民の睡眠時にレム睡眠が生じにくくなっていたため、起きているあいだに仮レム睡眠が発生し、幻覚や妄想を抱いたというのが真相と思われます。それらの幻覚はほとんどが、鳥や犬、石、あるいは木が生命を宿し、話しかけてくるというかたちで表れています。そうした体験談があまりにも頻出したため、人々は〝陰陽道〟になぞらえた超常現象とみなすことでひとつの解答を得た。今回の事件でパイロットの筑紫氏も、同様に仮レム睡眠による幻覚が発生しやすい状況にあり、雲を手とみなす幻覚をみた。その不可解な現象の理由づけをみずからが求めたときに、昨夜の〝陰陽道〟に関するドラマの筋と合致し、妄想がその世界に染まった、と考えられるのです」

なるほど、と倉石がいった。「同じ仮レム睡眠に根ざした妄想であるだけに、同調しやすかったということだろうな」

「で」蒲生が椅子の背に身をあずけながらいった。「パイロットの筑紫さんは、なんで仮レム睡眠状態ってやつに陥ったんだ？　筑紫さん家《ち》がその、山やら池やらに囲まれているとか……」

「いや」と嵯峨はいった。「筑紫氏の自宅は閑静な住宅地にあり、安眠をさまたげるような要素はなにひとつみられません。家族の話では、筑紫氏は酒もタバコもやらない。家庭には理由となるものはいっさいない。ただし、翼日堂のほうから気になる証言がありました。翼日堂の経営者はパイロットたちの能力向上のため、ある自己啓発セミナーに社員を派遣していたというんです。筑紫氏も昨年から今年初めにかけての半年間、そのセミナーに参加していました」

岡江がきいた。「どんなセミナーなの？」

「ええと」嵯峨は朝比奈のさしだした書類をみていった。「〝デーヴァ瞑想《めいそう》チーム〟という名の団体です」

「なるほどねえ」外山がほっとしたような顔でいった。「それでわれわれ捜査二課にお声がかかったわけだ」

蒲生が苦い顔できいた。「どういうことだ」

外山は笑いをうかべた。「金集めを目的におかしな団体を組織してる連中に、目を光らせるのがわれわれの役割でね。ひところ社会問題化したカルト教団の類《たぐ》いが、今度は自己啓発セミナーってかたちで世間の日陰に存在しつづけてる。そういうセミナーを盲信する人々をダシにして、私腹を肥やそうとする輩《やから》があとを絶たない。で、そんな団体の資金流入のからくりをつついて、おもに詐欺で立件して活動停止に追いこむってのが、捜査二課の仕事としてけっこうありましてね」

「別件逮捕か」蒲生が吐き捨てるようにいった。

外山は不遜な態度でかえした。「被害者が続出してからでないと重い腰を上げない一課よりましでしょう?」

刑事たちの散らす火花に、一瞬うんざりした表情をのぞかせて倉石がいった。「デーヴァ瞑想チームっていったな? そんな団体の名は初耳だ」

美由紀がいった。「デーヴァはサンスクリット語で〝神〟の意味です。宗教的側面を持つ団体だと考えられますね」

嵯峨がテーブルの上で両手をひろげた。「そう。でも、宗教法人にはそういう名前の組織はない。有限会社、株式会社いずれの登記もない。したがって個人主宰の団体だと考えられるわけだけど……」

「ふん」外山が顔をゆがめた。「最近じゃ、その手の連中が役所に登記を申請することはまれですよ。インターネットで自然発生的により集まって出来たグループが、数千人規模の団体に発展したりする世の中です、どこにどんな集まりがあってもふしぎじゃない」

朝比奈が口をはさんだ。「インターネットといえば、デーヴァ瞑想チームの名をネット検索したところ、だいたいの概要はわかりました。二、三年前に発足した自己啓発セミナーで、おもに運輸や運送を仕事にしている企業相手に、売りこみ広告を送付しています。そのセミナーを受講した人間は動体視力と反射神経が鋭敏になり、操縦者あるいは運転者としての成績が目に見えて上昇する……との触れこみです。評判をききつけた企業の経営者が、自社のパイロットやドライバーをセミナーに派遣してます。ネットでざっと調べただけですが、鉄道やバス、タクシー会社、宅配便やバイク便の会社、引っ越しセンターやトラック運送の会社まで、かなりの数の企業が研修の名目でセミナーに人材を送りこんでいます。実際に能力が上がり、昇給につながったという例も多いといわれています。まあ、あくまでネット上の噂話にすぎないところもありますが……」

倉石が険しい顔を美由紀に向けた。「メフィスト・コンサルティングの陰謀ということは考えられないか？」

美由紀はさっきからその可能性も考慮していた。だが、結論はひとつだった。「メフィストがなんらかの目的でこのような事態をつくりだしたのなら、事態の発生源は闇に埋もれて容易に突きとめられなくなっているはずです。デーヴァ瞑想チームというのはメフィスト・コンサルティングとは無関係でしょう」

よし、と外山が額を叩いていった。「そこまでお聞きすれば充分です。それ以上のつっこんだ捜査は、われわれの仕事ですからな」

蒲生が皮肉るような口調できいた。「もう教えてもらうことはなにもない、ってか？」

「ここではね」と外山。「専門家のみなさんのご尽力で、私のような素人にも状況があきらかになりましたよ。ようするにパイロットはおかしな団体に洗脳された。その結果、幻覚とかおかしなことが起きて墜落の危険を引き起こしたわけだから、きわめて危険な団体とみなさざるをえない。で、われわれの出番。そういうことでしょう」

蒲生が鼻で笑った。「悪いがね、捜査二課のほうじゃ洗脳ってやつをどうとらえているのか、おしえてほしいもんだ」

外山は上目づかいに蒲生をみつめた。「それぐらい、一課のほうでも扱ってる事件があるからわかるでしょう」

「わからんね。いってみてくれ。洗脳ってのはなんだ」

「洗脳ってのは……そのう、マインドコントロールってやつで、意識をへんなふうにされちまって……」

「外山さん」嵯峨が穏やかにいった。「洗脳という言葉は、正式な心理学用語にはありません。マインドコントロールという言葉もまたしかりです」

蒲生がしてやったりという表情をうかべた。

外山は苦虫を噛み潰《つぶ》したような顔できいた。「じゃ、そのデーヴァ瞑想チームとやらのしでかしたことは、どう説明するんですかな」

美由紀はいった。「まだわかりませんね。洗脳ということばは、朝鮮戦争のときに中国の捕虜になったアメリカ兵たちが、しばらく抑留されたのちに帰国してから、共産主義はさほど悪いものではないと口をそろえた、そういう一件から生まれたものです。以前とは考え方がコロリと変わってしまった兵士たちのようすをみたアメリカ人たちが、ブレインウォッシングという言葉を使いだし、それが和訳されて〝洗脳〟となった。以来、誰かが他人からみて異常に思えるような考え方を抱くようになったり、なにかに没頭したり傾倒したりすることを、すべて洗脳されたという一言でくるようになったんです」

「でも」外山はいった。「その中国に捕らえられたアメリカの兵隊さんらは、拷問とかを受けたりしたんでしょう？　共産主義バンザイの思想を植え付けられて、拒否した場合は電気ショックとか……」

「逆です」嵯峨が答えた。「中国はアメリカ兵の捕虜たちを手厚く保護したといわれています。そのせいで、かえってアメリカ兵たちは驚き、考え方を変えたと思われます。世にいう洗脳とはそのように、方法自体は特殊なものではないのに、周りが奇異に思うような変化を遂げた人々についていわれることが多いんです。たんに考えを変えるように説得されたのかもしれないし、拷問を受けたかもしれないし、考えを変えねばひどい目に遭うと脅されたのかもしれない。あるいは、本人がすすんで考えを変えた可能性もあるんです。そこを、あたかも〝洗脳〟という特殊なプロセスがあるように考えて、説明のつかないことすべてをその洗脳のせいにしてしまう。昨今の社会の大きな過ちですね。貴乃花が整体の先生と仲良くなったり、若者たちがアクセルレーターズやラルク・アン・シエルのライブに詰め掛けて熱狂したり、なにもかも洗脳呼ばわりする」

蒲生はしたり顔をうかべていた。外山は蒲生をにらんでいた。

おまえの知識じゃないだろうに、そういいたげな顔をしながら外山は腰を浮かせた。「わかりました。じゃ、その洗脳っていうか、洗脳と呼ばれている事態のカラクリも、解き明かさなきゃいけないってことになりますな。さっそくですが、今夜からの捜査には、嵯峨先生、あなたに助力をお願いしたいんですがね」

倉石が肩をすくめた。「彼も科長職で忙しい身なので。近々シンポジウムがあって、嵯峨はその代表を務めることになっているんです。岬先生なら、嵯峨先生と同等の知識を持っていますが……」

「けっこうです」外山は口もとをゆがめた。「たしかに元自衛官で有能なカウンセラーさんに仕事をまかせっきりにしとけば、べったりとくっついてるだけで刑事としての業績をあげられそうですがね。私ゃ、そんなヒモみたいな真似はごめんですね」

「なんだと」蒲生が怒りをあらわにして立ちあがった。

美由紀はそれを静かに制した。「蒲生さん」

蒲生はちっと舌を鳴らして、また椅子に座った。

嵯峨が外山をみていった。「でも外山さん。実際、僕も捜査協力については素人ですし……」

外山は所長の岡江粧子に目をやった。室内の人々の視線も、それに同調した。

岡江は深いため息をついた。「わたしたち東京カウンセリングセンターは、相談者の依頼を受けてカウンセリングをおこなうのが仕事です。だから司法関係に協力することはあっても、こういう頼みはあまり受けたくはないわね」

外山は肩をすくめた。「そうですか。ま、それでしたら実際に墜落騒動を起こした人物を、容疑者として取り調べるほかないですな。すぐにでも、パイロットの筑紫豊一さんを過失の疑いで逮捕することに……」

それは見過ごせない。美由紀は異議を申し立てようとした。

が、それより早く岡江がいった。「そういうわけにはいかないわね。筑紫さんという方が、デーヴァ瞑想チームによって被害に遭っただけの立場だとしたら、精神状態を悪化させるような留置や取り調べを許すわけにはいきません。それに、朝比奈先生の報告では、あらゆる輸送関連会社の社員がデーヴァ瞑想チームに参加しているっていう……その事実は重いわね。もしその団体のセミナーに、仮レム睡眠状態を引き起こさせるような理由があるのだとしたら、日本全国の交通機関に深刻な被害が多発することも考えられるわ。だから、今回は特例を認めましょう。ただし、それは当センターでの業務時間外でこなすようにして。今夜、捜査協力をしたとしても、明日の朝にはいつもの業務に戻ってもらいます。それでもいいの、嵯峨先生？」

嵯峨はためらいがちにうなずいた。「しかたありませんね」

岡江はため息をついた。「じゃ、嵯峨先生。お疲れのところ悪いけど、外山さんに協力して。朝比奈先生、よければあなたも同行して」

美由紀は口をひらいた。「わたしも……」

「いえ」岡江はいった。「だめよ。科長職の人間をふたりも時間外勤務にまわすわけにはいかないわ」

はい、と美由紀は答えた。仕方がなかった。自分はもう自衛官ではないのだ、でしゃばって国家権力の要請に応える必要もない。

なにより、岡江が筑紫豊一の勾留に反対の姿勢をとってくれただけで充分だった。警察側もいちおうは、それに同意をしめしているらしい。ならば、この件について美由紀はもう異論をさしはさむ必要はない。あとは、悩みを抱いてこの建物を訪れる多くの相談者たちにこそ、尽くさねばならない。事件にならないような小さな悩みにこそ、カウンセラーは応えていかねばならないのだ。

外山は満足げな顔をしていった。「では嵯峨先生、朝比奈先生。ちょっと捜査本部のほうに顔をだしてもらえますかな。うちも徹夜でやってますんでね」

「ええ」と嵯峨はいった。「いいですよ」

深々と一礼し、外山は制服警官をしたがえて去っていった。

嵯峨は立ちあがり、外山につづこうとした。その足がとまった。困惑のいろをうかべて美由紀をみた。「ごめんね。ああみえても、信頼のおける人なんだよ。ただちょっと、くせが強いっていうか、人見知りするっていうか……」

美由紀は笑った。「いいわよ。気にしてないもの。蒲生さんも……ね?」

だが蒲生は、おおいに不満そうに顔をそむけた。

あいかわらず、すねると子供のようだ。美由紀はそう思いながら、嵯峨に目くばせした。

嵯峨はふっと苦笑いしてから、背を向けて部屋をでていった。

光ゲンジ

美由紀はエレベーターを降りた。一階のロビーはしんと静まりかえり、薄暗くなっていた。正面玄関の前は報道陣でごったがえしているだろうが、なかには誰も入れなかった。ロビーの明かりは非常灯を残して消えていた。病院ではないので入院患者もいない。急患を受け入れることもない。この時間になると、カウンセリングセンターは夜のオフィスビルと変わりなかった。

ロビーを横切り、さらに通路を抜けて職員専用の通用口に向かった。入るときは無事だったが、その後マスコミ関係者はこの扉に気づいただろうか。もしそうならやっかいだ。ノブを握り、重い鉄製の扉をそろそろと開けた。静かだった。ひんやりとした夜の外気が流れこんできた。

美由紀はほっとして扉を開け放ち、外にでた。五十歳を過ぎているガードマンが、寒さに身を震わせながら立っていた。ご苦労さまです、美由紀はガードマンにそう声をかけた。お疲れさまでした、ガードマンがかえした。

わきを通りすぎて路地にでようとしたとき、ガードマンが呼びとめた。「あのう、岬さん」

「はい？」美由紀は振りかえった。

「面会したいってひとが……」と、ガードマンは顎をしゃくった。

路地にはひとりの少年が立っていた。革のジャンパーにジーパン姿、小柄で女の子のように華奢な少年。日向涼平だった。

「涼平くん」美由紀は驚いていった。「この時間にきたの？」

美由紀の問いに、涼平はうつむいて小声でいった。「いつでも来ていいっていったから……」

「もちろん。歓迎するわよ」美由紀はそういいながら、辺りを見まわした。「お母さんは一緒じゃないの？」

涼平は憂鬱そうに首を振った。

「岬先生」涼平はつぶやいた。「相談したいことが……」

そう、と美由紀はいった。ガードマンを振りかえって思った。なぜ涼平をなかに通さなかったのだろう。

ガードマンは美由紀の疑問を察したらしく、肩をすくめていった。「入り口で紫ランプが灯《とも》ったんで、理由はわからないけど、それでね……」

ああ、と美由紀はうなずいた。入り口にある医療関連機器守備システムの警報が鳴ったらしい。

カウンセリングセンターは病院ではないが、さまざまな医療機器を使用していることもあり、病院と同じく持ちこめる物に制限がある。たとえば脳波測定器やペースメーカーの誤作動のもとになる携帯電話を、電源が入ったまま持ちこもうとすると赤のランプが点灯する。入り口で呼びとめられる場合のほとんどは、たいてい赤ランプだ。ほかに強い磁力を持った物に反応する黄ランプは、たまに古いラジオなどを持っている場合などに点灯する。だが、紫というのはめったになかった。紫ランプは心電図測定機器類と同じ強さの電流を感知したときに点灯する。

美由紀は涼平の腕に目をとめた。銀いろの大きな腕時計をはめていた。文字盤が四角く、液晶ではなく発光ダイオードにより時刻がデジタル表示されている。これが原因だ、と美由紀は思った。

「いい時計ね」美由紀はいった。「スウォッチ社の一九七三年型FED時計。いまじゃもう、生産されてないタイプね。なかに入れなかったのは、そのせいだわ」

涼平は戸惑ったようにつぶやいた。「前のお父さんがくれたものだけど……」

「うん。時計自体は、なにも悪くないのよ。ただ、心電図が狂うから病院に持ちこめないことになってるだけ。大手の病院のほかに日本航空の飛行機にも持ちこめない規則だけど、そのほかには問題ないから、心配しないで。骨董《こっとう》の価値もある時計なんだから」

ふうん。涼平は力なく答えた。たとえ腕時計のせいでも、なかに入るのを拒まれたことに、不満を覚えているのはあきらかだった。ガードマンとも押し問答をしたのだろう。

美由紀は元気づけようとしていった。「センターのほうも終わっちゃったから、どうしようか。どこかで食事でもする？　お腹《なか》すいてる？」

涼平は黙っていた。上目づかいに、美由紀の肩越しに視線を向けている。やはりガードマンが気になるらしい。

「歩きながら話しましょうか」美由紀はそういって、涼平の肩に軽く触れた。

涼平は美由紀と並んで歩きだした。

空気は澄んでいた。美由紀は歩きながら空をみあげた。月、それに金星が明々《あかあか》と輝いている。すこし目を凝らせばオリオン座がみえる。星のまたたきまでみてとれる。

こんな都心部で星がみえる、いつからそんなことになったのだろう。かつてはみえなかった。地上が明るすぎたせいだった。不況に伴い、大地の光は徐々に弱まっていった。空には、光が戻った。喜ばしいことだといえるのだろうか。星がみえるのとみえないのとでは、どちらがひとの心が癒されているといえるのだろう。

「岬先生」涼平がいった。「先生は、光ゲンジのだれのファンだったの？」

返答に困りながら、美由紀はいった。「ええと、名前はよく覚えてないの。というか、名前と顔が一致しなくなってるっていうか……」

本当はしっかりと覚えている。ただ、どうしようもなくはしたないことのように思えて、とても口にはできなかった。なぜそんな気がするのか、自分でもわからない。

涼平がきいてきた。「光ゲンジのなかでは、かっこいいほうのひとだった?」

「……そうね。いちばんかっこいいとは思ってたかな。そのときは、だけど」

「僕も」涼平の声がいっそう小さくなった。「……に、はいろうかな」

「え? なに?」

「いや」涼平は前を向いたままいった。耳もとを真っ赤にしていた。「なんでもないよ」

きこえなかったが、会話の流れや涼平の態度で空白部分はだいたい察しがついた。芸能界、ジャニーズ事務所、そのうちのいずれかだろう。

美由紀はちらと涼平の横顔をみた。たしかに涼平はルックスもよく、十七歳という実年齢よりも子供っぽく、アイドルらしい顔だちにみえる。メイクの仕方によっては女の子にしかみえないだろう。どことなく頼りなげなやさしい瞳も、今ふうなのかもしれない。だが美由紀は、その方面にはあまり詳しくはなかった。

美由紀は思わずつぶやいた。「嵯峨先生のほうが相談に乗ってくれるんじゃないかな」

「なに?」今度は涼平がきいてきた。

「いえ、なにも。……涼平くん、高校でてから、どうしたいか自分でもよくわからない。そうじゃない?」

涼平の顔がこちらを向いた。すがるような目つきをしていた。

美由紀はいった。「進学にしろ就職にしろ、なにも楽しくなさそうに思えて、やる気がしない……。そうじゃない？」

「そうかな」涼平はささやくようにいった。「そうかもしれない。たぶん、そう」

テレビや雑誌のなかの世界が強烈に魅力的に思えることが、十代のころにはよくある。それが純粋に娯楽としてとらえられている場合はいいのだが、涼平はそれとはすこし違っているようだった。涼平は、現実から逃避せねば落ちついていられないという、かなり深刻な問題を抱いている。そうみてまちがいない、と美由紀は思った。

涼平が本当に芸能人になりたがっているようには感じられなかった。苦労を買い、他人を蹴落《けお》としてまで自分のエゴイズムを満足させるタイプには、とても思えなかった。涼平はただ漠然と、いまとはちがう世界に生きたいと思っているにすぎない。いまよりずっとすばらしく、笑いと音楽に満たされた世界。それを求めたがる気持ちは、すなわち宗教的救済を求めることに近い心理を抱いていることになる。

エンターテインメントの世界は本質的に〝虚〟の上に成り立っている。そこにあるようにみえる人間関係も、ファッションも、すべてはつくりだされた虚飾にすぎない。涼平はしかし、テレビでみるがままの世界の実在を信じ、そのなかに飛びこんでしまいたいと考えている。それだけ、いまの身の置き場に苦痛を感じているのだろう。

美由紀はいった。「涼平くん、家でなにかあったのね。お母さんとうまくいってないの？」

単刀直入な言い方は、やはり涼平の閉ざされた心の奥深く入り込んだ。涼平は立ちどまった。美由紀をみた。震える声でいった。「どうしたらいいの」

「それは家のことね？　帰って、お母さんと話してみないと……」

「帰れないよ」涼平は怯えた顔をした。「だって、お母さんは……怒ってて……」

今日の騒動が、学校から伝えられたにちがいない。美由紀はきいた。「いちどは家に帰ったの？　きょうお母さんと会った？」

涼平はうなずいた。「だけど……すごく怒ってて……」

みるみるうちに涙で満たされた涼平の目をみながら、美由紀は妙な気配を感じた。涼平の訴えるような目は、たんに甘えたいだけの子供の目とはちがっている。もっと切実で、意味ありげな光に満ちていた。自分ではなく、ほかの誰かの身の上が気になってしかたがない、そんなふうに感じている。少なくとも、そうみえる。

「どうしたの」美由紀はきいた。「あなた自身じゃなく、ほかの誰かのことが心配なのね。誰のことを心配してるの？」

涼平は驚きのいろをみせ、興奮したようにまくしたてた。「由宇也《ゆうや》が……弟が……」

「おちついて、涼平くん。由宇也くんってあなたの弟さんなのね？　歳はいくつ？」

「八か月……」

「まだ赤ちゃんなのね。お母さんのところにいるの？」

涼平はまだなにかいおうと口をぱくぱくさせたが、声がでないようすだった。身体を震わせていた。美由紀に向けていた目、その目のなかで涙が膨れあがった。それはたちまち表面張力の限界を超え、大粒のしずくとなって頰を流れおちた。

瞬間的に、美由紀は涼平が訴えかけていたことの意味をさとった。このような反応をみせる相談者は、ここ数年急増している。いや、このところ毎日のように、この涼平のような表情をまのあたりにしている。東京カウンセリングセンターのカウンセラーならば、なにが起きているかは一目瞭然《りょうぜん》のはずだった。

幼児虐待。母親を極度に恐れる涼平の態度、現実逃避、弟の年齢。すべてにおいて、まずまちがいなかった。

「わかった。心配しないで、もう泣かないで」美由紀は涼平の頰にそっと触れ、涙をふいた。「わたしが、一緒にいってあげるから」

そのとき、後方から駆けてくる足音がした。美由紀は振りかえった。

蒲生が息をきらしながら近づいてきた。「さっさとひとりで出ていくなよ。家まで送らせろ」

「ありがとう。でも、ちょっと用事ができたから……」

蒲生は泣いている少年の姿に気づいたようすだった。「どうした？　なにかあったら手を貸すぞ」

「でも蒲生さん、警視庁に戻るんじゃ……」

「いや。捜査本部は二課に移ったんだ、残業はあの外山って野郎にくれてやるさ」

蒲生はこのところ、手があいているときにはなにかと美由紀に力を貸してくれる。彼なりの感謝の気持ちかもしれない。

「わかりました」美由紀は蒲生に笑いかけた。「じゃあ、涼平くんと一緒に港区まで送ってくれますか」

動体視力

嵯峨は、牟田《むた》という名前の若い刑事が運転する黒いセダンの後部座席におさまっていた。たぶん覆面パトカーだろうと嵯峨は思った。

さっき訪れた警視庁の捜査本部で紹介された牟田は、年齢は嵯峨と同じ二十代後半ぐらいで、痩せた身体に神経質そうな顔、インテリ風の黒ぶち眼鏡をかけた、若手のサラリーマンという印象の男だった。嵯峨が書いた『催眠誘導の臨床的研究』という本を読んでいたことから、今回同行することになったという。よろしくお願いします、そういって礼儀ただしくおじぎをした牟田は、体形から性格にいたるまで外山とは正反対だった。

その外山は、助手席におさまって地図を眺めている。そこを左折だ、そう指示した。

牟田はステアリングを切った。街灯の少ない夜の奥多摩。山道でカーブも多い。牟田は制限速度を守って慎重に運転している。外山のほうは、そんな牟田にややいらだちをみせているようだった。

外山がいった。「もうちょっと急げないのか」

牟田が几帳面《きちようめん》に返した。「いつ対向車がくるかわかりませんので」

嵯峨は窓の外をみた。ひとけのない山奥にも、ときおりコンビニやガソリンスタンドがぽつりと現れては消えていく。ここで働いているひとは、ずいぶん遠くから通勤していることになる。市街地より時給はいいのだろうか。ぼんやりとそんなことを思った。

隣りに並んで座っている朝比奈が、ささやくようにいった。「嵯峨先生。デーヴァ瞑想チームっていう団体の施設、ほんとにこんな山奥にあるんですか」

「ああ」嵯峨はいった。「警察のほうで調べたことだから、まちがいないだろ。そうですよね、外山さん」

外山はふんと鼻を鳴らした。「まあ地図には載ってませんがね。インターネットにデーヴァの情報を載せていた人間にきいたところ、奥多摩だと」

嵯峨はあきれていった。「まさかEメールでたずねただけってわけじゃないでしょうね。ちゃんとウラをとったんですか」

外山のため息がきこえた。「部下から報告はきいたんですがね。インターネットやらなんやら、私にはよくわからんのですよ」

牟田があとをひきとった。「ドライバーを職業にしている人々の集う掲示板に、デーヴァ瞑想チームに参加した知り合いがいると書きこみをした人間がいました。メールアドレスから判明したプロバイダに調べてくれるよう頼んだところ、該当する人物がわかったので、直接会ってきいたんです」

「そのひとは」嵯峨はきいた。「施設の場所のほかに、どんなことをいってましたか?」

牟田が答えた。「その人物の友人はバイク便を職業にしていたんですが、社内での成績が悪く、配達も遅れがちだったそうです。ところがデーヴァ瞑想チームのセミナーを受講してからというもの、社内で催されたバイクレースに優勝、仕事でも抜群のテクニックの冴《さ》えをみせ、みるみるうちに業績があがったらしいんです。ただ、その後ふいに無断欠勤し、以後ずっと会社に姿をみせないまま、退社あつかいになってしまったそうです」

「そのバイク便ドライバーの、普段の性格に変化は?」

「それほど変わったようすはなかったそうですが、友人によるとなぜかひとりでいるときにブツブツと話していることが多くなっていた、ということです。かかってきてもいない電話にでたり、鉢植えの植物に話しかけたり……」

きこえないはずの声がきこえる。だが精神病ではない。やはり、仮レム睡眠状態の兆候をみせていると考えられる。嵯峨は昼間ＶＥ15の操縦席でみた、筑紫豊一の目つきを思いだした。眠気を帯びているかのように、極度にリラックスしたあの表情。いったいどんな状況がそのような精神状態をつくりだすのか。

「しかし」外山がいった。「本当に業績があがるほど運転テクニックが向上したんですかね。たんにセミナーのせいで頭がおかしくなって、怖いもの知らずになったとか、そういうことじゃないんですか」

「いえ」朝比奈が身を乗りだしていった。「京都で筑紫さんの事情聴取に協力しているカウンセラーからの報告によると、筑紫さんは落雷の影響で輸送機のワイパーの先が曲がったことに、ワイパーを止めずして気づいたというんです。そのときのワイパーは最速で作動していて、ふつうではぜったいに見極められないという話でした」

嵯峨はうなずいた。「並外れた動体視力を身につけていたことはたしかです」

外山がうんざりしたようにいった。「また、催眠にかかってるとかなんとかいうんじゃないでしょうな」

「外山先輩」牟田がいった。「催眠にかかるという表現は的確でなく、催眠状態に入る、もしくは催眠状態に誘導される、というべきじゃないでしょうか」

嵯峨は朝比奈と顔を見合わせた。朝比奈が笑うと、嵯峨もつられて笑った。

外山がめんくらったように声をあげた。「こりゃ驚いた。おめえにまで嵯峨先生たちの口ぐせが乗り移ったか」

「本に」牟田は冷静な声でいった。「書いてありました」

外山さん、と嵯峨は呼びかけた。「デーヴァ瞑想チームが集団催眠をおこなっているとは、まず思えません。催眠とは、言葉の暗示などによって人を浅いトランス状態にいれるだけにすぎませんし、意識もちゃんとあります。意思の力も失われないので、ひとに意のままに操られることもありません。催眠は睡眠とはちがうので、仮レム睡眠状態は発生しませんし、動体視力が鋭敏になることなど、まずもって不可能です」

外山は不服そうにいった。「いつぞや観たテレビの催眠術番組では、若いお姉ちゃんたちが催眠術師のいいなりになってましたがね。ここは海水浴場です、といわれたら、服を脱ぎだすっていう……」

嵯峨は思わず笑った。「低俗な深夜番組ですね。外山さんはそんなもの観て、奥さんに怒られないんですか？」

「とんでもない。署に居残ってたときに偶然みかけただけですよ」

「女の子たちがたとえ演技であっても服を脱ぐ気になったのが、トランス状態に入ったせいだといわれれば、まあそうですけどね。それで〝やらせ〟とは微妙にちがうといえるんでしょうけど。でもやっぱり、視聴者が思っているような〝催眠術〟ではありえませんね。トランス状態に入るとイメージが浮かびやすくなるので、海水浴場ですと暗示されれば、平素の意識状態でいるときよりは実感が湧《わ》きやすくはなるでしょう。理性が鎮まるので、酒に酔ったときと同様に、そこで泳ぐ真似をしたり、服を脱ぎだして観客を沸かせたいという、子供じみた欲求も起きやすくなります。もちろん本人は、それが演技だとはわかっています。でも視聴者には、意識を失って催眠術師の言葉に操られているようにみえる。催眠術ショーはそういう視聴者の思い違いを利用した見世物です」

「じゃあ」と外山。「催眠にしろ洗脳にしろ、人を意のままに操る方法はいっさい存在しないと?」

ええ。嵯峨は自信たっぷりに答えた。

外山のさぐるような声がきこえた。「朝比奈先生も、そう思います?」

「はい。科学的にきわめて明白な事実ですね」

牟田もいった。「僕もそう思います」

外山がぴしゃりといった。「おめえには聞いてないんだよ」

車内に沈黙がおりてきた。窓の外は森林で覆われ、明かりらしきものも見当たらない。アスファルトの上を滑るタイヤの音、物音もそれだけだった。

「ねえ」外山が口をひらいた。「嵯峨先生。『飛ぶ蝶《ちょう》』って絵画、知ってます?」

「根岸好太郎美術館の? ええ、知ってます。心に深い感銘をあたえる作品ですね」

「ええ、私もそう思います。でね、あの絵に描かれている蝶が連続殺人事件の重要なカギになって、で、殺人事件はじつは催眠術によるものだった、っていうドラマが放送されてたんですよ」

嵯峨は苦笑した。「わけがわかりませんね」

「まあ、同感ですけどね」外山は頭をかきながらいった。「ただね、そのドラマのなかで、首のどこだったかをつかまれると……脳に血が昇らなくなるとかで、ふつうじゃ受け入れられない暗示にもかかりやすくなる。で、自殺しろっていう暗示にも反応しちまうってのがあったんですけどね」

　牟田が口をさしはさんだ。「ミスター・スポックも、同じわざを使いますよね」

　外山が怪訝《けげん》そうな響きの声できいた。「なに?」

「スポックですよ」牟田がいった。「『スタートレック』の。バルカン人の得意わざだそうで……」

「もういい」外山が手を振りながらいった。「オタッキーめが。バルタン星人とかそんな話はほかでやれ。……で、先生がた。その首をつかんで催眠ってやつ、どう思います?」

　朝比奈が首を振った。「論外ですね。それはたぶん頸動脈洞法《けいどうみゃくどうほう》という、瞬間催眠のやり方を誤解したものじゃないでしょうか」

「瞬間催眠?」外山はふりかえった。「瞬間的に催眠にかかるとか、ですか?」

　嵯峨はいった。「まあ、そんなふうに誤解されがちなネーミングですね。実際には、脳に血を昇りにくくさせて思考を一瞬だけ鈍らせることで、精神病者など注意集中しづらいひとの意識水準を低下させ、無理やり暗示を受け入れさせるという手荒な方法を意味します。もちろん、ふつうのひとが受け入れる暗示以上のものを受け入れさせることはできませんし、それによって自殺をはからせるとか、そんなことは不可能です。僕は観てませんが、牟田さんがおっしゃった『スタートレック』に出てくるわざも、頸動脈洞法を外見上の印象でとらえて、フィクションで味付けした発想じゃないでしょうか」

嵯峨が自分の意見に言及してくれたことがよほど嬉しいのか、牟田は妙に力強くうなずいた。

なるほど、と外山はいった。「その方法でも、ひとを操ることはできないってわけですな。安心しましたよ」

「あのう」朝比奈が外山にきいた。「そのドラマ、どんな筋立てだったんですか」

外山はタバコをとりだし、火をつけた。車内に漂う煙のなかで、外山がいった。「よく観てなかったんですがね。なんか、主人公は若いカウンセラーの先生で、患者の女の子が同僚のエロ催眠にかかって、いたずらされたんで、怒ってその同僚をボコボコにするとかいう展開で」

嵯峨は嫌悪感を抱いた。「非科学的だ。最低だね」

「でね」外山はふうっと煙を吹きあげた。「その診療所に美人のカウンセラーがいて、上司がじつは父親で、殺人鬼で、お母ちゃん殺されたのがトラウマになって殺人催眠をかけまくってたんだと。最後は父と娘ともに心中」

朝比奈が吐き捨てた。「ほんと、最低の話ですね」

「ま、役者は魅力的なのが揃ってて、芝居もよかったんですけどね。話はそのていどでしたな」

嵯峨は窓の外に流れる木立ちを、ぼんやりとみつめた。世間の認識なんてそんなものだ。

東京カウンセリングセンターがいかに多くの論文を発表しようと、取材を受けようと、催眠を含む心理学全般はあいかわらずオカルティックにとらえられがちだ。本当のプロフェッショナルによる地道な研究の成果は、着実に実を結びつつあるというのに。

とめろ、と外山がいった。

牟田がクルマをわきに寄せて停車した。まだ辺りは暗い林のなかでしかなかった。が、外山はドアを開けて外に降りた。

嵯峨もそれにならった。外は寒かった。都心では感じなかった風の冷たさ。冬に戻ったかのようだった。

クルマを振りかえると、朝比奈と牟田がクルマを迂回《うかい》して近づいてくるところだった。吐息が白く染まる。朝比奈はスーツの上に、手にしてきたベージュのコートを羽織った。自分もコートを着てくるんだった、嵯峨がそう思ったとき、朝比奈の顔がこわばった。

「あれは?」朝比奈がつぶやくようにいった。

嵯峨はきいた。「なに?」

「音ですよ。なにかきこえません?」

嵯峨は黙って耳をすました。ときおり吹きつける風の音、木立ちが枝葉をすりあわせてざわめく音。それ以外には、なにもきこえない。

いや、まて。嵯峨は意識を集中した。たしかになにか音がする。ゴウゴウという、地下鉄構内の騒音に似ている。なんの音かは判然としない。

落ちつかない外山の目が、一点に向かってとまった。外山は木々のなかへ歩きだした。そう、たしかにそちらから音はきこえる。嵯峨はそう感じた。だが、なぜか足がすくんだ。この音にはなにか異常な響きがある。大地に木霊《こだま》する悪魔の慟哭《どうこく》。そんな形容がぴったりだった。

嵯峨は自分自身に苛立った。あいかわらず臆病者《おくびようもの》だ。オカルティズムはありえないと、否定したばかりじゃないか。その自分が躊躇していてどうする。

いこう、嵯峨はそういって歩きだした。外山が分け入った林のなかに進んでいった。

この辺りの木々は、まださほど葉をつけてはいなかった。そのせいで林のなかでもわりと見通しがよく、上空の月の光を受けて明るかった。ただ、足もとはぬかるんでいて歩きにくかった。

歩き進むにしたがって、木と木の間隔が狭まり、視界も暗くなっていった。一寸先は闇だった。そういえば、なぜ自分は先頭に立っているのだろう。嵯峨は思った。刑事の牟田は、朝比奈とともに後をついてくる。こういうときこそ、公務員の出番ではないのか。

嵯峨は足をとめ、ふりかえった。「牟田刑事、どうぞお先に」

ところが、牟田は緊張した声でかえしてきた。「いえ、嵯峨先生がお先にどうぞ」

あきらかに恐怖心を抱いている。嵯峨は若い刑事に同情心を抱きつつも、頼りにできる人間がいないことを知って内心動揺しはじめた。岬美由紀や蒲生刑事がいればどうということはないが、いまの自分たちといえば、なによりもデスクワークを得意としそうな若者三人の集いにすぎない。

朝比奈の声も震えていた。「嵯峨先生、早く先に」

ああ、と嵯峨はいった。しかたがない、歩いていくか。

そう思って前方に目を向けたとき、間近にある暗闇のなかに青白い顔がうかびあがった。嵯峨は仰天し、思わずたじろいだ。

その顔は外山だった。懐中電灯を持ちだしていたらしい。下から照らされて不気味にうかんだ外山の顔がいった。「先生。どうしたんです。まさかびびったんじゃないでしょうね」

いいえ。嵯峨はそういって、自分の喉《のど》もとに指先で触れた。ネクタイは曲がっていなかった。

「こっちですよ」外山は懐中電灯を振った。

外山につづいて歩きだした。林のなかは緩やかな下り斜面になっていた。その傾斜がしだいに大きくなる。足を滑らせてしまいそうだ、そう思いながら、慎重に歩を進めた。

やがて、ふいに視界がひらけた。木立ちは終わりを告げ、腰ぐらいまでの高さの雑草が生い茂った斜面にでた。

外山が懐中電灯を消し、ささやくようにいった。あれです。

暗闇に入った直後は、なにもみえなかった。が、しだいに目が慣れてきた。斜面の向こう、なだらかで広大な谷間。そこに、白い建造物があるのがみえてきた。

奇妙な形状だった。屋根は六角形をなしている。コンクリート製のようだ。まだ新しい。距離感は正確につかめないが、かなり遠くにあるようにも思える。だとすると、建物自体はかなり巨大なものだ。高さも四、五階ぶんはあるだろう。

側面に窓の明かりはみえない。どんなに目を凝らしても、窓そのものが存在しない、ただのっぺりとした壁にみえる。屋根にもボイラーや電線などの設備は見当たらない。住居とは、とても思えない。

しかし、と嵯峨は思った。さっきからきこえている妙な音。それはあきらかに前方から響いてくる。あの六角形の建造物から発せられている。

「これって」と朝比奈が怯えた声でいった。「ひとの声……じゃない?」

嵯峨は音に聴き入った。たしかに、音源はひとつではなく、複数の音の集合体に感じられる。そのひとつひとつには高低のばらつきがあり、リズムもまちまちだ。やがてそれらが、合唱や読経《どきょう》のような大勢の人々の声だとわかってきた。それも何百人、何千人という単位にちがいない。ここでは小さくしか聴こえないが、近づけば大音響になるはずだ。歌ではなさそうだった。お経のような統一感もない。ふいに甲高い声があがったり、低いうめき声がずっとつづいていたりする。まるで獣たちの集落のようだった。

嵯峨は外山にいった。「もっと大勢で来たほうが……」

「いいえ」外山はにこりともせずに返した。「まだ捜査令状をとる段階までいってないんです。あやしい、ただそれだけですからね。大挙して押しかけるわけにはいかない。あくまで、見学ですよ」

「先輩」牟田の声は緊迫していた。「ほんとに、この人数であの建物に近づくんですか。万一なにかあったら……」

外山は険しい顔をした。「よせ。あれは化け物屋敷じゃないんだ。お化けやら超常現象やらは存在しないと嵯峨先生たちがおっしゃっただろ。ね、嵯峨先生。洗脳もありえない、催眠でひとも操れない。首根っこをつかんでも無理なものは無理。そんな心強い言葉を吐いてくれる先生とともに、ぜひあのなかを覗《のぞ》いてみたいもんですな」

嵯峨は身震いした。恐怖は否定できない。ただ、震えの理由はそれだけではない。あのなかになにかがある。輸送機が京都に落ちそうになった、その原因となるなにかが。ひきかえすことはできない。同様の事故は、これからも起こりうるのだ。

謎《なぞ》は解明せねばならない。それが専門家に与えられた宿命だ。嵯峨はそう思いながら、謎の建築物に向かって一歩を踏みだした。

虐待

慶応義塾大学、三田キャンパスの裏に位置する飲み屋街は、予想外ににぎわっていた。美由紀はジャガーの後部座席から、狭い路地の両側に軒を連ねるスナックやバーをながめた。夜八時すぎ、不況の影響でこの時間から下町の酒場に人が集まる。どの会社でも接待費がほとんど認められなくなったせいで、サラリーマンは自腹を切って酒を飲んでいる。バブル期のように赤坂や六本木で景気よく振る舞うこともかなわなくなったのだろう。不況が長引くほど、人々の心はすさんでいく。いつまでつづくのだろう。美由紀は憂鬱な気分でそう思った。

「涼平くん」美由紀は隣りに座っている涼平に声をかけた。「おうちは、どこ?」

わずかにためらうそぶりをみせたが、涼平は窓の外を指さした。その方向には、小さなスナックが並んでいるばかりで、民家らしきものはなかった。

運転席にいる蒲生が軽い口調でいった。「スナックのなかに住んでるのか?」

涼平はびくっと身を震わせ、それから小声でいった。「そうだよ」

美由紀は涼平の頭をなでた。「気にしないで。蒲生さんはただ聞いただけなの。ね、蒲生さん？」

「ああ、まあね」蒲生はつぶやいた。

　内心では、美由紀は蒲生同様に意外に思っていた。このあたりの飲食店は店舗だけを間借りしているところが多い。働き手が住むほどのスペースがあるとは思えなかった。

　クルマが停車すると、美由紀はドアをあけて降りた。涼平が降りるのを待って、車体を迂回して近づいた。

　美由紀はきいた。「どの店？」

　涼平は答えた。「あの〝麗佳《れいか》〟って店」

　戸口の前に置かれた赤い小さな看板に、〝麗佳〟と記してある。かなり古びた店先だった。

「涼平くんのお母さんの名前は？」

「静子《しずこ》」

「麗佳ってのは？」

「さあ。ここに越してきたときには、あの看板はあったから」

「前の入居者の店名をそのままひきついだわけね？　ここに来るまえは、どこに住んでたの？」

「中野区。中野区の、おなじような店」

住みこみで働けるスナックを転々としているわけか。ゆとりのある生活とは、とうてい思えない。涼平が内向的になるのもうなずける。

美由紀はジャガーを振りかえり、運転席の蒲生にいった。「涼平くんと中に入ります」

「俺も、クルマを置いてきたら入るよ」蒲生はそういって、ゆっくりとクルマを走らせていった。

ジャガーが走り去ると、美由紀は涼平にきいた。「入り口はここだけ?」

涼平は首を振った。「裏の勝手口がある」

「じゃ、そっちからいきましょう」美由紀はそういって、涼平をうながした。

涼平はとまどいがちに店のわきの狭い通路に向かった。

美由紀はそのあとにつづいた。通路というより、ただ建物の隙間にすぎなかった。ビールの箱やポリバケツが積み上げられているせいで、すり抜けるにもひと苦労だった。

すぐに裏手にでた。スナックの裏側と、二階建ての木造アパートにはさまれた空間だった。凹凸《おうとつ》のあるセメントの上に自転車が何台かとめてある。いたるところにむきだしの土があり、雑草が生い茂っている。

涼平はドアの前に立ち、ポケットから鍵《かぎ》をだしてノブの鍵穴にさしこんだ。粗末な木製のドアだった。満身の力をこめれば蹴破《けやぶ》れるにちがいなかった。防犯上の観点からみても、問題がないとはいいがたい。住まいにするには不適格なところだ。もっとも、涼平の母親もそれは承知しているにちがいない。やむにやまれぬ事情があってのことだろう。

ドアが開いた。涼平はちらと美由紀を振りかえり、うな垂れながら中に入っていった。中は暗かったが、涼平が入ってすぐにスイッチを入れたのだろう、蛍光灯の明かりに辺りが照らし出された。

美由紀は立ちつくした。ドアの向こうはわずかに靴脱ぎ場があるだけで、すぐに畳張りの部屋になっていた。広さは六畳ほど。ドレッサーとタンスが置かれているせいで、より狭く感じられる。その周辺には、母親のものと思われるけばけばしい色の服や化粧品が散乱していた。灰皿は吸殻でいっぱいになっている。ちゃぶ台の上はビールの空き缶で埋めつくされていた。

「由宇也！」涼平が叫んで、床に這いつくばった。

床に敷きっぱなしになっているふとんの上に、うつぶせになっている赤ん坊の姿があった。薄汚れたベビー服を着せられている。人形のようにぴくりとも動かない。

美由紀ははっとして、靴を脱いで部屋にあがった。赤ん坊の近くにひざまずき、抱き起こした。赤ん坊はぐったりとしている。

額と、首すじに紫いろのあざがある。殴りつけた痕にちがいなかった。

身体はまだ温かい。胸に軽く手をあてた。心拍が弱い。

美由紀は赤ん坊に口うつしで人工呼吸をおこないながら、胸もとのマッサージをおこなった。マッサージといっても、相手は赤ん坊だ。力をこめてはいけない。自発的な呼吸をよみがえらせるため、さするていどに加減しなければならない。

涼平が泣きそうな声でつぶやいた。「由宇也……」

あせるな。美由紀は自分にいいきかせた。これまで、何度も児童養護施設を訪ねて学んだ、その経験を思いだせ。大人ほどではなくても、乳児にも力強い生命力がある。それを信じろ。

こふっ、という咳《せき》とともに、由宇也は息を吹きかえした。何度か咳をしてから、穏やかに呼吸をはじめた。

涼平が由宇也の顔をのぞきこんだ。その視線があがり、美由紀のほうを見た。「岬先生。……ありがとう」

「殴られて昏睡《こんすい》したわけじゃなさそうね。この怪我《けが》は別のときについたものだわ」

涼平はうなずいた。「前に泣きやまなかったときに、お母さんが……」

美由紀は胸に痛みをおぼえた。赤ん坊の愛くるしい寝顔、その額に無残についた傷あと。これをみても母親はなんとも思わないのだろうか。それほどまでに心を病んでいるのか。

意識が戻ったからか、赤ん坊はぐずりだした。うっすらと開いた目から涙がこぼれおちた。やがて、声をあげて泣きはじめた。

「よしよし、いい子ね」美由紀は由宇也をやさしく抱いた。「涼平くん、ミルクは？」

涼平は部屋の隅に飛んでいき、哺乳瓶《ほにゅうびん》を手に戻ってきた。美由紀はそれを受けとった。

そのとき、部屋の奥のカーテンが開いた。

カーテンの向こうは、すぐに厨房《ちゅうぼう》とカウンターからなるスナックの店内だった。髪を金色に染めて強めのパーマをあてた、化粧の濃い女が姿を現した。緑のワンピースにエプロンをつけている。

由宇也の泣き声をききつけたのだろう。女は赤ん坊に目をとめ、つづいて涼平をみて、最後に美由紀に目をやった。甲高い声でどなった。「なんなの、あんたは！　ひとのうちに勝手にあがりこんで」

美由紀は心が急速に冷えていくのを感じた。この女が涼平の母親、静子であることは疑いの余地はない。化粧のせいで老けて見えるが、実年齢は三十代半ばていどに思えた。涼平を早くに出産したのだろう。

「お母さん」涼平がいった。「このひとは、スクールカウンセラーの……」

「なんだか知らないけど、出てって！　ひとの赤ちゃんに勝手にさわらないで！」

赤ん坊が大声をあげて泣きだした。

美由紀は静子をにらんだ。「黙って。赤ちゃんが怯えてるわ」

静子は面食らったようにいった。「なんですって」

「由宇也くん、いい子いい子」美由紀は赤ん坊をあやした。施設での特訓の成果がでた。

赤ん坊はたちまち泣きやんだ。「さあ、ミルク飲もうね」

静子は怒りをあらわにして、部屋にあがってきた。「勝手な真似しないで」

由宇也に静子の手が伸びてきた。美由紀はすかさずその手を払いのけ、静子の胸ぐらをつかんでひいた。

美由紀の目の前に、静子の顔があった。驚きと怯えがいりまじった表情をうかべている。

「それはこっちのせりふよ」美由紀はこみあげてくる怒りをおさえながらいった。「SIDS、乳幼児突然死症候群についての説明ぐらいお医者さんからきいてるでしょう。うつ伏せ寝と、赤ちゃんのいる部屋での喫煙は厳禁よ」

恐怖を感じているのか、押し黙ったまま見返す静子の顔に、美由紀はさらに怒りをつのらせた。静子の表情に、意味不明な言葉をきいたときの困惑は感じられない。あきらかにSIDSについて知っていたのだ。こうすることで赤ん坊が自然死しやすくなることを知っていて、故意にか無意識のうちにか、それを実践していたのだ。

自分の子供をなんだと思っているのだろう。美由紀は静子を突き飛ばすようにして手をはなした。静子は尻もちをついて後ずさった。

「涼平くん、これお願い」美由紀は赤ん坊を涼平に抱かせ、哺乳瓶を手渡した。涼平は慣れた手つきで弟にミルクを飲ませた。いつも涼平が世話をしているのだろう、美由紀はそう思った。

静子は、座りこんだまま敵意に満ちた目で美由紀をみた。「なんなの。いきなり家にあがってきて、ひとを突き飛ばして。痛いじゃないの」

「この子が感じた痛みは、それどころじゃないわ」

「あなたになにがわかるっていうの」静子は顔を真っ赤にした。「さっさと出てって」

そのとき、カーテンごしに中年男のだみ声がした。「ママ。ビールもう一本」

静子は当惑した顔をうかべたが、やがて立ちあがり、胸をさすりながらいった。「消えてちょうだい。それと涼平、はやく店を手伝って」

美由紀がなにもいわずに見返していると、静子は視線をそらしてそそくさとカーテンの向こうに消えていった。

涼平は黙って由宇也を抱き、ミルクを飲ませつづけていた。仕方がない、いつものことだ、そういいたげな物静かな態度だった。

美由紀は壁に目をとめた。画鋲《がびょう》と紙の切れ端が残っている。その下に、はがされたポスターが落ちている。立ちあがり、歩み寄って拾いあげた。アクセルレーターズのポスターだった。四隅は破れてぼろぼろになっている。何度も壁に貼ってははがされた経緯があるらしかった。

その下に、いくつかの本があった。タレントについての本だが、写真集ではなかった。アクセルレーターズのヒロユキ、プロボクサーの大路剛志、それに浜崎あゆみの伝記だった。ファン向けに書かれたものだけに、あるていどの脚色はあるだろうが、美由紀はそこに共通する空気を感じとった。

「これ、涼平くんの本？」美由紀はきいた。

涼平はちらと顔をあげ、うなずいた。

美由紀は涼平の心のなかを垣間見《かいま》た気がした。この三人の有名人に共通する事柄、それは母子家庭で育ったということだ。しかもいずれも、母親を愛し、母親に愛されることを望みながら、孤独に耐えて生きた。表舞台ではそのことをおくびにもださず、苦労してきた痕跡《こんせき》をみせない強さを持っていた。

涼平は母親を恨んではいない。憎んでもいない。ただ愛しているだけだ。

美由紀はそのことに気づき、心を打たれた。たしかに、涼平の身をかばう立場でなら静子は悪い母親ということになる。だが、その静子もひとりの人間だ。赤ん坊の時代があった。親に育てられ、成長してきた過去がある。

美由紀は、幼いころを思い起こした。美由紀はいつも、大人たちから泣かない強い子だといわれつづけてきた。それが偉い、といつも誉《ほ》められた。いつしか、両親はそれを当然のように思っているそぶりをみせた。誉められなくなった。美由紀が泣くことはありえない、そう信じられるようになっていた。

本当は、美由紀は何度も声をあげて泣きたい衝動に駆られていた。幼稚園に通っているころには、特に多かった。だが、こらえるのがふつうだと思っていた。泣くな、それしか教わらなかったからだった。

大人になってから両親を恨んだのは、そのあたりに原因があったのかもしれない。

静子も同じだった。悩み、苦しんでいる。正しい道を見いだせずにいる。彼女を恨み、傷つけても、なんら前進はない。憎しみからはなにも生まれない。

美由紀はふっと苦笑し、ひとりごちた。「やっぱり、マザー・テレサにはまだほど遠いわ」

「え」涼平がきいた。「なにかいった?」

「なんでもないわ」美由紀は笑いかけた。タンスに向かい、引き出しをあけた。「ちょっと失礼するわね……。ええと、エプロン。あった。このジーパンってお母さんの? サイズはちょうどよさそうね」

涼平はきょとんとしてきいた。「なにするの?」

「お仕事」美由紀はエプロンを胸にあてていった。「だいじょうぶ。バイト代はいらないから」

セミナー

嵯峨は暗闇に白く浮かびあがる建造物を見上げた。こうして近くまでくると、なかから響いてくる人々の声が明瞭にきこえる。怒っている声、泣いている声、笑っている声やただ大声を張りあげているだけと思えるものもある。誰かの名前を連呼したり、もっと複雑な言葉を喋っている人間もいるようだ。そのいずれにも共通しているのは、腹の底からしぼりだすように絶叫していることだった。嗄《か》れている声も多い。ひと晩じゅう、こんな喧騒がつづくのだろうか。

建物の周囲の草は刈り込まれ、舗装はされていないが歩きやすい地面になっていた。どこから通じているのか、蛇行する道が延びていて、中型バスが二台ほど停まっている。これでセミナーの参加者をピストン輸送するのかもしれない。運転手や乗客の姿はなく、行き先をしめす看板もでていなかった。

「さてと」外山は懐中電灯で建物の外壁を照らしながらいった。「どこから入るんですかね」

近くでみると、五階建ての建物には窓があるものの、すべて布やダンボールで覆われていた。明かりが漏れている箇所はない。なかは暗いのだろう。

朝比奈がいった。「あっちに入り口みたいなものがありますけど」

嵯峨は目を凝らしたが、まだ闇に目が慣れていなかった。

外山が黙って歩きだした。嵯峨はそれにつづいた。牟田という若手の刑事はあいかわらず、びくついたようすで朝比奈と一緒に後ろにまわっている。

「妙だ」と外山が歩きながらつぶやいた。

嵯峨はきいた。「なにがですか」

「でかい施設にしちゃ、見張りみたいな連中がいっさい姿をみせていない。監視カメラみたいなものもないしね」

「秘密基地や要塞《ようさい》じゃないんだから当然でしょう？　所在が公になっている施設なんだし」

外山は不満げにいった。「じゃ、なんでこんな山奥に、人目を避けるように建っているんです？」

牟田が口をきいた。「こんなに大勢で大声あげてると、近所迷惑だからじゃないでしょうか」

外山はあきれたように振りかえり、牟田の顔を懐中電灯で照らした。まぶしげに目を細めた牟田に、外山は冷たくいった。「助言ありがとよ。もうなにもいうな」

しばらく歩きつづけた。朝比奈が指摘した入り口らしきものは、すぐにみえてきた。さびついた鉄製の扉が観音開きに開け放たれている。汗臭い臭いが漂ってきていた。外山が懐中電灯で照らすと、扉のなかは下駄箱が並んでいた。床にも多くの靴が脱ぎ捨ててある。ここにも警備もしくは受付の人間の姿はなかった。

外山は懐中電灯の光を扉の周囲に走らせた。その光が一点を照らしてとまった。貼りつけられた紙に手書きの文字が並んでいる。

ようこそいらっしゃいました　ご自由にお入りください　土足厳禁
嵯峨は拍子抜けする思いだった。外山たちも同様らしかった。一様にため息が漏れた。

「なんだかな」外山は頭をかきながら顔をしかめた。「立地条件の悪さと明かりがないこと以外は、田舎の公民館の集まりと同じにみえるけどな」

「でも」嵯峨はいった。「これなら令状なしでも、不法侵入にならずに済みそうですね」

外山はつぶやいた。そりゃまあ、そうだが。まだ不服そうにぶつぶついいながら、扉のなかに入っていった。

嵯峨も扉をくぐった。外ではそれほどでもなかった人々の絶叫が、入ったとたんに轟音《ごうおん》となって反響していた。行く手は真っ暗だった。外山の懐中電灯だけが唯一の明かりだった。

「外山先輩」牟田が背後から呼びかけた。「靴のままあがっていいんですか。土足厳禁て書いてありましたが」

外山はうんざりした顔で振りかえった。「そうしたきゃお前だけそうしろ。万一なんらかの緊急事態が起きたときに、ここでもたもたと靴をさがしてるわけにゃいかないんだぞ」

牟田は納得したのか、靴のまま上がった。まじめだが、それゆえにどこか抜けている感じがする刑事だ、嵯峨はそう思った。

「ねえ」朝比奈が嵯峨の腕をつかんだ。「なんだか『ハムナプトラ』ってアトラクション、思い出さない?」

「ああ、二子《ふたこ》玉川《たまがわ》の」嵯峨はいった。「ずっと前にふたりで一緒にいったね。ナムコワンダーエッグだっけ」

そうそう、と朝比奈が笑った。「嵯峨先生、飛び出してきたミイラにびっくりして、その場にへたりこんじゃって」

「へたりこんではいないよ。そういえばあれって、もう一回挑戦して今度こそ秘宝みつけようって話だったよな。ひさしぶりに行こうかな」

「ナムコワンダーエッグ、もうないんですよ」

「そうなの?」

「まぁた。わかってたくせに。お化け屋敷大嫌いの嵯峨先生がまた行きたがるわけないじゃない」

そのとき、外山が立ちどまってふりかえった。「おふたりとも。デートはまた次の機会にしてください。遊びにきたんじゃないんですよ」

すみません。嵯峨はいった。朝比奈も口をそろえた。

雑談を交わすようになったのは、それだけ余裕がでてきた証拠だ。嵯峨はそう思った。遠くからみた建造物はじつに陰鬱《いんうつ》な雰囲気を漂わせていたが、さっきの入り口の張り紙がいくらか気分を楽にした。

とはいえ、辺りに理解不能な叫び声が響きつづけるかぎり、恐怖心が失われることはなかった。オカルトはありえないにせよ、正常でない意識状態の人々が群れをなしていることはたしかだった。なにが起きるのか、まったく予測はつかない。

通路を進んでいった。床は板張りだった。ちょうど学校の校舎のような様相を呈している。廊下がまっすぐに続き、片側に等間隔に扉がある。人々の絶叫は、そのなかからきこえる。

外山は扉のひとつに歩み寄り、把《と》っ手《て》を握った。

牟田がいった。「まってください。なにがあるのかわからないのに……」

ちっ、と外山は舌打ちした。「おめえはどこまで臆病者なんだ。自由に入れって書いてあったんだぞ」

「ですが」牟田は神経質そうに、眼鏡の眉間を指でおさえた。「嵯峨先生たちの意見も聞いてみないと……」

牟田はよほど嵯峨の知識や判断を頼りにしているらしかった。外山はため息まじりに嵯峨にきいてきた。「先生、どう思います？」

嵯峨は扉の向こうからきこえる声に耳をすました。大勢の人間が、なにか喋りあっているように聞こえる。怒って怒鳴りつけている、そんなふうにも思える。泣き声もまじっている。

だが、と嵯峨は思った。これらの声は異常心理に根ざしたものではない。嵯峨は職業柄、精神病院の病棟を何度も訪ねたことがある。そうした病棟で発せられる、重度の精神病者の叫びとは、この声は異なっている。もっと理性の働きが感じられる。精神を病んで感情の爆発に歯止めがかからなくなったのではない、みずから感情を解き放とうと意図的に叫びをあげているように思える。

嵯峨はいった。「声から察するに、少なくとも暴徒と化しているわけではなさそうです」

外山の目が光った。ほらみろ、そんな顔を牟田に向けると、ふたたび扉をみた。把っ手をひねり、なかに踏みこんだ。

嵯峨と朝比奈がつづいて入り、牟田がその後ろについてきた。嵯峨は息を呑んだ。

室内は教室ほどの広さだった。四方に蠟燭《ろうそく》が立ててあるため、懐中電灯に照らされるまでもなくおぼろげに中のようすがみてとれた。数十人もの人々がいる。男性ばかりだった。服装はまちまちで、スーツ姿もいれば、ジャンパー姿、Tシャツ姿もいる。若者もいるが、ほとんどは四十代や五十代のようだった。それらの人間が室内にいくつもの円をつくって立ち、互いにあちこちを指差して、罵声《ばせい》を浴びせている。

おいおまえ、ふざけた顔をするな。ふざけた顔とはなんだ。おまえこそ服装がだらしないぞ。そこのやつ、まじめに働いたことがあるのか。国の将来や家族の幸せを考えたことがあるのか。貴様こそなんだ、チビ。やかましいぞ、デブでノッポのみっともないやつ。うるせえ、ハゲは黙ってろ。へっ、日本人のくせに金髪に染めてるバカにいわれたかないね……。

全員が、ありったけの憎悪を互いにぶつけあっている。誰もが怒りのいろをうかべていた。手をだすことはなく、ただ指を突きつけあうばかりだ。その罵声は辛辣《しんらつ》さを増していくと同時に、ひどく子供じみたものになっていく。幼児どうしの口喧嘩《くちげんか》、そういう形容がぴったりかもしれない。嵯峨はそう感じた。事実、子供のように泣き出す人間が頻出している。そういう人々の涙に追いうちをかけるように怒りの声が浴びせかけられる。ぎゃあぎゃあ泣くな。うるせえんだよ。泣くぐらいならとっとと死んじまえ、役立たず。人間のカス、クズ。

嵯峨は呆然とたたずんでいた。外山と牟田、それに朝比奈も言葉を失っているようすだった。鳥肌が立つほどすさまじい光景、しかし意図はさっぱりわからない。みたところ、リーダーシップを発揮している人間の存在はない。人々をけしかけている管理者のような立場の人間もみあたらない。それなのに、全員が口喧嘩に興じ、みずからの行為に疑問を抱いているようすはない。いったいこれはどんな集団心理なのだろうか。

そのとき、近くにいたジャンパー姿の四十代半ばの男が、こちらに目を向けた。外山を指差し、怒りをあらわにして叫んだ。「おいおまえ、なに突っ立って黙りこんでやがる。やる気あんのか。そんなんだから業績あげられないんだよ。家族を泣かせたくなきゃ真剣にやれ」

外山は顔を険しくした。外山の怒りは室内の人々とは違い、もっと自然な反応だった。外山は男の突き出した指をつかんでねじった。「業績ってなんだ？　悪いが、俺は警察大学校時代から成績優秀で通ってきたんだよ」

男は痛みに顔をしかめた。「いててて」

嵯峨はあわてて制した。「外山さん。だめですよ」

外山が手を放すと、男は指をかばいながら後ずさった。

嵯峨はその男の表情を観察していた。男は外山に腹を立てたようすもなく、ただ意外そうな顔をして嵯峨たちをみた。「あんたら、初心者？」

外山が口をひらくより前に、嵯峨はいった。「そう。きょうはじめて来てみたんだけど。どこにいったらいいかわからないから、とりあえずここに入ってきた」

ああ、と男は納得のいろをうかべた。「それなら、第一段階からやらないとだめだよ」

「第一段階?」外山が妙な顔をした。「教習所みたいだな」

嵯峨は、この男の正常な対応に内心驚きを覚えていた。ついさっきまでの罵倒《ばとう》するような言葉づかいとはうってかわって、ごくふつうの口の利き方に変わっている。やはり、自我を喪失しているわけではない。心理の暴走もみられない。行事に参加しているという意識、熱中はするが必要があればすぐに醒めることができる、そんな状態のようだった。

だがそのとき、男はふいに部屋の隅に顔を向けた。「え? ああ、そんなに呼ばなくてもきこえてるよ」

男は嵯峨たちの前を通りすぎ、蠟燭立てに近づいた。蠟燭はいまにも燃えつきそうになっていた。男は蠟燭にいった。「じゃ、火を吹き消すよ。……そんなに悲しまないで。僕のほうも悲しくなっちゃうじゃないか。誰にでも寿命はあるんだよ。……きみはよくやったよ、いままで部屋を照らし出してくれた。ほら、新しい蠟燭がこんにちはって言ってる。きみの代わりに、これからの時間はこの蠟燭が照らしてくれるよ」

外山が眉間に皺を寄せて嵯峨をみた。嵯峨は、蠟燭に話しかける男をみつめつづけた。この男は想像で対話しているのではない。詩人のように物体を擬人化しているわけでもない。蠟燭の声がきこえているのだ。話す言葉に一貫性があることから、精神病者ではないと推察される。リラックスしたそぶりも、輸送機の筑紫機長にそっくりだ。

男は蠟燭に顔を近づけた。熱い、といって身をひいた。「ひどいじゃないか。そんなに怒らないで。……僕だって悲しいんだ。でも火を消して、ゆっくり休む時期がきたんだよ。……そう、あとは後継者にまかせるんだ。さあ、火を受け渡して」

新しい蠟燭を手にとり、その先に火を燃え移らせた。男は短くなった蠟燭にいった。「ゆっくりお休み。……だいじょうぶ、僕もみんなも、いつかきみと同じ世界にいくんだよ……。それまでのあいだ、さよなら」

男は火を吹き消そうとするそぶりをみせたが、肩を震わせて泣きだした。「なんでそんなことをいうんだ。よけいに辛《つら》くなるじゃないか。……そうか。そういってくれるのは、ほんとにうれしい。……わかったよ、約束する。じゃ、さよなら」

まだためらうようすをみせていたが、男は意を決したように火を吹き消した。男は涙を流しながら、その蠟燭をとって新しい蠟燭を立てた。周囲にいる何人かの男たちも泣いている。

室内のほかの人々は、まだ罵《のの》りあいをつづけていた。嵯峨は、それらの人々が互いに見ず知らずの仲だろうと推測した。相手の名前を呼ばない者が多いし、私生活や職業についても深く知り合ってはいないようだ。ただ嫌悪感をむきだしにし、外見や性格などについて短絡的にけなしあう。やりこめられて泣き出す人間をかばうこともなければ、言い過ぎだと反省し、自制するようすもない。

突然、あきらかに録音と思われる声が鳴り響いた。「やめ」

女の声だった。外山が懐中電灯を向けた。壁ぎわにステレオコンポが置かれていた。どこにでもある、家庭用のものだった。

嵯峨は驚いた。女の声の指示にしたがい、罵声はすぐにフェードアウトして消えていった。室内の人々は無表情になり、ただ立ちつくしている。

ステレオコンポからふたたび女の声が流れた。「第三段階。両手を高く上にあげて、跳躍しながらユリと連呼しましょう」

ラジオ体操のような指示だった。が、嵯峨は人々の反応に度肝《どぎも》を抜かれた。

誰もがいっせいに両手を高々とあげ、天井を見上げながらジャンプした。ユリ！　足が床につくと、すぐにまた跳びあがる。また空中で叫ぶ。ユリ！　それが繰り返される。ユリ！　ユリ！

外山が困惑の表情で嵯峨にいった。「やれやれ。こりゃいったいなんです。どうしてこれが、動体視力の向上とやらにつながるってんですか」

嵯峨も同感だった。疑問は山ほどある。だが、嵯峨の思考は停止していた。推測も想像もうかばない。連呼される言葉の叫びが、胸に突き刺さってくるように感じた。

考えすぎだろうか。いや、それでも、たしかにそうきこえる。
ユリ。ユーリ。ユーリ。友里。友里……。

見知らぬ客

蒲生誠は〝麗佳〟の狭い店内でタバコをふかしていた。カウンターは六席、それ以外に座るところはない。カウンターの向こうは厨房を兼ねたスペースで、厚手のカーテンの向こうは別室のようだった。店内のBGMにはポップスが流れているが、古くさいインテリアとはそぐわない。食器棚を流用していると思われる酒棚には、安物のウィスキーやブランデーが並んでいる。カラオケの機械だけは真新しいが、おそらくリースだろう。金のかかっていない店だった。

客が蒲生のほかにはひとりしかいない不人気ぶりは、この店のなかをみれば説明がついた。女主人はまだ若く、メイクと身だしなみさえきちんとすればそこそこの美人になるのだろうが、ひどく無愛想で、仏頂面でタバコをふかすばかりだった。中年男の客が競馬やパチンコの話を向けても、女主人はあいづちすら打たない。接待を放棄しているこの店にもあきれるが、そんな店にきて長く居座っているこの中年の客もどうかしている。ほかの店でツケがたまり、閉めだされたのだろう。そうとしか思えなかった。

「すまんが」蒲生は味わう気のしない水割りを押しやっていった。「XOとまではいわないが、そこそこ上等なブランデーがあったら、ほしいんだが」

「ないわ」女主人はいった。

蒲生はめんくらったが、思わずふっと噴きだした。

女主人は表情を硬くした。「なにがおかしいの」

「いや。行列のできるラーメン屋の主人にはきみみたいな態度が許されるだろうが、ここではどうかと思ってね」

「文句あるなら、ほかに行ってくれる」

「文句だなんて、とんでもない。気に入ったよ。ああ、自己紹介がまだだったな。俺は蒲生。あんた、名前は？」

「静子」女主人は鬱陶《うっとう》しそうに顔をしかめてタバコをもみ消し、水道の蛇口をひねってコップを洗いだした。「ナンパ目的ならほかに行ってくれる？　うちは、あなたみたいにちゃんとした客がくる店じゃないの」

ふいに、中年男の客がひきつった笑い声をあげた。酔って顔を真っ赤にしながら、涙を流さんばかりに笑いころげた。

終わってるな。蒲生は内心そうつぶやきながら、タバコを口に運んだ。

それにしても、美由紀と連れの少年はこの店に入ったんじゃなかったのか。クルマをパーキングに停めて急いで引き返してみたが、ふたりの姿はどこにもなかった。いったいどこに消えたのか。

この静子という女が、あの少年の母親だろうか。美由紀たちが訪ねてきたことぐらい、話してくれるだろうか。

蒲生は問いかけてみた。「なあ、あんた……」

そのとき、カーテンを割って別の従業員がでてきた。Tシャツにジーパンといういでたちに、エプロンをつけている。若い女だった。その顔をみたとき、蒲生は思わずむせそうになった。

いらっしゃいませ。岬美由紀はにっこり微笑んで中年男にあいさつした。つづいて、蒲生にも頭をさげた。

蒲生は驚いて声もでなかった。が、静子が身体を起こして怒鳴った。

「どういうつもりなの！　それわたしの服じゃない！」

「ええ」美由紀はにこやかな表情をくずさなかった。「サイズもぴったりだったのでお借りしました。手伝うには、ちょうどいいでしょう」

「手伝う？　ばかいわないで。わたしはあなたを雇った覚えなんか……」

「涼平くんは由宇也ちゃんのお守りで忙しいの。なんならわたしが赤ちゃんの世話をして、涼平くんをこっちに寄越してもいいけど……」

「なにいってるの！」静子は顔を真っ赤にしてわめきちらした。「自分がなにをしてるかわかってるの！　出てかないと警察を呼ぶわよ！」

蒲生はタバコをくわえたままいった。「その必要はないな。もうきてるよ」

静子は蒲生に目を向けた。その顔が驚愕のいろにかわった。蒲生の職業を察したらしい。

中年の客が嬉しそうな声をあげた。「いやあ、なんだかしらねえが、こんなべっぴんさんが現れてくれるなんて。これから毎日来ようかな」

静子が中年客につっかかった。「うちの店の人間じゃないのよ。ひやかさないで」

中年男はげらげらと笑った。静子は怒りを中年男にぶつけて、罵った。

そのすきに、蒲生は美由紀に合図した。美由紀が近づいてくると、蒲生は小声でささやきかけた。「なんてこった」

「どうかした？」美由紀も笑いながら、小さな声でかえしてきた。「なにか問題ある？」

「おおありだよ。地球を核戦争の危機から救った東洋のジャンヌ・ダルクが、こんな安酒場でバイトなんて。泣けてくるぜ」

「事件に大きいも小さいもないわよ。助けられるひとは助けなきゃ。さてと」美由紀は顔をあげていった。「もっとお客さんが入って、にぎやかな雰囲気になれば暗いムードも吹き飛びそうね。そうじゃない？」

静子が苦い顔をした。「おおきなお世話よ」

だが、美由紀は聞く耳を持たないといったようすで、カウンターの上に置かれたカラオケの本を開いた。

静子がどなった。「うちの備品にさわらないでよ！」

中年男がいった。「まあまあ、ママ。いいじゃねえか。なんなら、ママが奥で休んでくれば……」

「それどういう意味よ」静子が怒鳴り返し、またふたりは口論になった。

そのあいだに、美由紀はリモコンを手にとった。カラオケの機械に向かってキーを押した。

店内のBGMが消えた。異質な空気に、一同がしんと静まりかえった。

モニターに選択したカラオケ曲のタイトルが現れた。『evolution』だった。

蒲生はいった。「懐かしいな。渡辺美里か」

美由紀はあきれ顔でマイクを手にとった。「それはマイレボリューションでしょう。これは浜崎あゆみよ」

ああ、そう。蒲生はつぶやいて、マイクを握る美由紀をぼうぜんと見つめた。

イントロは静かなものだった。美由紀は歌いだした。

店内に漂った空気はさらに異質なものとなった。誰も声を発しなかった。ただ、美由紀の歌声だけが流れた。

蒲生は言葉を失っていた。はじめて聴く岬美由紀の歌声。バラードから、しだいにミディアム・テンポに変調する曲調はへたなボーカルならば聴くに耐えないものになっていただろう。だが、美由紀はちがっていた。

なんという透き通った歌声だろう。声域も広く、声量もあり、リズム感も完璧だった。蒲生は浜崎あゆみが歌っているこの曲を聴いたことはなかったが、おそらく元の歌い方とはかなり趣を異にするのだろうと思った。美由紀の歌唱力はソウルフルなものであり、蒲生が唯一知る最近の日本人歌手、宇多田ヒカルのクールさに近いように思えた。音域は変幻自在、美しいメロディをより豊かなものに歌いあげている。スピード感にあふれたサビにさしかかると、蒲生は鳥肌が立つのを感じた。

カーテンの隙間から、日向涼平が赤ん坊を抱きながら顔をだした。涼平も驚きに目を見張りながらも、店じゅうに響きわたる美由紀の美しい歌声に耳を傾けている。

静子も、中年の客も、ただ唖然《あぜん》として美由紀をみつめていた。美由紀は歌詞を暗記しているらしく、目を閉じて歌っていた。酒に酔った客がみせるような、気取った振り付けはいっさいなかった。声量のすばらしさとは対照的に、美由紀はカウンターに片手をのせて物静かな体勢をとっていた。それでも、蒲生は目を離せなかった。おそらくこの店のなかにいる全員がそうにちがいない。そう思った。歌う美由紀の姿は美しく、輝いてみえた。

美由紀の歌声には、哀しみと希望がおりまざった複雑な感情がこめられていた。そう感じられるのは歌詞のせいもあるだろうが、やはり美由紀が心で歌っているからにほかならない、蒲生はそう思った。美由紀と出会ってから、数々の困難を乗り越えるなかで彼女がみせた横顔を、蒲生は想起していた。静と動、やさしさと険しさ、弱さと強さの両方を併せ持った女。そんな美由紀の性格が、この歌声のなかに満ちている気がしてならなかった。

サビを越えたあと、曲は静かにフェードアウトし、そのまま終わった。

店内に沈黙が訪れた。誰も声を発しなかった。

だしぬけに、あわただしく拍手する音が響いた。中年男の客だった。男は満面の笑顔のなかに、うっすらと涙を浮かべ、無我夢中で拍手していた。

蒲生は、自分がくわえたままのタバコにたっぷりと灰がたくわえられていることに気づいた。それを灰皿に捨て、拍手した。手を叩きながら、静子に目をやった。

静子はぼうぜんとした顔で美由紀をみていた。歌に感動したかどうかはわからない。あまりにも突拍子もない状況に言葉を失っているだけかもしれない。だが、美由紀が歌う前とはあきらかなちがいがある、蒲生はそう思った。静子はもはや口汚く罵ったりはしなかった。ただ黙っていた。たったそれだけの違い、だが店が醸す雰囲気としては、とてつもなく大きな違いだった。

そのとき、入り口の扉が開いた。三人づれのスーツ姿の客が、ほろ酔い気味の顔で入ってきた。さらにその後ろから、ふたりづれの客がつづいて入店してきた。

女の歌声が耳に入ったのだろう、客たちはカウンターのなかの美由紀の姿をみると、いっそう満足そうな顔をした。

静子があわてたようすでいった。いらっしゃいませ。急にこんなに大勢の客を迎えたことなど、なかったにちがいない。

美由紀はにっこりと笑って静子に近づいていった。「さあ。忙しくなりそうね」

まだぼうぜんとしている静子の前で、美由紀はいくつかのコップを手にとった。

蒲生は思わず笑った。ジャンヌ・ダルクの非番、なかなかサマになってるじゃないか。

そう思った。

　朝比奈は寒気を覚えていた。この暗い部屋のなかに入って、〝デーヴァ瞑想チーム〟なるもののセミナーを眺めつづけてかなりの時間が過ぎていた。そのあいだ、朝比奈は壁ぎわで嵯峨に寄り添うようにしていた。外山はそこから少し離れて、参加者たちをのぞきこむようにしてみつめていた。参加者たちは外山の視線を気にせず、飛び跳ねながらユリ、ユリと叫びつづけた。

　常軌を逸したセミナーだった。指導者らしき人物はおらず、誰もがただひたすらステレオコンポの指示に従いつづけている。一部の人間が群衆の動きから外れるのは、短くなった蠟燭をとりかえるときだけだった。それも、その都度《つど》蠟燭に話しかけ、感極まって泣きだしたり、吹き消した蠟燭をいとおしそうになでたりしている。

　室内は熱気に包まれ、汗の臭いが充満していた。酸素も薄くなっているように感じられる。朝比奈はかすかに吐き気を覚えていた。腰をおろしたかった。だが、嵯峨が立って調査をつづけている以上、自分だけ座りこむわけにはいかなかった。

　嵯峨は硬い表情を浮かべて、手帳にペンを走らせていた。ときおり視線があがり、群衆のようすを観察しては、またなにかを書き加えている。

今日の昼、嵯峨は岬美由紀とともに京都へ飛び、輸送機の墜落阻止に貢献したという。それから帰って、ずっと不眠不休で働きつづけている。そのエネルギーはどこからくるのだろう、朝比奈は嵯峨の横顔をみつめながらぼんやりと思った。東都医大病院の研修時代、嵯峨は朝比奈の二年先輩だった。嵯峨はそのころひどくぶっきらぼうで、後輩の朝比奈との付き合いもほとんどなかった。嵯峨と親しくなったのは、彼が東京カウンセリングセンターに就職してからだった。嵯峨の聡明さと研究熱心な性格は東都医大でも評判になっていた。優秀だが付き合いづらい存在、同僚たちにはそういわれていた。

だが朝比奈は、なんとかしてこの先輩と仲よくなりたかった。朝比奈は自分がいわゆるミーハーと呼ばれるタイプだとわかっていた。嵯峨に惹《ひ》かれた第一の要因は、外見がハンサムだったこと、そうにちがいなかった。しかし、すぐに朝比奈は嵯峨の別の面の魅力に気づいた。ひとを思いやるやさしい気持ち、精神病を本気で根絶しようと考えている研究者としてのプライド。すべてが、朝比奈にとって尊敬の対象であり、恋愛の対象でもあった。

朝比奈は以前から嵯峨の気を引こうとしていたが、嵯峨の態度はあいかわらずそっけないものだった。デートをしたことは何度かあるが、遊園地にいって、食事をして、夜がふける前に別れる。それればかりだった。嵯峨が女性の相談者《クライアント》を受け持つたびに朝比奈はやきもきしたが、そのうちの誰かと公私にわたって仲良くなったという話はきかなかった。岬美由紀という、非のうちどころのない女性が入ってきたときには本気で心配したが、いまのところ嵯峨とのあいだに特別な関係が生じたようすもなさそうだった。

この上司は自分のことをどう思っているのだろう。こんな状況にありながら、それがひどく気になる。いや、こんな状況だからこそ気になるのかもしれない。肌身に沁《し》みて感じる恐怖感と危機感。そんなときに、このひとは頼りになるだろうか。自分を守ってくれるだろうか。

朝比奈は嵯峨にいっそう身を寄せている自分に気づいた。嵯峨もそれに気づいたらしく、朝比奈の肩に手をまわした。「心配しないで」

だが嵯峨の反応はそれだけだった。視線はあいかわらず手帳に向いていた。つれない態度。朝比奈はわざとふくれっ面をした。嵯峨がみていないことを承知のうえでそうした。

嵯峨は真剣さのなかに、わずかに怯えのいろを漂わせていた。無理もない、と朝比奈は思った。同じ恐怖を朝比奈もしきりに感じている。口にださずとも、嵯峨が人々の連呼している言葉を気にしているのはまちがいなかった。ユリ。ユーリ。友里。

友里佐知子。かつてカルト教団、恒星天球教を組織し、テロによる国家転覆を謀った極悪非道の女。幹部となる人間に脳手術を施し、頭蓋骨《ずがいこつ》にあけた穴から細いワイヤーを挿入、脳細胞群を溶かし、前頭葉を切除していた。自己の意思を失った幹部たちは友里の狂気の暗示を受け入れる操り人形と化した。

「嵯峨先生」朝比奈はささやいた。「だいじょうぶですよ。このひとたちは友里佐知子とは関係ないはずです。だって、誰も脳切除手術を受けた痕跡がないし、催眠暗示を受けているようすもないし」

そうだね、と嵯峨はいった。「友里佐知子は死んだと報告されている。ユリとかユーリとか叫んでいるのは、べつの意味だろう」

しばし沈黙があった。嵯峨の目が朝比奈に向いた。「僕の心理を読んだのか?」

「あなたが考えていることは、なんだってお見通しですよ。嵯峨先生」朝比奈は、少々露骨なアプローチであることを承知しながらいった。

ところが、嵯峨は鈍感にいった。「ふうん。きみもカウンセラーとして勉強を積んだんだな」

また手帳に目を落とした嵯峨に、朝比奈はいらだちをおぼえた。あなたこそ、わたしの心理を読んでよ。そう叫びたかった。

そのとき、扉が開いて牟田が戻ってきた。外山はふりかえった。「どうだった?」

牟田は息をきらしながらいった。「五階まであがってみましたが、どの部屋もおなじです。四、五十人ほどの団体が、ステレオにかけてあるCDの音声にしたがって罵声を浴びせあったり、飛び跳ねて叫んだりしている。そんな部屋が、ぜんぶで百近くあります」

CDはリピート再生されている。この部屋の人々がユリと連呼してジャンプを繰り返すのを朝比奈が見たのは、これで二度めだった。この行為は第三段階だとCDの声はいった。

その後、第四、第五段階へとつづき、第一段階に戻った。

外山が牟田にきいた。「主宰者だとか、運営本部らしき部屋はないのか」

「ありません。どの部屋も出入り自由で、ただCDが再生されているだけです」

「ばかな」外山は吐き捨てた。「それじゃこの連中は無料でここに出入りして、こんなふざけたセミナーを受けてるってわけか」

嵯峨がいった。「動体視力が向上するという噂が口コミで広がり、輸送各社が続々と人材を派遣する。受講も無料だし、受付も契約もない。ただここにきて、みんなに加わって、CDの指示どおりにすればいい」

外山は納得がいかないようすだった。「そんなことをして、誰の儲けになるっていうんです」

「誰も儲からない。個人の何者かが営利目的ではなく、思いつきで考案したものに、大勢の人々が飛びついただけだとも考えられます」

牟田が声を弾ませた。「じゃあ、捜査二課が担当する詐欺事件には該当しないかもしれませんね」

外山が顔をしかめた。「そんなに早く帰りたいのか。給料泥棒めが」

叱咤され、牟田は気まずそうにうつむいた。

ステレオコンポから女の声が響いた。「第四段階。そのまま静止しましょう」

飛び跳ねていた人々がぴたりと動きをとめた。両手をあげていた人間、ジャンプしようと膝を曲げていた人間、すべてが黙りこくって静止した。表情さえも、叫びをあげていたときのまま凍りつかせている。

朝比奈はまた鳥肌が立つのをおぼえた。さっきも見たが、やはりこの光景がすべての段階のなかで最も異様だった。いままで騒々しかった室内が、急に静かになる。時間がとまったかのように、誰もが動きをとめる。妙に息苦しかった。

外山がささやくようにいった。「嵯峨先生。あなたの見解は?」

嵯峨はため息をつき、低い声でメモを読みあげた。「CDに録音されている指示は、わずかに五つ。それぞれの指示の間隔はちょうど十分間。第一段階、目と口を閉じて、鼻だけで深呼吸をくりかえしましょう。第二段階、室内にいる自分以外の者に怒りをぶつけましょう。第三段階、両手を高くあげてユリと叫びながら跳躍しましょう。第四段階、そのまま静止しましょう。そして第五段階、音楽に合わせて踊りましょう。それが果てしなく繰り返される」

外山が腕組みした。「こんなので優秀なドライバーやパイロットになるやつがいたら、お目にかかりたいもんですな」

「いえ」嵯峨はいった。「たしかに動体視力の向上はありうるかもしれません」

牟田がきいた。「集団催眠の効果でですか？」

嵯峨は首を振った。「そうじゃありません。催眠では、なんらかの暗示が与えられることになります。相手をトランス状態に導き、そこで療法となる暗示を与える。タバコが嫌いになりますとか、ものを食べすぎなくなりますとか……。でもここにはそれがない。ただ無心に、知性の力を必要としない作業に従事させ、興奮状態を引き起こしたり、緊張を強いたりしつづけている。すなわちここにあるのはただひとつ、精神的拷問だけです」

そのとおりだ、と朝比奈は思った。集団の作業に夢中になるという意味では、多少のトランス状態の効用はあるだろう。コンサートや祭りの会場と同じで、集団の興奮状態は理性の働きを鎮める効果があるからだ。だが、それによって人々がこの場の行為に夢中になることはあっても、ひとたび部屋をでればすぐにトランス状態からは醒めてしまう。事実、集団において深いトランス状態に入る人間はごく限られているし、この場でもそうした人間はあまり見うけられない。人為的にトランス状態をつくりだし、暗示を与えることでなんらかの効果を発揮するという〝催眠〟とはまったく異なる。

この場でおこなわれているのは、頭を働かせずにただひたすら声をあげさせ、子供じみた感情を解き放ち、全身運動をくりかえさせるという、それだけのことでしかない。集中力や忍耐力を養うわけでも、持久力を必要とするわけでもない。幼稚園のお遊戯会のように、ただ意味もわからず身をあずける。全員がそうした心境で参加している。

外山がいらだったようすできいた。「嵯峨先生。その精神的拷問ってやつが、なんで動体視力向上につながるっていうんですか」

「ふつう、人間は生活のなかで知力と体力を同時に用いています。そして疲れを感じると、眠気をもよおします。ところが、こういう思考をまったく必要としない、本能に身をまかせるだけの行動をつづけると、人間は体力的には消耗しているのに、脳がその消耗を自覚できなかったりします」

「自分の疲労に見合った疲労感を持たない、そういう意味ですか」

「そうです。通常の生活で、脳は視覚や聴覚など五感の認識、解釈、記憶、判断、予測、想像、意欲、随意運動などのはたらきを駆使しているため、体力の消耗とともに脳も疲労します。疲労感はそこから生まれます。しかし、ここでセミナーの五つの段階を指示どおりおこなうことは、たんに本能的行動をとることばかりで知性を必要としません。よって、身体は疲れていても脳は疲れていないため、まだまだつづけられると解釈します。その結果、極度に身体が疲労した状況でも睡眠による休息をとらず、このセミナーに参加しつづけます。やっと脳が適度の疲労を感じて、きょうは帰ろうと判断し、家で床《とこ》についても、脳の眠りであるノンレム睡眠しか発生せず、身体の眠りであるレム睡眠は発生しません。身体の疲労を正しく認識できなくなっているからです。それが習慣化されていくと、どうあってもレム睡眠が生じなくなる。一種の不眠症です。すると、脳はレム睡眠を欲するので、さきの平安京の人々の話と同じく、起きているあいだに仮レム睡眠に陥る……。幻覚や妄想を抱き、物体を擬人化して声を聞いたり、話しかけたりする。理性のはたらきが失われるうえに、仮レム睡眠によりリラクゼーションの極致にあるため、緊張や思考などの表意識の抑圧を受けず、本能的で無意識的な能力が鋭敏になります。五感が敏感になるのもそのひとつですし、それにより動体視力が向上するんです」

牟田が口をひらいた。「じゃあ、セミナーの参加者にとって有益というわけではないんですね？」

嵯峨はうなずいた。「動体視力の向上は一時的なものにすぎません。レム睡眠は人間にとって必要不可欠なストレスの浄化作用を果たします。それが欠落すると、やがて精神を病んでいくことになるでしょう」

外山がじれったそうにいった。「そんなふうになって、自分がおかしくなってると気づかないんですか？」

「いえ。そこまでいけば、自覚もあるていどは芽生えるでしょう」

「なら」と外山。「こんなセミナー、やめりゃいいじゃないですか。なぜみんな、とっとと帰らないんですか」

「企業からの派遣だからでしょう。業績をあげるため、昇給のためと仕方なく集ううち、脳の理性的判断が機能しなくなるため疑いを持たなくなる」

ようやく、外山にもあてど事情が呑みこめたようだった。外山は緊張した面持ちでつぶやいた。「それを、洗脳とはいわんのですか」

「学術的には、そういう用語はありませんからね。でも、世間でいわれている集団洗脳とは、まさにこういう状況のことでしょう」

朝比奈は、まだ静止しつづけている参加者たちをみつめながら、胸が苦しくなるのを感じていた。

必死で身体を凍りつかせている彼ら。セミナーのプログラムに懸命に従おうとする彼ら。その背景にあるのは戦後最大といわれている不況、雇用不安にほかならない。業績をあげられなければ減給、左遷、あるいはリストラの対象となる。参加者に高齢者が多いのは、家族を持っているからにちがいなかった。単身者とちがい、家族を持つ者はひとり路頭に迷うわけにはいかない。愛する妻や子供をも不幸にしてしまう。そこから生じる仕事への執着心が、人々をこのセミナーに駆り立てる。これがたんに、精神を病んでいく階段を昇りつづけていることだとも気づかずに。

朝比奈は外山にいった。「いますぐ、やめさせるべきじゃないですか」

だが外山は、戸惑いがちに額に手をやった。「いえ……。令状がない以上、われわれとしても勝手な真似はできません。ここではべつに、危害が加えられているとか、暴動が起きているといった現行犯逮捕につながる事態もありませんしね」

その言葉に、朝比奈は反感をおぼえた。「そんな。身体に危害はなくても、精神には重大な危機が……」

外山はさえぎった。「そこが問題なんですよ。彼らが精神を病んでいるという、明確な物証がありますか？　脳のなかの現象ってもんは、証明するのがむずかしい。朝比奈先生も専門家なんだ、そんなことぐらい百も承知でしょう？」

「でも」朝比奈はいらだちを抑えながらいった。「すべてはいま嵯峨先生が説明したとおりなんですよ」

「その説明ってのを、報告書にして提出していただいて、捜査本部で検討して、上の了解を得て、上がそのまた上と掛け合って、令状とか裁判所命令とかを請求できるところまでいかないとね。われわれ警察は、打つ手なしですよ」

朝比奈は押し黙った。これ以上、外山にはなにもいえなかった。嵯峨に目を向けた。朝比奈は震える声で訴えた。「嵯峨先生。警察がだめなら、わたしたちが……」

嵯峨は硬い顔をしていた。困惑とあきらめの表情が浮かんでいた。「いや。僕たちも手だしするわけにはいかない」

「どうして……」

「派遣をきめた企業にはあるていど強制力があったとはいえ、最終的にセミナーへの参加を決めたのは、彼ら自身なんだ。それも、ここでは監禁があるわけでもなく、命令をくだす支配者もいなければ、従わない者に対する処罰があるわけでもない。いやなら帰ればいい、そういう自由が提示されていることになる。彼らは自分の意思で参加しつづけているだけ、それも危険がともなうことはいっさいしていない、警察も裁判所もそうみなすだろう。いま彼らの行為を遮ろうとすれば、彼らの反発を受けるだろうし、へたをすれば企業に訴えられ、こちらが処罰されることに……」

「だからって」朝比奈は嵯峨に詰め寄った。「このまま放っておくんですか」

嵯峨は黙りこんだ。その目は、かすかに潤んでいた。

朝比奈は嵯峨が自分と同じ心境であることに気づいていた。目の前に精神病への扉を叩いている集団がいる。彼らを救いたい、その強い衝動と戦いつづけているにちがいなかった。それでも、なにもできない。朝比奈にもわかっていた。自分たちは司法の監督下でしか行動できない。そして司法は、こうした人間の心理面の危機についてまったく無知で無《む》頓着《とんちゃく》だった。

ステレオコンポから女の声が流れた。「第五段階。胸いっぱいの幸せを感じながら、音楽に合わせて踊りましょう」

スローテンポの交響曲が流れだした。参加者たちは、氷が溶けたようにわらわらと動きだした。音楽にあわせ、表情を弛緩させながら手足を大きくゆっくりと動かし、思い思いの振り付けで踊りだした。表情は幸せを感じているというより、たんにへつらった笑いをうかべているようにみえる。

ここにいるひとりひとりに、ただ一度きりの人生がある。それが、こんなばかげたプログラムによって破壊されようとしている。いったいこのセミナーの仕掛け人の意図することはなんだろう。儲けにもならず、社会貢献にもならず、たんに人々を苦しめているだけでしかない。

朝比奈は激しい嫌悪感を抱いた。目をそむけたい衝動に駆られた。自由とは名ばかりの、表面からは計りしれない精神的負担をあたえる拷問。それがわかっていて、なにもできない。辛かった。こみあげてくる悲しみを感じていた。

不正

〝麗佳〟の店内はひどくごったがえしていた。日向静子は息苦しさを覚えていたが、酒に酔った男性客たちは気にならないようすだった。カウンターの前の六席は当然、すべてふさがっていた。うちひとつの椅子には蒲生という刑事が座っていたが、店内が混《こ》みはじめてもどこうとはしなかった。その後ろには立食パーティーのようにグラスを片手にした立ち飲みの客たちがひしめきあっている。

自分の店がこんなに盛況になったことは、遠い過去の記憶でしかなかった。結婚したばかりのころ、夫とはじめてつくった店がオープンしたばかりのころだ。まだ十代だった。下北沢の、立地条件のいい店だった。しばらくは客足がとだえなかった。しかし、家賃が高く経費がかかりすぎた。二千万円の借金を残して、夫は蒸発してしまった。生まれたばかりの涼平を残して。

それから各地のスナックを転々とした。住みこみで店をまかされる場所を探しまわった。たいてい、売り上げが追いつかず数か月で閉めだされた。ここも長くないだろう、そう思っていた矢先に、この騒動だった。

静子はカウンターのなかで黙って棚にもたれかかり、すぐ近くにいる若い女をみつめていた。岬美由紀という名のその女は、厨房にある材料をかき集めてガスコンロの周りに置いている。涼平のスクールカウンセラーだというが、なぜこんなことをしでかすのか、まったくわからない。どこかで見た顔のような気がするが、思いだせない。カウンターにいる刑事とはグルなのだろうか。だとしたら、いったいどういうつもりなのだろう。

涼平は忙しく立ち働いていた。酒や料理を客のもとに運びながら、ときおりかすかに笑いをうかべる。静子にとって、それはひどく懐かしい光景のように思えた。子供が笑うところを、ずっとみたことがない。いまになってようやく、そのことを認識した。

美由紀という女は料理をしながら、カウンターごしに店内の客の相手をしていた。壁ぎわに立っている客にまで、均等に話しかけていた。男性客に媚《こび》を売るいかれた女だ、静子はそう思って反発した。いや、反発しつづけようと心にきめていた。

だが、店内に漂うふしぎな空気を実感せずにはいられなかった。美由紀は笑顔を絶やさず、ときにユーモアを口にし、またときには客の心を見透かしたような言葉をいきなり吐いて驚かせ、笑いの渦を巻き起こす。奥のほうの客はテレビを観ているが、美由紀が喋《しゃべ》りだすといっせいにカウンターに顔を向ける。美由紀という女は話術に長《た》けていることに加え、ひとから愛される天性の才能を持っている……そのことを静子は感じた。

嫉妬《しっと》の念を感じずにはいられない。それでも、怒鳴りつけて店から追いだす気にはなれない。なんとも倒錯した気分だった。圧倒されている、そういうことだろうか。売り上げがどれくらいの額に上るのか、そんなことはどうでもよかった。客が身の置き場に困るほど混雑しているからといって、一夜の売り上げなどたかが知れている。莫大《ばくだい》な借金に対しては焼け石に水だろう。それよりも、ずっと気になることがある。

美由紀はジャガイモの皮をむき、薄く切ったものをフライパンに放りこんで、オリーブオイルで揚げ煮をはじめている。額にはうっすらと汗がにじんでいる。あのコンロの前に立つとどれだけの熱にさらされるか、静子は身をもって知っている。だから料理はずっと涼平にまかせっきりにしてきた。しかし美由紀は不平ひとつ口にせず、顔をしかめることさえなく、フライパンを振っている。

あの真剣さ、客を思いやる気持ち。自分も昔はそうだった。そう回顧せざるをえなかった。

静子は頭を振って、そんな感傷的な気分を追い払おうとした。ばかげている。親切の押し売りをしているつもりかもしれないが、こんなことに心を動かされると思ったら大間違いだ。ひと晩だけならたやすい。だれにでもできる。ずっと仕事をつづけねばならない、その日々の辛さをわかるはずがない。

だしぬけに、客から声が飛んだ。「ビールあと三つ、それに焼酎ふたつね」

静子は即座に、はいと答えた。いつの間にかそうしていた。自分でも意外だった。働かねばならない、その空気に自分もとりこまれていた。

カウンターに戻ってきた涼平に、グラスをだしながら静子はきいた。「由宇也は?」

涼平の顔に、かすかな感情がうかんだ。いままでみせたことのない、やさしい目をしていた。ぼそりとつぶやいた。「寝てる」

「そう」静子はいった。

客のほうにグラスを運んでいった涼平の背をみながら、静子は立ちつくしていた。涼平の心がはっきりと感じられたのはひさしぶりだった。静子が由宇也の身を案じたのを、涼平は一瞬だけだが嬉しく思った。そうにちがいなかった。なぜそう感じるのだろう。静子は自問自答した。が、わからなかった。せつなさと、苛立ちが同時にこみあげてきた。いまさら善人ぶってどうする。自分にそう怒鳴りたかった。どうなってもいい、どうなろうが知ったことじゃない。自分はずっとそんな気分だった。いまだってそうだ。結婚してもいない男とのあいだに生まれた由宇也をどう育てていけばよいのか、まるでわからない。涼平も、いまはカウンセラーのせいでおとなしくしているかもしれないが、きょうも学校で問題を起こしたときいている。涼平はいつも反発する。芸能界に入りたいとか、夢みたいなことばかり口にする。そんなことより、堅実に力仕事にでも就いて生活を支えてほしい。できればスナックなど引退したい。静子はそう考えていた。わがままなのは百も承知だった。それでも、そういう考えは捨てきれなかった。

なにもかもが癪《しゃく》にさわる。むかつく。由宇也の夜泣きも苦痛でしかなかった。子供を死なせることすら、さほど罪なことには思えなかった。自分が産んだのだ、他人になにがわかる。それでもそんな事態になったら、自分は罰せられることになるかもしれない。それならそれでかまわない。好きにすればいい。どうせろくでもない人生だ。

なぜか懸命にそうした否定的観念を頭のなかに張りめぐらせていた。そう。このスクールカウンセラーがどんなに恩着せがましい態度をとろうが、そんなものは虚像でしかない。給料をもらい、あるていどの生活をしている人間に、自分の苦労などわかろうはずがない。そう思った。偽善だ。貧乏人を哀れんで、これだけのことをしてあげましたと、おのれの慈悲深さに酔い痴《し》れているだけだ。

美由紀は、みじん切りにした玉葱《たまねぎ》をフライパンに加えて、炒めつづけながらヘラでジャガイモをつぶしにかかっていた。ずいぶんと手慣れていた。美由紀が作業に没頭していたので、客たちの関心はテレビに向いた。

「クイズ・ミリオニア、一千万円に挑戦」その司会者の声は、昼間のワイドショーで馴染みの男性タレントだった。「今晩は芸能人特集。生放送でお送りしています。ただいまの挑戦者は五百万円まで昇りつめています」

五百万、一千万。ずいぶん軽々しくいってくれるものだ。静子はタバコを口にくわえて火をつけた。

テレビの画面には、円形劇場ふうに組まれたセットの中央で、司会者と向かい合わせに座っている挑戦者の姿がうつっている。これも馴染みの顔だった。ワイドショーで芸能レポーターとして、芸能人のゴシップを追い掛けまわしてばかりいる中年男が挑戦者だった。

客のひとりがいった。「うそだろ。こいつ、そんなに頭いいのか」

べつの客がいった。「人間ってわかんねえもんだな」

司会者の声が響いた。「問題。古代ローマ五賢帝の、二代目の皇帝はだれ。A、ハドリアヌス。B、ネルバ。C、トラヤヌス。D、アントニウス・ピウス。……時間制限はありません。どれだけ迷っても結構です。正解すれば七百五十万円。間違うと、百万円に戻ってゲーム終了。しかしドロップアウトを宣言すれば、獲得した五百万円をそのまま持ち帰ることができます。さあ、どうします?」

腕組みをして眉間に皺を寄せている芸能レポーターの顔が映った。

店の客がこぼした。「ドロップアウトしちまえ。五百万持って帰れりゃ充分だろ」

「いや」とほかの客。「まちがえて玉砕してもらいたいぜ、こんなのはな」

どうでもいい。静子はそう思いながらタバコをふかした。芸能人のゴシップをネタにして、金に換えているような人間だ、尊敬には値しない。

だが、テレビのなかの挑戦者ははっきりと答えた。「C、トラヤヌス」

司会者が反復した。「Cのトラヤヌス。ファイナルアンサー?」

「ファイナルアンサー」と挑戦者。

緊張感を盛り上げるようなBGMとともに、司会者と挑戦者の顔がカットバックした。司会者は表情を硬くしたり、柔らかくしたりしているが、なかなか答えをいわない。

「じれってえな」客が声をあげた。

しばらくして、司会者がいった。「正解！　おめでとうございます！」

ファンファーレとともに「七百五十万円獲得」のテロップがでた。挑戦者は、醜い中年の顔で得意げににんまりと笑った。

店内には失望の空気がひろがった。間違えてくれればいいものを、そんな気分が支配していた。

司会者が大仰にいった。「いやあ、すごいですね。こんなことといっちゃなんですが、見直しましたよ。あなたがここまでくるなんて……」

「いえね」挑戦者の芸能レポーターは満面の笑顔で、椅子にふんぞりかえっていた。「じつは歴史は得意なんでね」

「それにしても」と司会者。「あなたのいつもの印象だとねえ。若いアイドルの女の子とか、そういうのには詳しくても……」

挑戦者はいよいよ上機嫌に振るまいだした。「芸能界ってのは、頭がよくなくちゃ務まらないんですよ。そう、遊んでりゃできると思ってる最近の若い子たちってのは、間違いね。真剣勝負の世界だから」

静子はなぜか反射的に涼平に目をやった。涼平はテレビを観ていなかった。目をそらし、音をたてないようにそっとグラスを片付けている。横顔の表情は硬かった。

そのとき、ふいに美由紀がいった。「これ生放送?」

美由紀は、カウンターにいた蒲生という刑事に話しかけていた。

蒲生はうなずいた。「そういってたな」

美由紀はふいにフライパンを振る手をとめ、ポケットから携帯電話をとりだした。ダイヤルボタンを押し、耳にあてた。しばらくして、なにかぼそぼそと告げた。

テレビのなかでは、司会者がうわずった声で喋っていた。「さあ、次はいよいよ一千万に挑戦の問題……」

ふいにスタジオの奥から、若いスタッフのひとりが走りでてきた。驚いた顔で振りかえった司会者に、コードレスの受話器を手渡している。緊急で、とスタッフが小声で告げたのがきこえた。

司会者は怪訝な表情で受話器を受け取った。「もしもし」

相手の声は、テレビからではなく、なんと静子のすぐ近くからきこえてきた。

「おひさしぶりです。いつぞやの番組ではお世話になりました、岬美由紀ですが」

静子は驚きのあまり言葉を失った。店内の誰もが同様のようすだった。カウンターのなかのこの女性が、テレビのなかの司会者と会話している。

「ああ」司会者は驚きに目を丸くしながらも、笑って答えた。「どうしたんですか？　いま本番中なんですが。岬美……」

「すみません」美由紀がさえぎった。「わたしの名前をださないでください。番組の段取りじゃないんで、わたしの声はテレビには流れてません」

司会者は妙な顔をした。「じゃあ、なんでいま電話を？」

「8チャンネルの水口プロデューサーと知り合いなので、緊急で取り次いでもらいました。あなたのクイズ番組では不正を許さないと思いますが、どうですか」

「もちろんですが」司会者は横目で挑戦者をみやった。

挑戦者の芸能レポーターの顔には、まだ笑いがとどまっていた。

美由紀は厳しい声でいった。「これは会議電話の回線なので、スタッフの方々も聴いていると思いますけど、いますぐその挑戦者のズボンのポケットを調べたほうがいいですね」

「どういうことです？」司会者がきいた。

「ズボンには前の左右と、後ろの左右の合計四つのポケットがあるでしょう。それらにひとつずつ、ポケベルがおさまっているはずです」

司会者は戸惑って腰を浮かせた。「なんのことか……」

「いいですか。さっきその挑戦者が答えを考えるとき、視線が右下に向かいました。これは知識を思い出そうとしている反応ではなく、触覚に注意を向けているときに起きる反応です。ズボンのなかのポケベルは音が鳴らないようにしてあって、バイブレーションで着信をつたえるようになっているんでしょう。この番組は生放送で、しかも答えるまでの制限時間がない。日本のどこかでテレビを観ながら、百科事典やインターネットを使って答えを調べている助手がいるにちがいありません。Aなら左前ポケット、Bなら右前ポケット、Cなら左後ろポケット、Dなら右後ろポケットという具合に、四つのうちひとつのポケベルの番号に電話して正解を伝えているんです」

司会者の顔に驚愕のいろがひろがった。受話器を持ったまま、呆然と立ちつくしていた。

やがて、数人のスタッフがスタジオに駆けてきた。ちょっとすみません、そういって挑戦者の身体に触ろうとした。なにをする、挑戦者は叫んで立ちあがった。不自然なそぶりだった。スタッフが意を決したように、むりやりポケットに手を突っこんだ。

黒く四角い物体がひっぱりだされた。ポケベルだった。後ろのポケットをまさぐっていたスタッフも、同じものを取り出した。

挑戦者は顔面を蒼白《そうはく》にしていた。口をわなわなと震わせ、思うように言葉がでないようすだった。

司会者は冷たい視線で挑戦者をにらんでいた。スタッフが司会者に耳うちした。ざわつく観客のなかで、司会者はいった。「ちょっとここでCMです」

美由紀は携帯電話を切り、ポケットにおさめた。

「やるな」蒲生がにやりとしてつぶやいた。

店内はしんと静まりかえっていた。誰もが、口をぽかんとあけて美由紀をみつめていた。

美由紀は卵を割ってほぐしたボウルに、フライパンのジャガイモと玉葱を入れ、塩をまぶした。それをふたたびフライパンに注ぎながらつぶやいた。「嘘をつくひとは許さないわ」

静子は背筋が寒くなるのを覚えた。美由紀がみせた一瞬の殺気を感じたからだった。

だが、美由紀はすぐに顔をあげ、涼平のほうをみて微笑みかけた。

静子が驚いたことに、涼平は美由紀に笑って応えた。

美由紀は涼平の心が傷つくのを阻止したのだ。静子はそのことに気づき愕然とした。あの芸能レポーターはわかったような口をきいていた。芸能界は頭がよくなければ入れない、昨今の若者の考えは甘すぎる。そんなことをいっていた。美由紀は不正を懲《こ》らしめると同時に、涼平の希望を失わせまいとしたにちがいない。

美由紀は急に静子を振りかえった。笑顔のなかに、鋭い目の輝きがあった。まるで静子の心を読んだようにいった。

「百パーセントそうでもないですよ。あのレポーターは以前しつこかったから。わたしが中国から帰ってきたあと、毎晩マンションの前で張りこんで、室内を盗撮しようとしたんだもの。個人的復讐《ふくしゅう》の念もいくらかあるわね」

いたずらっぽくウインクしてみせたその顔は、少女のように魅力的だった。

静子はたちどころに、目の前の女性が誰なのかをさとった。その顔、岬美由紀という名前。ようやく、何者なのかがわかった。

〝千里眼〟だ。静子は唖然として美由紀を見つめた。

銃声

「とにかく」外山は闇に包まれた廊下を歩きながらいった。「嵯峨先生たちには報告書をつくっていただいて、後日提出してもらうってことで」

朝比奈が足ばやに追いかけてきて抗議した。「このまま彼らを置き去りにするんですか」

やれやれ、と外山は思った。女はすぐ感情的になる。思ったことをすべて口にする、自制心というものを持たない。「さっき嵯峨先生がおっしゃったでしょう？　ここで余計なことをしたら、われわれのほうが立場が悪くなるんですよ」

そろそろ夜があけたころだろう。〝デーヴァ瞑想チーム〟なる組織の入った建物をひと通りみてまわるのにひと晩を費やした。どこもかしこも、おかしな連中でいっぱいだった。あいかわらず、部屋という部屋から奇声や罵声、笑い声や泣き声が発せられている。まるで動物園だ。これ以上いると、こちらがおかしくなってしまいそうだ。そう思った。もう疲れた。うんざりだった。

牟田が、まるで外山の心の叫びに呼応するようにいった。「疲れましたね」

疲れただと。外山はいらだちをおぼえた。びくつくこと以外になにもできずに、よくそんな口がきけたものだ。これだからガリ勉タイプはいやだ。高卒で巡査づとめをしてきた叩き上げのほうがよほど使いでがある。

それにしても、暴力沙汰《ざた》が起きなくてさいわいだった。捜査二課ではめったなことでは拳銃が貸しだされない。今回のように様子見をしてくるだけの仕事ではまず認められない。したがって外山たちは無防備も同然だった。それも、いざというときに頼りになりそうな面子《メンツ》はひとりもいない。ひょろりとした色白の若者三人をしたがえているだけだった。なんとも気が重くなる徹夜仕事だった。

唯一、外山の期待どおりに働いてくれたのは嵯峨だけだった。だが外山は、嵯峨の専門知識に絶対的な信頼を置く半面、それ以上のことはこの青年には期待できないだろう、そうも思っていた。学術的説明は筋が通っているが、その理屈をどうやって立件に結びつけたらいいかまでは考えてくれない。そこが検察官とはちがう。

デーヴァ瞑想チームのセミナーがなんの目的で運営されているのか、それはさっぱりわからない。ただ、すべて無償で提供されているだけとあっては、捜査二課のでる幕はない。これは詐欺や恐喝とは無縁の事態だ。強いていうなら民事上の責任が問われるくらいのものだろう。いずれにせよ、外山の仕事ではなかった。ただ、あのいまいましい捜査一課もこんな状況ではなにもできまい。蒲生とかいう刑事に手柄を横取りされる心配もない。あの有名な岬美由紀にマネージャーのように張りついたところで、今回ばかりは業績をあげられまい。

そのとき、並んで歩いていた嵯峨がふいにたずねてきた。「外山さん。そんなに自分の業績が気になりますか」

「え」外山はどきっとした。

嵯峨はぶっきらぼうにいった。「そういう意味では、僕もあまりお役に立てませんでしたね。すみません」

外山はあわてていった。「そんな、もう。そんなことありませんて。勉強になりましたよ」

まったく、油断も隙もありゃしない。外山は冷や汗をかいていた。カウンセラーというのは、じつに巧みに思考を読みとる。嵯峨の技術はそのなかでも群を抜いているように思えた。顔を向けたが最後、きのう食べた献立まで言い当てられてしまいそうだ。

嵯峨はいった。「外山さん、ここまで来たのが無駄足だった、自分にはどうすることもできない。そう思ってませんか」

「まあ、そりゃそうです。うちの専門じゃないですからね」

「やることがなくて途方にくれる。そんな気分もあるでしょう」

外山はいらだちをつのらせた。嵯峨はしつこく心の奥底をのぞきこんでくる。「ええ、そうですよ。ひと晩かけていろいろ調べたのに、なにもできない。やってられませんね」

ふうん、と嵯峨はつぶやいた。「外山さんは、あのひとたちをどう思います？」

「参加者ですか？　まあ、気の毒には思いますがね」

嵯峨が言葉をなにも返さなかったので、外山は黙って歩きつづけた。

歩くたび、自分の言葉が頭のなかに反響する気がした。気の毒。その言葉が、建物のなかの喧騒とまざりあう。そう、彼らは気の毒としかいいようがない。こんな世の中だ、転職しようにもあてがない。職場が気に入らなくてもつづけざるをえない。上の命令にも従わざるをえないだろう。ボーナスもごくわずか、昇給もなかなか見こめないとあっては、得体の知れないセミナーに藁《わら》にもすがるような気持ちで飛びつくにちがいなかった。たとえ胡散《うさん》臭いと感じても、事実そこに出向いて業績があがった人間の話をきくと、自分もと思うにちがいない。

洗脳という心理学用語はないと嵯峨はいった。だが外山にいわせれば、これこそが洗脳そのものだ、そう思った。

是が非でも業績をあげたくなる気持ちはわかる。外山にも、妻とふたりの子供がいる。一戸建てに住んでいるが、四人家族にはいささか手狭だった。もうすこし大きな家に移りたいが、いまの稼ぎでは頭金も捻出《ねんしゅつ》できそうにない。自分の年齢なら、あとひとつかふたつ上の役職に就いていてもおかしくない。焦燥感はつのる。

ああいうセミナーは、そんな平凡な家庭の平凡な世帯主の弱みにつけこんでくる。詐欺の痕跡さえあればすぐにでも縄《なわ》をかけてやるところだが、そうもいかない。それで余計に頭にくる。

嵯峨がいった。「そう。それですよ」

「はあ？　なんです？」

「人々を思いやり、同情する気持ち。それが生じれば、ここに来ただけの意味はある。そうは思いませんか」

嵯峨はそういって歩を速め、さっさと歩き去っていった。

外山はその背をぼんやりと見つめていた。なるほど、セミナーの参加者たちの姿をみて、なんとか手を尽くせないかと考えあぐねている。そんな自分こそが、刑事としての職務を果たしていることになる。いや、どんな場合でも、そういう気持ちこそが行動の第一歩なのだ。

やや猫背ぎみに先を歩いていく若者が、急に頼りがいがあるように思えてきた。カウンセラーとはふしぎなものだ、と外山は思った。ほんのひとことかふたことで、ひとの心を入れ替えてしまう。まるで窓を開けて換気でもするように。そして、悩みというものがそんなていどのものでしかないと教えてくれる。

悪臭が鼻をついた。廊下は、下駄箱がつらなる小部屋の前につづいていた。入り口に戻った。外山は妙に思い、腕時計に目をやった。午前六時すぎ。もう明るくなっていてもいいころだ。なぜか入り口付近は暗かった。だれかが扉を閉ざしたようだ。

床一面に脱ぎ捨てられた靴を踏みつけながら、外山は鉄製の扉に近づいた。把っ手をひねり、観音開きに開けはなった。まばゆい朝の日差しが差しこんできた。

だしぬけに、建物のなかとは別の喧騒が飛びこんできた。外山は凍りついた。

暗闇に目が慣れていたせいで、外は真っ白にみえた。なにがあるのかわからなかった。やがて、大勢の人間が集結していることに気づいた。さらに目を凝らすと、いくつかの現場で見覚えのある連中が大挙して押し寄せていることがわかった。マイク、カメラ、照明。報道陣だった。建物の前の草むらは、マスコミ関係者に占拠されていた。

カメラの砲列は扉を開けた外山にいっせいに向けられた。記者たちもこちらを振りかえった。いま扉が開きました、女性リポーターの声がきこえる。すぐに報道陣は外山の前に殺到してきた。その勢いに外山は押し倒されそうになった。冗談ではない、またあの暗がりに戻されてたまるか。

外山は強引に報道陣をかきわけて進んだ。ちらと振り返ると、嵯峨や朝比奈、牟田も当惑のいろをうかべてつづいてくる。建物内が騒々しかったせいで、誰もマスコミの集結には気づいていなかったようだった。

数メートル進んだが、ついに暴徒のごとき報道陣に取り囲まれて身動きできなくなってしまった。まったく、これならさっきのセミナーの参加者たちのほうが、まだましではないか。外山はそう思った。

四方八方からマイクが突きだされた。矢継ぎ早に質問が飛ぶ。このデーヴァ瞑想チームという組織はどういったものなんですか。きのうの輸送機の機長がここに参加していたというのはほんとうですか。参加者たちは無事ですか。あなたは誰ですか。

まだ目が慣れきっていない。外山は、まぶしい日差しを避けようとして手を顔にかざした。

ところが、その動作に報道陣は一様に興奮した反応をしめした。なぜ顔を隠すんです。やましいことでもあるんですか。いったい誰ですか、あなたは。

外山は怒りをおぼえた。「私は刑事だ。警視庁捜査二課の外山盛男だ」

周囲がふいに静まりかえった。しばらく間があったのち、ひとりのリポーターがおずおずときいた。「というと、警察はこちらの捜査を?」

どうやら、捜査本部が公表したわけではなさそうだった。インターネットにはデーヴァ瞑想チームの情報がたくさん掲載されている。筑紫というパイロットが参加者だったことぐらい、すでにインターネット上の噂になっているのだろう。外山はそう見当をつけた。

「いえ」外山はいった。「まだ捜査というわけではありません。ようすを見にきただけです」

別のリポーターがきいてきた。「すると、いずれ本格的な捜査をおこなう予定があると?」

「まだなにも申し上げられません」

女性リポーターが割って入った。「この施設というか団体の主宰者は誰だか、判明しているのですか」

「いいえ。わかりません。すみませんが、通してくれませんか」

しかし、人垣にはわずかな隙間も生じなかった。別の声が飛んだ。「さっきからユウリ、ユウリというシュプレヒコールのようなものがきこえているんですが……」

「ユウリじゃなくてユリでしょう。みなさんが想像しておられる友里佐知子との関係は、まずありえませんね」

「ユリとはどういう意味ですか」

牟田がいった。「百合の花のユリじゃないですか。ヤマユリとかササユリ、オニユリっていう……」

外山は怒りをこめて牟田を振りかえった。間抜けめ、黙ってろ。心のなかでそう叫んだ。

牟田は外山の視線に気づき、打ちのめされたように下を向いた。

「あの」と男性リポーター。「ここではいわゆる、洗脳のようなものがおこなわれていると考えてよろしいんでしょうか」

外山は困惑して、嵯峨を振りかえった。

嵯峨が口をひらいた。「僕からお答えします」

マイクとカメラがいっせいに嵯峨に向いた。

「ええと」嵯峨はたじろいだようすだったが、すぐにきっぱりといった。「なかにいる人々は、いわゆる非人道的な扱いを受けているわけではなく、セミナーへの参加も自分の意思でおこなっています。ただ、そのプロセスには疑問の余地もあるので、これから帰って報告書をまとめるつもりです」

「疑問というと、どんな？」

「まだ明らかにできません。ただし、ひとつだけいえることは、みなさんが考えておられるような不可解で常軌を逸した〝洗脳〟というものは、この世には存在しないし、ここでも行われている形跡はありません、ということです」

「しかし」女性リポーターがいった。「そうはいっても、参加者のご家族はとても心配しておられると思いますが。諸外国のいわゆる〝洗脳〟セミナーが起こした事件に、参加者全員が集団自殺したというものがありますが……」

嵯峨は硬い表情で首を振った。「たしかにブランチ・ダビディアンや人民寺院、太陽寺院など忌まわしい事件を起こした団体は多数ありますが、ここで行われているのはそれらとはまったく異なります。ああいった諸外国のカルト教団は長年の歳月をかけ、指導者を盲信する信者を集めたうえに、麻薬を常用させるなどの方法で絶対服従を強制していました。そうした場合でも信者たちは〝洗脳〟されたのではなく、たんに抵抗が無意味だと知ってあきらめの境地に至っただけだと思います。この建物のなかではなんら強制はありませんし、薬物の投与や、教祖の崇拝などもありません」

「いわゆるマインドコントロールというものではない、ということですか」

ええ。嵯峨はうなずいた。

嵯峨の説明に、報道陣はやや落ちつきを取り戻したようにみえた。ここらで切りあげよう、外山がそう思ったとき、また嵯峨に質問が飛んだ。

「ところで、あなたは誰ですか？　警察のかた？」

いいえ、と嵯峨は几帳面《きちようめん》に答えた。「嵯峨敏也といいます。東京カウンセリングセンターに勤務しておりまして……」

また報道陣が騒ぎだした。というと、岬美由紀さんの同僚のかたですか。岬美由紀さんはこの件に関わっておいでですか。岬美由紀さんはいまどちらにおいでですか。

外山の忍耐は限界に近づいた。マスコミはすぐこれだ。記事になりそうな、あるいは視聴者の興味をかきたてそうな人間のことばかり聞きたがる。関わりがなくても関連づけたがる。

岬美由紀先生のことはほかできいてください。外山がそう怒鳴ろうとしたとき、ふいに金属がこすれるような重苦しい音が響いた。つづいて、なにかを叩きつけるような激しい音がきこえた。

外山は妙な気配を感じた。建物を振りかえったが、報道陣が邪魔でよくみえない。ひとをかき分けて進んだ。通してくれ、そう叫びながら前進した。

入り口の扉が閉じている。それをみてとった。扉に駆け寄り、把っ手を握った。動かない。さびついた鉄製の扉は、しっかりと閉ざされてしまっていた。

記者がきいた。「どうしたんです。なぜ扉が閉まったんですか」

わからん、外山はそういった。走り寄ってきた牟田に目くばせし、ふたりで力をあわせて把っ手を動かそうとした。だが、びくともしない。

いったい誰が閉めたんだ。そう思ったとき、こんどは弾《はじ》けるような音が耳をつんざいた。花火か爆竹の音。いや、銃声だ。外山は気づいた。建物内のあちこちから銃声が断続的に響いてくる。

報道陣が騒ぎだし、扉の前に押し寄せてきた。外山は振りかえって怒鳴った。「静かにしてくれ！」

記者たちは口をつぐんだ。静かになった。いや、静かすぎる。外山はそう思った。

さっきまで絶えず建物からきこえていた、参加者たちの叫び声や泣き声。それらがぴたりと途絶えていた。うめき声ひとつきこえない。建物は、死んだように沈黙していた。

外山は呆然とたたずんだ。群集のなかの嵯峨と、朝比奈の顔をみた。ふたりとも、信じられないという表情をうかべていた。

そのまま、かなりの時間が過ぎた。誰もひとことも発しなかった。

やがて、リポーターの震える声が静寂を破った。「洗脳は……ありえないんでしょう？集団自決とか、そんなことは起こらないとおっしゃいましたよね？」

報道陣はまたしても騒然となった。嵯峨にマイクが殺到した。いまのはいったいなんですか。銃声のような音が響きましたが。洗脳がありえないのなら、なぜこんなことが起きるんです。なぜ扉は閉まったんですか。なかの人々はどうなったんです。

やめろ。静かにしろ。外山は怒鳴りつづけた。しかし、興奮状態の報道陣はもはや制御できなかった。混乱する人混みの向こうに、嵯峨の姿はみえなくなった。朝比奈や牟田も、どこにいるのかわからない。外山は前後左右から押し寄せるカメラのレンズと、マイクのなかでもがき苦しんだ。嵯峨たちも同様にちがいない。パニックと化した報道陣のなかで、

外山は言葉を失っていた。

なにが起きたんだ。外山はなにも思い浮かばなかった。頭のなかは真っ白だった。

叫び

開け放した戸口から差しこむ陽の光が、がらんとした〝麗佳〟の店内に明暗の落差をつくる。ひと晩じゅうつづいた祭りのような騒ぎが嘘のようだ、日向涼平はそう思った。涼平は床をモップで拭《ふ》きながら、さっきまでの喧騒を思いだしていた。岬美由紀ができあがった料理を振る舞った。トルティージャ、スペイン風オムレツだといっていた。店にいた全員がカウンターに殺到し、その料理を奪い合った。結局、誰もがひと切れかふた切れずつしか口にいれることができなかった。涼平もお零《こぼ》れにあずかることができた。その味わい、適度な甘さと辛さ、まろやかさ。言葉を失うほどすばらしかった。客たちも絶賛していた。みな、おなじものを注文したが、材料がなくなったのでできません、美由紀がそういった。全員が残念がった。涼平も同様だった。

母の静子が美由紀の料理をひと口食べた。どうせ憎まれ口をたたくのだろう、涼平はそう思っていたが、違っていた。静子は神妙な顔をして頬ばると、黙ってうつむいた。やがて、その肩が震えだした。具合が悪いのか、一瞬そう思った。しかし、そうではなかった。静子は泣いていた。涙をこぼしていた。

美由紀はその静子の肩にそっと手をかけ、耳もとでなにかささやいた。涼平には、その声はきこえなかった。そのまま美由紀にうながされ、静子は奥の部屋に連れられていった。しばらくして、美由紀ひとりだけが店に戻ってきた。美由紀は涼平に、だいじょうぶ、お母さんは休んでるわ、そういって仕事をつづけた。

閉店は午前四時だったが、興奮状態の客たちを帰らせるにはひと苦労だった。このまま泊まりこみたい、そういって床に座りこむ客もいた。涼平はいままで、酔っ払いの大人たちを毛嫌いしていた。幼いころから、無意味で無分別な存在とみなしていた。が、けさはなぜか、彼らのことを可愛げがあると感じられるようになった。彼らが酒に酔うことで、なにを求めているのか知ることができた。

結局、誰もが寂しいのだ。家庭を持つ者、持たない者、ひとによってさまざまだが、彼らは予期せぬ出会い、偶然にでもやさしさに触れることを欲している。だから家に帰らず、ひとの集まるところに足を運ぶ。そこに、自分の人生にちょっとした変化をあたえてくれる出来事を求めながら。

そして、客たちにとっての昨晩は、ちょっとした変化ていどでは済ませられないほどの思い出になるだろう。涼平はそう感じながら、カウンターを振りかえった。

静寂に包まれた店内、カウンターのなかで、美由紀はひとりで皿を拭いていた。カウンターの椅子には、ひとりだけ、蒲生という刑事が居残ってタバコをふかしていた。

蒲生があくびをして腕時計に目をやり、美由紀にいった。「六時半か。徹夜したな。コーヒーでもいれてくれるか」

美由紀は微笑していった。「蒲生さん。最も女性に嫌われる男性のセリフって知ってます？」

「あん？」

「はじめて訪れた女性の部屋で、コーヒーいれてくれ、って頼むことですよ」

「きみの部屋ってわけじゃないだろ」

「まあね。でも営業時間は終わってるし、勝手に注文とるわけにもいかないから」

蒲生はふんと鼻を鳴らした。「じゃ、どっかへ出てコーヒー飲むか。この時間に開いてるのは、ファミレスぐらいのもんだろうが」

「蒲生さん、先に行っていいですよ。後片付けにもうちょっとかかるから」

ちぇっ。蒲生は舌打ちして立ちあがった。「わかったよ。コンビニで缶コーヒーでも調達してくらあ」

戸口に向かって歩き出した蒲生に、美由紀は声をかけた。「蒲生さん」

蒲生は立ちどまり、振りかえった。

美由紀はつぶやくようにいった。「ありがとう」

ふん。蒲生は肩をすくめて、笑いかけた。そのままなにもいわず、涼平のわきを通りすぎ、店の外へと出ていった。

涼平はふたりの会話に、大人の関係を感じずにはいられなかった。だが、あまり想像を発展させることは嫌悪感につながった。涼平はそんな考えを頭から追い払い、ただひとつのことだけを胸にきざんだ。女の部屋でコーヒーをいれてくれといってはいけない。

「涼平くん」美由紀が声をかけてきた。

あわてて美由紀のほうをみた。「なに？」

「涼平くんも、もう休んでいいわよ。きょうも学校があるんでしょう？」

「うん。……でも、もうすこし」

「ずっと掃除して、疲れたでしょ」美由紀は皿を置くと、カウンターから出てきた。「座る？」

美由紀はカウンターの椅子に腰を下ろした。

涼平はモップを置いて、近づいていった。美由紀の隣りに座った。

なぜか胸が高鳴った。カウンターに座っただけで、ずいぶん大人になった気分になる。

そして、隣りにいる女性を意識せずにはいられない。

美由紀はカウンターに肘《ひじ》をつき、前髪を指先でなでていた。涼平は、なぜかその美由紀のしぐさから目を離せない自分を感じていた。

岬美由紀という女性はとても美しかった。その色白な横顔、大きな瞳、どこをとってもひとことでは言い尽くせないほど綺麗だった。きのう、教室ではじめて顔を合わせたときから、涼平はすでにそう思っていた。美由紀は、涼平が理想に描く母であり、姉であり、そしてときおり妹のように可愛いところもみせる。そんな存在だった。いや、もっと深い。これはどんな感情だといえばいいのだろう、涼平は思った。結論はでているようで、故意にそれを認めたがらない自分、そんな気持ちの葛藤《かっとう》があった。だが、どんなに目をそむけようとしても、自分の気持ちは揺らぎようがなかった。

自分はこの年上の女性を好きになっているのだ、そうさとった。

美由紀の顔がこちらを向いた。かすかに笑い、美由紀はきいてきた。「なんでそんなにじっと見つめてるの？」

「いや、なんでも……」

涼平は心臓をひとつかみにされたような気がした。頼りなくつぶやく自分の声をきいた。

美由紀の探るような視線を感じながら、涼平はカウンターの上を見つめた。

妙に暑かった。顔がほてるのを感じた。なぜこんな気分になるのか、自分でもよくわからない。

同時に、辛い気分になった。自分がこれほどの女のひとと釣り合いがとれるはずがない、その事実がはっきりと心に押し寄せてきた。涼平はスクールカウンセラーとしての美由紀しか知らなかったが、大人たちのあいだでは、岬美由紀は誰もが知っている存在らしい。

母の静子も客たちも、あまりに意外すぎてすぐには気づかなかったようだ。ただひとたび目の前の女性が岬美由紀だとわかると、畏怖《いふ》と尊敬、親愛の情、依存心が織り交ざった複雑な反応を示す。大のおとなたちでさえその体《てい》たらくだ、自分がお眼鏡にかなうはずがない。涼平はそう思った。

それでも、あきらめきれない。このまま美由紀が帰ってしまえば、また自分はカウンセラーの彼女にとって生徒のひとりでしかなくなる。そんな焦りが、涼平のなかを支配しつつあった。なんとか自分の気持ちをいいあらわしたい。つたえたい。そんな欲求で頭がいっぱいになった。

「岬先生、あの」涼平は美由紀の顔をみた。

が、すぐにまた視線を落とした。怖くて目をみることさえできない。矛盾していた。見つめあいたくない、そんなはずがない。だが、美由紀は表情をみただけで心のなかを読んでしまう。いまの気持ちを見透かされるのは、どことなく恥ずかしかった。

「なに?」美由紀がきいてきた。

「あの、ききたいことがあるんだけど」

「なんでもいって。相談にのるから」

涼平の胸は張りさけんばかりに高鳴っていた。呼吸も乱れてきそうだ。しかし、どう切りだしたらいいのかわからない。美由紀は相談にのる、そういった。あくまでカウンセラーとしての付き合いなのか。個人的な友達でもないのに、告白することが許されるだろうか。

美由紀はじっと涼平の言葉を待っている。しかし涼平はどういうべきか思いつかないでいた。カウンターの奥の棚に掲げてある、ムンクの〝叫び〟が刷りこまれたカレンダーが目にとまった。いまの自分の心境はまさにあの〝叫び〟そのものだ、そう思った。

「涼平くん」美由紀がいった。「なんなの？」

「あの、……ムンクの〝叫び〟って……ムンクが描いたんだよね」

なんという馬鹿げた質問だろう。涼平は自分を呪った。勇気のなさ、機転のなさ、センスのなさ、幼稚さ、すべてを憎んだ。

美由紀は目を丸くしたが、涼平の視線を追うと、いつもと変わらぬやさしさで応じた。

「ええ、そうよ。ムンクの一八九三年の作品。ムンクは何枚も〝叫び〟を描いてるけど、あれはオスロ国立美術館のものね」

まじめに答えてくれる美由紀に、涼平はなぜか罪悪感を抱いた。ききたいことはほかにある。だが、いえない。もどかしさが強烈なストレスと化しつつあった。いまにも叫びだしそうだ、そう思った。

ふいに、美由紀がつぶやいた。「楽しかったね」

涼平は美由紀をみた。美由紀は、かすかに疲労を漂わせた目をカウンターの上に落としていた。

そのひとことが、涼平の心に沁みた。緊張がふっとやわらいだ。そうだね、と涼平はつぶやいた。「ずっと……こんなに楽しければいいのに」

それが涼平の精一杯の言葉だった。あまりに婉曲《えんきょく》すぎる言い方かもしれない。しかし、美由紀は察してくれるかもしれない。なんといっても彼女は〝千里眼〟なのだから。

「ずっとつづくわよ、きっと」美由紀は笑顔を向けた。「あなたがそう思っているかぎりね」

だめだ、そういうことじゃない。涼平は心のなかで叫んでいた。僕のカウンセリングをしてくれなくてもいい。ひとりの男としての発言だと解釈してほしいのに。

そう思いながらも、涼平は静かにいった。「いまだけは、楽しい」

複雑な思いだった。自分の言葉が、かえってその事実をはっきりと認識させた。いまだけは楽しい。そのとおりだ。美由紀が帰ったら、またいつもの一日がはじまる。自分がいるうちは、母の静子は由宇也に暴力を振るわない。ただし、その後は別だった。自分は学校にいかねばならない。母がぎりぎりまで追い詰められているのはわかる。だがそのせいで、不幸な家庭はいっそう陰鬱なものになる。由宇也の身も心配だった。

「涼平くん。将来は本当に芸能界に進みたい？」

「本当は……」涼平は自分の本心に気づきつつあった。自分はただ逃げていただけだ。美由紀がクイズ番組の司会者に電話したあの直後、涼平はそうさとった。テレビの向こうも、この世界と地続きの現実の世界にすぎない。すなわち、虚構の世界。見栄っ張りがいかさまを働いてまで体裁をとりつくろうとする世界。アクセルレーターズのヒロユキがあんな芸能レポーターと同じ人種だとは思わない。それでも、自分にとってまぶしいばかりの輝きを放っていた世界が、急に灰色に染まった社会と同等のものにみえてきた。

涼平はいった。「本当は、そうでもない」

美由紀はうなずいた。「あなたが楽しいと感じる世界は、この現実の世界にもあるのよ。将来のことはあとでゆっくり考えればいい、そうじゃない?」

やはり美由紀は自分の心を読んでいる。涼平はそう思った。さっきの自分の気持ちはどうだろう。気づいていないのだろうか。

美由紀はいった。「お母さんの気持ちも、あるていどはわかってあげてね」

その言葉が、また涼平の心を沈ませた。「わかってはいるけど……いろんなことがあるし……」

「いろんなって、どんなこと?」

涼平はため息をついた。「新しいお父さんになるひとが、帰ってこないし……。借金も、たくさんあるし……」

「新しいお父さんって、由宇也くんのお父さんのこと?」

「そう」涼平はうなずいた。

「涼平くんは、そのひとを新しいお父さんとして迎える覚悟はできているの？」

その質問についての答えには、迷いは生じなかった。涼平はいった。「できてる。悪いひとじゃないし、由宇也のためでもあるし」

「偉いわね」美由紀は微笑した。しばらくして、その顔に翳《かげ》りがさした。「でも、悪いひとじゃないなら、なぜ帰ってこないのかしら」

「仕事が……ずっと忙しいって」

「どんな仕事してるの？」

「長距離トラックの運転手。十トントラックを運転してる」

美由紀の顔がふいにこわばった。「その、涼平くんの新しいお父さんの勤め先は？」

「なんでそんなことを……」

「いいから、いってみて」

「ええと、たしか、城山《しろやま》運送」

美由紀はなにか考えこんでいるようすだったが、やがてポケットからシガレットケースのような薄い銀色の物体をとりだした。カウンターの上でひらくと、それが携帯用の小型パソコンだとわかった。電話に接続しなくてもインターネットにつなげるタイプらしい。付属のアンテナをひっぱって立てると、美由紀はキーを押した。

液晶画面に「モードを選択してください。音声入力・キーボード入力」と表示された。美由紀はカーソルを操作して音声入力を選択した。

美由紀はパソコンに向かって張りのある声でいった。「ブラウザ起動。検索画面を表示」

〝インターネット・エクスプローラ〟の縮小版の画面が現れ、検索ページが表示された。

「キーワード検索。城山運送。デーヴァ瞑想チーム。検索開始」

画面に表示された検索窓には「城山運送ａｎｄデーヴァ瞑想チーム」と漢字・カナ変換された文字が並んだ。「検索中」の表示がしばしつづき、やがて検索結果がでた。リストに表示されたのは一行だけだった。抑揚のない合成音声がそれを読み上げた。

「検索結果一件。一、城山運送人事部ホームページ。以上」

美由紀がいった。「表示」

また画面が切り替わり「城山運送人事部」とタイトルが掲げられたホームページが表示された。合成音声が流れる。「三月八日、人事部ではドライバーの技術向上をめざし、昨今の陸運業界で評判になっているデーヴァ瞑想チームへ社員を派遣、ドライバーの育成に役立てることを決定した。デーヴァ瞑想チームは、その名前こそ宗教色の強いものだが、れっきとした自己啓発・能力開発セミナーであり、実際に参加各社の業績アップにつながっている。このセミナーへの参加を希望する社員は人事部へ申し出ること。参加したドライバーには優先的に長距離の仕事を割り振るとともに昇給を……」

「停止」美由紀がいった。音声がやむと、美由紀は涼平のほうをみた。「新しいお父さんが最後に姿をみせたのは、いつぐらい？」

「ええと、先月。三月のはじめぐらい」

「なるほど」美由紀はひとりごとのようにつぶやいた。「昇給がかかってるんじゃ、気が進まなくてもみんな参加せざるをえないわね……」

「え？ どういうこと？」

「いえ……。涼平くん、新しいお父さんに戻ってきてほしい？」

涼平は、二年ほど前にはじめて母が連れてきた男の顔を思い起こした。やせ細った、気弱そうな男性だった。それでも力仕事は得意そうだった。店の修復や、家具の運び出しなどは精力的にこなしていた。最初のうち、涼平は口をきかなかった。男と自分の母親のあいだにできた由宇也にも、愛情を感じなかった。だがあるとき、その男がいった。父親だと思ってくれなくてもいい。ただ、こんなことを強いるのは酷だろうけど、静子のためを思ってやってくれ。

そのころ、母はすでにずいぶん荒れていた。毎晩のように深酒をし、涼平を口汚く罵った。キャッシングの返済ができなくなり、まともでない筋からの借金に頼るようになっていた。その取りたてに苦しめられ、母の静子はさらにすさんだ生活を送るようになっていた。涼平も否応《いやおう》もなく、その生活に巻きこまれた。

少しでも母の助けになるなら。涼平はそう思って、その男を受け入れることにした。そこから少しずつ対話が始まり、親子のような情愛も深まりつつあった。

もっとも、それはわずかなことでしかない。涼平は本心では誰も信頼できないと思っていた。大人はいつもずるく、汚く、自分を苦しめる存在でしかないと感じていた。いまもそれは変わらない。唯一の例外、岬美由紀を除いては。

「よし」と美由紀はいった。「そのひとは、ぜったいに無事に帰ってくるわよ。約束するわ」

美由紀は自分の知らないことを、なんでも知っている。涼平にはそう思えた。困惑を感じた。いっそう美由紀のことが好きになってしまいそうだった。しかし自分には、なにもできない。

「岬先生」涼平はためらいながらいった。「いろいろありがとう。……またカラオケ歌ってくれる?」

美由紀はにっこりと微笑んだ。「もちろん。いつでも誘って」

涼平ははっとして美由紀をみた。が、美由紀は席を立つところだった。

いつでも誘って。その言い方は、どのていど真剣にとらえたらいいのだろう。ドラムのように高鳴る胸の奥で、涼平は悩みつづけた。

踵落とし

静子は赤ん坊の由宇也を抱きながら、〝麗佳〟の奥にある六畳の部屋に座っていた。

こうして黙って子供とともに過ごす時間が、自分の人生から失われてひさしかった。忙しかった。いつも苛立っていた。一緒に住んでいながら、子供の顔をみることもなかった。

いま、由宇也は静子の手のなかで眠っている。すやすやと、安らかに呼吸をつづけている。寝顔はかわいかった。涼平が小さかったころを思いだす。あのころは、幸せが永久につづくものと思っていた。そう信じて疑わなかった。

混雑した店で忙しく立ち働いていたとき、客のひとりがつぶやくのをきいた。いい店だな。若くて綺麗なママがふたりもいて。

あの客は、自分を美由紀と同等のものと見なしてくれたのだろうか。いや、むろん美由紀のほうをすばらしいと感じたにちがいない。しかしそれでも、静子は喜びを禁じえなかった。こんな思いは長いこと味わっていなかった。

それでも、静子は美由紀に反感を抱き続けようと心にきめていた。自分の店で勝手な振る舞いをする若い女を許す気にはなれなかった。たとえ日本の隅々にまで知れ渡った名前の女であっても、その決心は揺らぐことはない、そう思っていた。

何様のつもりなの、静子はそう詰め寄った。しかし美由紀はあっさりと答えた。友達。

そして、美由紀のつくった料理を口にしたとき、静子の反抗心は崩れさった。静子は泣いてしまった。美由紀は静子を部屋の奥で休ませてくれた。そのとき、美由紀はいった。

神経ってのは糸と同じ。緩んでいればゆとりがあるけど、張り詰めていると、ギターの弦みたいにちょっと触れただけで響いてしまうの。いままでのあなたがそう。

そのとおりだった。ちょっとしたことで腹を立て、子供に八つ当たりをくりかえしたのは、それまで神経がひどく張り詰めていたせいだった。いまになってそれがわかる。自分は間違っていた。どうすることもできない、そんな境地にとらわれすぎていた。

由宇也の額に残る無残なあざ。なんてことをしてしまったのだろう、静子は視界が涙で揺らぐのを感じた。自分はあまりにひどい母親だった。

涼平が心を開いてくれるわけがなかった。こんなにひどい母親なのだから。

美由紀はそれでも、静子と由宇也を残して店に戻ろうとした。静子はひきとめた。子供とふたりきりになると、自分はなにをしでかすかわからない。そう訴えた。

だが美由紀はいった。心配ないわ。あなた自身がそのことを、いちばんよくわかってるはずでしょう。

そして、その後は美由紀の言葉どおりの自分がいた。静子はそう感じた。由宇也を抱いていても、焦燥感は生まれない。むしろ安堵感を覚える。そんな気持ちが全身にひろがっていくのを感じた。

ふしぎなものだった。なにも変わってはいない。だが、自分は変わった。生まれ変わったかのように、あるいは夢から覚めたときのようにすがすがしい気分に包まれていた。

窓から差しこむ日差しが強くなっていく。きょうもいい天気だろう。そう思った。

どれくらい時間が過ぎたろう。静子は由宇也を抱いたまま、うたた寝をしていた。

ふいにけたたましい音が響き、静子は現実に引き戻された。扉を乱暴に叩く音。

「静子ママ」男の声がした。「開けろ。この時間には郵便受けに入れとけといったろ」

失望の念が静子を襲った。やはり現実は、なにも変わってはいない。借金の取り立ては毎朝くる。その日の売り上げを全額、郵便受けに入れておかねばならない。今朝は忘れていた。

静子は怯えながら立ちあがった。由宇也を抱きながら、戸口に向かった。扉の鍵を開けると、いつもの面子《メンツ》が姿を現した。

パンチパーマに胸を大きく開いたアロハシャツを着た、ひと目でヤクザの下っ端とわかる男。その後ろにも、いかつい背広姿の男がふたり。狐のような細い目でこちらをみていた。

「カネは?」アロハシャツがきいた。

「申し訳ありません」静子は頭をさげた。「すぐお持ちしますから」

静子が戸を閉めようとしたとき、アロハシャツはすばやく手で押さえていった。「まてよ。開けとけよ」

アロハシャツのいやらしい目つきが、探るように部屋のなかに向いた。

「あの」静子はいった。「お金はすぐ、持ってきますから」

「黙ってろ」アロハシャツはいった。「なにか妙だな。なんできょうに限って郵便受けに入れておかなかった」

「だからそれは、忘れて……」

「ふざけんな。まさか、おかしな真似をしてるんじゃないだろうな」

「そんな。なにもしてません」

「どうだか」アロハシャツは一歩退いて、顎をしゃくった。

後ろにいた背広姿のひとりが前にでて、静子から由宇也を奪い取ろうとした。

「なにするんです」

「うるせえ」背広男が怒鳴った。「妙な真似をさせないための保険だ。金をとってくるまで、赤ん坊はあずかっとく」

「ちゃんと持ってきますから……」静子はそういって、由宇也を抱いたまま背を向けようとした。

ところが、いきなりその背を男のひとりが蹴った。静子は前のめりに、部屋のなかにつんのめった。

とっさに由宇也をかばった静子は、両手が使えず、顔を畳の上に打ちつけた。

部屋にあがりこんでくる乱暴な足音がした。誰かが肩をつかんで、静子を仰向きにさせた。アロハシャツの男だった。

「口ごたえすんな」アロハシャツは静子の腹の上に馬乗りになり、静子の顔に唾を吐きかけた。「いつから偉そうな口が叩けるようになったんだ? 男に捨てられた貧乏ママが、どうしていっぱしの口がきけるようになったんだ」

怒りと恐怖、悲しみが同時にこみあげてきた。だが、どうすることもできなかった。静子は震える声でいった。「刃向かってはいません。お金、持ってきます」

アロハシャツが平手で静子の頰を打った。

鋭い痛みが走った。静子は歯をくいしばった。

「その前に」アロハシャツが顔を近づけてきた。「態度をあらためな。カネ入れとくの忘れたのはおめえの失態だろうが。ごめんなさいは」

静子は唇をかみしめた。溢《あふ》れそうになる涙をこらえながら、静子は声をしぼりだした。ごめんなさい。

アロハシャツは笑い声をあげた。また平手で打った。さっきよりも強い痛みに、頰がしびれた。

「次は」とアロハシャツがいった。「許してください、もうしません。だろ」

「許してください、もうしません」静子は涙が頰をつたうのを感じた。「お願いですから」

ふん、とアロハシャツはいって立ちあがった。静子のわきに転がっている由宇也を、つかみあげようとするそぶりをみせた。

「やめて」静子はそういって起きあがろうとした。

アロハシャツの目が光った。片足を振り上げた。靴を履いたままだった。アロハシャツは靴のつま先で、静子の腹を蹴りこんだ。

一瞬、呼吸がとまった。静子は激痛と苦しさにあえぎ、激しくむせた。全身に力が入らなくなり、畳の上に転がった。想像を絶する痛みがひろがっていく。静子は身を震わせて泣いた。

「ふざけんな」アロハシャツは由宇也をつかみあげた。由宇也は激しく泣いた。

その泣き声に、静子は胸もとをえぐられるような辛さを感じた。暴力。これが暴力なのだ。自分はわが子にこれまでその苦痛を味わわせてきた。こんなことはすべきではない、間違っている。いまそれを思い知らされた。

静子は懸命にアロハシャツの足にすがった。「お願い、子供には触らないで」

アロハシャツは氷のような冷たい目で静子を見下ろし、その手を踏みつけた。指がちぎれるかと思うほどの痛みが走った。静子は悲鳴をあげた。

「きこえねえのか」アロハシャツがいった。「ダニみてえな暮らしてる奴は、おとなしく床に這ってろ。人間様にさからうんじゃねえ」

ふたりの背広男の卑しい笑い声がきこえた。

そのとき、店側のカーテンの隙間から涼平が姿を現した。お母さん。涼平は叫んだ。

アロハシャツが顔をあげた。

涼平は顔を真っ赤にし、怒りに満ちた目でアロハシャツをにらんだ。「やめろ!」

だめよ。静子は心の奥でそう叫んでいた。こっちに来ないで。涼平にまで怪我を負わせたくない。逃げて。

しかし、声はでなかった。恐怖のせいなのか、腹を蹴られたせいなのかはわからない。

涼平に訴えかけたいのに、意思をつたえられない。静子は絶望的な気持ちになった。

背広男のひとりがつかつかと涼平に向かっていった。

涼平の顔がこわばった。血の気がひき、青ざめた。静子の目にはそうみえた。

自分のせいで、涼平にまで暴力が及ぼうとしている。とめなければ。だが、動けない。

痛みに言葉さえでない。静子は泣いた。泣きじゃくることしかできなかった。

背広の男は、おどけたような態度で涼平にいった。「俺の踵《かかと》落としを受けてみるか」

男は片足を振り上げた。その足を振り下ろしながら、小柄な涼平の肩を打った。涼平は倒れ、畳の上に転がった。

静子は痛みを感じた。息子が受けた痛みと同じ痛み、それが心に響いてきた。玩具《おもちゃ》にされている。その事実が、あまりに悲しくせつなかった。

背広男がけたけたと笑った。アロハシャツと、もうひとりの背広男もそれに同調した。が、そのときだった。カーテンが吹き上がり、蛇のように素早く細い棒状の物体が飛び出して背広男のひとりに襲いかかった。あまりに高い位置で、それも迅速に繰りだされたので、静子はそれがジーパンをはいた脚だとはすぐにはわからなかった。

天井まで振り上げられた長い脚は、一瞬にして鉄鎌のように振り下ろされた。背広男の肩に命中したとき、骨が砕けたような鈍い音が室内に響き渡った。背広の男は前のめりに畳の上に叩きつけられた。衝撃で床が浮き上がるのを、静子ははっきりと感じた。

吹き上がったカーテンが、ふわりともとの位置に戻っていったとき、その陰に立っているTシャツにジーパン姿の女の姿が現れた。岬美由紀だった。

美由紀は低い声でいった。「これが鍾落としよ」

美由紀はすぐに近くに倒れていた涼平に目をやった。静子の悲鳴がきこえたとき、涼平は美由紀の制止を振りきってすぐに飛びだしてしまった。一瞬ひやりとしたが、背広の男のふらついた踵落としではたいした衝撃はなさそうだった。怪我はしていないだろう、そう思った。

静子のほうは、もっと深刻な事態に陥っていた。泣きながら、うずくまるように倒れていた。赤ん坊の由宇也は、アロハシャツを着た男の手のなかにあった。

美由紀は店内で履いていた靴のまま、畳の上をすたすたと歩いていった。アロハシャツの男の数歩手前まできた。

アロハシャツは呆然と立ちつくしていた。美由紀は両手を組み合わせて頭上に振りあげ、反り身になった。即座にバネをきかせて両手を振り下ろすと同時に分脚、ハイキックを放った。美由紀の脚はアロハシャツの男の顔に命中した。アロハシャツはのけぞり、わずかに宙に浮いた。美由紀は脚を下ろしてすばやく由宇也を奪い取った。美由紀がかがんで由宇也を静子の胸の上にそっと置いたころ、アロハシャツは仰向けに畳の上に落下した。

由宇也は泣き叫んでいたが、静子に抱かれると、やや落ちつきを取り戻した。

静子は目に涙をためて美由紀を見つめていた。美由紀は静子にうなずいてみせた。

アロハシャツが顔を押さえて立ちあがり、わめいた。「このアマ！」

美由紀は部屋にいる三人の男を順ににらみつけた。「早朝は隣人のことも考えて静かにすること。それぐらいわからないの」

「ふざけやがって」アロハシャツは尻のポケットから飛び出し刃のナイフをひき抜き、脅すように身構えた。「八つ裂きにされてえか」

だが、美由紀は冷静だった。「ボキャブラリーが乏しすぎるわね。読書でもしたら?」

美由紀の踵落としを食らった背広の男が、顔をしかめて肩をかばいながらふらふらと立ちあがった。怒りを感じてはいるのだろうが、痛みと動揺に負けてしまっているようだ。肩を脱臼《だっきゅう》しているのだろう。多少はいい薬だと美由紀は思った。

アロハシャツがナイフを振りかざして襲ってきた。ふたりの背広男も、美由紀めがけて突進してきた。

三方向か。美由紀は瞬間的に飛燕《ひえん》三連脚の構えをとった。右足を踏みだしながら両手を右斜め上に振りあげた。両手を振りおろしながら旋回ぎみに跳躍した。空中で片脚を高々と上げ、半旋風脚を放った。アロハシャツの頬を蹴り飛ばした。アロハシャツがもんどりうって壁に飛んだころには、美由紀は左足から軽く着地し、ふたたび右足を踏みだして左手を上にあげ、右手は指をまげて指先をそろえる構えをとり、後方に振った。ジャンプしながら右手の甲で左のてのひらを打ち、脚は二起脚のキックを繰りだした。キックは肩を脱臼していた背広男の、もう一方の肩を直撃した。たぶんそちらの肩もはずれただろう、男は悲鳴をあげて床に転がった。美由紀は左足から着地し、右足は身をひねりながら、着地と同時に踏みきって三たび跳躍した。最後の男が突進してきたところに、空中で身体をねじって旋風脚を浴びせた。最後の男は額に直撃を受けて、とんぼ返りするように向こうへ飛び、腹ばいに畳の上に叩きつけられた。

数秒のあいだに三つの蹴りを放った。息巻いていた三人の男たちは全員、床に転がっていた。

美由紀は息ひとつ乱れていなかった。このていどでは朝の柔軟体操にもなりはしない。

アロハシャツは畳に倒れたまま、血にまみれた顔に驚愕のいろをうかべて美由紀を見つめていた。腰が立たないのか、尻もちをついたまま壁に後ずさっていく。

あとのふたりは床にのびていた。美由紀はアロハシャツに歩み寄っていった。

アロハシャツはあわてて両手を振った。「まてよ。俺たちゃ仕事してるだけだ。その女はうちの組に毎朝借金かえす約束なんだぜ、それがきょうは入ってなくて……」

美由紀はいった。「借金は帳消し。いいわね」

アロハシャツは絶句し、震える声を絞りだした。「そんなばかな。その女のほうから借りにきたんだぞ」

「どうせ違法賭博《とばく》やダフ屋行為で稼いだお金でしょう。こうして、まじめに働いているひとたちの生活支援に使うべきだわ。もちろん無償で」

「ふざけろ」アロハシャツはわめいたが、美由紀がにらむと顔をこわばらせていった。

「なあ、俺たちだってカネを持って帰らねえと上の人間に怒られる」

そのとき、背後で蒲生の声がした。「察するところ、仁井川《にいがわ》会系のチンピラみてえだな。さっさと消えたほうがいいと思うぜ」

美由紀はふりかえった。蒲生が缶コーヒーを口にしながら、カーテンの向こうから姿を現した。

アロハシャツが緊迫した声でいった。「おめえ、サツか」

蒲生はあきれ顔で部屋のなかを眺め、最後にアロハシャツに目をとめた。「ったく、筋ものも不況かよ。頼りねえ人材雇ってやがる。ま、捜査一課の蒲生ってやつの名前だしときゃ、組長もそれほど怒りゃしないだろうよ」

アロハシャツの顔色が変わった。怯えた目つきで蒲生を見つめた。やはり本庁の捜査一課が相手となると、こんな下っ端ではたじろぐことしかできないらしい。必死の形相で壁を這いあがるようにして立ちあがり、よろよろと戸口に向かっていった。ふたりの背広男も同様だった。三人は転がるように部屋からでていき、両手で空《くう》をかきむしるようにして逃げていった。

美由紀はため息をついて蒲生をみた。「わたし、あなたの部下の婦人警官とでも思われたんじゃないかしら」

蒲生はにやりとした。「悪いな、主役をさしおいて名乗りだけあげさせてもらって。岬美由紀の名前もだしときゃよかったか?」

「いいえ、けっこうです。岡江所長の耳に入ったらクビになるわ」

岡江のヒステリックな声がきこえるようだ。カウンセラーがヤクザと立ち回りを演じるんじゃありません。そもそも、スナックで働くとはなにごとですか。自宅謹慎ていどでは済まないかもしれない、と美由紀は思った。

美由紀は静子をみた。静子は身体を起こし、由宇也を抱いていた。

涼平が近くにきて、寄り添うようにして座った。

美由紀はその前にしゃがんだ。静子にきいた。「だいじょうぶ?」

静子はこくりとうなずいた。「ええ、なんとか。……しかたないわ。自分が蒔《ま》いた種なんだし」

「そんなことないわ。偶然が重なって悪い状況になっていただけよ。ひとを信じて、明るく生きることを忘れないで」

蒲生がいった。「ま、当分はうちの若いやつを寄越して、見張らせるよ。ああいう悪い虫が戻ってこないようにな」

静子は身を震わせ、涙を流してうつむいた。「わたし、いままでひどいことを……」

美由紀はやさしくいった。「大事なのはこれからよ。涼平くんと助け合って、がんばってお店をつづけて。わたしもときどきは、顔をだすわ」

「だけど」静子はまだ泣いていた。「うちの暮らしは……もうぼろぼろだし……」

「いいえ。新しく夫となるひとが戻ってくれれば、かならず立て直せるわ。そのひとは決して、あなたを見捨てたわけじゃない。ただ、事情があって帰ってこれないだけなの」

静子は顔をあげた。「ほんと？」

「ええ、ほんとうよ。そのひとは絶対に帰ってくるわ。……で、ちょっとききたいことがあるの。そのひとの名前は？」

静子は怪訝そうな顔をした。「名前がわからないのに、どうして彼が帰ってくるといいきれるの？」

美由紀はふっと笑った。「いまは詳しくは話せないの。でも、千里眼を信じて」

静子は黙って美由紀をみつめた。美由紀も、静子をみつめかえした。

やがて静子はいった。「市原《いちはら》さん。市原和幸《かずゆき》さんってひと」

美由紀は由宇也に目を落とした。由宇也はまた、眠りにおちていた。その頬をそっとなでていった。「由宇也くんの名前は、その市原さんが？」

「ええ。彼が名づけたの」

涼平が静かにつぶやいた。「いい名前だよ」

静子は意外そうな顔で涼平をみたが、やがてその表情がやわらいだ。そうね、といった。

美由紀が蒲生とともに外に出たころには、陽はかなり高いところにまで昇っていた。飲食街の風景は昨晩とはがらりと異なっていた。スナックやバーの看板は目立たないように軒先に溶けこんで、代わりにスターバックスやドトールなどのコーヒーショップがにぎわいをみせている。通りは、足ばやに通りすぎていく通勤のサラリーマンや学生たちで埋めつくされていた。

蒲生が伸びをしていった。「送っていくよ。どこにいく?」

美由紀はいった。「もちろん、まっすぐ仕事場にいきます」

「正気か」蒲生は眠たげな目を美由紀の身体に向けた。「着替えなくていいのか」

「いいです」美由紀はいった。スーツには皺《しわ》も汚れもない。スナックで働いているあいだは静子の服を着ていたからだった。「出勤時間に遅れるわけにはいきません。相談者《クライアント》を待たせたくはないんです」

「そうか」と蒲生はにやついていった。「勤め先の駐車場に俺のクルマで乗りつける。俺ときみのふたりともが、きのうと同じ服装で降りてくる。妙な噂にならなきゃいいけどな」

「やっぱりマンションに寄ります」美由紀はすかさずいった。なぜか動揺しがちな自分がいた。

蒲生は笑って歩きだした。「俺がきみとべったり一緒にいると、さっきの少年も気にするだろうしな」

「涼平くんが？　どうして？」

「どうしてって、そんなの当然だろ。涼平くんの美由紀を見る目。ぞっこん惚れてるぜ」

美由紀は頭を殴られたような気がした。自然に足がとまり、立ちどまった。

蒲生が妙な顔をした。「おい、どうした。まさか千里眼のきみが、恋愛感情には気づかなかったっていうんじゃないだろうな」

美由紀は歩きだした。おい、美由紀。蒲生が呼びとめるのもきかず、足を早めた。

恋愛感情。まったく気づかなかった。美由紀は顔に火が灯るのを感じた。妙に暑かった。

コーヒーショップの前を通りすぎようとしたとき、店先のテレビの音声が、美由紀の心をとらえた。

デーヴァ瞑想チーム。テレビの音声ははっきりとそう告げていた。

美由紀ははっとして足をとめた。テレビには、どこか山奥の白い無機質な建物が映っていた。その扉の前に大勢のマスコミが集結している。

女性リポーターが興奮ぎみに喋っていた。警察関係者と、東京カウンセリングセンターのカウンセラーが視察を終えた直後、施設の扉は閉ざされ、内部から銃声らしき音が……。

美由紀の全身を電流のような衝撃が駆けめぐった。

蒲生がテレビをみつめていった。「動きがあったみてえだな」

いきましょう。美由紀はそういって足ばやに歩きだした。

扉が閉ざされた。テレビはそういっていた。あのなかには大勢のセミナー参加者がいる。そのなかには涼平の父親もいる。そして、銃声。

胸さわぎがした。駅へと向かうひとの流れに逆らって、美由紀は歩いた。春の日の穏やかな朝だった。だが美由紀は、凍てつくような寒気を感じていた。

本部

蒲生は椅子の背に身をあずけながらいった。「ったく、なんてざまだ」

外山はタバコの煙に目をしばたたかせながら反論した。「こっちは上の命令どおりにやっただけです。あんなことが起きるなんて、誰にも予測できんでしょう」

美由紀はふたりの刑事の不毛な口論を聞きながしながら、テーブルに両肘をつき、あわただしい捜査本部をながめた。美由紀たちが座る会議テーブルは、広々とした室内の一角にあった。ここからはすべての動きが見渡せる。壁を埋め尽くすモニターテレビ、縦横に並んだデスクのなかを駆けずりまわる捜査員たち、電話の音はひっきりなしに響き、書類がどこからともなく運ばれてきてはあちこちに山積みにされている。上を下への大騒ぎとは、まさにこういう状況をいうのだろう。そう思った。

警視庁に足を運んだのは初めてだったが、美由紀はすでにこの組織の効率の悪さを感じていた。捜査本部はきのうの時点では、蒲生をはじめ捜査一課の数人のみで構成され、五階の小会議室にいくつか電話を追加しただけの規模だったという。その時点では輸送機の墜落騒動の原因調査と残務処理を、京都府警とやりとりしながら進めるだけのものでしかなかった。それが、東京カウンセリングセンターからの報告でセミナーの詐欺事件の疑いがあるとして、四階の捜査二課に移されたのが昨晩。そしてこんどは、この六階の広々とした部屋に一課と二課合同の捜査本部を設立している。すなわち、関係者は警視庁内での引っ越し作業ばかりに追われている。事件の規模に見合った捜査本部を設けないと気が済まないということだろうか。こうしているあいだにも、時間は刻一刻と過ぎていくというのに。

奥多摩から戻ってきた嵯峨と朝比奈は、さすがに疲れたようすで黙りこくっていた。いや、疲労のせいばかりではないだろう。美由紀はそう思った。事態はあまりに不可解だった。主宰者のいない、自然発生的なセミナー。内容はけっして健全なものではなかったが、カルト崇拝とはまったく異なる人々の集まりだったはずだ。それが突如、異常な行動をしめした。施設に立て籠《こ》もり、なかからは声ひとつきこえない。ありえなかった。心理学の専門家であるがゆえに、なおさら納得できなかった。

外山はタバコを灰皿に押しつけた。「とにかく扉を破って突入すべきでしょう。なかでなにが起きてるか、わかったもんじゃないですからな」

「おいおい」蒲生は顔をしかめた。「捜査二課はなにかっていうと強制捜査に踏み切りたがるんだな。証券会社の詐欺や脱税ならそれでいいだろうが、この状況ってもんをもう少し考えてみたらどうだ。なかの連中はまだ生きているかもしれん。こっちが手荒な真似をしたら、それこそ集団自殺をはかるかもしれん。アメリカのブランチ・ダビディアンも、ＦＢＩの強制排除に対抗して信者たちが集団焼身自殺を……」

外山は声高にさえぎった。「嵯峨先生がおっしゃったんですよ。そういうカルト教団と、デーヴァ瞑想チームはちがうとね」

嵯峨は硬い表情をしてうつむいていた。朝比奈も同様だった。

蒲生はふんと鼻を鳴らし、外山をみた。「責任転嫁か。二課お得意の決まり技だな」

「なにか」外山は顔をこわばらせ、蒲生を見返した。「おっしゃいましたか」

べつに、と蒲生はつぶやいた。あきれたような表情をうかべ、視線をそらした。

そのとき、牟田刑事が四十代後半の男を連れて戻ってきた。男は、書類の束を持参していた。

蒲生と外山がさっと立ちあがった。美由紀はその反応から、男が管理官だろうと察しをつけた。捜査本部を、事実上とりしきっている立場の人間だ。

美由紀も立ちあがりかけた。管理官の目が美由紀に向いた。妙な顔をした。タンクトップにブルゾンを羽織り、ジーンズのスカートという軽い服装に着替えていたせいで、この場では違和感をもってみられたにちがいなかった。だがそれも一瞬のことで、管理官はすぐに岬美由紀だと気づいたようすだった。座ってください。そういった。管理官はふたりの刑事にもいった。きみらも座れ。

全員が着席すると、管理官もあいている椅子に座り、テーブルの上に書類を投げだした。

管理官はいった。「施設内には男性ばかり四千人のセミナー参加者がいる。これは、セミナーに人材を派遣した企業から連絡を受け、参加者をリストアップしたものだ。署のコンピュータで検索した結果では、前科者はひとりもいないばかりか、過去にあやしい団体に属したことがある人間もいない。全員がまっとうに働き、会社の勧めを受けてセミナーに参加した……罪なき犠牲者と思われる」

蒲生と外山、いずれもリストに手をだそうとはしなかった。前科者がいないとわかっている以上、みても無意味だからだろう。

だが、美由紀はべつだった。よろしいですか。そういって手をのばした。管理官がうなずくのを待って、書類をとりあげた。

書類には企業名と社員名が手書きで、細かな文字で書き連ねられていた。急いで作成したものらしく、五十音順ではなくばらばらに並んでいる。美由紀が気にしている名前は、ひとつだけだった。市原和幸。涼平の父親だった。

リストの一ページめから注視して名前を探すつもりはなかった。四千人の名簿だ、時間がかかりすぎる。こういう場合、心理学的な応用によってかんたんに見つけられる方法がある。

美由紀はテーブル上のメモ用紙とボールペンをとり、名簿の筆跡をあるていど真似て、市原和幸と横書きした。横書きした理由は、リストの名簿がそうなっていたからだった。そのメモ用紙をじっとみつめる。市原和幸という名前を記憶するのではなく、その文字を画《え》としてただ漠然とながめる。それから目を閉じて深呼吸した。すぐに目を開き、リストをぱらぱらとめくりながら眺めていった。

こうすることで、意識的に探さなくても無意識のうちに名前はみつかる。この反応は選択的注意集中とよばれている。ビートルズの熱心なファンは、意識せずとも新聞をざっと眺めているだけで〝ビートルズ〟の文字に無意識のうちに敏感に反応し、みつけることができる。あれと同じ効果を、この自己暗示的な方法で体現することができる。

リストにすばやく目を走らせていった。十枚をすぎたあたりだろうか。ほどなく、その名はみつかった。市原和幸、城山運送。はっきりとそう書いてあった。

思わずため息が漏れた。やはり、涼平の新しい父親となる人物は施設のなかだ。涼平の悲痛な表情が目にうかぶようだった。美由紀は重苦しい気分になり、リストを押しやった。

蒲生がきいた。「どうかしたのか」

「いえ」美由紀は答えた。「ちょっと知り合いの名前があるかどうか、気になったので」

外山が肩をすくめた。「そのわりには、ざっと眺めただけって感じですな」

朝比奈が美由紀にいった。「選択的注意集中を使ったんですね」

「ええ、そうよ」美由紀はうなずいた。

外山はうんざりしたようにいった。「あなたがたが専門用語を駆使するのは勝手ですがね、ちゃんと捜査に役だってもらわないと困りますな」

蒲生がテーブルを叩いた。「そんな言い方はねえだろう。あんたの部下じゃあるまいし」

「部下ならとっとクビを切ってますよ。嵯峨先生がああなる危険を察知してくれてれば、打つ手もあったかもしれんでしょう。少なくとも、扉に鍵をかけられずには済んだかもしれない。嵯峨先生がカルト教団みたいなことにはならないというから……」

嵯峨が口をさしはさんだ。「それは本当です。あんなことをしでかすなんて、とても予測できなかった。あの時点では、どんな専門家であれ、ああいう判断をしたはずです」

「じゃあ」外山は食ってかかった。「現時点ではどうなんです。セミナー参加者たちの行動について、分析をお願いできますか」

「それは」嵯峨は口をつぐんだ。沈痛な面持ちで視線をテーブルの上に落とした。「わかりません……常識では考えようがない」

外山は大仰にため息をつき、またタバコを口にくわえた。

「まあおちつけ」管理官は外山にそういってから、美由紀のほうを向いた。「岬先生はどう推察されますか」

「カウンセラーとしては、嵯峨君と同意見です。ただし、これは以前の職場で得た知識ですが……」

美由紀はテーブルからリモコンをとり、近くにある十四インチのビデオ一体型テレビに向けた。さっきからくりかえし観ていた今朝のワイドショー中継、奥多摩の現場映像の録画が巻き戻された。

通常の再生に戻した。報道陣に囲まれながら、扉を開けようと懸命になっている外山と牟田の姿がうつっている。銃声がした。カメラがあわてたように左右にブレて、それから建物を見上げた。銃声はなおも断続的につづいた。

一時停止にして、美由紀はいった。「モノラル音声を通じてのことなので、はっきりとはわかりませんが、銃声は自動小銃をセミオートにして発射したもののようにきこえます。イスラエル製ウージーのサブマシンガンが最も近いように思えます。だとすれば、音が軽いので小型のミニ・ウージーかウージー・ピストルでしょう。それも複数の銃声が同時に重なって響いているうえに、音の大小の差があり、ぜんぶで百発前後が発射されていると思われます」

管理官は眉をひそめた。「それは、どういう状況だと思います?」

「ウージーの弾倉《マガジン》はふつう、最高でも三十二連発です。それも、掃射が目的ならフルオート射撃にするはずです。セミオートによる単発で、音が遠かったり近かったりということは、施設内の各部屋で一発ずつ発射された可能性が高いんじゃないでしょうか」

牟田がいった。「たしかに、施設の部屋数はおよそ百室でした」

外山は腕組みをして唸った。「各部屋で一発ずつ発射されただけだとしたら、死人がでたとしても部屋ごとにひとりだけでしょう。あとの連中は、なぜ静かになってるんです？」

美由紀は頬づえをついた。「まるでゲリラの制圧だわ」

管理官がきいた。「というと？」

「各部屋にひとりずつ兵士を送りこんで、威嚇《いかく》発射する。おとなしくしろと脅すわけね。……状況からすると、そうやって人質をとる戦術の展開に思えますけど……」

スーツ姿の若い男が駆け寄ってきた。「管理官。科学捜査研究所からインターネットを通じて映像の伝達が」

管理官は振り返っていった。「そこの、メインモニターにだせるか」

わかりました。若い男はそういって走り去っていった。

管理官が向き直って、テーブルの上で両手をひろげた。「施設の周囲には機動隊員のほか、科捜研の連中にも配置につかせている。彼らは、サーモグラフィーで内部を探知するといっていたが……」

でました、と誰かの声が飛んだ。管理官は壁に目を向けた。

ひときわ大きなモニターに、グラフのような座標が表示された。画面の中央は真っ暗だった。やがて、右端から赤や黄、オレンジ、緑のかたまりが現れた。カメラの役割を果たすサーモトレーサーが右へとパンしているらしかった。

サーモグラフィーは、サーモトレーサーから発した赤外線による熱感応で温度の分布をみることができる装置だった。体表面の温度変化、温度分布を非接触でリアルタイムに精密測定することが可能だ。このシステムのフィールドタイムは六十分の一秒らしい。解像度はたぶん、四十一万画素以上だろう。美由紀はそう思った。おかげで、はっきりと人体のかたちがとらえられている。

室内に暖房施設も照明もないせいで、人々の身体は明瞭にうかびあがっていた。ひとつの集団は四十人から五十人、それが固まって両手を高々とあげ、凍りついたように静止している。それがひと部屋らしい。等間隔に、そんな集団がいくつも連なっていた。倒れている人間は見当たらない。全員が立ったままだ。

蒲生がいった。「なるほど、人質にとられてホールドアップしてるみたいだな」

「いえ」と外山。「ちがいますよ。これはセミナーの第四段階ってやつです。両手をあげて飛び跳ねてた参加者たちが、急に動きをとめる。そのまま十分間、同じ恰好《かっこう》をとりつづけるんです」

蒲生はいらだたしげにいった。「十分間どころか、もう何時間も経ってるんだぞ」

美由紀は画像をみつめていた。全員が両手を真上にかざし、動きをとめている。

銃をかまえているような者はひとりもいない。ゲリラの制圧ではなかった。

だが、銃声の意味はなんだろう。このようなポーズをとることの合図だろうか。発砲から数時間が経過しているため、銃口はもう冷え切ってしまっている。サーモグラフィーでは、銃の所在はわからない。各部屋ひとりずつ、リーダーになる者が銃を持っていたとして、その人間も両手を、つまり銃を天井に向けている。そして全員がそれにならい、同じ体勢をとった、そういうことになる。

暴動も混乱もおきていない。争いも小競り合いもない。ただし、直立不動の人々は全員が生きていて、意識もある。眠っていたり、気を失っていれば、頭部の温度はもっとさがり、赤から黄、青へと変化しているはずだ。

外山がつぶやいた。「やはり、すぐにでも機動隊を踏みこませたほうが……」

管理官が首を振った。「部屋ごとに銃を持った人間がいるんだぞ。手だしはできん」

そうだ。美由紀は思った。警察に侵入させないために各部屋のひとりに銃を持たせ、発砲させたのだ。いざとなったら自殺、あるいは乱射をはかるかもしれない。静観せざるをえない、そう判断させるためだ。

狂ってる、と外山は吐き捨てた。「洗脳はありえないとか、暴徒と化すことはないなんて話をきいてたころがなつかしいですな。結局、理解不能なおかしな集団だったんですよ、連中は」

美由紀は同僚のことがいたたまれなくなって声をかけた。「嵯峨君……」

「……こうなった以上」嵯峨はささやくようにいった。「推論をイチから洗いなおすしかない。なぜこんな集団心理状態が発生したのか、その原因をつきとめなければ」

外山が小馬鹿にしたようにいった。「けっこうですな。先生はあのCDに録音されてた五段階の命令を、好きなだけ分析なさるといい。ああいう動作をくりかえすとなんでみんながイカれてしまうのか、理屈をこねて論文でもお書きになりゃいいでしょう。あいにく、こんな事態になったんじゃ、そういうごたくは無用の長物ってことになる。連中は、おかしなことばかりしてたからおかしな精神状態になった。それだけで充分。そんなことより、どうやって参加者たちを自殺させずに救いだすかを考えなければ……」

嵯峨は怒りをあらわにして立ちあがった。「それを考えるために原因を探ろうとしてるんでしょう。意識の変調を、異常とかおかしいのひとことで切り捨てていたんじゃ、進歩も発展もない。あの参加者のようなひとたちと理解しあえるときは、永遠にやってこない！」

外山は悪びれたようすもなくいった。「私はね、連中と理解しあいたいなんてこれっぽっちも思っちゃいませんよ。機動隊が彼らを救出できたら、どうぞ納得いくまで話し合いでもカウンセリングでもなさってください。このままらちがあかなければ、いずれ強行突入しかないってことになりますよ」

嵯峨は黙りこんだ。崩れ落ちるように椅子に腰をおろした。

朝比奈は瞳をうるませていた。いまにも涙がこぼれ落ちそうだった。

美由紀も、同じく辛さを味わっていた。異常心理がもたらす凶行を予測し、未然に防ぐ。それはカウンセラーこそが力量を発揮せねばならない分野だ。それができなかった。事態は専門家である美由紀や嵯峨たちの理解を超え、知識による解決は不可能に近づいた。あとは、参加者の身内による壁ごしの説得が何日もつづき、それでも反応がなければ、犠牲者を最小限にとどめる突入法が検討されることになるだろう。

知識の敗北。このうえない屈辱だった。だが、美由紀の感じる胸の痛みはそればかりが原因ではなかった。涼平の顔がちらつく。美由紀は、彼の新しい父親が無事に帰ってくると約束した。いや、涼平や静子ばかりではない。四千人の人々の帰りを待っている家族がいる。

管理官は立ちあがった。嵯峨のほうをみて、ため息まじりにいった。「ご苦労さまでした。いままでのご協力に感謝します。あとは、われわれの仕事ですから……」

嵯峨は跳ね起きるように立ちあがった。「そんな……」

だが、蒲生がいさめるようにいった。「嵯峨」

嵯峨は呆然と立ちつくした。がっくりとうなだれた。

美由紀は、嵯峨のもとに近づこうと腰をうかせた。

そのとき、ふいに牟田が声をあげた。「あれ、なんでしょうか？」

牟田はモニターを指差していた。サーモグラフィーの映像は、さっきよりも倍率をあげていた。あいかわらず直立の姿勢で静止している人々の身体が映っている。が、それぞれの部屋の天井と思われる部分に、湖のように緑と青の模様がひろがっている。

管理官がいった。「倍率をさらにあげられないか」

向こうのデスクにいた捜査員のひとりが、受話器に話しかけた。現場にいる科捜研の人間と連絡をとりあっているらしい。ほどなく、画像はズームアップされた。

天井にひろがる帯状の熱分布図。照明はないはずだ、そこに熱反応が生じているのはおかしい。それも、かなり不自然な色合いをしている。

その熱源は天井の板の上に、まんべんなく存在していた。人体の大きさと対比すると、ほぼふとんぐらいの厚みがあることがわかる。

蒲生がつぶやくようにいった。「粘土か、地層みたいにみえるな」

ちがう。

美由紀は凍りついていた。

そんなことがあるだろうか。美由紀は画像を凝視した。見間違いではないのか。いや、このきわだった温度分布の特徴はまちがえようがない。自衛官時代、何度も目にしたことがある。成分の温度差は大きく四層にわかれ、青、緑、黄、青となっている。最も温度の高い黄の層には、さらに小さく赤い斑点《はんてん》のようにみえる部分が等間隔に存在する。イトチリン鉱石だった。外側のヘキソーゲン、トリニトロトルエンの層を仕切っている膜が破れて混合し、さらに空気に触れると、酸化イトチリンが瞬時に熱を帯びて爆発を引き起こす。

美由紀はつぶやく自分の声をきいた。「イトチリン混合C4爆弾……」

蒲生が立ちあがった。「なんだと」

美由紀の声をききつけたのか、捜査本部のなかはざわついた。警視庁の人間なら、この爆薬の名を知らない者はいない。史上最悪の連続爆破テロに用いられた爆発物。日本を震《しん》撼《かん》させた夜叉《やしゃ》のような女テロリストが、好んで使用した強力な殺傷力を持つ爆弾。

立ちつくす美由紀の目の前で、モニターの画像は切り替わった。

捜査本部のすべてのモニターに、おなじ顔が現れた。誰もが知っている人物。いや、美由紀が最もよく知る人物。美由紀の人生を挫《ざ》折《せつ》させ、同時に、いまの美由紀をつくりだした女。

友里佐知子だった。

美由紀が死体をまのあたりにし、火葬で灰と化したはずの女は、モニターのなかで不敵に笑いながらいった。「やっと気づいたの。日本の警察も墜《お》ちたわね。スコットランドヤード以上、FBI未満っていうところね」

集団洗脳

騒然となった捜査本部のなかで、管理官が叫んだ。「どこから映像が?」

捜査員のひとりがいった。「サーモグラフィーの映像を伝達している科捜研の専用線に割りこんだみたいです」

美由紀は言葉を失い、立ちつくした。友里はこうなることを予測し、待っていたのだ。科捜研がサーモによる探知をおこなうこと、イトチリン混合C4に気づくこと。すべてを読んでいて、イトチリンの熱反応にカメラがズームアップするのを待っていたにちがいない。

友里はどこか薄暗い部屋のなかにいた。顔に照明をあてているらしく、背景はほとんどみえない。ミディアムにまとめた髪型はきれいにセットされ、クリスチャン・ディオールのメイクは寸分の狂いもなく、以前のままに友里の端正な顔だちを彩っていた。チャコールグレーのジャケットのなかに薄いピンクのボウタイがついたシャツを着ている。東京晴海医科大付属病院の院長をつとめていたころに好んで身につけていたファッションだった。気が遠くなるほど長い時間が過ぎた、そう思えた。だが、実際には一瞬のことだったかもしれない。美由紀は友里の顔をみつめながら、冷静な思考を呼びさまそうと必死になっていた。

蒲生が周囲にいった。「あわてるな、ずっと以前に録画したものかもしれん」

ふいに、モニターのなかの友里がそれに呼応するようにいった。「この映像は録画だけど、そんなに昔に撮ったってわけじゃないのよ。みて」

友里は手にした週刊誌を顔に近づけてみせた。「飯島直子・TUBE前田亘輝離婚の〝裏事情〟」。つい最近のものだった。

死者がよみがえった。しかし、美由紀はその事実にさほどの驚きを感じてはいなかった。本名不明、身元不明。死体の顔だけで確認された友里の死。検死官が調べた結果、顔には無数の整形手術の痕があった。が、かねてから整形していると噂のあった友里だけに、それが替え玉であると断定できる根拠はなにもなかった。その後、友里生存の痕跡は完全に途絶えていたため、警察は友里を死亡と断定し、捜査を打ちきった。

マスコミは友里が生きているのでは、という記事をこぞって特集し、日本各地での友里の目撃情報を紹介しつづけた。だが、それらはエルビス・プレスリーが生きていると報道するアメリカのタブロイド紙の記事と、質的にはなんら変わることがなかった。黄色い服を着て交差点の真ん中に立っていたとか、クロレッツのCMにでている女優に似ているとか、冗談としか思えない情報ばかりが取り沙汰された。それは事件が風化し、人々にとって過去のものになりつつあることを意味していた。

しかし、いま戦慄《せんりつ》はふたたび身近なものとなった。美由紀はあのメフィスト・コンサルティングの地獄の罠《わな》をかいくぐり、生き延びた。友里もまた、その脅威を乗り越えていた。両者はふたたびあいまみえることになったのだ。

モニターのなかの友里は週刊誌を放りだすと、微笑をうかべた。「状況は呑みこめているわね？　悪人であると知らなければ魅力的と思えなくもない笑顔だった。そう、デーヴァ瞑想チームをつくったのはわたしよ。断っておくけど、脳の切除手術なんかやっていないわよ。サーモグラフィーの熱分布をみればわかるはずね？」

管理官が、たずねるような顔で美由紀をふりかえった。美由紀はうなずいてみせた。脳の機能が低下していれば、熱分布図で頭部は青くなっているはずだった。さっきみとめられた人々の脳は、すべて正常に機能していた。

友里はつづけた。「わたしの長年の研究の成果により、セミナーの参加者全員に完璧な洗脳を施したわ。彼らはいま、身動きひとつしていない。そんな自分に、なんの疑いも持たない。もちろん、死をも恐れない。各部屋にはそれぞれひとりずつ、銃を持っている人間が交じっているの。そのひとが天井を撃ったら終わり。どの部屋であっても、たちまち建物じゅうの爆薬が誘爆することになる。建物も参加者たちも、跡形も残らないでしょうね。だからおかしな真似はしないほうがいいわよ。扉を破ろうなんて決して思わないこと。

洗脳されている彼らが集団自殺をためらうと思ったら大間違いよ」

洗脳。友里はいやにその言葉を強調する。まるで美由紀たちがくりかえし主張してきた理論を根底から覆そうとしているかのようだ。

だが、美由紀の認識がまちがっているはずはなかった。洗脳などありえない。そもそも、美由紀の知識は友里佐知子から受け継いだものなのだ。

友里の顔から笑みが消えた。かつて千里眼と呼ばれていた鋭い目つきがじっとこちらを見据えていた。脳の奥まで見透かすような視線。美由紀はひさしぶりにその感覚を味わった。

「では」と友里はいった。「要求をつたえます。きょう午後七時、成田空港にジャンボジェット機を一機用意してもらいます。整備、点検、燃料補充などは済ませておくこと。機長と副機長、それにナビゲーターをひとりずつ搭乗させ、滑走路をあけて待機させておきなさい。荷台にはなにも積まず、ビジネスクラスのシートにアメリカの古い紙幣で一千万ドルを、五つのジェラルミンケースに小分けして固定しておいてください。乗客はわたしひとり。もちろんファーストクラスに乗ります。行き先は離陸してから機長に直接指示します」

国外逃亡をはかるつもりだ。美由紀は息を呑んだ。それも、ジャンボジェット機を丸ごとチャーターする気でいる。あまりにも大胆な要求だった。

友里は軽く咳ばらいをし、ふたたび顔をあげた。「いちおう念を押させてもらうわね。洗脳された参加者たちは、いつどのような暴挙にでないとも限らない。わたしがなんらかの方法で指示したら自殺をはかるのかもしれないし、逆に指示がなければそうするのかもしれない。天井を撃って一気に自爆する可能性もあれば、誰かを撃ったり、殺し合いをはじめる可能性もあるわ。対抗手段を講じることは忘れることね。考えるだけ無駄よ。わたしが無事に成田に着き、なんの妨害もなく目的地まで飛ぶことができなければ、いくらでも予測不能の事態が起こりうるわ。四千人は全員、わたしの支配下にある。そのことを、肝に命じておくことね」

友里がまた微笑をうかべた。その直後、映像は消えた。またサーモグラフィーの画像に戻った。

一瞬ののち、捜査本部はパニック状態と化した。捜査員たちは冷静さを失ったように、口々になにかを怒鳴りあい、室内を走りまわった。電話の受話器に飛びつく者もいれば、部屋から走りでる者もいる。誰もがあわてふためき、我を忘れているようにみえた。

喧騒のなかで、美由紀はまだ立ちつくしていた。とても信じられなかった。呆然と嵯峨に目をやった。嵯峨も言葉を失っているようすだった。

蒲生が立ちあがり、管理官にきいた。「どうします?」

管理官は険しい顔で答えた。「いちおう施設への強行突入準備は進めるが、瞬時に大規模な爆発が起こりうる以上、手はだせんだろう。……上とかけあって判断をあおぐ」

蒲生は不満をあらわにした。「要求を呑むつもりですか。友里が成田に現れたところを捕まえて、吐かせれば……」

管理官は怒鳴った。「あの女に手はだせん！　四千人が人質になっているんだぞ。それも、得体のしれない方法で操られているんだ、とるべき方法はない」

美由紀はあわてていった。「まってください。デーヴァ瞑想チームのセミナーによって、四千人全員が操られることなど絶対にありません」

管理官の目は冷ややかだった。「あなたはそういいますが、友里佐知子は参加者を洗脳したと、はっきり口にしたじゃないですか。そして施設で起きている事態。これをどう説明するんです」

嵯峨が身を乗りだし、早口にいった。「友里に従っているのは部屋ごとにひとりだけ、銃を手にした男だけかもしれません。その人物が室内のほかの人々を脅し、逆らえば天井を撃って爆発させると……」

外山がうんざりしたようにいった。「この四千人の参加者リストに、前科者やあやしい者はいっさい見当たらないんですよ。百の部屋があるとして、それぞれにひとりずつ、合わせて百人もの人間が自決覚悟でひとを脅してるっていうんですか。そのひとたちは、それこそ洗脳されてるってことじゃないですか。それに、たとえ銃に脅されてたとしても相手はひとりなんですよ。四、五十人もいる部屋の連中が黙って従ってるはずがない。飛びかかってイチかバチかの賭けにでる部屋が、ひとつやふたつあってもおかしくないと思いますがね」

嵯峨は激しく首を振った。「とにかく、ありえないんです。科学的にみて不可能なんです。専門家の僕たちがいってるんです、信じてください」

管理官は頭をかき、冷たい表情でかえした。「ご意見は拝聴しました」

だめだ。美由紀はそう思った。警察関係者は、すっかり友里の言葉を信じている。いや、信じるほかないのだ。それは同時に、洗脳を否定してきた嵯峨や朝比奈、そして美由紀たちへの信用が失墜したことを意味していた。カウンセラーたちは役に立たない。そんな空気が辺りに充満しきっていた。

異常心理というものを、ただわけのわからない精神状態だと考えている人々には、こんな状況は起こりえないのだという確固たる事実が理解できない。集団洗脳も、それによる集団自殺もありうる、異常者に関してはどんなことでもおこりうる、そんなふうに思ってしまっている。友里は専門家でさえ原理も対抗手段も見いだせない奇跡をやってのけた。友里の洗脳は脳手術によるトリックにすぎなかったという、過去の認識を完全に払拭し、以前と同じカリスマ性を身につけた。世間のあらゆる脳外科医や心理学者が太刀打ちできないほどの知識と技術を有し、いかなる不可能も可能にしてしまうという、友里佐知子の脅威を蘇《よみがえ》らせてしまった。

誰も聞く耳を持たない。美由紀は孤立してしまったことを肌身に感じた。

朝比奈は涙を流していた。震える声で訴えた。「そんなこと、ありえません。なにか仕掛けがあるんです。CDに、普通ではきこえないような周波数の声が録音されてたのかもしれない。施設のなかに電磁波だとか、思考を狂わせるものがあったのかもしれない。シンナーだとか、吸引したら脳に影響がでるような気体が充満していたかもしれない……」

外山は席を立った。「それなら、何時間も一緒にいた私たちもおかしくなってるはずですがね。じゃ、これで」

管理官は、外山が立ち去るのをみて捜査員たちのほうへ戻っていった。牟田は、当惑顔で身を硬くしていた。

朝比奈は泣きながらたたずんでいたが、やがて嵯峨に向き直り、ヒステリックにまくしたてた。「絶対にCDに細工があったんです。そうにきまってます。サブリミナル録音、きっとそうです。最近の学界じゃ否定されてましたけど、やり方によっては成立するのかも……」

「よせ」嵯峨は静かにいった。「朝比奈。わすれたのか、そんな憶測じみた仮説は心理学の分野では厳禁だ。聴覚が認識できない周波数の声なんかが、潜在意識に働きかけられるわけがない。その種のサブリミナルなんて、ありえないいんだよ」

「じゃあ」朝比奈は大声をあげた。「どうしたらいいんですか。わたしたちにはなにもできない。でも四千人ものひとが危険にさらされてるんですよ」

徹夜のせいもあって興奮しているのだろう、美由紀はそう思い、朝比奈に歩み寄った。手を握り、そっと語りかけた。「あわてないで。おちつくのよ。カウンセラーのわたしたちが動揺してどうするの」

「岬先生」朝比奈は顔を真っ赤にし、大粒の涙をこぼしながらいった。「いったいどうしたら……」

「それを考えるのよ。それがわたしたちの仕事でしょう。たとえ警察が味方になってくれなくても、わたしたちでできることをやるべきだわ」

「おっと」蒲生が近づいてきていった。「まさか俺を忘れちゃいないだろうな。サツってだけでひとくくりにされちゃ困るぜ」

美由紀は笑った。「ありがとう、蒲生さん」

友里とて魔女ではない。不可能が可能になるはずがない。そう、自分たちも友里と同じ大地に立ち、同じ物理の法則のなかを生きている。対抗策を発見できないわけがない。美由紀はそう信じた。問題は、それにかかる時間だけだった。

美由紀は壁の時計に目をやった。午前十時三十六分。友里が成田を飛び立つ時刻まで、あと八時間と二十四分。それが、最終ラウンドの残り時間だった。

施設

涼平は学生服を着て、JR田町駅のホームに立っていた。朝のラッシュもほぼ終わりを告げたころ、それでもまだ山手線のホームは通勤客で混雑していた。その騒がしさも、きょうばかりは心地よく感じられた。

徹夜明け、きょうも遅刻だった。いつものことだ。頭のなかに靄《もや》がかかったような感覚は消えないし、疲労感もある。それでも気分は爽快といえた。きょうは授業中に居眠りすることもないかもしれない。学習内容についていけるかどうかはわからないが、いつもよりはましだろう。そう実感していた。

いままではいつも、胸のなかでなにかがくすぶりつづけていた。釈然としないものを感じ、ふいに焦燥感に襲われたりしていた。いまはちがう。空気がこんなに透き通って感じられるのは、幼児のころ以来かもしれない。おおげさでなくそう思う、そんな自分がいた。

売店で『少年マガジン』を買い、ホームの雑踏のなかを歩いた。列をなしているサラリーマンたちの最後尾に立ち、雑誌を開いた。

巻頭グラビアに女性アイドルタレントの写真がちりばめられていた。以前なら、ときに無心にみつめることもあったそのページに、涼平はまったく興味をそそられなかった。満面の笑みをうかべるアイドルの顔に、岬美由紀がだぶってみえてくる。

まるで似ていないアイドルをみていても、美由紀の姿が思いうかぶ。かなり重症だな、我ながらそう思った。こんな気持ちはかつてなかった。自分と、家族に対する不安が薄らぎつつあるときに、別の種類の感情に心を乱されつつある、そんなふうにも思える。

美由紀はいつまで、自分をかまってくれるだろう。そんな思いが、ふと頭をかすめる。

きょう涼平の母は、学校にでかけようとする涼平に耳慣れないひとことを告げた。いってらっしゃい。小さな声で口ごもりながらそういった。

予期せぬ変化、それが涼平の家庭に訪れた。強風がぱたりと途絶えたような、そんな静けさを感じていた。

うちに完全な平和が訪れたら、美由紀は涼平から離れていってしまうかもしれない。それなら、いつまでも母と不和のままのほうがいいだろうか。いや、そんなことは考えたくもない。由宇也のためにも、平穏な家庭が一日も早く実現してほしい、自分はそう思っていたはずだ。

涼平は、ぼんやりと将来のことを考えた。家庭の事情を考えたら、進学はむりだろう。母のスナックを手伝っても、たいした稼ぎにはならないにちがいない。どこかに就職して働き、家族をささえなければならない。収入か。涼平は考えた。どれくらい稼げば、家庭にゆとりが生まれ、なおかつ岬美由紀と対等になれるのだろう。年齢は十一歳も離れている。それでも自分が高校を卒業し社会人になれば、あるていど釣り合いはとれるかもしれない。

彼女を誘い、デートをするためには、クルマが必要になるだろうか。どういうところにいって、なにを話せばいいのか見当もつかない。ファミリーレストランよりも高級な料理店は一軒もしらない。そもそも、そんな店はどうやっていくのだろう。予約制とか、会員制になっているのだろうか。美由紀はあるていど高級な店も知っているだろう、それを上回る、美由紀が感激するような店に連れていくことは可能だろうか。もしそんな店があったとして、一食いくらぐらいかかるだろう。いままでの貯金をすべておろし、一点豪華主義に徹してみれば、実現できるものなのだろうか。

けたたましい警笛の音とともに、山手線の電車がホームに滑りこんできた。涼平は我にかえった。ため息が漏れた。自分の妄想癖はあいかわらずだった。アクセルレーターズのヒロユキの代わりに、岬美由紀がその対象になったようなものだった。

しかし……。

牛の歩みのようにゆっくりと前進する列にしたがいながら、涼平は思った。ヒロユキのような芸能人の場合、夢想のなかではどうとでも都合よく解釈できた。ヒロユキが自分の前に現れて親しくなってくれる、そのことになんの疑念も違和感も持たずにすんだ。だが美由紀は違う。彼女とは知り合いになっている。彼女がどんな顔をし、どんな言動をとるのか、だいたい予測がつく。そこが夢物語にすぎなかった以前の妄想との決定的な違いだった。どうやったら彼女の気に入る自分になれるかを、真剣に検討しつづけていた。

そして、それより明白な違いがヒロユキと美由紀のあいだにはある。ヒロユキは男、美由紀は女だ。その違いはあまりにも大きかった。

自分は岬美由紀の恋人になれるだろうか。そんな自問自答が浮かぶと、すぐさま嫌気がさした。その考えを頭から追いはらった。まだ妄想の域をでていない。美由紀の気持ちは、これから何度もつきあっていくうえであきらかになることだ。

ただ少なくとも、可能性はゼロではないだろう。いや、そう信じたい。涼平はそう思った。

電車のなかに群衆が流れこんでいく。涼平もそれにつづいた。ドアの近くまでいくと、あとから押し寄せてきた通勤客たちによって一気に車内に押しこまれた。涼平のすぐ目の前に、長い髪の女性がいた。身体がぴたりと接している。以前なら妙な胸さわぎや緊張感を覚えたりしていた。だが、いまはそれはなかった。岬美由紀とは違う。女性だというだけでは、自分の興味は喚起されない。

混雑のなかでなんとか両手をひきあげ、『少年マガジン』を開いた。『GTO』の第二部は、前ほど面白くない。ほかに自分の気にいった連載漫画をさがしたが、載っていなかった。最後のページをみると、目次の横に休載の知らせが載っていた。作者の体調不良により、今週はお休みさせていただきます。そうあった。なぜこの雑誌の漫画家はしょっちゅう体調を崩すのだろう。『サンデー』や『ジャンプ』ではめったに聞かない話なのに。

そんなことを思いながら、雑誌を閉じて顔をあげた。車内のドア上部にとりつけられた液晶テレビモニターを見やった。ふいに、涼平ははっとして目を凝らした。

モニターには文字放送が流れていた。本日のニュース。〝デーヴァ瞑想チーム〟施設籠《ろう》城《じょう》事件。昨日のVE15輸送機の騒動に関わりがあるとみなされる、主宰者不明の自己啓発セミナー〝デーヴァ瞑想チーム〟の施設とみられる建造物で発砲があり……。

涼平は、さっき店のカウンターで美由紀がネット検索していたキーワードを思いだしていた。涼平の新しい父が勤める城山運送、その社名に〝デーヴァ瞑想チーム〟という言葉を追加して調べていた。該当したホームページには、たしかドライバーを研修のため派遣する、とあったはず……。

文字放送のニュースがスクロールされていく。その一部に目がとまった。奥多摩、白後《しらご》湖《こ》付近にあるこの施設は……。

涼平は『少年マガジン』が手からこぼれ落ちたのを感じた。しかし、拾う気はなかった。まだ電車は発車していなかった。ドアからはみだした通勤客たちが、車内に身をねじこもうと懸命になっていた。涼平は群衆をかきわけ、ドアに戻ろうとした。

「すみません、通してください」涼平はいった。むりにドアに向かおうとしたため、周囲から抗議の声が浴びせかけられた。しかし、いまはかまっていられない。

必死でホームに躍りでた。涼平は焦っていた。自分はなにをするべきだろう。いま電車から降りたのは正しかったのか？　ひょっとしたら、奥多摩にいくためにはこのまま山手線に乗ったほうが早いかもしれない。いや、新宿まで出て中央線で下るべきだろう、それなら山手線でも逆方向だ。ひとつだけたしかなことがある。自分は学校に向かう気はない。デーヴァ瞑想チームの施設に向かうのだ。

とにかく、じっとしてはいられない。涼平は駆けだした。混雑するホームのなかを、通勤客の間を縫うように走った。

本拠

前方に検問がみえてきた。助手席に座った美由紀は、蒲生がゆっくりとブレーキを踏んだのを視界の隅にとらえた。

ジャガーは静かに停車した。奥多摩の山道、休日なら行楽地に向かうクルマで混み合う。いまは辺りはひっそりとしていた。この検問にもパトカーが二台と、警官が数人配置されているだけだ。二キロほど手前に、通行止めの看板がでていた。事件を野次馬見物したがる人間がいても、門前払いを食わされるとわかって早々にひきかえしたのだろう。美由紀はそう思った。

蒲生は窓をあけ、警官に身分証明書を提示している。警官は敬礼を返し、前方に走り去っていった。ほかの警官と共同でバリケードをわきに運ぶと、ふたたびかしこまって敬礼した。

ジャガーはまた走りだした。蛇行する山道には先行する車両もなければ対向車もいなかった。正午すぎ、春の日差しはやわらかかった。辺りの静けさとあいまって、森林が妙に美しかった。危機が間近に迫っているとき、自然はやけにその優雅さを増してみえる。いつもそうだと美由紀は思った。東京湾観音があった大坪山、南アフリカのジフタニア、中国雲南省の昆明《クンミン》。危険が大きければ大きいほど、美は深みを帯びる。せつなさと恐ろしさ、虚無と緊張をもたらしながら。

捜査本部のモニターにうつった友里佐知子の映像を観た直後は、彼女の生存にはそれほどの衝撃を感じなかった。気が張り詰めていたからかもしれない。だがこうして、奇妙なほどの静寂に包まれた穏やかな春の日のドライブを体験していると、心はそれに反比例して不安が渦巻いていく。

友里佐知子は美由紀にとってあまりにも強大な敵だった。美由紀の思考パターンも技術も、すべて知り尽くしている。そればかりか、とっさの判断においてはふたりとも同一の選択をとることが多い、そんなふうに美由紀は感じていた。カウンセラーとしての美由紀は、知識と技術面においては完全に友里の教えを受け継いでいるからだ。友里は唯一の師だった。心理学では太刀打ちできない。それ以外に美由紀に残されているものといえば、自衛官時代につちかった幾《いく》ばくかの知識と経験しかなかった。しかし、友里佐知子もその実体は凶悪なテロリストだったのだ、爆薬や兵器類、電子機器について豊富な知識を持っている。互角か。いや、あきらかに友里のほうがリードしている。友里は善悪いずれの顔も十年以上のキャリアを誇っている。美由紀はまだひよっこ同然だ。

事実、以前に友里の企てを阻止できたのは、蒲生の助力といくつもの偶然によってでしかない。独力で友里と向かいあった場合、まず勝ち目はない。それでもデーヴァ瞑想チームの友里と直接対峙《たいじ》することにはならないかもしれない。間接的な対決だといえる。友里は〝洗脳〟現象を解き明かさねばならないという事実は、きっと、美由紀が乗りだしてくるのを予測しているにちがいない。裏をかこうと画策しているはずだ。タイムリミットはあと七時間。いったい、どういう手段をとればいいのだろう。

「美由紀」蒲生がステアリングを切りながらたずねてきた。「嵯峨たちはだいじょうぶかな？　あの朝比奈って子も、かなり動揺してたみたいだが」

話しかけられて、ほっとする自分がいた。そんなふうに思いながら、美由紀はかえした。「ええ、嵯峨君の頭の回転の速さは、蒲生さんも知ってるでしょう？　朝比奈さんも催眠療法II科ではいちばん優秀な研究者です。きっとなにか、ヒントを思いつくにちがいありません」

「だといいがな」

嵯峨は朝比奈を連れて東京カウンセリングセンターに戻るといっていた。〝洗脳〟についての過去の事例を、もういちど復習し検討してみるつもりだという。こんな状況だ、ぎりぎりまであきらめずにいてほしい。美由紀はそう願った。

緩やかな昇り坂の向こうに、ふいに停車車両がみえた。自家用車のようだった。一台だけではない、道の左に寄せた縦列駐車のクルマがずっと連なっている。車内に人影はなかった。

蒲生がつぶやいた。「野次馬が入ってこれる道があったのか？」

「いえ」美由紀はいった。「たぶんセミナー参加者の身内のものでしょう。現場に近づいた、そういうことね」

ほどなく、前方にパトカーと警官の群れが現れた。右手は川原のように開けていて、雑草の生い茂る緩やかな下り坂になっている。鉄製の盾と防具で身を固めた機動隊員が、坂を駆け下りていく。あきらかに民間人と思われる婦人や、子供の姿もある。

蒲生はクルマを左に寄せるスペースを探しているらしく、速度を緩めていた。だが、やがてあきらめたようにその場でクルマを停車させ、ハンドブレーキをひいた。「かまやしねえ。対向車はこねえんだ」

美由紀はクルマの外にでた。風はやや強かった。木々が大きくしなっていた。雑草は腰ほどの高さまで茂っている。スニーカーを履いてきたのは正解だったが、ジーンズのスカートではなくジーパンにしてくるべきだったかもしれない。ひどく歩きにくかった。

雑草に分け入って坂をくだった。谷間の平原に、けさのワイドショー中継でみたとおりの六角形の白い建物がみえる。あれがデーヴァ瞑想チームの施設だ。テレビでみるより、ずっと大きい。建物の周囲には警官隊、機動隊員のほかに、大勢の報道陣が詰め掛けている。だが、さらにその外側をぐるりと囲むように、おびただしい数の民間人の姿がある。報道をみて、あるいは勤め先の企業の連絡を受けてやってきた身内にちがいなかった。平原を埋め尽くすほどの人数だが、これでもごく一部だろう。セミナー参加者は四千人。関東だけでなく全国のあらゆる地方の人間も含まれている。これから夜にかけて、どっと押し寄せるにちがいない。

そう思ったとき、美由紀は寒気をおぼえた。雑草のなかを前進しながらいった。「まずいわね」

蒲生がすぐ背後でいった。「なにがだ」

「みんなをもっと下がらせないと。あれだけの量の爆薬が爆発したら、周囲にもかなりの被害が及ぶはずです。空気が乾燥しているから、山火事が起きる可能性もあるし」

「よし、責任者にそう伝えてくる」蒲生は美由紀を追い越し、草のなかを駆け降りていった。

頭上に爆音が響いた。美由紀は顔をあげた。警察のヘリが旋回している。自衛隊のヘリは見当たらなかった。救難部隊を派遣すべきかどうか、まだ判断が下らないのだろう。特異な状況だ、がんじがらめの自衛隊法に縛《しば》られていてはどうすることもできない。美由紀も以前、その苦痛を存分に味わわされた。

雑草のなかを歩きつづけた。ようやく下り坂は終わりを告げ、平らな地面に着いた。まだ建物までにはかなりの距離がある。しかし、人垣はもう目の前に迫っていた。いやに静かだった。民間人たちは祈るように身をこわばらせて建物を見つめ、機動隊員は整然と列をなしている。

すぐ近くで、蒲生が私服刑事らしきふたりの男と立ち話をしていた。さっきのことを伝えているのだろう。刑事は浮かない顔をしていた。

やがて、刑事のひとりがこちらに目を向けた。その男が大声でたずねてきた。「岬美由紀さん?」

美由紀は一瞬、身体を凍りつかせた。蒲生も、まずいという表情をした。

民間人の人垣のうち、最も近くにいた初老の男性がふりかえった。つづいて隣りの婦人が声をあげた。岬美由紀さんだって。その声は周囲に連鎖していき、辺りはにわかにざわついた。民間人たちは、ぞろぞろと美由紀のほうに向かってきた。小さな子供の手をひいたり、抱っこしている主婦の姿もみえる。互いに手をとりあい、おぼつかない足どりでやってくる老夫婦もいる。

たちまち美由紀はセミナー参加者の家族に取り囲まれた。誰もが悲痛な表情をうかべていた。主婦が涙ぐみながら、美由紀に詰め寄るようにいった。「友里佐知子は、死んだんじゃなかったんですか」

美由紀は言葉を失った。友里の犯行声明は、まだ一般には報じられていないはずだ。言葉に詰まりながらたずねた。「どうして、それを……？」

　そのとき、建物のほうからくぐもった音声が響いてきた。女の声のようだった。音声は周囲に反響し、やまびこのように重なっているせいでよくききとれない。耳をすました。すぐにそれが、友里佐知子の声だとわかった。

　いちおう念を押させてもらうわね。洗脳された参加者たちは、いつどのような暴挙にでないとも限らない。わたしがなんらかの方法で指示したら自殺をはかるのかもしれないし、逆に指示がなければそうするのかもしれない。天井を撃って一気に自爆する可能性もあれば、誰かを撃ったり、殺し合いをはじめる可能性もあるわ……。

　警視庁に送られた映像の音声とおなじものだった。美由紀は背伸びをして、建物のほうをみた。建物の上部には、メガホン状の拡声スピーカーがあった。

　主婦が泣き声まじりにいった。「さっきからあの声が流れてるんですよ！　どうすればいいんですか」

　老婦が身を乗りだしてきた。「お巡りさんにきいても、まだ調査中だからわからないとか、そればっかりで……」

　その夫らしき老人が声高にいった。「うちの息子があのなかにおる。すぐにも、助けてやらなきゃいかん」

　皆が口々に悲痛な叫びをあげた。なんとかしてください。頼りになるのは、岬さんだけなんです。どうかお助けください。すぐにでも、なにか手を打ってください。

人々の表情は、大規模な災害の被災者以上に切実なものだった。無理もなかった。たんなる人質ではない、友里佐知子に〝洗脳〟された、その衝撃は想像を絶するものにちがいない。血のつながりのある者の生命だけでなく、精神状態までも気にかけねばならない。のみならず、世間の冷たい視線にさらされることも覚悟せねばならないのだ。

群衆はしだいに興奮をつのらせていった。大声で泣いたり、怒ったようにまくしたてる人々が続出した。主婦や老婦は美由紀にすがりつき、身体を揺さぶって訴えてきた。誰もが自制心を失ったようすで、美由紀の真向かいに立って苦しみをぶつけようと躍起になりだした。美由紀を振り向かせようと肩につかみかかる手が無数に伸び、視界には大勢の人々の顔が飛びこんできた。押し潰されそうなくらいの勢いだった。へたをすると将棋倒しにもなりかねない。美由紀は危機を感じながらも、困惑を深めていた。なにもいえずにいた。

この人々は自分を頼りにしている。唯一の希望だと信じこんでいる。友里佐知子の存在があきらかになったいま、対抗できるのは美由紀ひとりだけだと思っている。美由紀は、友里が起こした恒星天球教事件を解決した人間として知られている。美由紀の名前をききつけた人々の反応は、このようになっても仕方ないのかもしれない。だが、それは美由紀の本意ではなかった。

ひとは誰でも、困難を克服するために努力せねばならない。弱者を救うためには命を投げ出す覚悟で向かわねばならない。美由紀はそう思っていた。だがそれは自分ひとりについてではなく、誰もがそうあってほしいと願っていた。たしかに、自分は知識や体力においてほかの人々より勝っているところがあるかもしれない。そのぶんだけ、より多くの困難に身を投じねばならない責任はあるだろう。しかし、美由紀は救世主になりたいわけではなかった。そのように崇《あが》められるのは心外だった。自分だけではない、誰もがそういう機会に直面したら、勇気ある決断をせねばならない。強制されずとも、自発的にそうせねばならない。そのために、日々努力を惜しまず学ばねばならない。

ところが、いまの状況はどうだろう。これでは、わたしは友里佐知子が思い描いた理想像そのものだ。美由紀はそう感じた。人々は無条件に依存心をあらわにして接近してくる。この状況に立ち向かっているという意味では誰もが対等なはずだ。それなのに、自分だけが特別視されている。

自分は人々とともにある、そう思いたかった。しかし人々の反応に出合った瞬間、美由紀は孤独を感じた。自分はひとりなのだろうか。そう痛感した。

通せ、と蒲生の声がした。「どいてくれ。さあ。道をあけろ」

蒲生が人垣をかきわけて近づいてきた。その後ろに、ふたりの刑事がつづいてきた。

刑事のひとりが、硬い表情でいった。「岬さん。ご高名はかねがねうかがっておりますが、ここはどうか、おひきとりを」

美由紀は頭を殴られたような衝撃を受けた。「なぜ……？」

刑事はため息をついた。「この状況をみればわかるでしょう。あなたがいると混乱が増すばかりです。群衆には、建物から距離をおかせます。以後は、われわれにまかせてください」

胸の詰まる思いで、美由紀は蒲生をみた。蒲生は黙って、美由紀をみかえすばかりだった。

ここにいても、自分は役には立てない。その事実が心に突き刺さった。胸の痛みを感じながら、美由紀は建物に背を向けた。通してください、そういった。

すぐ近くの主婦がいった。「どこにいくんです。まさか見捨てるってわけじゃ……」

美由紀は微笑をうかべようと努力した。顔がこわばっているのを感じながら、その主婦に話しかけた。「いいえ。だいじょうぶです。この場を離れても、わたしはみなさんのために協力をつづけます。みなさんも、辛いでしょうが警察の指示に従って冷静に行動してください。それが事態解決のための、ご自身に課せられた責務だと思ってください。……ほかのひとたちにも、そう伝えてください」

主婦は涙をためた目でじっと美由紀をみつめていた。

辛かった。美由紀は視線をそらし、人垣の隙間を抜けて立ち去っていった。

岬さん。岬先生。人々が呼ぶ声がきこえる。だが、美由紀は足をとめなかった。人垣を抜けると、草むらのなかを駆けだした。

本当は、ひとりずつ全員に話しかけたい。それがむしろカウンセラーとしての本分かもしれない。しかし、それはできなかった。ひとりのカウンセラーとして受けいれられない以上、誰とも対等に話し合うことはできない。理想とはかけ離れている自分をさとった。それが悔しく、悲しかった。

なにもできず、逃げるように立ち去る美由紀の前に、ふいにひとりの中年の女性が現れた。痩《や》せ細った、普段着姿の女性だった。手にはなぜか、グレーのセーターを持っている。蒲生が、その女性も排除しようとした。「どいてくれ」

「まって」美由紀はとっさにいった。

中年の女性は、ふしぎな目つきをしていた。美由紀にはそう思えた。こちらをみているようで、焦点が合っていないようにもみえる。表情はただすましているようにも、なにかをいいたげなようにも、どちらにもとれる。

美由紀はきいた。「なにか?」

女性は、黙ってセーターを美由紀に差しだした。

美由紀はそれを受け取った。どこにでもある羊毛のセーターだった。「これは?」

すると、女性は身震いしながらいった。「主人の、形見です。どうかお納めください」

「形見って……」

「わたしの主人は」女性の目に、急に涙がふくれあがった。「あの女に殺されました。友里佐知子に。生ける屍《しかばね》のようにされて、教団の幹部にされたあげく、頭を砕かれて……」

恒星天球教事件の被害者の遺族のひとりか。美由紀はそう思った。情緒不安定になっているようだ。

女性は叫んだ。「仇《かたき》を！　どうか仇をとってください！　今度こそ、あの友里佐知子を殺して！」

蒲生がため息をつきながらいった。「まあまあ、奥さん。そのう、お気持ちは察しますが、過去の事件で同様の被害に遭われた遺族の方々は大勢おられます……。いまはまた新しい事件なんだし……」

「主人の無念を！　どうか！　六歳になる子供もいます！　今年小学校にあがったばかりの男の子で、名前は……」

また周囲に人々が集まりだした。女性に賛同するように拍手する人間もいる。その向こうに、また小言を口にしたそうな顔の刑事が姿をみせていた。

美由紀は穏やかな口調を心がけ、女性をなだめた。「わかりました、どうか安心してください。これ、どうもありがとう。でも、やはりあなたが持っておられたほうがいいと思うんです。ご主人も、そう望まれているはずですよ」

女性は美由紀が差しだしたセーターを手にとり、つぶやいた。そうですか。

美由紀はいった。「元気をだしてください。必要とあらば、東京カウンセリングセンターが力になります。……それでは、また」

女性はセーターを胸に抱き、震えていた。足もとに目を落とし、無言のまま震えつづけた。

カウンセラーとしての職務をまっとうできないのは、やはり辛かった。はやく事態を解決せねば。人々のもとに戻らねば。そう感じた。決意とともに歩きだした。

まだ友里の声が周囲に響き渡っている。美由紀の背に、あざ笑うような声が追いすがる。対抗手段を講じることは忘れることね。考えるだけ無駄よ……。

失格

東京カウンセリングセンターの四階にある資料室で、嵯峨敏也はデスクに山積みになった資料をながめていた。文献を読むでもなく、CD-ROMをセットするでもない。ただ漠然と、それらに目を落としていた。

友里佐知子が主張したような意味での〝洗脳〟は不可能だ、そういう嵯峨の申し立ては、外山に拒絶されてしまった。現実的な分析は、もはや警察の関心の対象ではなくなっているようにも思える。異常で、理解不能な集団。警察はセミナー参加者をそのようにしかみなしていない。

これでは人質は救われない。友里がどうやって〝洗脳〟を達成したようにみせかけているか、それをあきらかにせねばならない。だが、どうやって。

「嵯峨さん」朝比奈の声がした。「嵯峨さん。きいてますか」

顔をあげた。向かい合わせのデスクの向こう、朝比奈が困惑のいろを浮かべていた。

「何？」と嵯峨はきいた。

「何じゃないですよ」朝比奈はじれったそうにいった。「資料に手もつけずに、なにか考えでも浮かんだんですか」

考えか。嵯峨はため息まじりにいった。「いや。でも、どんな資料を読んだところで同じさ。過去に起きたカルト教団の〝洗脳〟事件とはちがう。人民寺院、ハレー・クリシュナ、愛の家族、サイエントロジー教会、太陽寺院、ラジニーシ瞑想センター、統一教会、それにブランチ・ダビディアン。いずれとも状況がちがいすぎる。四千人全員が操られるなんて、まるで魔法だよ」

「そんなことといって。魔法にはからくりがあるというのがうちの理念じゃないですか」

「だから、それを考えているんだよ。LSDなど薬物投与とも思えない、恒星天球教のような脳切除手術でもない、ESB脳電気刺激ではひとを操るのは不可能だし、脳になにかを埋めこむインプラントなんて方法は非現実的だ。電磁波の影響でもない、サブリミナルでもない、まして催眠でもない。まるっきりわからない」

そのとき、廊下にあわただしい足音がきこえた。扉が開いた。

倉石勝正が険しい顔で入室してきた。嵯峨に目をとめると、いっそう眉間に皺を寄せて歩みよってきた。「ここにいたのか」

「はい」嵯峨は力なく答えた。「なんとかデーヴァ瞑想チームの〝洗脳〟の謎を解きたくて」

倉石は硬い表情のままいった。「警察の外山さんからきいた。きみらにはもう、頼みたいことはなにもないそうだ。すぐに通常の業務に復帰しろ」

「そんな」朝比奈が抗議した。「勝手すぎますよ、警察のひとたちは。社会心理学に関してなにも知らないせいで、この事態の違和感に気づいていないんです。これは〝洗脳〟などではなくて、なんらかの……」

倉石は朝比奈をさえぎった。「捜査本部で声高にまくしたてたそうだな、朝比奈。カウンセラーがヒステリーを起こしたのでお帰りねがった。外山さんはそんなふうにいってた」

朝比奈は口をつぐんだ。ぼそりとつぶやいた。「ひどいわ」

「とにかく」倉石は眉間を指先でかいた。「状況がここまで事件色を帯びてきた以上、われわれの出る幕ではない。われわれは司法関係者じゃないんだ。ここを訪ねてくる相談者のために働くべきだと、岡江所長もおっしゃってる」

「でも」嵯峨はいった。「このままほうっておくわけにはいきません。多くの人命がかかっているんです。たとえ意見の行き違いで外山刑事の気分を害したとしても、僕らの義務は失われていないと思います」

「嵯峨」倉石はいいにくそうに咳ばらいをした。「岡江所長や私が憂慮しているのは、きみのことだ」

「僕？」

「ああ。友里佐知子がこの事件の実行犯である以上、きみにとっては辛い記憶を呼び覚ますだけのものでしかない」

嵯峨は黙りこんだ。

倉石の指摘はあまりにも的確だった。核心を突いていた。嵯峨はみずから、その問題に直面することを避けてきた。しかし、はっきりと口にだされてしまったのでは、もう目をそむけることはできない。

恒星天球教事件のころ、嵯峨は友里佐知子に拉致《らち》されてしまった。捕らわれていたのは数週間か、数か月か。いまとなってはさだかではない。そこから逃げだしたのちも、公安調査庁から教団幹部の疑いがあるとされ厳しい追及を受けた。孤立の恐怖と不安。嵯峨の精神状態は悪化し、一時は冷静な判断がほとんど不可能になっていた。そこから立ち直ったのは、岬美由紀と、ほかならぬ倉石の尽力のおかげだった。長期にわたる心理療法と、リハビリによってようやく職務復帰できるまでに回復した。

友里佐知子という名をきくだけでも、あのときの恐怖がよみがえる気がする。事実、さきほど警察で友里の顔をモニターでみたとき、あやうく自我が崩壊しそうにさえなった。岬美由紀ほどではないが、嵯峨も女医だったころの友里に尊敬を寄せていた。その友里の裏切りと、あまりにも容赦《ようしゃ》のない仕打ち。嵯峨は極度の人間不信におちいった。そしてそれは、いまでも尾をひいているような気がする。

倉石は嵯峨をみて穏やかにいった。「わかったか。まあ、きみには与えられた仕事がある。朝比奈にもだ。それらをこなすことが社会貢献となる。大きな事件に首をつっこむとが、いつでも立派なことだとはかぎらない」

嵯峨はうなずいた。同意したのか、上司には逆らうべきではないという意識が働いたのか、自分でもよくわからなかった。

だが、倉石は嵯峨のその反応にとりあえず納得したようすだった。踵をかえし、資料室をでていった。

嵯峨と朝比奈に沈黙が降りてきた。しばらくは、ふたりとも言葉を交わさなかった。だしぬけに、朝比奈がささやくようにいった。「ごめんなさい」

嵯峨は妙に思って朝比奈をみた。「なんで謝るの？」

「わたし、そこまで気がまわらなかった。嵯峨さんが友里にどんな目に遭わされたか……。だれでも知ってる事件なのに……」

「いいんだよ」嵯峨は静かにいった。「僕も過去のことだと思うようにしていた。思いだすのを避けてきたんだ。だから口にださなかった」

友里が関わっていることがわかった瞬間から、デーヴァ瞑想チームの一件は嵯峨にとって苦痛になっていた。それは否定できない。しかし、朝比奈に気づかいを求めるなど、もってのほかだと思っていた。そんなものは甘えでしかない。事実、どんなに辛くても、四千人の命がかかっているという現状を無視することなどできない。嵯峨はそう思っていた。

朝比奈はうつむいた。デスクの上の資料に顔をうずめるようにして、うずくまった。震える声でいった。「わたし、やっぱりカウンセラーに向いていないのかな……」

「なぜそんなことをいうの？　きみはよくやってるじゃないか」

「だって」朝比奈は顔をあげなかった。「相談者どころか、目の前にいるひとの気持ちも察することができないなんて……」

嵯峨はため息をついた。朝比奈はこのところ自信を失いがちになることが多かった。この職場にはエリート意識が強い職員が多い。完全主義が当たり前のごとくはびこっている。そのため、ちょっとした失敗のせいで自責の念に駆られてしまう傾向もある。嵯峨もかつてはそうだった。

立ちあがり、デスクを迂回して朝比奈に近づいた。嵯峨はデスクにもたれかかってつぶやいた。「きみのいうとおりだな」

朝比奈が顔をあげた。嵯峨の返答に驚いた顔をしていた。潤んだ瞳でじっと見つめてきた。

嵯峨は笑いかけていった。「目の前にいるひとの気持ちを察することができなかった。僕もそうさ。きみがそんなに思い悩んでるなんて。……そろってカウンセラー失格かな」

朝比奈は呆然と嵯峨をみていたが、やがて微笑んだ。「そんな。そんなことないですよ。

嵯峨さんは……」

「いや。無能さ。自分自身のトラウマのせいで動揺しているんだから」

嵯峨さん。朝比奈はささやいた。それ以上、なにも言葉にできないようすだった。

しかし、嵯峨は失意から別の希望を感じとっていた。あるいはそれが、全貌《ぜんぼう》を解き明かす鍵になるかもしれない。いや、そうなりうる。

とはいえ、自分はその苦痛に耐えきれるだろうか。耐えねばならない。苦痛がともなう段階に踏みこまねば、真実はみえてこない。

「朝比奈」嵯峨はいった。「僕はあきらめるつもりはないんだ。だからきみにも協力してほしい。……無理にとはいわないが」

朝比奈は黙って嵯峨を見つめていた。その瞳に光が宿った、嵯峨にはそうみえた。

「じゃあ」朝比奈はいった。「なにか手立てがみつかったんですか」

ああ、と嵯峨はうなずいた。「でもそのためには、例のところに行かなきゃ。二度と近寄りたくもなかった、あの場所に」

地下

美由紀は高台に立ち、眼下にひろがる草原を見下ろしていた。この絶壁の縁からはるか下の谷間に、デーヴァ瞑想チームの施設がみえている。ほぼ真上に近く、屋根はほとんど正六角形をなしているようにみえた。

建物から離れたところに、蟻《あり》のようなひとの群れがある。警察は美由紀の訴えを聞きいれ、群衆をさがらせたようだ。充分に安全な距離とはいいがたいが、家族の心情や機動隊員の役割を考えればしかたがないのかもしれない。前例のない状況だけに、警察もあらゆる判断の基準がなく手探り状態にならざるをえないのだろう。

下にいたときにはみえなかったが、谷間からいくつか小さな山を越えた向こう側に大きな湖がみえる。白後湖だった。太陽の光をうけて、水面はきらきらと輝いている。付近に民家はない。つらなる山々と湖、自然だけが辺りを包んでいた。

ひとけはなく、ひっそりとした山の頂上付近だった。群衆のざわめきも、ここまでは届かない。ときおり、飛び交うヘリの爆音がきこえる以外には、枝葉が風にふかれて奏でるかすかな音がきこえるだけだった。

気のせいか、日差しがやや傾きかけているように感じた。腕時計に目をやった。午後一時三十七分。あと五時間二十三分。

友里はこの計画に絶対の自信を抱いているにちがいない。そうでなければ、これほどの時間の余裕をあたえるとは思えない。これはまさに友里からの挑戦状だった。友里はそのために、あえて心理学的に不可解な謎をつくりだしている。その謎も、昨今ではとても本気にされない超常現象めいたものではなく、〝洗脳〟という微妙なニュアンスを武器にしている。そのせいで警察も世間も謎に翻弄《ほんろう》され、現状を事実としてとらえている。

だが、と美由紀は思った。それが事実であることはありえない。かならずどこかにからくりがある。

クルマの音がきこえた。美由紀は振りかえった。細い山道をジャガーがゆっくりと昇ってくる。蒲生が戻ってきた。美由紀はクルマに向かって歩きだした。

停車したジャガーから降り立った蒲生は、書類の束を振りかざしていった。「やったぜ。捜査員からガメてきた」

美由紀はやや不安になった。「本当に、そんなことしてよかったんですか」

「いいって。俺だって捜査一課の人間だぜ。身分証明書みせて捜査資料をわけてくれと頼む、そこにゃなんの問題もないだろう。まあ、現場捜査を命じられた立場じゃないってことは口にしなかったけどな」

美由紀は笑った。「いつものことですね」

「そう。いつものことさ」蒲生は折りたたまれた書類をひろげながらいった。「きいた話だと、あの六角形の建物はバブル期に新型の写真感光材料工場として建設着工されたらしい。機械を使わず手作業で最終工程をしあげることで、高品質の感光材料をつくる予定だったとか。建物のなかが教室みたいに小分けされてたのもそのせいだな。それぞれの部屋に作業台を並べて、大勢の工員に作業させるつもりだったんだろう」

美由紀はうなずいた。「写真感光材料の製造のためには、大量の良質の水ときれいな空気が不可欠ですからね。交通には多少不便でも、白後湖と森林を有するこの辺りは理想的でしょう」

「ところがバブルもはじけて親会社が倒産。建物だけはほぼ完成していたが、専用道路や駐車場もつくられることなく、そのまま放置された。五年前になって、不動産業者に建物ごと土地を買い取りたいと連絡が入り、商談が成立して売り払った。買い手は宝石ブローカーを名乗る女だったというが、まあ友里佐知子とみてまちがいないだろう」

五年前といえば、まだ友里が恒星天球教を組織していたころだった。彼女がそのころから〝デーヴァ瞑想チーム〟の計画を立てていたとは思えない。その時点では別目的で購入したのだろう。美由紀はそう思った。

蒲生がひろげた書類の大きさは新聞紙ほどもあった。蒲生はそれをジャガーのボンネットの上においた。建物の建設用図面のコピーだった。

五階建てで、同じ広さの部屋が廊下沿いにずっと連なっている。図面にはエレベーターも描かれているが、電気が通っていない以上、これは稼動していないにちがいない。ただ、屋上にあった拡声スピーカーが生きているということは、少なくともそのていどの電源を得る仕組みを友里が追加したのだろう。階段は二箇所。屋上には出られない。

美由紀は侵入経路を考えていた。鉄製の扉はともかく、窓については隙だらけのように思える。ダンボールやカーテンでなかが見えないようにしてあるとはいえ、それを破るのは簡単だ。音をたてずに廊下に侵入できれば、気づかれずに部屋の扉にまで近づけるかもしれない。

蒲生が図面の上に、大判プリントの写真を数枚ならべた。「こいつはなんだ?」

モノクロ写真だった。ひとの姿はうつっていない。扉や窓枠のようなものに、碁盤の目状に細い線が重なって写っている。一見して、いま思いついたばかりの侵入方法が不可能だとさとった。

美由紀は落胆とともにつぶやいた。「X線写真ですね。扉と、窓の向こう側を透視撮影したものです」

「縦横に走ってる、電線のようなものはなんだ」

「たぶん侵入を防ぐためのワイヤーです。むきだしの銀線で、わずかに触れるだけでも感知されてしまいます。ふつうなら警報につながっていると考えるべきですが、友里のことですから爆薬の起爆装置に直結させているでしょう。科捜研もこれをみて、強行突入は不可能と判断したんでしょう」

そうか、と蒲生はため息をついた。「あいかわらず、用心深いこった」

だが、美由紀は妙な感触を覚えていた。もしセミナー参加者が〝洗脳〟されていて、各部屋にひとりずつ配置されている銃を手にした男が、外部からの侵入の気配を察知したらすぐに天井に向けて発砲、建物ごと爆破するというのなら、こんな仕掛けは必要ないはずだ。たとえどこかの部屋で銃を持った男が取り押さえられてしまったとしても、その音を聞きつけてほかの部屋の同様の立場にある男が天井に発砲すればいい。警察側が百人を超える人間をひそかに廊下に侵入させ、すべての部屋にいっせいに突入して銃を奪うという作戦に対抗する手段、そう考えられなくもないが、それならせいぜいモーションセンサーで侵入者を感知するていどにしておけばいい。

美由紀はいった。「もしセミナー参加者全員が、友里のいったとおり集団自殺も辞さない心境になっているとしたら、こんなトラップは必要ないはずです」

「じゃあなんのために?」

「建物のなかを覗かせないため、と考えるのが自然でしょう。逆にいえば、覗かれては困るんですね」

蒲生は腕組みをして、ボンネットに腰掛けた。「ますます、わけがわからんね」

「不自然なのは、それだけじゃありません。建物を爆発させて参加者たちを死に追いやるのなら、あれほど多くのイトチリン混合C４を仕掛ける必要はありません。部屋の天井に仕込むとしても、厚さ一センチもあれば充分です。それがどの部屋の天井にも、マットレスほども厚みがある爆薬を仕込んでいる。これほどの爆薬があれば、建物の崩壊どころかすべて跡形もなく粉々に吹き飛んでしまうでしょう。なぜ、そこまでの破壊力を必要とするのか」

「以前に恒星天球教の幹部だった連中は、手術痕《あと》を残さないために爆死などを選んでいたが……」

「ええ。しかし今回は、サーモグラフィーの熱分布で脳切除手術はおこなわれていないとわかっている。理由はほかにあるんです」

蒲生は唸った。頭をかきむしりながらいった。「とにかく、そんなに建物のなかを覗かれたくないといわれると、覗きたくなるのが人情ってもんだ」

「そうですね。このワイヤーのトラップに直結している起爆装置を解除できれば可能なんですが……」

「その起爆装置は、どこにあると思う？」

「通常、仕掛けた爆薬よりも下に位置する場所に設置します。酸化イトチリンは空気より軽いので、爆風は上に向かいます。だから、爆破が完了するまで起爆装置が壊れないようにするには、下にしなければなりません。一階の床下あたりかもしれませんが、侵入は不可能ですしね……」

蒲生はふと、なにかを思いついたような顔をした。まてよ、さっきの。そういいながら手もとの書類の束を繰った。

やがて、その手がとまった。「これだ。だが、関係ないかもしれんな。みてみろ」

蒲生がしめしたのは、六角形の建物を中心とした周辺の地図だった。白後湖から建物へ、二本の点線がV字状に引かれている。それぞれの点線に〝地下取水管〟〝地下排水管〟と記されていた。点線はさらに、建物を囲むように正方形を描いていた。その隅には〝工場用地下貯水庫〟とある。平成七年五月着工、平成八年六月完成予定。手書きでそうあった。

美由紀は鼓動が高まるのを覚えた。「じゃあ……」

蒲生はうなずいた。「ああ、建物の下に広いがらんどうの部屋がある。写真感光材料の製造のために、湖の水を蓄えておくための貯水庫になる予定だった。ただな、そこはもともと人が入れる場所として造られていないから、建物の一階と行き来できる階段やはしごはないらしいんだ。水を一階に汲みあげるためのパイプがあるだけで、その直径もわずかに三センチていどだとかいってた」

「でも、それだけの太さがあれば、トラップから起爆装置への配線を通すには充分です」

ありうる。美由紀はそう確信した。この地下室なら、イトチリン混合Ｃ４の爆発の初期におこる激しい上昇気流に起爆装置がさらされずに済む。地上階に仕掛けられたすべての爆薬が爆発したあと、下方への衝撃波で地階の天井が崩れ落ちることになり、全体の破壊が完了する。ビル解体工事用の爆破と同じだった。この地階の部屋から一階への侵入は不可能でも、そこに起爆装置が設置されている可能性はきわめて高い。

「だが」と蒲生はいった。「出入り口はどこにもない」

「この取水管と排水管というのがあるじゃないですか。ここから入れば……」

「本気か？　湖のほとりまでいって、一キロ近い長さの管のなかを這ってくるつもりか。いくらなんでも、こんなところを通って出入りはできんだろう」

「いいえ」美由紀はきっぱりといった。「そこが盲点なんです。捜査員たちも、この地下貯水庫は調べてはいないでしょう。わたしたちで調べるべきです」

蒲生は押し黙って美由紀を見つめていた。が、やがて口をひらいた。「いいだしたらきかない女だな、きみは」

「そうですね」美由紀は困惑しながらいった。「でも……」

「わかった」蒲生はボンネットから跳ね起きるように立ちあがった。「正気の沙汰とは思えねえが、その管の入り口にいってみるか」

美由紀は思わず笑った。図面や地図を抱えると、助手席側に走った。

クルマに乗りこむ寸前、腕時計に目を走らせた。あと五時間十一分。最後まであきらめてはいけない、美由紀は自分にそういいきかせた。自分は救世主ではない、ひとりの人間だ。だから奇跡は信じない。運命は自分の手でつくっていくのだ。

誘導

　東京晴海医科大付属病院の内部は、以前に嵯峨が訪れたときとなにも変わっていなかった。むろん、広々としたロビーには診療を待つ人々の姿もなく、待合室のソファも、受付のカウンターに並んでいた備品もない。テレビモニターやデジタル表示の案内板も姿を消している。しかし、ホテルを思わせるような重厚な柱、思わず頭上を見上げてしまう吹き抜けの天井、あざやかな光が差しこむ天窓。すべて当時のままだった。

「嵯峨さん」背後で朝比奈がとまどいがちにいった。「勝手に入って、だいじょうぶなんですか」

「いいって。ここはもうすぐ売却されてショッピングセンターになるらしい。テナントを募集している不動産業者がしょっちゅう出入りしてるそうだ。エントランスが開いていたのは、そのせいだよ」

「無断立ち入り禁止の看板も立ってましたけど」

「そうか？　気づかなかったな」嵯峨はあっさりといって振りかえった。

　朝比奈は出張カウンセリング用の黒カバンをさげて、困惑した顔でロビーを見まわしていた。もっとも、彼女にとっては不法侵入以外には気が咎《とが》める要因はないだろう。嵯峨はそう思った。朝比奈は、この病院をいちども訪れたことがないのだから。

嵯峨はもういちどロビーを眺めまわした。思ったよりも落ちついた自分がいる。そうさとった。当時のことを思いだしたくなくて、都心を移動するときもこの建物の周辺だけは避けてきた。その中核となる場所に舞い戻った。それでも動揺しなかった。いや、たんに恐怖心が生じないよう、事件を思い起こすことを無意識的に規制しているだけかもしれなかった。

いまのうちはそれでいい。すぐに、恐怖と向き合わねばならなくなる。

いこう、そういって嵯峨は歩きだした。ロビーの螺旋《らせん》階段は東京カウンセリングセンターにあるものに近かったが、手すりの装飾が過剰に思える。こんなに繊細な彫刻を施していたのでは、精神病患者が幻視を抱いて不安に陥る可能性がある。むろん、ここはまともな病院ではなかったのだが。

階段を昇りきったとき、嵯峨は思いだした。友里佐知子は、ここで嵯峨を出迎えた。白衣を着てにっこりと笑った。院長の友里です、そういって頭をさげた。

思いだしても、さほど実感は湧かなかった。恐怖心も生じなかった。理性で記憶を呼び覚まそうとしたときは、そんなものでしかない。事実を事実として想起する。それ以外には、なんの感情も喚起されない。

こちらへ、そういって友里は嵯峨を案内したはずだった。二階の通路を進んでいった。すぐに左手のドアに入った、そう記憶している。ふたつめのドア。

嵯峨はそのドアの把っ手を握った。鍵はあいていた。

なかは、がらんとした八畳ほどの部屋だった。白い天井、白い壁、白い板張りの床。それらはすべて当時のままだった。ブラインドが取り払われたせいで明るく感じる。壁ぎわにあったベッドも、中央に向かい合わせに置かれていた診療用の椅子も、薬品棚もなくなっている。それでも、この部屋にまちがいない。

「ここだ」嵯峨は部屋にたたずんでつぶやいた。「ここからすべてが始まった。僕はここで友里佐知子とふたりきりになった」

家具がなにもないせいで、声が反響する。自分の言葉が心の奥底まで響いてくるようだった。

嵯峨は床に腰を降ろした。上着を脱ぎ、ネクタイを緩めた。

朝比奈は嵯峨を見下ろして、怪訝そうにたずねた。「いったい、なにをするつもりなんですか」

「きみに催眠誘導してもらうのさ。退行暗示を与えてもらう」

「まさか」朝比奈はかがみこんで、目を大きく見開いた。「当時の記憶を想起するんですか?」

「そうだよ。人間の物忘れというものは、記憶そのものが消失するんじゃなくて、その記憶を呼びだす手がかりを失ってしまうことで起きる。物忘れのおかげで、辛い出来事の記憶から解放され、人間性を保てるというメリットもある。でも、ふとしたことで幼いころの取るに足らない出来事を思いだすことがあるように、人間の脳のなかにはこれまで見聞きした膨大なイメージが記憶されている。催眠誘導で当時のままの記憶を呼びさませば、手がかりが……」

「嵯峨さん」朝比奈がさえぎった。「無茶いわないでください。あなたは倉石部長に保護されたとき、とてもひどい状態にあったんですよ。前後不覚、記憶喪失、妄想、幻覚。あらゆる異常心理の症状にさいなまれていた。拉致された恐怖によってそうなったんです。リハビリでしだいにその恐怖をやわらげ、回復したからこそ、嵯峨さんは現場に復帰できたんですよ。それなのに……」

「時間とともに事件の記憶が薄らいで立ち直ったのは事実だが、それは僕ひとりが助かるためのものでしかなかった。でもいまは、四千人の命がかかっている」

朝比奈は信じられないというように首を振った。「でも、なぜです。拉致された当時のことを思いだして、いったいなにがわかるんですか」

「おぼろげな記憶なんだが、僕は友里にさらわれたあと、どこかに連れていかれたような気がする。友里は僕に脳手術をせずになんとか〝洗脳〟する方法をみつけようとしていたから、手術の設備があるところではなかったと思う。ふつうの民家……だったような記憶がかすかにあるんだ。和室だ。和室の畳の上に寝かされていた。そこで繰り返し催眠誘導を受けた。催眠というより、精神を極度に不安定にさせる拷問に近かったが……」

「それが、友里の隠れ家かもしれないわけ？」

「いや。隠れ家というより、ずっとプライベートな空間だったような気がする。ごくありきたりの、古びた民家だったように思うから。友里佐知子は本名も住所もわからない、経歴不明の人物だろう？　ひょっとしたら、あれは彼女の正真正銘の実家だったかもしれない」

朝比奈は黙りこんだ。ためらいがちにうつむいた。

嵯峨は朝比奈の肩に手をかけた。「朝比奈、たのむ。友里佐知子はジャンボジェット機を要求して、堂々と成田に現れると予告してる。それだけセミナー参加者に施した〝洗脳〟が絶対的なものだと自信を持っている、警察はそうみているだろう。でも、僕はそうは思わない。もし人質がずっと動かなかったとしても、しびれをきらした機動隊が突入を試みて建物が爆発してしまうこともありうるだろう？　彼女が成田で飛行機に乗りこむさいにそんなことが起きたら、彼女はその場で取り押さえられてしまう。だから彼女は成田には現れない。これは捜査を攪乱《かくらん》すると同時に、人質の〝洗脳〟が絶対に解けないという印象を捜査陣に植えつけるための暗示だよ。彼女は別ルートで逃げる。でも手がかりはない。〝洗脳〟現象も謎が解けない……。残るアプローチの手段はただひとつ、友里佐知子のプライバシーに迫ることだけなんだ」

「でも……」朝比奈は言葉に詰まりながら、悲痛な表情でいった。「わたしは、嵯峨さんにそんなことはできない……。わたしだけじゃない、カウンセラーならみんなそう。治療によって忘れさせた苦痛の記憶を呼び戻すなんて」

「きみに誘導してほしいんだ。僕ひとりじゃできない。自己催眠では、こんな場合は限界がある。自制心が働いて、催眠状態が一定以上には深まらないだろう。誰かに誘導してもらわねばならない。それは、信頼してるきみ以外にいないんだ」

朝比奈は打ちのめされたように下を向いた。肩がかすかに震えている。

だが、朝比奈にもわかっているはずだと嵯峨は思った。いまなにがたいせつかを。戦後最大の犯罪者に四千人の命がもてあそばれている、この現状でなにをすべきかを。

朝比奈はため息をついた。おもむろにカバンに手を伸ばすと、なかからファイルをとりだした。「催眠誘導用の椅子がほしいところだけど……」

嵯峨は思わず笑った。「心配ないさ。床に寝るよ。楽な姿勢であれば、なんでもいいだろ」

仰向けになった。後頭部と背中に床の冷たさを感じる。天井は薄汚れていた。埋めこみ式の照明の電球ははずされていた。いま気づいた。

朝比奈の顔がのぞきこんだ。「やるときめたからには、しっかりやらせてもらいます」

嵯峨はふっと笑い、目を閉じた。「そう願うよ。さあ、始めてくれ」


涼平が〝白後湖前〟のバス停に降り立ったとき、辺りは無数の人々でごったがえしていた。人里離れた山中とは思えないほどの人出、それが山道を埋め尽くしている。バス停の看板はその人波のなかに隠れ、どこが山道でどこがたんなる道端の空き地にすぎないのか、区別がつかなくなるほどの混雑ぶりだった。

涼平は自分の背の低さに腹を立てていた。こういう群衆のなかではなにもみえなくなる。数メートル先がどうなっているか、それさえもわからない。頼りになるのは聴覚だけだ。遠くから呼びかける男の声がする。このさき、現場へはいけません。おひきとりください。群衆は数歩前に進んだが、そこから一歩も動かなくなった。立ち往生している。涼平は焦った。こんなところで足止めをくわされている暇はない。

人垣をかきわけ、涼平は進みはじめた。無理に人々のあいだに身をねじこんで突き進んだ。痛《いて》えな、なにすんだ。バカ。罵声があちこちから飛ぶ。かまうものか、と涼平は思った。自分はたんなる野次馬ではない、身内の危機を感じて駆けつけた人間なのだ。

ＪＲの奥多摩駅でバスに乗車したときには、車内はさほど混んではいなかった。バスが山のなかに入っていくにつれて、ひとけはさらに感じられなくなった。ところが途中でいきなり大勢の人々が乗りこんできてバスは満員となり、さらにこのバス停に至ったとき、おびただしい数の群衆をまのあたりにした。

数奇な事件を聞きつけて、見物しに訪れた連中にちがいなかった。バスのなかでもビデオカメラを準備したり、談笑したりする人間が目についた。涼平は腹立たしく思った。だが、仕方のないことなのかもしれない。参加者の身内たちは、ほとんどが別ルートで現場に向かっているのだろう。彼らには警察から連絡が入っているにちがいない。涼平のところには連絡はなかった。当該の人物が、まだ正式に父親になったわけではないからだ。

それでも、涼平は彼を実の父親と同様に考えていた。やさしく、母親に対しても率直な愛情を抱いているようにみえる。涼平や由宇也も可愛がってくれていた。稼ぎはさほどなく、頼りがいがあるとまではいかないが、あのひとは自分の家にとってなくてはならない存在だ、涼平はそう感じていた。

岬美由紀の尽力で、ようやく平穏さを取り戻しつつある家庭。もう失望はしたくはなかった。幸せは自分の手でつかむ。そのためには努力を惜しまない。だからこそ自分は、ここにきたのだ。

「おい」前方から現れた機動隊員が、涼平をにらみつけた。「ここから先へは行けん。ひきかえせ」

ふいに涼平は、自分が群衆の先頭に躍りでたことを知った。目の前にはロープが張られていた。左も右も、人々は機動隊によって押しとどめられている。前方には緩やかな昇り坂がつづいているが、民間人の姿はなく、ただパトカーだけが連なっていた。

涼平は機動隊員に怒鳴りかえした。「父が、施設のなかにいるんです」

機動隊員は怪訝そうな顔で涼平をみつめた。「通行証は?」

「ありません」

「身内なら持ってるはずだろ」機動隊員はそういって、表情を硬くした。「さあ、さがれ」

「まってくれ」涼平は手を伸ばし、機動隊員の腕をつかんだ。「母はもう向こうにいる。通行証は母が持ってるんです。でも駅ではぐれてしまって、僕だけバスで……」

機動隊員は険しい顔でじっと涼平をみかえした。

だめか。涼平は一瞬そう思った。自分は嘘をついている、その罪悪の念が自信を失わせる。

いままでも、涼平は学校をさぼったり母の仕事の手伝いから逃れるために嘘をついたことがあった。学校には家の手伝いが忙しいといい、母には学校の宿題があると告げた。そういう場でつく嘘にはなんの迷いもためらいもなかった。友達のいない、母ともつっきのうまで仲が悪かった涼平にとって、嘘は日常の会話のなかに溶け込んでいた。

しかし、いっさい嘘をつくことができない相手、岬美由紀と出会って、涼平は自分の内面が変わっていくのを感じた。美由紀には素直に悩みを打ち明けるしかなかった。そうするほかはない、だがやがて、そうすることが他人と心を通わせる最良の道だとさとった。涼平は、口先だけの虚勢や嘘を無価値と感じるようになった。なにごとにも本音でぶつからねばならない、そう思った。

そのぶんだけ、自分は弱くなったような気がする。いや、それが本来の自分なのだ。涼平はそう感じた。

「お願いです」涼平は機動隊員にいった。「じつをいうと父とは血のつながりがないので警察からの連絡を受けてません。通行証ってのも、もらってません。でも父は城山運送って会社のドライバーで、いまはあの施設にいると思います。どうかお願いします、通してください」

すなおになれば気持ちが通じるなんて考えは馬鹿げている。涼平はこれまで、そのように嘲笑する側だった。しかしいまはちがう。自分の公正さをもって、天の恵みにあやかりたいという卑しい考えに根ざしたものではない。たんに自分の気持ちをそのまま表したいというだけだった。

機動隊員は固く口もとを結んでいたが、やがてうなずきながらいった。「よし、入れ」

引き上げられたロープを、涼平は呆然と見つめていた。早くしろ、そう急かされて、あわててロープをくぐった。

「ありがとう」涼平は機動隊員にいった。

「現場は一キロ以上も先だ。気をつけてな」機動隊員は涼平をちらとみて、また群衆に向き直った。

涼平はパトカーの隙間を抜けて昇り坂を歩きだした。自然に歩が早まる。気がついたときには、走っていた。

意外だった。機動隊員が自分を受け入れてくれるとは思わなかった。学生服を着た若者、それゆえに無害だと思ったのかもしれない。しかし、涼平にとってこの反応は大きかった。虚勢を張るわけでもなく、嘘をつくわけでもない。それでも、相手に気持ちは通じた。それも警官に。こんなことは、かつて経験したことがなかった。

自分にとっての世の中は、確実に変わり始めている。涼平は山道を駆けながらそう思った。

排水管

美由紀は白後湖の湖畔を歩いていた。左手は森、右手はなだらかな傾斜の果てに湖がひろがっていた。風が強く、海岸の波打ち際のように足もとまで湖水が寄せてきては、またひいていく。水は透き通っていた。湖水の下から現れた地肌には、丸みをおびた自然石が宝石のように埋めこまれ、そこかしこで光沢を放っている。辺りにはだれもいない。民家も、貸しボート屋も、売店もない。人里離れたうら寂しい景色。だが美しかった。ここが東京近郊であることを忘れそうになる、そんな澄みきった空気が辺りを包んでいた。

「美由紀」蒲生が木立ちのなかから呼びかけてきた。「あったぞ。ここだ」

胸が高鳴った。美由紀は駆けだした。建物の真下に位置する地下貯水庫、そこにつながる唯一の道。正解であってほしい。いや、間違いであるはずがない。ほかに可能性は考えられない。

ところが、蒲生の近くに駆け寄ったとき、美由紀は希望の灯が薄らいでいくのを感じた。

木々の根元近く、降り積もった古い枯葉のなかに埋もれるようにして、排水管は口をあけていた。直径はわずかに四十センチていどだろうか。セメント製の管は傾斜した地面からわずかに突きだし、その先端は欠けてぼろぼろになっていた。管の口は蜘蛛《くも》の巣でふさがれている。いちどでも排水があったのなら傾斜した地面の上に、湖に向かって溝ができるはずだが、そのようなものは見当たらなかった。工事の途中で放置されたままの遺物。それ以外のなにものでもなかった。

蒲生は身をかがめ、管のなかを覗きこんだ。すぐに顔をあげ、あきらめの表情で首を振った。「一キロ先の建物の下まで、このなかを這っていくやつがいるとは、とうてい思えないな」

美由紀は失望のなかに、懸命に希望の光を見いだそうとしていた。ほかに地下貯水庫への入り口があるのだろうか。いや、工場の性質上、マンホールなどは設けられないはずだ。この排水管のほかに取水管があるはずだが、それは湖の底に位置しているはずだし、建設途中で投げ出された以上、開閉可能なハッチの取り付けはおこなわれていないにちがいない。取水管の先は、水が入らないように密閉されたままだろう。

困惑とともに腕時計をみた。午後二時半をまわった。残り時間は四時間三十分をきっている。

蒲生は立ちあがっていった。「どっちにしろ、こんな狭い管は通れんよ」

かがみこんで、管に顔を近づけた。蜘蛛の巣の向こうは、おそらく風のせいで吹きこんだ枯葉で満たされていた。ひどく汚かった。それでも、と思った。蒲生はむりだろうが、自分の身体なら入れなくもない。

美由紀は自分の服装のことを考えた。ブルゾンにタンクトップ、ジーンズスカートにスニーカー。靴だけはともかく、服のほうはとても排水管のなかを這いまわるのに適しているとはいいがたかった。だが、着替えに帰っているひまなどない。

「やはり」美由紀は蒲生に告げた。「いきます」

蒲生は顔をしかめた。「ばかいえ。そんなに地下貯水庫が気になるのなら、こんな遠くから入る必要はねえんだ。排水管が通っている途中の地面を掘り起こして、管を壊して侵入すれば……」

「だめです。手荒な方法にはかならず対抗策がとられていると考えるべきです。ゆっくり忍びいって、ようすをうかがうしかありません」

美由紀は議論する気はなかった。自分できめたことだ。ポケットからペンライトをとりだした。催眠誘導の凝視法に使うために、持ち歩いているものだった。上着を脱いだ。タンクトップにスカート。むきだしの肩が気になるが、身体を細くするという意味ではさいわいだった。

蜘蛛の巣を手で払って取り除いた。ペンライトを灯し、口にくわえた。管のなかをのぞきこむ。内部がぼうっと照らしだされた。小さな虫がうごめいて、枯葉の下に身を隠したのがみてとれた。

一瞬は怖《お》じ気《け》づいた。だが、もう迷わなかった。美由紀は管に頭をいれようとした。

蒲生がいった。「やばいと思ったら、すぐに引き返せよ」

説得は無理だと思ったのだろう。美由紀は笑ってみせた。

息を吸いこみ、管のなかに両手をいれ、つづいて頭をつっこんだ。悪臭があった、なんの臭いかはさだかではなかった。かまわず、身体をねじいれた。ぎりぎりで、なんとかおさまった。いや、少しばかりきつい。前進するにはかなりの力が必要だった。足まで管に入った。膝にざらついたセメントの肌触りを感じる。

進むしかない。美由紀は匍匐《ほふく》前進の要領で身体を進めた。腰はほとんど動かせない。腕を先行させ、肘を曲げる力で身体をひっぱるしかない。自分の呼吸音が、いやに耳障りに聞こえる。管のなかで反響しているのだ。ひとつの呼吸、一回の前進。そのペースで進んでいった。

背後を振り返ろうにも、身体を浮き上がらせることはできなかった。距離感が正確につかめていない。携帯電話のナビゲーションシステムで位置測定ができればいいのだが、おそらく地中の排水管のなかまでは電波が届かないだろう。

顔になにかが這っているのを感じる。払いのけようと思ったが、そんな暇があれば前進したい、そういう心境だった。辛抱強く這っていった。じれったさが全身を支配していく。汗が額から流れ落ち、目に入って痛みをもたらす。それでもとまる気はなかった。四千人の命がかかっている。弱音を吐くには、まだ早すぎる。

さらに前進をつづけた。ふいに、なにかが顔にぶつかってきた。金切り声が耳をつんざいた。美由紀はびくっとして身体をこわばらせた。

ネズミが奥へと逃げ去っていくのがみえた。

美由紀はため息をつき、額の汗をぬぐった。いまの自分は無防備でしかなかった。ネズミが顔にぶつかっても、なにもできなかった。ネズミが目の前にいても気づかなかった。

芽生えた恐怖を全身から振りほどくように、美由紀はふたたび前に進みだした。戻ることはできない。希望を信じて、進みつづけるしかないのだ。

過去

朝比奈はクリップボードの用紙の上にペンを走らせていた。がらんとした室内、床に寝た男性を相手にカウンセリングをする。奇妙な経験だった。それも、相手の精神衛生のためにおこなわれるものではない。こんなことははじめてだった。

嵯峨が仰向けに寝て目を閉じてから、かなりの時間が過ぎた。まだ催眠誘導のプロセスには入っていなかった。とはいえ実際には、この段階も催眠誘導のうちだともいえる。リラクゼーションを深め、本能的な信頼関係を結ぶために静かに対話をくりかえす。同時に、催眠状態に入る素質や傾向を質問によって浮き彫りにしていく。

朝比奈は質問を読みあげていた。「次。テレビやラジオから流れてくる音に動揺した経験がありますか」

「いいえ」嵯峨は目を閉じたまま、つぶやくように答えた。

朝比奈はペンでチェックした。「次。電話の音にびくっとした経験がありますか」

「はい」

「次。医師に……不信感を抱いたことがありますか」

朝比奈の戸惑いを察したかのように、嵯峨はしばし沈黙した。友里佐知子という存在を考えれば、当然、答えは「はい」になる。だが、ここでの質問の意味はそんな特殊な事情についてではない。ごく一般的な意味としてだ。

嵯峨もそう思ったようすだった。いいえ、と答えた。

朝比奈は思わず笑った。だが、次の問題を読みあげようとして、口をつぐんだ。最後の質問だった。現在、結婚相手または恋人がいますか。

嵯峨が目を閉じたままきいてきた。「どうかした？」

「いえ」朝比奈はあわてていった。「現在、結婚相手または恋人がいますか」

嵯峨はすぐには答えなかった。静かにため息をついた。「いたよ。ついこのあいだまで」

朝比奈は、震えるペンの先を見つめていた。嵯峨が変則的な答えをかえしてきたのははじめてだった。

カウンセリングについて学んだとおりに実践するなら、相手がこういう答え方をしたとき、〝はい〟か〝いいえ〟で答えてください、などと詰問してはいけない。こちらからたずねる質問法はきまっている。嵯峨もそれを承知しているはずだ。

朝比奈はきいた。「詳しくうかがえますか」

嵯峨はまた、しばらく黙っていた。それからふいに笑い、うっすらと目を開けた。「須《す》田知美《だともみ》という女子高生。知ってるだろ」

あの女の子か。朝比奈は、童顔で清純そうな色白の少女を思い浮かべた。「嵯峨さんの……相談者《クライアント》だったひとですよね」

「ああ」

「好きだったんですか」朝比奈はたずねた。質問してから、動揺している自分に気づいた。

「そうだな、好きだったよ」嵯峨は天井をみつめたまま、つぶやいた。「僕がアメリカから帰ったら付き合おう、そう約束してた」

「それから……どうなったんですか」

嵯峨は静かにいった。「帰国して、こちらから連絡した。返事がなかなか来なかったから、家までいったよ。彼女の母親も公認の付き合いでね。いや、母親のほうが歓迎してくれてたかな」

「彼女と……須田知美さんと、再会できた？」

ああ。嵯峨は小さくうなずいた。「ひと目じゃ、わからなかったよ」

「というと？」

「変わってた。なにもかも」嵯峨は寂しげにいった。「明るくて、いい子にね。髪は金色に染めて、服装は、渋谷系になってた。赤とか黄とかのはでな原色のセーターに、チェックのスカート。白の厚底ブーツ。カルティエのラブブレスレットってのを腕にはめてた。

ダイヤが入った、六十万円ぐらいのやつ。バイトで貯《た》めてたお金で買ったんだと。あと、化粧が濃かった。ヴィセだとかいってた」

「浜崎あゆみね」朝比奈は苦笑した。「渋谷の109で買い揃えたのかな」

「そう。デートでいきたいところをたずねたら、そこだっていってた」

「ほかには?」

「旅行でどこにいきたいかをきいたよ。福岡だって。浜崎あゆみの通ってた小中学校があるんだとさ。みたいのはそれだけだといってた」嵯峨はそこで言葉をきった。かすかに目が潤んだ。「明るくて、いい子になってた。僕のことは、眼中にないみたいだった」

朝比奈はそれ以上、なにもきけなかった。

須田知美の不安神経症は完治したのだろう。ふつうの女の子としての幸せを追求している、それがなによりの証だった。嵯峨の留守中に、倉石のほか数多くのカウンセラーが彼女を担当した。彼らと、知美自身の努力の賜物《たまもの》だった。それはカウンセラーだった嵯峨が、必要不可欠な存在ではなくなったことを表していた。

カウンセラーを務めていれば、誰でも経験することだった。相談者への愛情。それがいつしか、恋愛感情にかわることがある。相談者が治って自分のもとを去ったとき、思いがけない空虚さを抱く。初めてそういう経験をしたときは、落ちこむものだった。

朝比奈は、ある種の驚きを感じずにはいられなかった。自分よりずっと経験豊富と思っていた嵯峨が、いまさらのようにそんなことを口にしている。察するに、いままでどんなに数多くの相談者を相手にしようとも、恋愛感情を抱くことはなかったのだろう。須田知美に至って、はじめてそうなった。かたくななまでにストイックに仕事をこなそうとする生真面目さと、内面のナイーヴさ。それを垣間見た気がした。なぜか朝比奈は、かすかな喜びを感じた。

嵯峨がつぶやいた。「インタビューは終わり？」

朝比奈は笑った。「ええ。とても参考になりました」

「じゃ」嵯峨はふたたび無表情になった。目を閉じていった。「頼むよ。リラクゼーションを深める方法じゃなく、緊張を高める方法を使ってくれ。僕の自律神経系は交感神経優位みたいだから、そのほうが入りやすい」

「わかりました、やってみます」朝比奈はいった。

眠ったように目を閉じている嵯峨が、いとおしく思えてきた。それでも、精神衛生に配慮しないやり方で催眠誘導しなければならない。辛かった。だが、もう迷っている場合ではなかった。

朝比奈は嵯峨のわきにひざまずいていった。「ゆっくりと呼吸して。両腕に少しずつ力をこめ、肩からひじ、手首、指先のほうへと突っ張らせてください……」

美由紀は息を切らしていた。スタミナには自信があったほうだが、これはさすがに堪《こた》える。心臓の脈うつ音が頭のなかに響いているようだった。脈は速かった。空気が薄いのか、呼吸がままならず息苦しい。それを意識すると、たちまち吐き気がこみあげてきた。咳をしてこらえた。動きをとめ、少しばかり休息をとることにした。

狭い管のなかに腹ばいになったまま、美由紀はうなだれた。どれぐらい進んだだろう。膝が痛かった。すりむいたかもしれない。手の指先も、しびれて感覚を失っていた。意識が朦朧《もうろう》とし、ともすれば昏睡《こんすい》してしまうのではという恐怖が襲う。

幹部候補生時代、三十キロもある装備を身につけたまま泥のなかを匍匐前進で進む訓練があった。いまはそれよりずっと身軽なはずだが、なぜか身体が重い。空気の薄さと、暑さのせいかもしれなかった。管の内部は異常なほどの高温だった。汗はとめどなく流れおちていた。

身体に力がはいらなくなってきた。へたに休むと、脱力したまま元に戻らなくなる。美由紀は顔をあげた。

前方に投げだした腕を引き寄せ、腕時計をみた。もうペンライトの明かりも弱々しくなっている。午後三時三分。もう四時間も残っていない。

いくか。ひたすら重荷に感じられる自分の身体をひきずって、美由紀はまた前進をはじめた。力をしぼりだし、懸命に這いつづけた。呼吸ができなくなる。意志はあっても、身体がいうことをきかない。美由紀はまた力を抜いた。ぐったりとしてうつむいた。

泣きそうになってくる。肉体の疲労のせいだけではなかった。このことにあまりにも多くの人命がかかっている。その事実が重い責任となってのしかかってくる。建物のなかに捕らわれたままのセミナー参加者、そしてその家族の心情を思うと胸が張り裂けそうになった。

その思いが活力に変わるのを待った。むりにでもそうすべきだと思った。弱音を吐きたくなる、その気持ちを振り切って前に進んだ。もはや身体を動かしつづけるのは意地でしかない、そんな境地にあった。

排水用の管を逆に進んでいるせいで、行く手はわずかだが昇り坂になっている。はじめのうちは気にならなかったが、いまはそれが前進を妨げる。一回の前進が、まるで丘を越えるほどの重労働に思えてくる。

また意識が遠のきだした。全身の関節が抗議するのを感じた。身体がばらばらになる、そんな激痛が支配していた。汗はとめどなく流れ落ちる。息苦しさが胸の痛みへと変わってきた。美由紀は視線を落とし、その痛みをこらえながら這いつづけた。

不安が押し寄せてきた。間に合うだろうか。仮に目的地にたどりついても、そこに起爆装置がなかったらどうする。すべてが徒労に終わる、その可能性もなくはない。そしてそうなったら、自分は出口のない地下室に閉じこめられてしまったも同然だ。管を這い戻るほどの体力は、もう残されていないのだから。

喉が渇いた。これだけの汗をかいているのだ、すでに脱水症状に近いかもしれなかった。焦燥感がつのる。このまま管のなかで倒れてしまったら、助けを呼ぶことさえできない。

おちつけ。美由紀は自分にいいきかせた。精神状態を安定させろ。いや、無理強いするとかえって緊張が高まる、心理学的な理論ではそうなっていた。かといって、こんなところで身体の力を抜いてリラクゼーションを試みる気にはなれなかった。筋肉を弛緩させたが最後、そのまま失神してしまいそうだ。

水滴がしたたる音がきこえた気がした。幻聴にちがいない。喉が渇いているせいだろう。そう思った。唾を呑みこみ前進しようとした。だが、わずかに身体は前にひきずられただけで、それ以上動かなくなった。まるで鉛の服でも着せられたように重くなった。美由紀は身体の力が抜けていくのを感じた。

息ができない。むりに吸いこもうとすれば吐き気がこみあげてくる。こんどこそ気絶しそうだった。力をいれているのか、抜いているのかさだかではなかった。もう全身の感覚がなかった。

そのとき、また水滴の音がした。美由紀は顔をあげた。まちがいない、たしかに水の音がする。

わずかに生じた行く手への希望を、前進するエネルギーに変えた。もう疲れきっている、それを認めるのを拒んだ。身体をひきずって前へ前へと進んだ。視界を気にしてはいなかった。前進することだけを考えた。

ふいに、両手の触覚が消えた。てのひらの感覚さえも失われたかと思ったが、ちがっていた。わずかに風を感じる。両手は管から突き出したのだ。空洞にでた。

喜びとともに身体をひきあげ、管から顔をだした。だが、そこは地下室ではなかった。

管はここで急に太くなっていた。直径一メートルほどの、鉄製のパイプラインの内部に通じていた。行く手はまだまだ先へと延びている。

失意が襲った。しかし、少しは動きやすい空間にでられるのだ。美由紀は細い管から這い出した。身体の制御がきかなかった。這い出すと同時に、パイプラインのなかに落ちた。

浅く水が溜《た》まっていた。ひどく汚く、悪臭が漂っていた。

排水があったのか。だから、管が細くなっているこの部分に水が残っているのか。地下貯水庫は完成していないはずだ。それなのになぜ。

疑問を感じたが、答えはでそうになかった。先を急ぐしかない。

いままでに比べれば速く進めそうだった。それでも直径一メートルのパイプラインでは立つこともできず、四つん這《ば》いになって進むしかなかった。

全身の筋肉が悲鳴をあげていた。美由紀は歯をくいしばった。痛みを乗り越えるのだ。疲労も無視してしまえばいい。挫折するわけにはいかない。家族の安否を気づかう人々の苦悩は、こんなものではない。

美由紀はパイプラインを進んだ。目的を考えるのは、とりあえず後回しにした。無我夢中で突き進んだ。

空洞

パイプラインは進むにつれて太くなっていった。四つん這いでしか前進できなかったのが、中腰で立って歩けるようになり、やがて背筋を伸ばせるようになった。

足もとがふらついた。パイプラインの内壁に手をつき、もたれるようにして緩やかな坂道をあがっていった。なぜか妙に寒くなっていることに気づいた。進むにつれて温度がさがる。吐息も、わずかに白く染まるほどだった。陽の光で温まった外気が入りこめないせいだろうか。鳥肌が立った。手がかじかむ。美由紀はぶるっと震えた。思わず両手を肩にまわした。タンクトップでむきだしになった肩に、この温度はこたえる。

凍《い》てつくような寒さのなかを、美由紀は歩きつづけた。足もとが滑りやすくなっていた。水滴が凍っている。やはり排水はあったのか。理由はわからないが、使用されていないはずの地下貯水庫が使われていた。その事実は前に進む気力につながった。この先にはなにかがある。それだけで充分だった。

目が慣れてきたせいで、明かりがなくてもぼんやりとした視界があった。ペンライトをつけ、腕時計を照らした。午後三時三十分。友里が成田を旅立つ午後七時は刻一刻と迫っている。

スカートのポケットに携帯電話が入っているのを思いだした。ひょっとすればと思ってとりだしたが、やはり圏外だった。蒲生と連絡をとることも、位置を確認することもできなかった。

急がねばならない。美由紀はペースを速めた。自分にまだそれだけの体力が残っているとは信じられなかった。あるいは生命維持に最低限必要なエネルギーをも食いつぶしているのかもしれない。かまわない、と美由紀は思った。最低でも起爆装置さえ解除できれば、人質が助かる道はひらける。そうなるのであれば、自分の身はどうなってもいい。

身体を動かしつづけているせいなのか、それとも温度があがっているのか、寒さはやわらぎはじめた。それでも過酷な試練に変わりはなかった。目がかすんできた。立っているのもやっとだった。昇り坂はやはりきつかった。緩やかな勾配《こうばい》だというのに、急な傾斜に思えてくる。足を滑らせたら転がり落ちていってしまう、そんな妄想じみた思いが頭をかすめる。

妄想。そう、これが現実との境界線が曖昧になるという意味なのだ。美由紀はそれを実感した。さまざまな要因で精神状態が不安定になる。それで理性の働きが阻害される。

いまの自分はそうであってはならない。思考力の低下につながる精神状態に陥るわけにはいかない。どんな状況に置かれようと、最後まで理性を保った人間でなければならない。

歴史上の偉人は、常識はずれの困難を克服してきた。それで歴史をつくってきた。自分がそういう人々と肩を並べられるとは思えないが、同じ人間である以上、自分にも可能性は残されている。いや、無限の可能性はある。これはけっして妄想ではない。

が、そう思う先から自分の意識も危うく思えてきた。苦痛を苦痛と感じない、それが正常といえるだろうか。やはり少しずつ精神状態を蝕《むしば》まれているのか。

身体がよろめいた。前に倒れそうになる、それを前進する力にした。足もとをみた。膝をすりむき、スニーカーはぼろぼろだった。歩幅は狭かった。足を踏みだそうにも力が入らない、小さく歩くことしかできない。そんな自分がいた。

どれだけの時間が過ぎたのか。どれくらい歩いたのだろう。わからなかった。腕時計をみる気力さえ残されていない。パイプラインに反響する自分の足音が、しだいにちがう音色をおびてきたように思う。気のせいか。いや、そうではない。

顔をあげた。パイプラインの先に暗がりがある。たんに見通しが悪いだけかと思ったが、ちがっていた。パイプラインはそこで終わりを告げ、暗黒のなかに口をひろげている。

駆けだそうとしたが、むりだった。じれったさのなかで身体をひきずるようにして歩いた。パイプラインの出口、暗黒への入り口。それが徐々に近づいてきた。こんどこそゴールであってほしい、そう願っていた。もう体力は残されていない、消耗しきっている。時間もかなり消費したはずだ。捕らわれた人々を救う、そのチャンスを残しておいてほしい。

そうでなければ、ここまできた意味がない。パイプラインをでた。がらんとした、広々とした空間。地下貯水庫。それにまちがいなかった。

美由紀は仰向けに寝転がった。ほとんど倒れこむように寝そべった。天井には、縦横に送電管が走っている。そういえば、薄明るかった。なんらかの設備がもうけられている。それをさとった。

呼吸を整えようと努力した。全身に力が入らない。呆然と天井を眺めている、それだけだった。また意識が遠のきはじめる。眠りにおちてしまいそうだった。

長く、深い呼吸を心がける。だが、意識はしっかりと保つこと。あせってはいけない。休息をとれば身体の疲労は回復する。思考力もまたしかりだ。酸素を補給して、脳に血液を送ること。それで脳は活性化される。

数分間の休憩だった。それでも、現状においては貴重な時間を消費したことになる。身体に鈍い感覚が戻ってきていた。ゆっくりと起き上がった。身体が粘土でできているような気がした。それでも、さっきよりは自由がきく。足を踏みしめて立った。背骨にずきっとした痛みが走った。それをこらえて、立ちあがった。

辺りはひんやりとしていたが、パイプラインのなかほど寒くはなかった。広い地下室だった。奥のほうは暗く、なにもみえなかった。振りかえり、通ってきたパイプラインの出口をみた。直径二メートル弱の円形の穴が、コンクリートの壁にぽっかりとあいている。その隣りに、同じようにもうひとつの穴があいていた。いま通ってきたのが排水管なのだから、これは取水管だろう、美由紀はそう思った。取水管の穴に歩み寄った。ここも、さっきと同じようなパイプラインがつづいている。こちらからみると下り坂だが、数メートル先に水面のきらめきがあった。水が入ってきている。増水している気配はなく、水面はおだやかだった。

妙だった。湖底に通じているはずの取水管の先は、ふさがってはいないのだろうか。この地下室の床もわずかに湿っていた。うっすらとカビがはえているところもある。水が入ってきたことがある証拠だった。だが、なぜだろう。

地下の広大な空洞ともいえる空間。ひとけはない。そのなかを、美由紀は奥へと歩きだした。天井の送電管のいたるところに、小さな裸電球がぶらさがっている。それが部分的に明かりをもたらしている。パイプラインのなかよりは視界はきくが、それでも十メートルほど先は闇だった。そのなかを慎重に歩いた。

闇のなかになにか白い物体がみえた。近づいてみると、なんと椅子だった。猫のように脚が曲がった上質なアンティーク調家具だった。そのさきに丸いテーブルと、もうひとつの椅子があった。そのわきにドレッサーもある。

美由紀は鼓動が速くなるのをおぼえた。ヨーロピアンで古風な調度品の数々。それらはまぎれもなく、友里佐知子の趣味だった。

こんなところに潜んでいたのだろうか。みたところ、ここにあるのは友里の生活用品一式だった。ほかの人間が住んでいたようすはない。友里には仲間がいなかった。脳切除手術を施し、従順な操り人形になった人々を下僕にする、それだけだった。病院を追われ、手術のための施設を持っていないいま、彼女はひとりにちがいなかった。

孤独に暗闇に籠もり、日本脱出のための策略を練りつづけていた友里。その暮らしはどんなものだったのか。そしていまは、どこに姿を消したのだろう。

しばらく歩くと、壁に行き着いた。赤や緑のスプレーで無造作に意味不明の落書きがなされていた。これも友里がおこなったのだろうか。想像できなかった。まるで十代の不良のような振るまいだ。

壁づたいに進んでいった。美由紀は身体を凍りつかせた。目の前にひとの気配を感じた。だが、それは自分の姿だった。奥の壁には巨大な鏡が張られていた。

調度品、スプレーの落書き、壁一面を埋め尽くす鏡。美由紀は倒錯した友里の心理を感じとった。女医として尊敬を集めていた表の顔とも、冷酷無比な凶悪犯としての裏の顔ともちがっていた。なにかが友里のなかで起きている、そう思えてならなかった。

鏡の一部は叩き割られ、ひびが走っていた。歪んだ美由紀の姿がうつった。排水管を這いずりまわった美由紀の身体は汚れ、顔はやつれていた。頰にこびりついた泥がよりそう思わせるのかもしれない。それをぬぐい、ふりかえった。

はっと息を呑んだ。天井にとりつけられた、厚さ二十センチほどの箱状の物体が目にとまった。物体は半透明のアクリル製だった。なかに複雑な機械類がおさまっているのがわかる。

美由紀はそこに近づいた。真下から目を凝らすと、コード類、基板のほかに、大型のバッテリーと筒状の物体が何本もつらなっているのがみえる。高圧電流専用のマグネットスイッチだった。

みつけた。これが地上の建物につながる起爆装置だ。これが機能しないようにすれば、建物のトラップは無効になる。扉や窓からの侵入が可能になる。

はやる気持ちを抑え、美由紀は携帯電話をとりだした。やはり圏外だった。だが、助けがなくてもこの種の起爆スイッチなら熟知している。

手は届かない。だが台があればいい。美由紀はとってかえし、丸テーブルに駆け寄った。高さも直径も一メートルほどある。持ち上げようとしたが、脚の部分に錘《おもり》が入っているらしい。ひきずって、装置の真下へと運んだ。

腕時計に目を走らせる。午後四時に近づいていた。あと三時間。友里はもうどこかで成田に出発する準備を整えているころだろう。しかし、まだ間に合う。

テーブルの上に乗った。手をのばしたが、わずかに届かない。つま先で立つと、やっと指先が箱の底についた。箱の底には、三十センチ四方の底板がはめこまれ、四方を小さなビスでとめられていた。

真新しいが、簡易型の装置だった。アラブゲリラが用いる〝タラゴⅣ〟という起爆装置の構造に似ている。その気になれば、素人もインターネットで作り方を知ることができるタイプ、図面をみながらひとりで簡単に組み立てられるしろものだった。

友里自身が組み立てたにちがいない。建物内に埋めこまれた大量のイトチリン混合C4爆薬は、恒星天球教時代からあったのかもしれないが、この起爆装置はごく最近になって取りつけられたものだ。おそらく、友里は誰の手も借りられなかったのだろう。ひとを〝洗脳〟して、作業を手伝わせられるはずはない。洗脳などありえない。建物のなかで動きをとめている人々には、なにか別の理由があるのだ。そうにちがいない。

この底板をはずせば、装置に触れることができる。バッテリーや部品をはずそうとするとマグネットスイッチが機能してしまうが、コードを切断すれば機能は停止できる。切断するコードは、慎重にみきわめねばならないが。

一瞬、東京湾観音の内部でレーダー・ディセプション装置の分解をしたときのことが頭をかすめた。あのとき、友里は裏をかくためダミーの配線を張り巡らせていた。今回もありうるだろうか。

いや、ない。美由紀は確信した。内部構造はみえている。これはあのときの装置より、ずっとシンプルだ。どうみても、仕掛けが施せるような余地はない。ビスを外すためのドライバーが必要だった。地下室の奥を探せばなにかあるかもしれない。が、すぐに代用品を思いついた。美由紀は携帯電話のアンテナをのばし、それを回してはずした。アンテナは取替え用に交換可能だ。その先端は小さなマイナスドライバー状になっている。

はずしたアンテナの先をビスにさしこんだ。慎重にビスをまわしてはずした。汗で指先が滑りがちになっている。あわててはいけない。構造は単純でも、作業は慎重を期さねばならない。

四つのビスをはずしたが、底板は落ちなかった。ぴったりとはまりこんでいるようだ。つま先で立ち、腕が伸びきるぐらいにしてようやく届く底板。その底板を両手の指先で軽く押してみた。しなる感触があった。底板はぱきっと音をたてて外れた。

が、美由紀はその瞬間、身体をこわばらせた。

まだ底板は、美由紀の両手の指先によって支えられていた。底板は重かった。アクリル板一枚にしては異様なほどの重量だった。すぐにその理由がわかった。

装置は箱ではなく、この底板にとりつけられていたのだ。半透明のアクリルを通して、マグネットスイッチが底板に密着していることがみてとれた。はずしてみるまではわからなかった。

寒気が襲った。なんてことだ。ごく初歩的なものだが、分解防止のための罠が施されている。このまま底板をさげると、箱の内部でマグネットスイッチの磁力から解放された鉄板がバネの弾力で跳ね上がり、電極に接して起爆装置がオンになってしまう仕掛けだ。こんな仕掛けにひっかかるなんて。美由紀は唇を嚙んだ。この罠を内蔵した構造になると、ひとりでは組み立てられない。友里が単独で作業した、その思いこみのせいで慎重さを欠いてしまった。

つま先で立ち、背筋を伸ばし、両腕を真上に伸びきらせ、ようやく指先で底板を支えている状態。片手を離しただけでも、重い底板は傾いてしまう。それだけでも、スイッチは入ってしまう。

動けない。自分の失敗を認識したとき、美由紀の身体は震えた。周囲の温度がさがったようにさえ感じられた。

誰にも助けを求められない。たったひとりで地中深く、起爆装置の底板の落下を支えている。一瞬でも手を放したら、起爆装置が作動する。地上の建物にいる四千人は、跡形もなく消し飛んでしまう。むろん、その真下にいる美由紀も同じ運命をたどる。

そんなばかな。この場ですべてが終わるわけがない。美由紀は底板を押しこもうとした。元どおり、箱の底にはまりこむことを祈った。だが、いちどはずれた底板は縁《へり》にひっかかりもしなかった。美由紀の両手の指先にかかる重さは変わらない。ぴくりとも動かせない。

絶望感が支配するなかで、美由紀は視線をさげた。可能な範囲で、辺りを見まわそうとした。誰もいない、使える道具もなにもない、一瞬たりとも手を放せない。壁の鏡が、美由紀の姿をうつしだしていた。直立し、両手を高くあげたまま、動けなくなった美由紀の姿を。

焦燥感が襲ってきた。額に流れ落ちる汗すらぬぐいとることができない自分がいた。すでに疲弊しきっている自分の身体には、この姿勢は苦痛以外のなにものでもなかった。腕も、脚もつりそうだった。つま先でテーブルの上に立つ美由紀の身体は恐ろしく不安定だった。そう認識しただけでふらつきそうになる。脚が震えた。両腕もこわばっていた。

「誰か！」美由紀は叫んだ。「誰か助けて！　起爆装置はここにあるの！　地下貯水庫にあるのよ！」

声は辺りに響いた。だが、静寂しか返ってこなかった。

地上にはあれだけ大勢の人間がいる。機動隊員も集結している。それなのに、誰の耳にも届かない。一キロも離れたところにいる蒲生にも、この声がきこえるとは思えない。

助けはこない。そうさとった。

そのとき、ふいに地下室の片隅でモーターの作動音らしきものがきこえた。美由紀が足を運ばなかった方向だった。暗闇に包まれたなかに、重苦しい金属音と、唸るようなモーターの音、それに軽い地響きのようなものが断続的にきこえる。

音はしだいに近づいてきた。人影らしきものが姿をみせた。

美由紀はようやく、友里の新しい下僕を知った。正確に、命じたとおりの動作をこなす忠実な部下。精密かつ複雑な機械作業には最大の能力を発揮する。起爆装置の組み立てを手伝わせるには、たしかに最良のパートナーかもしれなかった。

白い甲冑《かっちゅう》のようないでたち、宇宙飛行士のようなヘルメット。高さは一メートル八十センチほどもある。本田技研のＭＫ１にそっくりのロボットが、滑らかな歩行で近づいてくる。人間の手とまったく同じ関節を有する五本の指には、黒光りするヘアドライヤーのような物体が握りしめられていた。自動小銃、ミニ・ウージーだった。

美由紀は恐怖を感じた。音センサーによって作動したのか。だが、なぜこちらに近づいてくるのだろう。サーモグラフィーで人体を探知しているのだろうか。

ロボットは美由紀の疑念をあざ笑うかのように、自動小銃をつきだした。銃口は正確に美由紀の左胸に向いていた。

そんなことが。サーモによる探知で心臓の位置までコンピュータが解析できるとは思えない。不可能だ、絶対にありえない。

だが、ひとつだけ確実なことがある。ＭＫ１の手の動きは人間のそれとまったく変わらない。そのうえ、強度と耐久性は人間の十五倍もある。引き金をひきしぼることぐらい、わけなくこなすだろう。銃身を切り詰めたミニ・ウージーは反動で狙《ねら》いがそれがちになるが、それは人間の話だ。プログラムテストが行われていれば、それもありえまい。疑問を抱えたまま死んでいくのか。美由紀は怯え、息を呑んだ。いまにも鉛の弾丸に胸を撃ち抜かれる。底板は落下し、四千人の命も絶たれてしまう。

声がだせなかった。制止を呼びかけても、聞き入れられるはずもない。

これまでか。美由紀は絶望感とともにそう思った。

そのとき、ふいに女の声が飛んだ。「フレッド。停止」

ＭＫ１が甲高い音をたてた。美由紀は身体をびくつかせた。

が、ＭＫ１はすぐに銃をおろした。軽く肘の関節を曲げた姿勢で静止した。

音声認識。そうにちがいなかった。特定の声の指示に反応するようプログラムされている。しかも、その声には聞き覚えがあった。美由紀にとって、永久に忘れることのできない人物の声だった。

水の音がきこえていた。海岸を歩くときのように、足で水を蹴って歩を進める音。パイプラインのほうから響いてくる。取水管から昇ってきたにちがいなかった。

美由紀は両手で底板を支えてつま先で立ったまま、慎重に身体の向きをかえた。

暗闇から人影が現れた。こんどは、あきらかに人間だった。黒のウェットスーツをぴたりと身につけた女が、濡《ぬ》れた髪をなでつけながら歩いてくる。水中メガネをはずしながら、友里佐知子は微笑をうかべた。

「あらあら。まあ」友里は純粋に驚きを感じているようにいった。「まさか留守中に来客があるとはね。それも、わたしの愛する子羊じゃないの」

美由紀は緊張した。言葉がなにも思いうかばなかった。抵抗どころか、抗議することさえできなかった。膝が震えた。自分はあまりにも無防備だった。

「ふうん」友里はテーブルのすぐ近くまできて、立ちどまった。美由紀を見上げていった。「ドジね。どうやら、余計なことをして墓穴を掘ったみたいね。動けないの？ あなたも洗脳されたひとたちみたいに、バンザイして凍りついてるわけ？」

美由紀は震えをとめようと懸命になった。だが、とまらなかった。それでも友里に対する怒りが、自制心を喚起しつつあった。美由紀は震える声をしぼりだした。「洗脳なんて。ちゃちなトリックだわ」

友里は大仰に目を丸くした。からかうようなしぐさでいった。「そう思うの？」

「誰も洗脳されてなんかいない。天井に埋めこまれた爆薬のことも知らされていない。あなたは、建物のどこかに集結させていたロボットを各部屋に一体ずつ送りこんで、セミナー参加者たちを銃で脅させてるだけでしょう。ロボットには体温もない、サーモグラフィーにも探知されない。銃を向けて参加者たちをホールドアップさせている、ただそれだけのことだわ」

「ふっ」友里は小さく笑った。「想像力だけは豊かね。でも百もある部屋にロボットを一体ずつ送りこむわけ？　ぜんぶで百体ものロボットを？」

「東南アジアのコピー品なら一体一千万円だわ。百体で十億円。あなたが要求した身代金の一千万ドル、約十二億円はその支払いに用いるためでしょう」

「さすがね。でもね、ロボットって、そんなに優秀かしらね。まあ心拍で発生する電流の大きさをセンサーで感知して、確実に心臓を狙うことはできるでしょうけど、動作は緩慢だし、判断力もないしね。なのに、なぜ四千人全員がおとなしくしてるのかしら」

さっきＭＫ１が美由紀の心臓を狙うことができたのは、体内電流を感知していたのだ。頭の隅でそう思いながら、美由紀はいった。「動体視力向上の噂をきいて集まってきたセミナー参加者たちは、みんなあの精神的拷問によって仮レム睡眠状態に陥り、物体に生命が宿っているという錯覚や妄想を抱く。蠟燭《ろうそく》ですら話しているように思えるんだから、二足歩行ロボットに対しては人間同様に感じて、抵抗できなくなるでしょう」

「そうなのよ！」友里は目を大きく見開いて、早口にまくしたてた。「すばらしいと思わない？　テロリストやゲリラが集団を人質にとっても、みんないっせいには従わないのよ。なぜだと思う？　ひとの恐怖心には個人差がある。どんな顔をしていて、どんな服装で、どんな声で、どんな脅し文句を喋るのが怖いのか。ひとによってさまざまなの。でも、本人の潜在意識がそれを恐怖の対象とみなせば、全員いっせいに怖がるのよ。ロボットが部屋に入ってきて銃を撃った瞬間、セミナー参加者にはそれが自分の最も恐ろしいと思う風《ふう》体《てい》の人間にみえているにちがいないわ。その結果が、ひとり残らずホールドアップ。何時間も経過しても逃げだすひとはひとりもなし。すごいでしょ。これこそ洗脳だわ」

美由紀は怒りがこみあげてくるのを感じた。「あなたは人間をなんだと思ってるの！ひとりひとりの人生や家族のことを考えたことがあるの！」

友里の額からしずくが流れおちた。汗ではなかった。まだ前髪が濡れているせいだった。友里はきょとんとした顔で美由紀をながめた。「人間をどう思っているか？　答えは簡単よ。自然界に存在する物体のひとつ。細かくいえば水分、脂肪、蛋白質《たんぱくしつ》などの集まり。脳神経の電気信号によって、ものを考えたり感覚を持ったりするけど、生命っていう認識は、たんに脳がつくりだした幻想。生きているとかいうのはただ脳が機能している状態、それだけでしかない」

腕の痛みをこらえながら、美由紀はいった。「そんな考え、まちがってるわ」

「まちがってはいないわよ。人間はモノにすぎない。いえ、人間に限らず動物や植物、この世にある生命体すべてがそう。単純で、ちゃちなしろものだわ」

「本当にそう思っているのなら、なぜ本物の洗脳ができないの」

友里の顔から微笑が消えた。こわばった顔で美由紀をじっとみた。「なんのこと？」

「あなたはいつもそうよ。本物ではなくフェイクの手段で人々の脅威になろうとする。あたかも不特定多数の人々を自在に操れるふりをして、心理学の常識を超越したようにみせかけようと躍起になってる。でもじつは、いつもトリック。世間にそう思わせてるだけ。認めたらどうなの、あなたは神様にはなれない。人間を意のままに操る方法を探しまわって催眠から脳医学まで手を染めたけど、結局無駄だったたって」

「無駄？」友里はつぶやいた。

「そうよ」美由紀は友里を見下ろした。「人間はそんなに弱くない。誰にも自由は奪えない」

友里は硬い表情を浮かべていた。だが、その顔がほころんだ。大袈裟《おおげさ》なほどの笑顔を浮かべて、甲高い声でいった。「さすがね。岬美由紀。かっこいいわね。憧れちゃうわ。さすが千里眼と呼ばれるほどの女ね。惚れ惚れしちゃうわ」

美由紀は異様な気配を感じとった。友里がこんなにエキセントリックに、おどけてみせたのははじめてだった。

友里はいきなりテーブルの縁をつかんだ。テーブルを激しく揺すった。

美由紀は身をこわばらせた。両手の指先に意識を集中した。揺れが底板につたわる。足がぐらつき、倒れそうになった。必死でバランスをとろうとした。だが、体勢が崩れそうになる。安定させられない。

「だめ」美由紀はあわてていった。「やめて」

友里はけたたましい笑い声とともに、テーブルを揺すりつづけた。

「やめてったら！」美由紀は叫んだ。指先は汗でぬめり、底板はいまにも滑り落ちてしまいそうだった。立っているのがやっとだった。「やめて！　やめて！」

恐怖のなかに、悲しみがこみあげてきた。底板を見あげる視界が涙にゆらぎはじめた。美由紀は大声でいった。「やめてっていってるでしょう！　爆発が起きたらあなたも死ぬのよ！」

「いいわよ」友里は笑いながらそういって、いっそう強くテーブルを振動させた。「どうせ水分と脂肪と蛋白質だもの」

美由紀は歯をくいしばり、懸命に底板を支えつづけた。自分だけではない、四千人の生命が、この指先にかかっている。

だが、美由紀は同時に別の可能性を感じた。友里はそれほどまでに死を恐れていないのか。だとするなら、なぜ周到な計画を練ってまで国外逃亡をはかろうとするのだろう。

ひょっとして……。

そのとき、揺れがおさまった。

友里が美由紀を見つめてふっと笑った。「いまこう思ったでしょう？　この起爆装置はダミーかもしれない。手を放してもなにも起きないかもしれない、とね」

脳を透視するような目。美由紀はひるみながらも答えた。「ええ、そうよ。その可能性を考えたわ。あなたは生への執着心がある。ここで爆死する気なんてさらさらないはずよ」

友里は表情を凍りつかせたが、すぐに大仰な笑い声をあげた。「愉快ね。あなたがわたしの心を読んだってのか？　千里眼。そう、千里眼ね。あなたっていまじゃ千里眼って呼ばれてるんだって？　身のほど知らずもいいとこだわ」

実際、友里の表情からはなにも読み取れない。美由紀はそのことを熟知していた。友里の表情筋や眼球の動きをいくら観察しようとも、思考のパターンを読みとることはできない。

それでも美由紀はいった。「あなたのことだから、きっとこれもフェイクだわ」

「なら」友里はいたずらっぽく上目づかいにみた。「試してみればいいじゃない。その手を放せば、すべてはっきりするわ」

美由紀のなかに迷いが生じた。美由紀がこんな状態になることを予測してダミーの起爆装置を組み立てた、それはあまりにも深読みしすぎかもしれない。メフィスト・コンサルティングならやりかねないが、それは強大な組織力を有してはじめて可能になる芸当だ。友里佐知子はひとりなのだ。それに、もしこれがダミーだとわかったら、美由紀はすぐさま友里に飛びかかることになる。ＭＫ１が友里の音声入力で動いたところで、避けるのはたやすい。友里にとって不利であることこのうえない。

やはり起爆装置は本物に思える。が、友里も死ぬつもりはあるまい。すると、導きだされる答えはただひとつ。美由紀は絶対に手を放すまいと努力する。どんなことがあっても、懸命に底板を押さえつづけようとする。だから容易なことでは落とさないだろう、そう確信したうえで弄《もてあそ》んでいるのだ。美由紀が底板を落とさないていどに足もとを揺らし、からかっている。そうにちがいなかった。

「そうよ」友里は、まるで美由紀の心に呼応するようにいった。「でも、必要以上に力を加えるつもりはないの。あなたの忍耐力を信じてるわ」

友里は鼻歌まじりにテーブルから離れていった。部屋の隅にかがんで、なにかを拾いあげる。ホースだった。床に手をのばし、蛇口らしきものをひねった。ホースの先から、勢いよく水が飛びだした。

立ち上がると、友里はホースを片手に持ってひきずりながら、美由紀のほうに戻ってきた。「ずいぶんひどい顔。排水管のほうを這ってきたの？　そんなお馬鹿さんがいるとはね。取水管なら、泳いで出入りできるのに」

「取水管の出入り口は……完成していたの？」

「ええ。取水管のほうはずっと直径二メートルで細くなっているところがないし、その先端は湖底のハッチに通じてるの。フレッドや機材、調度品もそこから運びこんだのよ。この上にある建物は恒星天球教の基地に使っていたの。脳手術をした幹部たちを待機させておくのに最適だったわ。で、この地下がわたしの隠れ家。湖からしか入れない、人魚のおうちみたいな秘密の空間。ロマンチックだと思わない？」

とても同意できなかった。ここは監獄のように陰鬱な空間でしかない。

美由紀は友里の言葉から、建物に大量のイトチリン混合Ｃ４爆薬が仕掛けられている理由をさとった。恒星天球教時代、捜査の手が伸びた場合に幹部たちを一瞬のうちに葬り去るためだ。そうにちがいない。手術痕もなにもかも残らないように。おそらく幹部たち自身に爆薬を仕掛けさせたのだろう。そしていま、新しい陰謀のためにそういう過去の遺物を利用している。友里の逃亡後、建物が爆発して消し飛んでしまえば、デーヴァ瞑想チームの参加者たちは集団自殺をはかったことになる。友里の犯行声明どおり参加者は洗脳されていた、それだけが事実として残る。セラミック製のロボットのボディも爆発後の火災の熱で溶解してしまうだろう。警察の鑑識が残骸《ざんがい》を調べたところで、タイルの溶けたものとでも推定するだろうし、粉々になった金属部品も〝用途不明の機械部品多数〟が発見されたという、そのていどの報告しかなされないにちがいない。

計算しつくされている。美由紀は身体をつっぱらせたまま、痛みに耐えながらそう思った。友里は不可解な洗脳をなしとげたままどこかの国に亡命を果たすことになる。友里の脅威は、以後永遠に語りつづけられることになる。

たんに逃亡をはかるだけでなく、勝利しないと気が済まない女。国家権力の威信も、カウンセラーへの信頼も失墜させたうえで去っていくつもりだったのだ。これは復讐だった。

恒星天球教の教祖としての野望を頓挫《とんざ》させられた友里の、凄惨で執拗《しつよう》な復讐。そしてその友里が、最も怒りを燃やす相手、それが美由紀であることは疑いの余地はなかった。

身を震わせ、苦痛と戦いながら美由紀は友里を見つめていた。友里の手にしたホース、そのさきから流れ出る水が気になる。なにをするつもりなのか、友里はじっと美由紀を見上げたまま静止している。

「かわいそうに」友里はいった。「そんなに汚れて。シャワーでも浴びたら?」

友里は美由紀に向けたホースの口を指で絞った。水が勢いをもって飛び、美由紀の顔に浴びせ掛けられた。視界に水飛沫《しぶき》が飛んだ。真っ白になって、なにもみえなくなった。

バランスを崩しそうになった。顔をそむけようとした。だが、友里は美由紀の顔を狙って執拗に追いまわした。息ができない。それでも動けない。両手をおろすわけにはいかない。

息苦しさが頂点に達したとき、水は顔から離れた。だがこんどは、友里は美由紀の右肩に向けて水を放射した。タンクトップからむきだしになった肩に激痛が走った。水圧のせいで倒れそうになる。できるだけ前傾姿勢をとろうとした。するとすぐに、また顔に水が浴びせられた。

激しい水の音の向こうに、友里の甲高い笑い声が響いていた。

また呼吸ができずにあえいだ。ぎりぎりで水は顔からはずされた。今度は膝を狙ってきた。すりむいた膝に走る痛みは想像を絶していた。美由紀は悲鳴をあげた。一瞬手を放しそうになったが、かろうじて持ちこたえた。

友里は美由紀の身体のあちこちに水を浴びせつづけた。そのたびに体勢を崩しそうになる。

全身を恐怖と絶望、激痛と悲しみが襲った。もう立ってはいられなかった。ホースの水とは別の水滴が頰をこぼれおちたのを感じた。美由紀は泣きながら、弱々しい声で訴えた。

「やめて。お願い、やめて」

友里は手をとめなかった。ひきつった笑いとともにわめきちらした。「岬美由紀先生は強いもんね！　千里眼だものね！　弱音吐かないもんね！」

こんなに興奮した友里の声をきいたのははじめてだった。美由紀は痛烈に無力さを感じた。もう指先の感覚がない。腕がしびれてきた。長くはもたない。

また顔に水がきた。美由紀は顔をそむけながら必死で叫んだ。「やめてったら！　いますぐやめないと、手を放すわよ！」

ところが、友里は平然とかえしてきた。「かまわないわ。あなたをいたぶる、こんなに楽しい瞬間に人生の幕を閉じられるなんて、すばらしいことだわ」

呆然とした美由紀の顔をまた水が襲った。息ができずにむせた。胸が苦しくなり、意識も遠のきそうになってきた。

水は美由紀の顔から胸、腹へとさがっていった。刺すような痛みをこらえながら美由紀はいった。「やめてよ、お願いだから」

友里はにやりと笑った。「どうかおやめください、でしょ？」

また耳障りな笑い声が響きわたった。水が顔に戻った。

屈辱を感じ、涙がとまらなくなった。泣きながら美由紀はいった。「どうかおやめください」

水が顔からはずれた。友里がきいた。「なにかいった？」

美由紀は思わず大声でかえした。「どうかおやめください！」

友里はうわずった声でわめいた。「友里佐知子先生こそが千里眼です。ほら、いいなさい」

こんなことにこだわるなんて。友里は自意識過剰のパラノイア以外の何者でもなかった。

水は痛みだけでなく、冷たさをもたらした。手足の感覚が麻痺しだした。美由紀は焦りながら声をはりあげた。「友里佐知子先生こそが千里眼です」

友里はいっそう甲高い声をあげた。「岬美由紀はただのメスブタです」

なんてしつこいのだろう。美由紀は怒りとともに口をつぐんだ。

水がまた顔をとらえた。友里の声がきこえてくる。「はやくいいなさいよ」

顔をそむけ、必死で呼吸した。この場で意地など張るものではない。そう思った。美由紀は口をひらいた。「岬美由紀はただの……」

言葉がでなくなった。こらえようとしても、こみあげてくる悲しみをこらえきれなかった。美由紀は泣きじゃくりながら、声を絞りだした。「メスブタです」

水がさっと遠ざけられた。友里はホースを投げだした。水びたしになった床の上で、ホースは水を吐きながら蛇のようにうねった。

美由紀は脱力しそうになった。とっさに膝に力をいれ、身体をささえた。指先はなんとか起爆装置の底板を保持しつづけていた。

「いい子ね」友里はそういって、大声で笑った。ひとしきり笑ったあと、美由紀に背を向けて立ちさりかけた。「着替えてくるわ。シャワーのあとは、お化粧してあげるわね」

美由紀は両手をあげたままうな垂れた。耐えがたい屈辱と悲しみ、怒りが渦巻いた。自分の泣き声をきいた。泣きながら、震えが手につたわらぬよう、必死でこらえていた。

想起

牟田は東京晴海医科大付属病院のロビーに足を踏みいれた。ひとけはなかった。椅子ひとつなく、床面積だけはやたらに広い。

捜査二課に加わったばかりの牟田は、恒星天球教事件の捜査に加わったことはなかったが、事件そのものは報道で知っていた。この病院も、何度となくテレビでみた。友里佐知子が脳をほじくりかえし、人体実験をくりかえしていたという悪夢のような空間。想像するだけでも、身の毛がよだつ思いだった。

「あの」牟田は声をだした。なぜか小さな声で呼びかけた。「だれかいますか」

声は反響した。天窓から陽の光が差しこんでいるせいで、ロビーのなかは明るい。にもかかわらず、牟田は不安に駆られた。なにもあるはずのない建物の奥に、何者かが潜んでいるかのように感じた。

臆病者、それはわかっている。愛知県の明治村にいったときもそうだった。明治初期に使用されていたという木造の刑務所の奥にまで、歩を進めることができなかった。外山はかつて、それをきいてあきれたようにいった。ったく、おめえはムショにいる受刑者にどうやって会いに行くつもりだよ。看守に笑われたりしたら承知しねえぞ。そんなことをいっていた。

一時間ほど前、嵯峨から捜査本部に電話があった。友里佐知子の病院で試したいことがある、うまくすれば彼女の居所について重要な手がかりが得られるかもしれない。嵯峨はそういった。外山につたえたが、一笑に付された。お遊戯につきあってるひまはねえんだ。それが外山の返答だった。

牟田にも片付けねばならない仕事があったが、嵯峨のことが頭にちらついて仕方がなかった。外山は協力を要請しておきながら、ひとたび嵯峨が頼りにならないと見なすとさっさとお払い箱にしてしまった。嵯峨や朝比奈が気の毒に思えた。しかし、牟田が感じたのは同情だけではなかった。セミナー参加者たちの挙動についての嵯峨の説明は筋が通っていた。その後理解しがたい状況が生じたが、少なくとも嵯峨の知見は今回の一件に不可欠なのでは、そう思えてならなかった。

外山はいかにも長年刑事を勤めあげた人物だった。なにごとも疑ってかかる、それが捜査の基本だと考えていた。牟田は、その考えに全面的には賛同できなかった。最後は人間の信頼関係こそが問題を解決する、その信念を否定できなかった。ありきたりの家庭の、ごくふつうの両親に育てられたせいかもしれなかった。もっとも、職場での牟田が少数派であることはまちがいなかった。刑事という職業はもともと、牟田よりずっと荒っぽい人種が選ぶ仕事のようだった。

捜査本部を抜けだし、ようすをみにきた。外山には遅い昼食をとりにいくと話してあった。あまり遅くなるとまずい、そう心配していたが、取り越し苦労のようだった。嵯峨の姿はなかった。

帰ろう。そう思ったとき、絶叫する男の声がきこえた。

牟田はびくっとしてロビーのなかを見まわした。どこからきこえるのだろう。反響しているせいで、方向がわからない。

また声がきこえた。今度は叫びというより、なにかをわめきちらしているように思えた。嵯峨の声だ、牟田はそう思った。応援を呼ぶか。いや、なんに対して応援を要請するというのだ。ここは現場ではない。なにが起きたのかもわからない。

女の声もきこえた。朝比奈の声のようだった。やはりなにか叫んでいる。嵯峨の声も重なって響いてくる。

階上だ。一瞬躊躇したが、牟田は駆けだした。怯えてばかりいられなかった。この場で頼りになるのは自分だけだ。

螺旋階段を駆けのぼった。声がするほうへと通路を走った。半開きになったドアから叫び声がきこえる。ドアを開け放って飛びこんだ。

牟田は立ちすくんだ。がらんとした室内で、嵯峨は必死の形相でわめきちらしていた。

朝比奈がそれを押しとどめようとしている。

嵯峨は誰もいない壁のほうをみて大声でいった。「こんなことをして、医師として恥ずかしくないのか。さっきいたやつも仲間か」

牟田は啞然として、嵯峨を見守った。まるで演劇の稽古《けいこ》のようだった。

しかし、嵯峨は牟田の冷ややかな視線を意に介さないようすで、必死の形相で視線を別のほうに向けた。「あんたはどうなんだ。こんなの、薬事法違反以外のなにものでもないだろう」

ふいに、嵯峨が自分の首を両手で押さえて、後ずさりをはじめた。「なにするんだ、はなせ」

嵯峨の額に汗が光っていた。苦悩の表情をうかべ、床に尻もちをついた。なおも息たえだえにあえぎつづけた。目が潤んで、涙が流れだした。両手は空をかきむしっていた。

朝比奈があわてたように嵯峨のわきにかがんで、肩をゆすった。「嵯峨さん。しっかりして。気を確かに持って！」

牟田は嵯峨に走り寄った。朝比奈がようやく牟田に気づいたらしく、驚いた顔で見上げた。

まだ苦しみつづける嵯峨を、牟田は抱き起こそうとした。「嵯峨先生。しっかりしてください」

と、嵯峨が急に静かになった。ぐったりと寝そべった。それから両手で頭をかかえ、上半身を起こした。

「朝比奈」まだ涙が乾いていない顔で、嵯峨は冷静にいった。「イメージを想起している最中に、それを妨げるなんて。きみは催眠誘導をする役割なんだ、中断しないでくれ」

朝比奈は呆然と嵯峨をみていたが、やがて震える声でいった。「ごめんなさい。あまりにも急に、激しい言動をとるから……」

嵯峨はため息をついた。「わかってるだろう? 催眠は睡眠とちがって意識を失うものじゃない。自我を喪失して暴れているようにみえても、本当はそうじゃない。ここがどこかもわかってるし、自分がなにをしているのかもわかっている。ただ理性を鎮めると、イメージが浮かびやすくなる。そのイメージと戯れるような気持ちで行動することで、当時の見聞きした状況が浮かびやすくなるんだ」

「あの」牟田は小声でいった。「なにをなさっているのか、きいてもいいですか」

嵯峨は牟田のほうをみた。驚いたようすはなかった。涙をぬぐいながら、事務的な口調できいた。「外山さんは?」

「そのう、忙しくて本部をでられないというので……私ひとりで」

「ああ」嵯峨はゆっくりと立ち上がった。「そうだろうね。そうだろうと思った」

牟田はたずねた。「ひょっとして、拉致事件当時の記憶を呼び覚まそうとしているので？」

「そのとおりだよ」嵯峨はうなずいた。なにもない部屋のなかを、あちこち手で指し示しながら歩いた。「ずいぶんはっきりと思いだした。ここにあったのは茶色の椅子だ。肘掛けがついていて、革張りだった。友里佐知子は突然いった。ここは実験標本の部屋でもあるの、と。僕は辺りを見まわして、それらしきものは何もないですが、そういった。すると友里は冷酷な笑みを浮かべた。いま思いだしただけでも、鳥肌が立ったよ。そっちのドアから、初老の医者が現れた。友里からは、新村《にいむら》と呼ばれていた。手には注射器が持たれていた。新村は……マスクをしていた。なんらかの劇薬であることは明白だった。僕は抵抗したが……飛びこんできた友里の部下たちに押さえこまれた。どいつもこいつも、こめかみに酷《ひど》い手術の痕があった」

　牟田は背筋に寒気が走るのを感じた。嵯峨の事件に関する生々しい回想、それはいままで耳にしたことのないものだった。思わずつぶやいた。「でも……嵯峨先生。本庁で事件についての聴取記録を読んだことがありますが、そんなことはなにも……」

「載ってなくて当然だ」嵯峨は立ちどまって牟田を振りかえった。「今の今まで、こんなことは忘れていた。友里に与えられた健忘暗示だけでなく、恐怖心からの逃避が起きて思い出せなくなっていたんだろう。でもいまは、当時の記憶がはっきりとよみがえってくる。なにもかもが、手にとるようにわかる……」

「嵯峨さん」朝比奈が不安そうにいった。「たとえイメージのうえでの想起でも、催眠で理性を鎮めて下意識にアプローチしている以上、記憶は鮮明に再生されるはずです。精神状態や体調までも当時の状態に戻ってしまうかもしれない。そうなったら、異常が再発することに……」

「かまわない」嵯峨は、もとの位置に戻って床に寝そべった。「つづきをたのむ。いちど催眠状態が深まったんだ、深呼吸法の誘導だけでさっきの深度に戻れるだろう」

朝比奈はためらうそぶりをみせた。「でも……」

「いいから」嵯峨は目を閉じた。「やるんだ」

朝比奈は辛そうな顔を牟田に向けた。しばし戸惑ったようすだったが、やがてまた嵯峨の近くにしゃがんだ。「穏やかに、呼吸をしてください。ひとつ呼吸するごとに、深いところへ沈んでいきます……。さっきよりもずっと深いところへ……」

嵯峨はしばらく、やすらかに呼吸をつづけた。ふいにその顔がこわばる。霊媒が死者の霊を呼び出してとり憑《つ》かせる、そんな異様な気配に似ていた。嵯峨はまた大声を上げ、床の上でのたうちまわった。苦しそうにあえぎながらいった。「やめろ！　こんなことはまちがってる。やめてくれ」

嵯峨の目にたちまち涙がたまり、しずくとなって頬を流れ落ちた。顔面を真っ赤にし、必死でわめきつづけていた。

牟田はその異様な光景から片時も目を離せなかった。だが同時に、直視することがいたたまれない、そんな気分にもとらわれた。犯罪の現場の生々しい記憶が、被害者の脳のなかにはっきりと残っている。その事実に出合ったからだった。

朝比奈は口をつぐみ、辛そうな顔で嵯峨をみていた。本当は制止したいにちがいない。それでも、つづけるしかない。いまの嵯峨の信念に逆らうことは、誰にもできようはずがなかった。

やめてくれ。嵯峨は震える声でそう訴えていた。子供のように泣きじゃくった。左腕があがった。誰かに手首をつかまれ、ひっぱられているように痙攣している。

嵯峨はふいに、小声でいった。「牟田さん。ここにきて、左の袖をまくってくれ」

「え」と牟田は当惑しながらきいた。

「僕を押さえこんでた連中のうちひとりが、そうしたんだ。左端にいる、頭のてっぺんがはげたやつだった。無表情に僕の手首をつかんで、袖をまくらせた。……できるだけ記憶どおりにイメージをはたらかせたい。だから、たのむ」

牟田はあわてて嵯峨に駆けより、かがんで左腕をつかんだ。袖のボタンをはずして、肘までまくった。

嵯峨は幽霊でもみているかのように、虚空をみつめて怯えた。「やめてくれ。そんなものを射《う》たないでくれ。たのむ。たのむ。お願いだから！」

恐怖に震え、涙を流しつづける嵯峨の顔をみて、牟田は身震いを禁じえなかった。被害にあう瞬間。その想像を絶する恐怖。それが目の前で、あまりにも克明に再現されている。

いきなり、嵯峨はばったりと倒れこんだ。全身を脱力させ、床に横たわった。

朝比奈が悲鳴に近い声をあげた。「嵯峨さん」

だが、嵯峨はそのままの姿勢で、つぶやくようにいった。「心配ない。……牟田さん、僕をひきずって外にだしてくれないか。僕はひとりの男に、そうやって連れ出された」

牟田は困惑しながらきいた。「薬を射たれたあとも、記憶があるんですか」

「注射されたのは筋《きん》弛《し》緩剤《かんざい》みたいだった。身体が動かず、声もだせないけど、意識はあった。……部屋をでたら、右に折れた。そのようにたのむ」

牟田は朝比奈をみた。朝比奈はいまにも泣きそうな顔をしていた。

仕方がない。牟田は嵯峨の上半身を抱きかかえようとした。

「ちがう」嵯峨は目をつむったままいった。「首の後ろ、襟をつかんで乱暴にひきずっていったんだ」

「……はい」牟田はいわれたとおりにした。嵯峨のワイシャツの首、その背の部分をつかんで、床をひきずった。

重かった。嵯峨にもかなりの苦痛がともなうはずだ。だが、嵯峨は身体の力を抜いたままだった。

牟田は朝比奈にちらと目をやった。朝比奈は、直視するのが耐えられないというようすで、辛そうにうつむいていた。

アイライン

美由紀は嘔吐《おうと》しそうな思いにとらわれていた。起爆装置の底板をささえつづけ、すでに感覚が麻痺しきっている両手と両腕。つま先で立ちつづけることの想像を絶する苦痛。全身に重くのしかかる疲労感。

そしてなにより、自分の目の前にある友里の顔。この女の正体が露見してから、はじめて顔がくっつかんばかりの距離に接したことになる。そのおぞましさはかつて経験したことのないものだった。鳥肌が立ち、息が詰まるように思えた。

とりわけ、友里の両手が美由紀の顔に伸び、指先が触れるたびに、気が遠くなるような気色《きしょく》の悪さを感じた。何百人もの脳を切除手術した悪魔の手。それがいま美由紀の顔の上で躍っている。

友里の手にしたファンデーションは、美由紀が友里にメイクを教わったときと同じクリスチャン・ディオールの製品だった。

さきほど紫のネグリジェに着替えた友里は、美由紀が乗っているテーブルの上にあがると、真正面に立った。無言で美由紀をじっと見つめ、足もとに置いた化粧箱からとりだしたファンデーションを、美由紀の顔に塗りはじめた。異様な行為に顔をそむけようとした美由紀の頬を、友里の手が張った。以後も何度か、美由紀が身じろぎするたびに友里は頬を打った。そのたび、美由紀は体勢を崩すまいと踏みとどまった。

殺人鬼をまのあたりにして、動くことさえできない。四千人の命をささえる両手は震え、起爆装置の箱はその振動でかたかたと音をたてた。静寂のなかで唯一響く音。美由紀の恐怖心のあらわれだった。

友里は美由紀の顔をじっとみつめながら、化粧をつづけていた。その理解不能な行動を開始して以来、初めて口をひらいた。「美由紀。あなた、わたしの替え玉に、死に化粧を施してくれたんですってね。そのとき、どんな気分だったの」

霊安室での光景が頭をよぎった。本物の友里佐知子かどうか、半信半疑だったようにも思う。それでも美由紀は、友里の死に顔に化粧を施した。同じディオールのファンデーションで。なぜそんなことをしたのだろう。哀れみか。敵対していたとはいえ、かつての師に対する、せめてもの供養か。

いや。美由紀はそのときの気持ちをまざまざと思いだした。霊安室に入るまで、自分にはなんの感情も湧かないだろうと感じていた。だが友里の眠っているような安らかな死体の顔をみたとき、一瞬、かつて美由紀が多大な尊敬の念を抱いていた女医としての友里佐知子が帰ってきたような気がした。奇妙な懐かしさと、せつなさがあった。友里の病院で一緒に働き、師事し、過ごした日々を思いだした。あのころの友里は誰よりも輝いてみえた。美由紀にとっての憧れであり、人生の目標だった。それが幻想だと、疑ってみたこともなかった。

院長を務めていたころの友里はやさしかった。美由紀がカウンセラーの見習いとして失敗をくりかえしても、叱ることはなかった。少しずつ学んでいけばいいのよ。人生は長いわ。そういってくれたのを思いだす。

美由紀はそこに、亡き母の面影を感じていた。そう、いまになって否定しても、それは現実から目をそむけていることにしかならない。友里佐知子は、美由紀が小さかったころの母の姿に重なっていた。やさしかった母。女医としての友里佐知子を思いだすことは、自然に母に対する愛情につながった。化粧を施したいと思ったのは、そのためだったのだろう。

「甘いわね」友里の声に、美由紀は現実に引き戻された。一瞬だけ忘れていた両腕の痛みが、ふたたび意識にのぼってきた。

友里はかがんでファンデーションを置くと、化粧箱から口紅をとりだした。万能色のリップスティック。それを美由紀の口もとに近づけた。友里がいつも使っているものにちがいない。それが自分の唇に接する、そう思っただけで虫唾《むしず》が走る。美由紀は思わず唇を噛んだが、友里の手が美由紀の口もとを強引に横にひきのばした。友里は微笑してつぶやいた。「わたしはあなたを部下にするため、あなたが理想に思う大人の女性を演じただけ。あなたの心理では、それは母親だった。あなたはわたしをみて母親を思い出したかもしれないけど、それはわたしが故意にそう感じさせたのよ」

口紅が近づいてきた。美由紀には抗《あらが》う手段はなかった。友里の手にした口紅の先端が美由紀の唇に接した。なめらかに、それが左右に滑っていく。

「ねえ」友里は美由紀の唇をメイクしながら、目を輝かせていった。「あなた、とんでもない偽善者ね。そうでしょ？　東京湾上空であなたはわたしの乗った飛行機を撃ち落とした。なんのためらいもなくトリッガーを引いた。あなたは殺人者。わたしを殺したのよ。それなのに、死に化粧で想い出を美化した。とんでもない女ね。大勢の人々に、英雄ともてはやされて幸せを感じてるでしょう。マスコミに千里眼って呼ばれる気分はどう？　わたしが創りだしたすべてを、あなたは奪っていった。コソ泥みたいにね」

「ちがうわ。わたしは……」

「黙って」友里はぴしゃりといった。それから静かな口調でつぶやいた。「唇のメイクは重要なのよ。あなたみたいに薄い唇は、特にむずかしいわ。真ん中にグロスを付け足しておくのもいいかもね」

友里は指先で、美由紀の唇の縁をふきとった。少し身をひいて美由紀を眺める。友里の顔に微笑がうかんだ。口紅を下に置き、化粧箱をまさぐった。

テーブルが揺れた。美由紀は身をこわばらせた。虚しく響く自分の息づかいを耳にしていた。

また目の前に友里の顔が近づいた。クリームアイシャドウを指先につけ、美由紀のまぶたに塗りだした。「でもね、美由紀。結局あなたが化粧を施したのは替え玉だったのよ。晴海医科大病院時代の患者で、重度の精神病だった。かわいそうだったわ。だから脳手術をしてあげた。楽にしてあげたの。その後、わたしの替え玉をつくる必要が生じて、顔だちの似ていた彼女を選んだわ。整形してあげたのよ」

「そして」美由紀は震える声でいった。「自分で頭部を撃たせた。自殺させたのね」

「ちがうわ」友里の表情は硬かった。「わたしもあなたと同じく、みえない脅威を感じていた。メフィスト・コンサルティングの陰謀をね。連中の魔手から逃れるために、替え玉をつかったの。替え玉を死なせたのは彼らよ。かわいそうにね。でもおかげで、わたしは彼らから逃げのびた。あなたもそうね。そういう意味では、ふたりは同志だわ」

メフィストの日本支社で、美由紀が朦朧とした意識のなかで感じた友里の存在。あれは替え玉だった。やはり友里は、メフィストの触手にやすやすと絡めとられてはいなかった。ありうることだ、と美由紀は思った。友里がそう簡単に、心理学的な罠にかかるはずがなかった。

友里はいった。「目を閉じて」

美由紀は困惑した。こんな状況で目を閉じられるはずがない。

だが、友里は険しい表情で命じた。「閉じなさい」

しかたがなかった。美由紀は頭上の底板を支える姿勢のまま目を閉じた。

暗闇に包まれると、恐怖は倍増した。平衡感覚を失い、身体がぐらついた。両手の指先に意識を集中した。放してはいけない。四千人の生命の重さを考えろ。感覚を研ぎすませろ。自分にそういいきかせた。

閉じたまぶたの上をアイライナーが走るのを感じる。左目、次いで右目。それが終わると、マスカラがまつげをなでる。

友里の声がした。「目を開けていいわ」

ぼんやりと視界が戻った。友里は満足そうな笑みをうかべてこちらを見つめていた。ごらんなさい、そういって、友里はわきにどいた。

真正面に、壁一面に張られた鏡があった。テーブルの上で両手を高くあげた美由紀の姿がうつっていた。汚れたタンクトップとジーンズスカートという服装とは対照的に、顔だけが丹念にメイクされていた。

なぜか、無節操な暴力を振るわれたかのような衝撃があった。屈辱感と悲しみがこみあげた。

友里はふたたび正面に立ち、美由紀の顔をのぞきこんだ。うっとりとした表情をうかべ、ため息まじりにいった。「かわいい顔。お人形さんみたいね。わたしがつくったのよ。あなたは、わたしがつくったの」

断じてちがう。美由紀は心のなかで反論した。師事し、メイクの仕方を習っても、自分は友里とは異なる人生を歩んでいる。自分は友里の操り人形ではない。

友里は香水のスプレーをとりだした。「服の汚れはしかたないわね。せめて匂いだけでもよくしておきましょう」

霧状の香水が吹きつけられた。濃い香りだった。友里の愛用品だとすぐにわかった。ディオールの〝催眠的《ヒプノティック》〟プワゾンとカルバン・クラインのシーケーワンを八対二で混合し、さらに水で薄めたもの。友里独自の調合だった。

友里は鼻をうごめかすと、テーブルから飛び降りた。美由紀の顔をみあげた。友里は美由紀の膝にもスプレーした。すりむいた傷に、信じられないほどの激痛が走った。

美由紀は崩れ落ちそうになった。歯をくいしばってこらえた。涙がにじみでた。

「だめよ」友里は化粧箱を手にすると、美由紀の顔をみつめていった。「泣かないでちょうだい。せっかくのメイクが台なしになるから」

美由紀は涙をこらえた。肉体だけでなく、精神的にも耐えがたい苦痛があった。正面の鏡にうつった自分の姿が、いやでも目に入る。辛辣な仕打ちだった。

このまま平常心を保てるだろうか。美由紀の脳裏を不安がかすめた。自分は最後まで、まともでいられるのだろうか。美由紀は震えながら、恐怖と屈辱にじっと耐えた。

トランク

外山は東京晴海医科大付属病院の前でタクシーを降りた。正式な捜査ではないのだ、覆面パトカーを借りるわけにもいかなかった。運転手が釣り銭とともに渡した領収書に目を落とす。二千九百円。この金も経費で落とせるかどうか甚《はなは》だ疑わしい。このところ、どの部署も切り詰めている。名目のはっきりしない経費は百円だって出やしない。

病院の正面には、当然のごとく〝立ち入り禁止〟の看板があった。ここからみるかぎり、ガラス張りの壁の向こうは、がらんとしたロビーでしかなかった。人影はない。

やれやれ。そう思いながら、外山は病院の周囲を見まわることにした。牟田からどうしても来てほしいと電話で呼びだされた、それで渋々出かけてきた。ところが出迎える気配もない。若い連中はどうしていつもこうなのか。先輩に対する礼儀というものを、まるで理解していないように思える。

角を折れ、病院のわきを走る小道にさしかかった。妙な気配を感じ、外山は立ちどまった。

前方に黒いセダンが停まっている。牟田のクルマだった。後ろのトランクが開いている。

エンジンをかけたままのようだが、運転席にひとがいるようすはない。

無用心な。そう思ったとき、病院の半開きになったシャッターから牟田が現れた。台車をひきずっている。なんと、そこにはぐったりと横たわる嵯峨の姿があった。

外山は呆然と立ちすくんだ。牟田は嵯峨の身体を抱きかかえると、トランクのなかに放りこんだ。嵯峨が抵抗しているようすはない。失神しているのだろうか。牟田は嵯峨に一瞥《いちべつ》をくれると、トランクの蓋をたたきつけるように閉めた。

誘拐《ゆうかい》。まさか、そんな。外山は頭を殴られたような衝撃を受けた。よりによって自分の部下が、こんなことをしでかすなんて。

「まて!」外山はあわてて駆け寄った。「牟田、なにしてる!」

牟田は振りかえった。その顔に驚きのいろがひろがった。外山先輩。そうつぶやいたのが、口の動きでわかった。

外山はクルマのトランクに手をかけた。開かない。牟田をにらみつけていった。「こりゃいったいなんの真似だ」

牟田はおずおずといった。「これは、その、事件解決のために必要と思われることで……」

「いったいなんの話だ」外山は牟田の胸ぐらをつかんだ。「刑事の安月給はいまに始まったことじゃねえんだ。おめえもそれを承知で警察に入ったんだろうが。職務を放棄して犯罪に手を染めるなんて許せねえ」

そのとき、女の声がした。「外山さん。それは誤解です」

外山は声がしたほうをみた。病院のガレージから、朝比奈が出てきた。

どうなってるんだ、こりゃ。外山がひとりごちたとき、トランクの内部から叩く音がした。

牟田は外山の手をふりほどくと、あわてたように運転席に飛んでいった。解除ノブをひいたらしい。トランクの蓋が開いた。

嵯峨がトランクから顔をのぞかせた。「これじゃ、だめだ」

駆け戻ってきた牟田が嵯峨にきいた。「だめって、どこが？」

「クルマのエンジン音がちがう。もっと軽い音だった。車種がちがうとスピード感だとか、いろいろ体感的なことに差が生じる。できるだけ近いクルマじゃないと」

外山は唖然としてきいた。「嵯峨先生。いったいなにをなさってるんで？」

嵯峨は外山を見返した。なにも喋らなかった。ただ外山を見つめていた。

外山は異様な気配を感じた。嵯峨の両目は泣き腫らしたように真っ赤になっていた。髪は乱れ、口もとからはよだれがしたたり落ちている。だらしなく胸もとをはだけたワイシャツは、埃《ほこり》まみれになって薄汚れていた。

嵯峨は焦点の合わない目をしていた。どこか興奮しているようにもみえる。赤面した顔は泥酔者のようでもあったが、それにしては理性は保たれているように思える。

「外山先輩」牟田が話しかけてきた。「嵯峨先生は催眠によって、友里佐知子に拉致された当時の記憶をよみがえらせてるんです」

外山はうんざりしていった。「催眠？　また催眠か。お遊戯につきあってるひまはねえといっただろう」

「本当なんです！　さっきから私は嵯峨先生を、そのう、先生の指示どおり病院内をひきずりまわしたんですが……先生は目をつむっていたのに、右、左、この先は階段だと的確に指示するんです。そうこうしているうちにガレージに行き、荷物運搬用の台車置き場もぴたりと言い当てた。連れ去られた当時の記憶が正確に再生されてる証拠です」

外山は牟田の剣幕に内心驚いていた。この若者が、こんなに必死になって意見を主張したのははじめてだった。

だが、外山は牟田のいった嵯峨の記憶の再生を、やや疑わしく感じていた。「病院の通路ぐらいだいたい察しはつく。まして嵯峨先生が以前に訪ねた場所でしょう？　想像で、さも本当にあったことのように錯覚してるんじゃないですか？」

朝比奈がいった。「だから、それを確かめようとしてるんです」

外山はいらだちを覚えた。「確かめるって、嵯峨先生をトランクに積んで、いったいなにが確かめられるってんだ」

嵯峨は無表情にいった。「僕はクルマのトランクのなかでも意識がありました。恐怖に震えてましたが、速度や曲がった場所は体感的に記憶に残っているはずです。車外の音もわずかにきこえるところがあった。それらをすべて思い起こすんです」

「ばかな」外山は吐き捨てた。「そんなことできるわけない。時間の無駄ですよ」

朝比奈は厳しい目つきでにらんだ。「なぜできないと決めつけるんです。人間の本能的な記憶力を軽視しちゃいけません。それとも刑事さんは、脳に記憶というものがなされるメカニズムをきちんと解明できておいでなんですか」

外山はたじろいだ。いったいどうなっているのだ。この連中は、絵空事のような実験を本気で行おうとしている。状況が切迫しているとはいえ、あまりにも現実離れした賭けだ、外山はそう思った。

牟田が嵯峨にいった。「そういえば、この先にレンタカーの店があります。そこなら、車種も多様です。いちばん近いタイプのクルマを借りることができれば……」

外山は口をはさんだ。「なにをいってるんだ。トランクに人間を詰めて走ることを目的にレンタカーを借りるつもりか」

だが、牟田はあっけらかんと答えた。「ええ、そうですよ。この台車もそこのスーパーマーケットで借りたんです。病院のガレージの台車置き場には、もうなにも置いてなかったもんですから」

嵯峨は静かにいった。「外山さん。どうか、もう一回だけチャンスをください。僕は、これまであきらかになった友里のアジトとは違うところに連れていかれてたんです。あきらかに、民家だった。友里の正体に近づけるかもしれません」

外山は黙って嵯峨を見つめた。嵯峨も、外山を見つめかえした。

友里の正体。それが捜査においてどれほど価値のあることなのか、あらためて考えるまでもなかった。是が非でも突きとめたい事実だ。ただ、はたしてこんな実験でそれが白日のもとにひきだせるのだろうか。疑念を感じずにはいられなかった。

しかし、と外山は思った。セミナー参加者の洗脳についての講釈は誤っていたとしても、嵯峨は過去に幾度となくその知識を警察の捜査のために役立ててくれていた。そのほとんどは、外山の知り得ない心理学の知識を駆使した追跡方法だった。無視してしまうのはためらわれる。そんな気がしてきた。

外山は牟田にいった。「人間は座席以外の場所に乗っちゃいけねえと、道交法でもさだめられてるだろうが」

牟田は押し黙った。が、やがて意を決したように口をひらいた。「責めを負う覚悟はできています」

外山は嵯峨をみた。次いで朝比奈、そしてまた牟田に目をやった。三人とも真剣な表情だった。どうあっても実験に臨みたいと考えている。そんな揺らぎようのない決意を感じる。

ため息をつき、外山は腕時計に視線を落とした。「四時か。わかった、一時間だけ付き合おう」

外山が承認しても、空気がなごむようすはなかった。緊張の気配は消えなかった。嵯峨は無言でトランクから降りた。朝比奈が気づかうように寄り添った。

もういちどだけ、この若者たちに賭けてみるか。外山はそう思った。頭の片隅では、道路交通法に抵触したことに対する始末書の文面を練りあげていた。

絶望

どれくらいの時間がすぎたのだろう。美由紀は思った。手足の感覚は消失し、背筋に走る激痛が、かろうじてまだ自分に感覚があることを物語っている。ときおり意識が薄らぐのを感じる。ふらつき、そのたびに身体をびくつかせる。それでも、起爆装置の底板を支えつづけた。落下させるわけにはいかない。四千人の命だということを忘れるな。自分にくりかえしいいきかせた。人々の命だと思えば重くはない、重くはない。

靴の音がした。暗闇の向こうに消えていた友里が、足ばやに近づいてきた。ふたたびウエットスーツ姿になっている。防水型のショルダーバッグを小脇にかかえて、友里は陽気にいった。「さて。そろそろ失礼するわね。あなたとも、永遠にお別れするときがきたわ。最後になにか、きいておきたいことはある？」

美由紀は黙って友里をみつめていた。どうしても、友里の余裕に合点がいかない。美由紀が手を放せば、友里も死んでしまう。美由紀が耐えつづけると確信しているから、と友里はいった。が、そんな言葉は信用できない。友里が美由紀を信じるなんて、そんなことはありえない。

友里は美由紀をみかえした。微笑がうかんだ。「声にださなくてもわかるわ。わたしがどうして爆死を恐れないのか、どう考えても理解できない。そんなところでしょう」

美由紀はうなずいた。どうしても答えが知りたくて、そうしていた。

友里は声をあげて笑った。「素直ね。いいわ、その率直さに免じておしえてあげる。その起爆装置は本物。地上の建物の爆薬に直結してる。でもたとえあなたが手を放しても、わたしは死なない。そのわけがわかる？」

どういう意味だろう。美由紀は息を呑んで友里をみつめた。

友里はいった。「この地下貯水庫はね、図面より二十メートルも深いところにあるのよ。建設中の測定ミスだったようね。あなたは衝撃波でこの地下室も崩れると思ってたでしょうけど、じつはちがうの。地上の建物が粉々になっても、ここはびくともしないわ。だから万一あなたが手を放しても、吹き飛ぶのは地上の四千人だけ。わたしは死なない。だから恐れなかった。でもあなたは、四千人を死なせたショックで立ち直れなくなるでしょうね」

美由紀は呆然とした。口を動かしたが、声がでない。なんとか声を絞りだしてたずねた。

「でもそれなら、この地下室にあなたがいた痕跡が……」

「残るわよね。でも、その点も抜かりはないの。一時間後に湖底の取水管ハッチが全開になる。この部屋に水が流れこんでくるの。排水管の出口が細くなっていたのは知ってるわね？　あれによって、排水より取水の量のほうが多くなり、この部屋はどんどん増水する。水位は二・五メートルくらいまであがるの。起爆装置には届かないけど、それ以外ここにあるすべての物を呑みこむ。すべては水圧で押し流され、排水管のパイプラインに流れこむ。以前に実験したけど、水圧はかなり強いものになるの。フレッドも椅子もテーブルも粉々になって、湖のなかに流れこんで沈む。あとには、何も残らない」

「あの排水管の出口は湖の水面から十メートル近く離れたところにあるわ。破片は湖のほとりに散らばることに……」

「いいえ。前に実験したといったでしょう。排水管の出口が細くなっているために、そこから吹きだす水の勢いはかなり強いものになるの。水も破片も湖面まで飛んで落下するのよ。だから湖のほとりの地面に水が流れた跡も残らない。排水があったことは、外からではわからない」

美由紀は、排水管の外に流水の痕跡がないのに、パイプラインの途中に水がたまっていたことを思いだした。あの水は、友里のいう過去の実験のなごりなのだろう。たしかに湖畔の排水口を外から見たかぎりでは、なんらあやしいところは見当たらなかった。

友里は笑いをうかべた。「教えましょうか。建物のなかを制圧しているロボットたちは、せいぜいひとの動きを感知して銃を撃っていどのことしかできない。天井に向けて発砲することもプログラムされてない。つまり参加者たちがずっとホールドアップしつづけていれば、ロボットも動かない。計算では二、三日はそうした状況がつづくわね。その後、誰かが動いて射殺されると、同室の参加者たちは狂乱状態になる。銃声をきいたほかの部屋の連中も同様ね。そして誰かが窓または扉から逃げだそうとした瞬間……起爆装置のスイッチが入って建物は吹っ飛ぶ」

美由紀は寒気を感じた。警察の記録が目にうかぶようだ。数日の膠着《こうちゃく》状態のあと、建物のなかから銃声が響く。そして爆発。サーモグラフィーによる探知で、参加者たちがいっせいに動きだしたのがみえる。そして爆発。ブランチ・ダビディアンなど海外で起きた異常な集団自殺事件と、ほぼ同じ展開がつくりだされる。おそらく誰も疑おうとはしないだろう、四千人が〝洗脳〟されていたことを、そして友里佐知子が想像を絶する〝洗脳〟を可能にしたことを。

なんと周到に練られた計画だろう。美由紀は身震いした。

「でもね」友里は髪をかきあげながらいった。「岬美由紀が入ってきて起爆装置を分解にかかるなんて、予想してなかったわ。これじゃ、この部屋に水が流れこんだ時点で爆発しちゃうわね。激しい水圧のなか、そうやって底板を支えていられるとは思えないから」

美由紀はいった。「あなたは国外逃亡できないってことになるわ」

ところが友里は、笑って肩をすくめた。「かまわないわ、美由紀。あなたが激流にたえきれず、無念にも手を放して四千人を死なせてしまう。その罪悪感とともに、排水管に流された溺《おぼ》れ死ぬ。最高ね。そんな事態が起きてくれるのなら、国外逃亡なんかまたの機会にしても悔いはないわよ」

美由紀は怒りとともに、疑問を感じた。一千万ドルを要求しておきながら、日本から脱出しない。そんなことがありうるだろうか。

だが熟考するより前に、友里がテーブルをつかんで揺らした。

美由紀はびくついた。身体をのけぞらせるようにして底板を支えた。

友里は手をとめて、美由紀を見上げた。「だからいつでも手を放していいのよ、美由紀。手を放してもあなたは死なないんだから。四千人の、見ず知らずの人間が犠牲になるだけ。いまのうちに逃げればあなたは助かるわ。濁流が襲ってくるまで待つ必要はないのよ」

美由紀は勇気をふりしぼっていった。「手を放すもんですか。自分ひとり助かりたいがために、罪もない人々を犠牲にするなんて。わたしはあなたとはちがう」

友里の顔には、まだ笑いがとどまっていた。ふと思いついたようにショルダーバッグを開けた。小さなミッキーマウスのぬいぐるみをとりだした。

「みて」友里はいった。「親しげな笑顔をうかべてるわね。これ、なんのためにあると思う？　人類はなぜぬいぐるみをつくったのかしら。答えはひとつ、愛情を注ぐためよね。人間、動物に近い愛情を注いで、愛《め》でることによって、ある種の快楽を得る。だけど、こんな綿と布の塊でしかないものに、愛情をもつなんてばかげていると思わない？　人間っていうのは、そのていどのものなの。目と鼻と口が描いてあれば、へのへのもへじでも顔にみえる。顔にみえれば、それだけで生命が宿っているように感じてしまう。なぜなら、ひとはモノでしかない。ひとのかたちをしているかどうか、それだけが、ひとがひとである証拠。だからぬいぐるみであっても愛情の衝動がおきるのよ」

美由紀は小さく首を振った。「人間とぬいぐるみはちがうわ」

「そう?」友里は目を輝かせた。ミッキーマウスを両手でつかみ、力をこめた。首をねじ切った。さらに、胴体を引き裂いた。

ミッキーマウスの首が床に転がった。笑ったまま、無残にちぎれて転がっていた。

友里は美由紀をみつめた。「いまどう感じた? かわいそうだという気が、少しでも起きたんじゃなくて? あるいは、わたしに対する反感、嫌悪感。それはあなたが、このぬいぐるみに生命と同等か、それに近いものを感じていた証拠よ。こういうぬいぐるみのキャラクターは、人々が愛情を抱きやすいかたちにデザインされている。たったそれだけで、布と綿の塊に愛情を持つ。錯覚だわ。ひとも結局おなじことよ。水分と脂肪と蛋白質の塊同士が、錯覚に翻弄されて愛情だの生命だのといってるだけ。自分たちも無意味な物質のひとつだと、はやく覚《さと》るべきだわ」

美由紀はこみあげる怒りに逆らいきれずにいった。「あなたに生命へのこだわりがないのなら、なぜ死ぬのを怖がってるの! 死ぬ勇気もなかったくせに!」

友里は静かにいった。「そうよ。死ぬ勇気はないわ。怖いもの。脳が勝手にそういう感覚をつくりだす。わたしたちはみんな、そんなふうにできてる。死を選べないように、生に執着し、繁殖するようにできてる。モノであることに変わりはなくとも、わたし自身は、そんな不快感とともに消えてなくなるのはいやよ。痛いのもいや。怖いのもいや。不安もいや。だから、安心を手にいれるの。誰も逆らわない存在になり、うんとお金を手にして、好きなことをやって過ごす。一日でも、一時間でも多く快楽を味わう。どうせ死んだら消えてなくなっちゃうんだもの、脳によってもたらされるのは不快感より快感のほうがいいでしょ」

「なら、どうしてほかのみんなも一緒だと考えないの。ほかのひとたちだって、幸せに生きたいと願ってるはずよ」

「わかってないわね。他人がどうなろうが、知ったことじゃないわ、モノだから。このミッキーマウスとおなじ。わたしもモノだけど、わたしはわたし。自分だからね。しょうがないわ。好き勝手に快楽だけを追求して、この生命だの愛情だのという錯覚の織り成す社会を超越するのよ」

美由紀は軽蔑の念を抱いた。「結局、そのていどなのね」

「なにが？」

「集団洗脳を可能にした女という風評を立てようとしながら、あなたは人間というものをまるでわかってない。自分の気持ちさえ制御できない。たんなる臆病者だわ。死ぬのが怖い、そのことばかりにとりつかれて、なにも信じようとしなくなってる」

友里は小馬鹿にしたようにせせら笑った。「人間というものをわかってない？　モノだっていってるでしょう。美由紀。あなたの説教がそのさきどうなるか、簡単に予測がつくわ。ヒューマニズムめいた話や宗教めいた話。それらは、人間が自制心を働かせるために作り出す幻想や錯覚にすぎないわ。愛ってすばらしい、とか、人生ってすばらしい、とか、そんな言いぐさを口にした瞬間、心地よさを感じる。でもその心地よさは、抽象化された言葉の甘さによって条件反射のように喚起されたトランス状態によって、理性の働きが鈍るせいでそう感じるのよ。なぜそれで心地よく感じるかといえば、理性の働きが鈍ると、思考力が低下して、ひとは水分と脂肪と蛋白質でできたモノでしかないという事実を忘れられるから。モノにすぎない自分に、やがて終わりがやってくるという恐怖が起きなくなるから。ふだん理性が働いているときには薄々感じているその恐怖を、感じさせなくなるから。飲酒となんら変わることがないわ。酒を飲めばアルコール作用で脳の働きが低下する。シンナーを吸っても麻薬を摂取しても脳の働きが低下する。音楽を聴くことだってリズムの作用で理性を鎮めるわけでしょう。この世の快楽はみなおなじ。理性を働かせれば生命なんて錯覚にすぎないのがわかり、死ぬのが怖くなる。だから思考をストップさせる。それだけよ」

苦痛と疲労感が押し寄せる。そんななかで、友里の甲高い声は癇《かん》にさわった。

美由紀は怒りにまかせて怒鳴った。「そんなの、動物に退化するのも同然だわ！」

「そうよ。それでいいじゃない。人間も動物もモノでしかないんだから」

どうあっても、集団殺戮《さつりく》に対する罪の念は生じないらしい。美由紀は友里をみてそう思った。

美由紀はつぶやいた。「あなたがどういおうと、命あるものとそうでないものはちがうのよ」

「そうかしらね」友里は美由紀の足もとに近づき、テーブルに片手をついた。「あなたやわたしに命があるという不思議を受け入れるなら、このテーブルや、椅子や、フレッドに命がないというのもまた不思議じゃない？」

「安倍晴明もおなじことをいってた記録があるわ。でもそれで、人がモノであるというあなたの理論が裏付けられるわけじゃない」

友里は上目づかいにみた。「セミナーの参加者たちは人間もモノも同一のものとみなしてるけど」

「仮レム睡眠で妄想をみてるだけだわ」

「そっちのほうが正しい、とは思わないの？」

美由紀は手のしびれが限界に近づいていることを感じた。それでも、きっぱりといった。

「思わない。絶対に」

ふうん。友里はそういって、ミッキーマウスの破片をひろいあげた。ちぎれた布と綿。MK1に歩み寄り、それをさしだしながらいった。「フレッド。プログラム七」

ロボットは動きだした。まるで友里のさしだしたものをのぞきこむように首を動かし、それから左手をさしだし、友里から布と綿の切れ端を受け取った。ロボットは美由紀のほうに向きを変えた。右手に自動小銃、左手にぬいぐるみの破片をさげて、ロボットは近づいてきた。

美由紀は緊張した。さっき友里が着替えに去っていたとき、キーボードを操作する音がきこえていた。なにか新しいプログラムを入力したにちがいない。

ロボットは美由紀のすぐ近く、テーブルの横に立った。左手があがり、美由紀のわきの下に伸びてきた。

美由紀は不安を感じた。「なにをするの」

友里がいった。「お別れの前に、あなたの笑顔がみたくてね」

ロボットの手は、タンクトップを着た美由紀のむきだしのわきの下を、布と綿の切れ端でくすぐりはじめた。

むずっとした違和感、そしてすぐに美由紀は身体をびくつかせた。可能な限り身を引こうとしたが、ロボットはセンサーで感知しているのか、たえず美由紀の肌に微妙に接する距離に指先を持ってくる。

　屈辱と悔しさがこみあげた。身体が弛緩しそうになるのをこらえ、歯をくいしばった。

「やめて」

　友里は美由紀を眺めながらいった。「歴史上、最も強力な拷問は古代ローマでおこなわれていたこれなのよ。五万人におこなわれて、五万人全員の気がヘンになったと記録にあるわ。気がヘン。いいわね、この表現。いちいち病名なんかつけなくても、そのひとことでいいと思わない？」

　思わない。そう否定したかったが、声がでない。口もとを緩めると、すべての筋肉が緩んでしまいそうだ。

　たちまち視界がゆらいだ。また涙がこぼれた。だが、悲しみに身をゆだねてばかりはいられなかった。自分でも制御できない感情がこみあげる。美由紀は怒りとともに叫んだ。

「やめて！　こんなのひどい！」

「なんで？　痛みもなにもないのよ。快楽よ」

　だめだ。美由紀はそう思った。これ以上がまんできない。そう思ったとき、美由紀は笑っていた。笑い声をあげていた。

　友里が甲高く笑った。「いいじゃない。岬美由紀の笑顔、笑い声。すてきよ」

　美由紀は激烈な悔しさに包まれていた。それでも笑いがとまらなかった。懸命に底板を支えつづけてはいた。だが、いつ力が抜けてしまうかわからない。これほどの苦痛はありえない。もう耐えられない。

やめて。その言葉も発せられなくなってしまった。喋れない。ただ笑うことしかできない。

このロボットめ。心のなかでそう思った。

「美由紀」友里が近づいてきた。「どう？ フレッドが憎らしく思えてきたんじゃない？ってことは、モノに生命があると錯覚してるってわけね」

ちがう。美由紀は首を振った。憎いのはこのロボットじゃない。友里だ。友里佐知子だ。ロボットのくすぐりは執拗だった。人間とちがい、疲れしらずに指を動かしつづける。いつまでも続く。その恐怖も襲ってくる。

笑いをこらえろ、おかしくなんかない。美由紀はそういいきかせた。理性を働かせろ。このロボットは人間じゃない。起爆装置のことを考えろ。四千人の命を。

だが、つとめて意識しまいとすればするほど、笑いはこみあげてきた。抑えようとしてもかなわなかった。

美由紀は笑いながら泣いていた。こんな屈辱はかつてなかった。

目の前の鏡に、笑いつづける自分のだらしない姿があった。目をそむけようとしてもむりだった。頰に大粒の涙がいくつも流れる。鏡にうつった自分の顔は真っ赤になっていた。

そのとき、友里がなにかを右手に握ってさしだした。

マイクだった。美由紀は怒りに我を忘れそうになった。録音するつもりか、中継するつもりかはさだかではない。だが、こんな場で自分の笑い声をマイクにひろわれるなど、考えたくもない。途方もない屈辱だった。

口をつぐみ、一瞬だけはこらえた。しかし無意味だった。美由紀は弾けるように笑ってしまった。苦痛は頂点に達していた。起爆装置の底板を支える、その使命感も揺らいでしまいそうになった。

ふしぎなことに、実際に自分が笑いという感情を抱いているような錯覚さえ起きてくる。美由紀はその衝動に抗おうとした。状況におかしさがあって笑っているのではない、これは拷問だ。自分は強制されているだけだ。

しかし、そういう考え自体に笑っている気さえしてくる。正常ではない、正常でなくなりつつある。そんな自分を感じた。

どうすることもできなかった。美由紀は友里のさしだしたマイクを前に笑いつづけ、泣きつづけた。

日向涼平は異様な空気を感じた。施設の近くで、機動隊と押し問答をしていた人質の家族たちが、急に静まりかえった。報道陣の声もカメラのシャッター音も消えていき、ボウボウという風の音だけが耳のなかで響きつづけた。

涼平が現場にたどり着いて、すでにかなりの時間が過ぎていた。自分も父のためになにかできるのでは、そんな涼平の期待は即座に打ち消されてしまっていた。機動隊は施設から距離をおいたところに陣取り、民間人も報道陣もそれより先にいくことを禁じられていた。白い六角形の建物はまるで監獄か要塞のような様相を呈して、雑草の生い茂る谷間にぽつんとたたずんでいる。近づくことはおろか、侵入することなどまず不可能に思える。涼平がそんな決意を抱いたとしても、警察が許可しないだろう。

自分は結局、群れをなして警官隊に詰め寄り不満をぶつける人々と、なんら変わることがなかった。涼平はその事実に呆然とし、ただ立ちつくすしかなかった。なにもできない。離れたところにたたずんでいるだけ。あの建物のなかに、自分の父となる人物がいるというのに。

涼平は自分が無力だと痛感した。岬美由紀はあきらかに、デーヴァ瞑想チームについてなにかを知っていた。いまもその調査のさなかにちがいない。半面、自分はどうだろう。あいかわらず傍観するしかない立場。なんの権限もあたえられず、特殊な技能も持ち合わせていない民間人のひとり。それにすぎなかった。

そんな思いにさいなまれ、うなだれていた涼平の耳に、妙な音がきこえてきた。

周囲が静まったのは、その音のせいらしかった。誰もが眉をひそめ、奇妙な音声に耳を傾けている。

　女の泣いている声。いや、笑っている声。どちらともきこえる。だが、笑っている可能性のほうが高かった。女の笑い声。それが建物のほうから響いてくる。

　施設の屋上にある拡声スピーカーが、その発信元のようだった。

「なんだ」警官のひとりがいった。「人質は全員男性のはずなのに」

　だが、涼平は鳥肌が立つのを感じていた。

　聞き覚えのある声だった。岬美由紀だ。ほかに気づいた者はいるだろうか。周囲の人々に目を向けた。誰もが怪訝そうな表情をうかべている。声の主が誰であるか、わかったようすはない。しかし、セミナー参加者の身内たちは表情をこわばらせた。みるみるうちに怒りのいろがひろがった。

　主婦らしき女性が叫んだ。「馬鹿にしてる！　こんなときに笑い声を流すなんて！」

　その女性に呼応するかのように、人々はいっせいに騒ぎはじめた。建物を指さし、警官に怒りをぶつけた。なんなのあれは。すぐにやめさせて。非常識だ。

　群衆の心を逆撫《さかな》でするような笑い声。その声は岬美由紀に相違ない、涼平は確信した。どういうことなのだろう。なぜ建物から、美由紀の声が流れるのだろう。こんな状況で笑っている、そのことをどう解釈すればいいのだろう。

　涼平のなかで激しく思考が渦巻いた。美由紀に対する不信感が湧き起こった。が、それは一瞬のことだった。そんなはずはない、涼平はその考えを否定した。彼女が涼平たちの心情を無視して、どこかでへらへらと笑っている、そんなことはあるわけがなかった。絶対に考えられない。考えたくもない。

頭をかきむしりながら、涼平は顔をあげた。ひょっとして、美由紀の身になにか起きたのだろうか。そういえば彼女の姿はここにはない。涼平の父がかならず帰ってくると確約してくれた以上、彼女はまちがいなくこの件に関わっているはずだ。現場にいないのだとしたら、いったいどこにいるのだろう。

「ねえ」近くにいた女性が、べつの女性にささやくのがきこえた。「この笑い声って、どこかで聞いた声じゃない？」

それ以上、会話が耳に入ってくるのを涼平は拒んだ。耳をふさぎながら、群衆から離れた。

岬美由紀はどこかにいる。その居場所を突きとめねば。そう思った。

美由紀は微妙に身をよじりながらロボットの指先を避けようとしつづけた。それでも、指先は離れなかった。美由紀は、こみあげてくるおかしさに笑いつづけるしかなかった。

息苦しくなってきた。横腹も痛くなってきていた。身体の震えはとまらなくなり、膝はいまにも崩れおちそうだった。

制止を呼びかけたいのに、言葉がでない。もしこのマイクが地上に通じているのなら、友里の陰謀をまくしたててしまいたい。それなのに、喋れない。笑い声をとめようとすると、ただ苦しくなってむせるだけだ。咳とともに笑いがでる。涙が口のなかに流れこむのを感じた。それでも笑いつづけた。

友里はマイクのスイッチを切り、放り投げた。「あなたの愉快そうな笑い声に、四千人の参加者とその家族も少しは楽しい気分になったんじゃないかしら」

ひどすぎる。美由紀は無念さを嚙みしめていた。それでも、笑いだけはとまらなかった。苦痛は限界を通り越し、判断力や思考力を侵食しつつあった。ここでなにをしているのか、なにが起きているのか、一瞬わからなくなる。そのたびに必死で注意力を喚起させた。意識を保て。笑いつづけようとも、泣きつづけようとも、意識を保つこと。それだけを念頭におけ。

「じゃ」友里はいった。「そろそろお別れね。悪いけど、またネズミが入ってこないようにフレッドの音センサーを機能させとかなきゃ。そのためには、あなたに笑い声をとめてもらわないとね。声がしたら、フレッドが心臓を撃ち抜いちゃうのよ」

しかし、美由紀は笑い声をとめることはできなかった。

友里はつられたように笑った。「あらあら。だらしないわね。静かにしてくれなきゃこまるのに」

弄ばれている自分が情けなかった。だが、どうしようもない。美由紀は涙を流しながら笑いつづけた。

友里はショルダーバッグをまさぐり、ガムテープをひっぱりだした。それを十センチほどちぎりとると、テーブルの上にあがってきた。美由紀の口にガムテープをはりつけた。

美由紀は息苦しさに吐きそうになった。くすぐりがつづき、笑いもとめられない。笑い声はでなくなり、頼りない呻《うめ》き声だけが響いた。

友里はいった。「鼻で呼吸するのよ。わたしの計算では、あなたは一時間以上はもつわね。水が流れこんでくるまで支えてられるかもね。もっとも、精神状態はかなりやばくなると思うけど。がんばってわたしの逃亡の手助けをしてちょうだい。さっさと手を放したら承知しないわよ」

そういって友里は高らかに笑った。テーブルを飛び降り、ショルダーバッグをひろいあげた。美由紀を感慨深げな顔でみあげた。「楽しかったわ。岬美由紀。あなたのことは忘れない」

友里はロボットに声をかけた。「フレッド。音センサー警備」

ロボットから電子音がきこえた。だが、くすぐりの手はとまらなかった。

友里は美由紀に一瞥をくれると、歩きだした。

いかないで。このロボットをとめて。そう訴えたい自分がいた。だが、友里が聞き入れるはずもない。口をふさがれていては、声もだせない。

友里の靴音が背後に消えていく。美由紀は絶望にうちひしがれた。

とめどなく流れ落ちる涙、視界はしきりに揺らぎつづけた。その向こうに、鏡にうつった自分の姿がある。起爆装置に手を伸ばして、つま先立ちをしている。ガムテープで口をふさがれている。わきの下を、ロボットにくすぐられている。顔を真っ赤にして笑い、また泣きじゃくっている。くぐもった自分の呻き声が響きつづけている。それが、ここにあるすべてだった。

悔しい。あらゆる苦痛にも、もう耐えられそうにない。打つ手もない。おそらく、これが人生最期の瞬間なのだろう。四千人が道連れになってしまう。ぎりぎりまでがんばる。それは忘れない。忘れたくない。正常でありたい。けれども、もうどうにもならない。

助けて。美由紀は混乱する感情のなかで、声にならない声で叫んでいた。だれか助けて。

再生

嵯峨は怯えていた。暗闇にうずくまり、断続的に襲う振動のなかで震えていた。吐き気は乗り物酔いのせいではない、この閉鎖的な空間を意識すると息苦しさを覚えずにはいられなくなるのだ。まぎれもなく閉所恐怖症の症状だった。自分の精神状態が不安定になっている、そのことも認識していた。

恐怖から逃れることはかんたんだった。催眠誘導によってトランス状態に入り、理性が鎮まっているといっても、意識はちゃんとある。これがイメージの想起にすぎず、現状にはなんの危険もないのだ、そのような意識をつのらせて理性を喚起してしまえばいい。だが、そんな逃避をはかったのではすべての苦労は水の泡になる。催眠から醒めてしまえば下意識に刻みこまれた記憶はふたたび分厚い理性の膜の下に隠されてしまう。あのときの体感的イメージをすべて呼び起こすには、この方法しかない。

そろそろクルマが停止する。一時停止。そしてふたたび走りだすと、激しい振動が襲う。

想起したとおりの反応が身体につたわってきた。踏切のようだ。縦方向の揺れに金属音が響く。鉄道のレールの上を通過した証拠だった。

外からはわずかに陽気な音楽がきこえてくる。ヨドバシカメラの音楽。店頭に流れているものらしい。それが過ぎ去っていく。あのときとおなじだ。外には大勢の人々がいるにちがいない、そう思い、焦燥感に駆られた。なんとかこじ開けて車外に出たい、そう願うようになった。

ほとんど無意識のうちに、嵯峨はトランクの蓋を押し上げようと暴れだした。あのときにもおなじことをした、そのままの心境と行動を再生した。ヨドバシカメラの音楽よりも、はっきりと耳に届くものがある。自分のすすり泣く声と、荒い息づかいだった。苦痛だった。もがけばもがくほど、蓋の密閉度が完全なものに感じられ、絶望が心を支配していく。嵯峨は身を震わせて泣いていた。あのときとおなじ。いや、いま起きていること、そう思えてくる。たまらない気分になった。いますぐ停車を呼びかけたい、ここから出たい。そんな衝動に駆られる。

いや、だめだ。そんなことを思ってはいけない。気分を落ちつかせようとしてもいけない。ありのままを再生しなければならない。

嵯峨は手にした携帯電話を口もとに引き寄せた。この電話だけが、あのときと唯一異なる要素だった。嵯峨は電話に告げた。「右にウィンカーをだして」

外山は無言で助手席におさまっていた。後部座席の朝比奈も、出発以来ひとことも口にしていない。レンタカーの店で嵯峨が選んだ中古のブルーバード、その車内には沈黙だけがあった。

運転席の牟田は、片手で携帯電話をささえ、もう一方の手でステアリングをきっていた。右にウィンカーをだす。嵯峨から指示があったらしい。数秒後、右の車線に入った。

外山は唸った。高田馬場駅の近く、三車線の道路。右折するクルマのための車線が標識で表示された場所だった。周りをみることのできない嵯峨の指示でクルマを走らせ、ここまできた。指示に誤りと思われる部分はなかった。カーブを呼びかけたときには必ず交差点にさしかかっていて、減速、一旦《いったん》停止と指示されると、まちがいなくコンビニやガソリンスタンドの出口の手前だったりした。すべてが偶然とは思えない。嵯峨が記憶を再生している、もはやそのことに疑いの余地はなかった。

外山は落ちつかなくなり、タバコを口にくわえた。ライターで火をつけ、ひと息吸った。警察の調書にもなかった、嵯峨の拉致の一部始終。それがいまあきらかになろうとしている。嵯峨はいったいどこに連れていかれたのか。民家だと嵯峨はいっていたが、それは誰の持ち家だったのか。

それにしても、ここまでして謎を解き明かそうとする嵯峨の執念には、外山も頭がさがる思いだった。あるいはセミナー参加者の〝洗脳〟も、嵯峨の見立てどおりだったかもしれない、そう思えてきた。異常な集団行動が起きたせいで嵯峨の説を否定してしまったが、やはり嵯峨が参加者たちをみた時点では、あの説明で正しかったのかもしれない。その後、なにかが起きて事態が急変した。だが、なにが起きたのか。

牟田が口をひらいた。「ええ……そうです。この先は信号です。いまは赤です。停車しますか？　……はい、わかりました」

交差点に近づいた。クルマの速度が落ちてきた。赤信号が点灯する信号の手前で、牟田はクルマを停車させた。

外山は牟田にきいた。「嵯峨先生、いまは何をいってた？」

「目の前に信号がありそうだ、あのときは青だったといってました」

「青ねえ」外山はタバコの煙を吐いた。「青信号を通過しただけなのに、なぜ信号があるとわかったんだ？」

朝比奈がいった。「おそらく、信号の手前で減速したからでしょう。それに周囲の音もきこえます。暗闇にいれば、聴覚は研ぎ澄まされてたでしょうからね」

外山は朝比奈を振りかえった。「でも、青だったところがいまは赤だ。停車しちまってる。これはまずいんじゃないですか」

「そんなことはないと思います。ここに来るまでも、当時とは異なる要素がたくさんあったはずです。それらはイメージでおぎなう。信号で停まってしまったのなら、ふたたび走りだしたときに、ずっと走っていたと想像すればいい。でも、そうした想像は最小限にとどめたほうがいいでしょうね。記憶がねじ曲げられる原因になりかねませんから」

ふうん。外山はそういって視線を前方に戻した。信号は青になった。

外山はいった。「ずいぶんゆっくり走ってるな。五十キロのところを四十キロか」

牟田が肩をすくめた。「嵯峨先生の指示です。当時、これくらいの速度で走ってたそうです」

まだ都心部だ。どこまで走るつもりなのか。外山はいらだちを覚え、カーラジオに手を伸ばした。奥多摩の現場について、新しいニュースがきけるかもしれない。ボリュームをあげてダイヤルをひねった。

そのとき、牟田がいった。「ラジオを消してください、と嵯峨先生がいってます。拉致されたときはラジオの音はきこえなかったそうです」

「ああ、わかった。わかったよ」外山はラジオを切った。

牟田が、携帯電話に話しかける。「……小銭、ですか？　小銭の音がしたんですか。そして、この先を左折ですね。わかりました」

クルマはビルの谷間の路地を抜け、T字路にさしかかった。牟田はステアリングを切り左折した。昇り坂だった。驚いたことに、首都高速道路の入り口がみえてきた。

外山は感心した。嵯峨がききつけた小銭の音の理由がわかった。料金所に払う通行料を用意したのだ。

「ええ」牟田がいった。「昇り坂をあがったところで一旦停止ですね」

ちょうど料金所にさしかかった。牟田はクルマを停め、金を払った。ふたたびクルマを走らせながらいった。「ゆるやかに左にカーブ、右のウィンカーですね？　……で、右に寄ると」

クルマは高速道路の車線に入った。外山は身震いをおぼえた。トランクのなかの男の指示によって、首都高速にまであがってしまったのだ。

速度をあげながら、牟田がいった。「横浜方面ですね」

外山はため息とともに、タバコの煙を吹きだした。「こりゃ、ひょっとしたらいけるかもしれんな」

捜索

涼平は奥多摩の山道を自転車で疾走していた。盗んだのではない、ちょっと拝借しただけだ。何度も自分にそういいきかせていた。このような緊急事態の下、一般市民が閉めだされた区域に放置された自転車。少しぐらい借りても、決してばちは当たらないはずだ。これが悪行のうちに入るのなら、たぶん自分は永遠に善人にはなれないだろう。そう思った。いつも結果本位に生きてきた。これからも、たぶんそうだ。

山道には誰もいなかった。クルマも見かけない。現場から離れるほど、景色の閑散とした印象は強まっていく。風に揺れる木立ちに囲まれた道を駆け抜けた。下りは楽だが、昇りにさしかかるとかなりきつい。それでも走りつづけた。一秒も停滞したくはなかった。

私服姿の刑事らしき男になにげなくたずねたところ、蒲生という刑事がさっき現場に立ち寄ったことを教えてくれた。捜査資料を持ってどこかに消えたという。蒲生はクルマに乗ってきていたらしい。たぶん、昨夜涼平を家に送るときに乗っていたジャガーだろう。だが、現場近くに連なる停車車両のなかにジャガーはみつからなかった。現場周辺から立ち去ったのではないのなら、より奥地まで入っていったのだろう。涼平はそう思い、山道を進みつづけた。美由紀は蒲生に同行しているにちがいない。ジャガーを追えば、行方がわかるはずだ。

しかし、気力は萎《な》えつつあった。ジャガーどころかエンジン音ひとつ聞こえない。あまりにもひとけがなさすぎて、不安も感じはじめていた。こんなところで誰かに襲われたらどうする。木陰から飛びだしてきた男に銃で撃たれる、そんなことが起こりうるかもしれない。

考えすぎだ、涼平は頭を振った。それに、臆病風に吹かれることなど自分には許されない。父の安否も心配だったが、それよりも美由紀の状況が気になった。さっきの笑い声。あれはいったいなんだったのだろう。美由紀はいまどんな境地にあるのだろう。

わりと急な勾配を、息を切らしながら昇った。丘の頂上を越えたとき、涼平は失意を抱いた。林の向こうに広大な湖がひろがっているのがみえる。舗装された道は終わりを告げ、湖のほとりにつづくと思われる砂利道が、蛇行しながら木立ちのなかに延びているだけだった。

涼平は自転車の速度を緩めた。湖に近いせいか、肌寒く感じられる。いや、熱意が冷めたせいかもしれない、そう感じた。

終点か。そう思ったとき、ゆるやかにカーブを描いた道の果てに、銀いろに輝く車体がみえた。

クルマが停まっている。涼平は目を凝らし、自転車のペダルをこいだ。たちまち車体は間近にせまってきた。まちがいなかった。昨夜みたままの、蒲生のジャガーだった。

自転車を降りて駆け寄った。エンジンは切れ、車内に人影もなかった。ここに停めたということは、林のなかに入ったということか。涼平ははやる気持ちを抑えながら、砂利道に足を踏みいれた。

湖畔を吹き抜ける静かな風。それを頰に感じた。風が吹いてくる方向に進んだ。木々の合間から、湖面がのぞいている。陽の光を受けて輝いている。

そのとき、林のなかでひとの声をききつけた。男の声だった。すぐに、聞き覚えのある声だとわかった。蒲生だ。

歩を進めていくと、さらに声ははっきりしてきた。

「だからいってるだろう。なにが起きたかはここからじゃわからない。そう、さっきもいったとおり排水管の外だ。排水管。いや、きくより前に図面をみろ。施設には建設中で放りだされた地下貯水庫ってのがあってだな……」

涼平は草木の生い茂る下り斜面を、木の幹につかまりながら降りていった。蒲生の姿は、すぐに見つかった。湖畔のひらけた場所に立ちつくし、いらいらしたようすで携帯電話の相手にまくしたてている。

「いいか、俺が捜査担当じゃないのはわかってる。だが周辺の調査を手伝うぐらい問題はないだろう。ああ、美由紀もそのために同行してただけだ。……その笑い声ってやつだが、ほんとに美由紀の声だったのか？　そうきこえたってだけだろ？　……いや、知らんよ。俺のほうには連絡もない。電波だって届きゃしないさ、なにしろ地中に埋まった管の一キロも先にいるんだし……」

涼平は思わず声をあげた。「一キロ先？」

蒲生は口をつぐんでふりかえった。その顔に驚きのいろがひろがった。携帯電話を振り下ろしていった。「きみか。なんでこんなところに？」

「岬先生はどこですか。なにが起きたんですか」

だが、蒲生は涼平の質問を無視し、顔をしかめていった。「学校はどうした。ここに遠足で来てるわけじゃねえんだろ」

涼平も蒲生の問いに答える気はなかった。「さっき現場で岬先生の笑ってるような声をききました。だから、なにがあったのかと思って……」

「ああ」蒲生はいらだちをあらわにし、携帯電話をかざした。「さっきから、その件で捜査本部に問い詰められてるよ。勝手な真似をしでかしてるんじゃないかってな。だが、なにが起きているかあいにく俺には見当もつかん」

涼平は蒲生のそばにある、土管の口に目をとめた。直径四十センチほどの薄汚れた管が、地面から横方向に突き出している。

「まさか」涼平はきいた。「岬先生は、そのなかに？」

「勝手に飛びこんじまった。だが笑い声の件とは関係ねえだろ。あの美由紀のことだ、管のなかを這ったぐらいで頭がおかしくなるとは思えねえ」

「すぐに追いかけたほうが……」

「ばかをいえ。みろ、俺の身体がその管におさまると思うか？　それにこの管の行き着く先は例の建物の真下だ。建物には大量の爆薬がしかけられてるし、崩れ落ちて生き埋めになる可能性もある。へたな真似はできん」

「でも」涼平はつぶやきのように漏れる自分の声をきいた。「それじゃ、岬先生が……」

「あいつならだいじょうぶだ。身に振りかかる危険よりも、法的な面で守ってやるほうが重要さ。いっそのこと、弁護士に鞍替《くらが》えしようかとも思うぜ」

蒲生は思いだしたように、携帯電話をふたたび耳にあてた。「もしもし、きいてるか。だからな、こっちじゃ現場でなにが起きてるかもわからねえんだ。湖のそばにいるんだよ。問題があるってんなら、あとで抗議しやがれ。……いますぐやめろって、なにをやめるんだ？　美由紀は土管の奥深く入りこんでるんだぞ。携帯の電波も届かない。糸電話でも投げこんで、応答してくれとでもいうのか？」

涼平は、蒲生が携帯電話を手にうろつきまわっているのを呆然とながめた。

だいじょうぶ、蒲生はそういった。そう、たしかにそうかもしれない。岬美由紀なら不可能に思えることも可能になるのかもしれない。しかし……。

土管の口に近づいて、涼平はしゃがみこんだ。土管のなかは真っ暗だった。悪臭も鼻につく。

さっきの笑い声。あれはまちがいなく岬美由紀だった。どこかで録音されたものだろうか。彼女を貶《おとし》めるために、誰かがそれを流したのだろうか。

いや、そんなやり方にたいした意味があるとは思えない。理由の見当がつかない。

だが、彼女の身になにかが起きている。涼平にはそう思えてならなかった。あの笑い声には、泣き声も交じっていたように感じられる。ひきつった声の響きは、いかにも苦しそうだった。もしこの土管のなか、暗闇の先で、彼女がなんらかの窮地に立たされているのだとしたら。

いや、そんなことは馬鹿げた妄想にすぎない。涼平は自分の頭を軽く叩いた。女を好きになると、いつもこういう妄想が浮かびがちになる。以前は、中学のころの同級生にそんな妄想を抱いた。好きになった女が、危機的状況にみまわれ、自分がそれを助ける。そういう想像に身をゆだねる。悪癖以外のなにものでもなかった。現実は、ふたつの点で大きく妄想とは異なっている。女はそんなに弱くないし、涼平もそんなに強くない。いまも同じだった。岬美由紀が助けを求めるような状況に立たされているとは考えにくいし、涼平がそれを助けるなんて、まずもってありえない。天地が逆転してもありえないことだった。

土管は一キロもの長さがあるという。そこを這っていくなんて、自分にはできない芸当だ。体力もないし、行き着いたところになにがあるのかもわからない。だいいち、爆薬の真下という危険な場所にみすみす出向くなど自殺行為に等しかった。

だとすれば、ほかにどんな方法で彼女の力になれるだろう。蒲生のように、警察関係者からの苦言をせきとめる、それに類する役割はないのか。そうだ、蒲生は刑事だが、自分は学生だ、美由紀がスクールカウンセラーを務める高校の生徒でもある。もし岬美由紀が教頭に欠勤をとがめられたときには、弁護してやるべきだ。あるいは、涼平の母のスナックで働いていたことが、学校関係者の耳に入るかもしれない。そういうときには、彼女の行動にはれっきとした理由があり、自分を助けてくれたという事実をはっきりと伝えよう。

それが自分にできる最良のことだ。部外者がへたに口出しをして、警察の捜査を妨げるようなことがあったのでは、かえって迷惑になるだろう。

なかに入った人間がいたとはとても思えない、狭く汚い土管の口をながめながら、涼平はそう考えた。ため息をつき、立ちあがろうとした。

だが、と思った。本当にそれは客観的な判断だといえるのか。

いいや。客観的であるわけがない。自分は薄々感じている。あの美由紀の笑い声、なにかただならぬことが起きている、ほぼそう確信できる。しかしいまの自分は、そこから目を背けようとしている。

事態が把握できない、自分にはどうすることもできない、そう思って考えるのをやめてしまっている。やるべきことを放棄してしまっている。

それでいいのか。いや、ある意味では、それでいいはずだ。しかし、そう簡単に割りきれないこともある。

激しい葛藤が胸をうずかせる。心拍が速まるのを感じた。

奇異に思えることが起きている、それだけで尻ごみしてしまう。世間にはよくあることだ。いまもそうだった。美由紀はこの管のなかに入り、なぜか甲高い笑い声が地上に流れた。異様で異質な状況、そこに関わりあいたくはないという衝動が起きる。自分も世間同様、そうなっていると涼平は感じた。だがそれでいいのだろうか。女生徒を人質にとるという自分の奇行を、たんに異常な行動と片付けられていたら、自分は救われなかったにちがいない。警察を呼ばれて、勾留され、いまごろは精神鑑定でも受けていたかもしれない。そうならなかったのは、美由紀が涼平の表面上の異常性に臆《おく》することなく、踏みこんできてくれたおかげだった。

美由紀の顔が浮かぶ。カウンターに並んで座ったときの、岬美由紀のあの横顔。明るい笑顔。厳しさを内に秘めた鋭い目と、やさしさに満ちた目。かすかに照れながら昔の思い出を語ったあの声。

忘れられない。ほうってはおけない。なにもせずにいるなんて、そんなことには耐えられない。

気づいたときには、涼平は穴のなかに顔をつっこんでいた。自分にできること。それはあきらかだった。この土管の直径なら、蒲生は無理でも自分はなんとか入ることができる。やれるなら実行する。自分はその道を選ぶ。

蒲生の声がきこえた。「なにしてる」涼平の動きを察知したらしい。涼平はあわてて身体をねじ入れた。足がまだ管のなかに入らない。そのとき、足首をつかまれた。

「すぐにでろ」蒲生が叫ぶ声が、管のなかに反響してきこえる。「おまえがいってもどうにもならん。無茶だ、でてこい」

一瞬、ためらいがよぎった。たしかに管のなかは真っ暗だ。外からみるよりもずっと狭く、汚く、吐き気をもよおしそうな悪臭に満ちている。管の内部にも不快なぬめりがある。これを一キロも這っていくのは無謀でしかない。

いちど管に飛びこんで、美由紀を助けたいという衝動を起こした。それを蒲生にもしめした。それだけでもいいのではないか。そんな思いがよぎる。

いや。涼平は激しく頭を振った。それだけでいいだと。誰に対してそんなことを考えているんだ。体裁にこだわっているのか。自分をだまして生きつづけるなんて、もうまっぴらだ。自分が正しいと思ったこと、その思いのままに行動する。自分にそう誓った。いまさら、その考えを曲げるつもりはない。

涼平は叫び声をあげ、足をばたつかせた。なにかを蹴った。たぶん蒲生の腕だろう、そう思った。足首をつかむ力が緩むと、涼平は急いで管のなかに足を引きこんだ。そのまま必死で前進した。

蒲生が呼びかける声が、まだ響いてくる。やめとけ、ばかな真似はよせ。警察にまかせておけ。

とりあえず、声が聞こえなくなるまでは前進してやる。涼平は歯をくいしばって突き進んだ。身体を伸ばしたり、縮ませたりしながら芋虫のように進んだ。暗く、視界もきかない管のなかに、自分の呼吸音が響く。それがしだいに荒くなっているのがわかる。ひどい暑さだ、汗がにじむ。上着だけでも脱いでくるべきだったかもしれない。前髪をかきあげ、襟もとを緩めた。身体をひきずるようにして前進した。

指先が痛い。爪《つめ》の先が割れたようだ。進むときに爪を立てないようにしなければ、そう思った。息苦しさも襲う。悪臭のせいで、大きく息を吸いこもうとしても自制してしまう。そのため、苦しくなってあえぐことになる。あきらめて息を吸うしかない。臭いは頭から閉めだすこと。それしか方法がない。

意地になってがむしゃらに前進したおかげで、蒲生の声もずいぶん小さくなった。どれぐらい進んだだろう。たぶん、自分が思ったほどではないにちがいない。それでも、もう戻れない。身体の向きを変えることなどできないし、この姿勢のまま後退することも不可能だ。もう帰れないかもしれない。その事実に寒気を感じた。ぶるっと身震いした。だが、それを承知のうえで決断したのだ。涼平はそう思った。岬美由紀。父親の安否のほかには、岬美由紀のことしか頭にない。そんな自分を否定できなかった。彼女が無事なのか、そうでないのかはわからない。わからないだけでも悔しい。美由紀も自分も同じ地球上に生きている。彼女がいまこの瞬間なにをしているのか、それが気になる。まして、危険に見舞われている可能性が大きいのならなおさらのことだ。

自分ひとりが駆けつけたところで、何にもならないかもしれない。けれども、あきらめたくはない。いままで自分は逃げてばかりきた。真剣になることを馬鹿にし、ごまかしながら生きてきた。一度でいい、真剣に自分の気持ちに向き合いたい。勇気がどこまでつづくのか、たしかめたい。

逃げはしない。永遠につづくように思える暗い管の行く手をにらみつけて、涼平は思った。この先には岬美由紀がいる。彼女のもとに行き着けるのなら、どんな苦労だって乗り越えてやる。

息が切れてきた。空気が薄いのだろうか。疲労感が身体の動きを鈍くしはじめていた。指先の痛みも想像以上のものになってきた。なぜか涙がにじんできた。

あきらめない。涼平は力を振りしぼって前進した。暗闇に向かって大声で叫んだ。「岬先生！」

声は管のなかを反響しながら前方へと吸いこまれるように消えていった。返答も反応もなかった。

岬先生。岬先生。涼平は叫びつづけた。意識しなくてもそうしていた。涙に声が震えた。それでも叫びつづけ、暗闇のなかを進みつづけた。

丘

朝比奈はクルマの後部座席から外をみやった。日が傾いている。横浜・関内《かんない》のはずれにある閑静な住宅地は、わずかに赤みがかっていた。下校途中の子供たちの姿がある。クルマは、そんな民家のあいだを走る狭い道路を徐行していた。

トランクのなかの嵯峨の精神状態が心配だった。どうやら牟田への指示は的確におこなわれているようだが、それだけの記憶を想起するためには、いまごろは友里に拉致された当時の恐怖感をまざまざと思い起こしているにちがいなかった。その恐怖も頂点に達するころだろう。

汽笛の音がきこえる。港が近い。そういえば、嵯峨と横浜にきたのはいつごろだったろう。ふたりで、みなとみらいのインターコンチネンタルホテルに宿泊した。夜を迎えると、朝比奈は緊張したが、嵯峨はなにもせずに寝てしまった。複雑な心境だったことを、いまでも思いだす。

あの美しい夜景をながめた場所から、さほど遠くないところにいる。皮肉だった。嵯峨が連れていかれたのは、彼自身がデートでいきたい場所に選んだ地域だった。

携帯電話を持った牟田が、クルマを走らせながらいった。「まだ直進ですか？　……はい」

クルマは住宅地の路地を突っ切っていった。やがて、前方に森が現れた。舗装された道路はその手前で途切れ、あとは砂利道の昇り坂になっている。道は、車両通行禁止の立て看板によってふさがれている。神奈川県警察署の表記がある、公式のものだった。

クルマは看板の前で停止した。牟田が戸惑いがちにいった。「本当に前進ですか？　この先は、行けないようになってるんですが。……はい、たしかに昇り坂で、砂利道ですけど」

そのとき、外山がドアを開けて車外にでた。つかつかと前方に歩いていくと、看板をつかんでわきにどかした。手をはたき、クルマに戻ってきた。

外山が乗りこむと、牟田が意外そうにいった。「いいんですか、先輩。道交法違反になりますよ」

「かまうか」外山がいった。「どうせ俺も、ふだんは守っちゃいない」

牟田は苦笑した。外山が、さっさといけ、そう急かした。牟田はあわてたようにクルマを発進させた。

道はやっとクルマが通れるていどの幅しかなかった。森のなかを蛇行しながら昇っていった。丘になっているようだった。道沿いには壊れかけの木造民家があった。ひとが住んでいる気配はない。ずいぶん前に放置されたものらしかった。

坂道を昇っていくと、ふいに視界がひらけた。

目の前にオレンジいろに輝く海があった。日が沈む。その光が水面にきらめく帯を走らせている。美しい風景だった。海を見渡せる丘の上、ひっそりと森に囲まれた空き地。道はそこで終わっていた。

「はい」牟田がいった。「停止します」

クルマが停まった。

森のなかに、二階建ての木造家屋があるのがわかる。ごくありきたりの、小さな家だった。屋根の一部は瓦《かわら》が剝《は》げ落ち、閉ざされた木製の雨戸も黒ずんでいる。家の前には雑草が生い茂っている。

ふたりの刑事につづいて、朝比奈はクルマを降りた。潮風を頬に感じる。寒かった。その一軒家のほかには、なにもない場所だった。荒れ放題に荒れた土地、そんな表現がぴったりだった。いや、もともとは誰もがうらやむ立地だったのだろう。こんな自然の庭に囲まれているのだ、整備さえしっかりしていれば、穏やかな暮らしができるにちがいない。

外山と牟田はその家のほうに気をとられているようすだったが、朝比奈はそんなものはどうでもよかった。急いでクルマの後部にまわり、トランクを開けた。

嵯峨は身体を丸めて、トランクのなかに横たわっていた。涙が顔の周りに水たまりをつくっている。鼻水とよだれをたらし、顔を真っ赤にしていた。身体は震えつづけていた。

朝比奈は胸を痛めながら、声をかけた。「嵯峨さん。……だいじょうぶですか」

ああ。嵯峨はそう返事をかえした。案外、はっきりとした発声だった。身体を起こした。ふらつき、震える手が支えるものを求めて空を切った。朝比奈はその手をにぎった。

嵯峨はトランクから抜けだした。地上に降り立つと、よろめいて倒れそうになった。

「嵯峨さん」朝比奈はあわてて抱きかかえた。

「ひとりで立てるよ」嵯峨はつぶやくようにいった。頭痛をこらえるように額に手をやり、それから木造家屋を呆然とながめた。「まちがいない。ここへ運びこまれたんだ」

嵯峨はわずかに落ちつきを取り戻しつつあるようだった。まだ涙で潤んでいる目で、周囲を見渡した。「ここは？」

「横浜の関内」動揺を鎮めたくて、朝比奈は冗談を口にした。「インターコンチ、予約いれましょうか」

嵯峨は無反応だった。が、やがてきょとんとした目を朝比奈に向けた。やっと意味が理解できたらしい、かすかに笑った。「そうだね」

外山が近づいてきた。「表札もなにもない家だ。だが、いま牟田が本庁に問い合わせて持ち主を調べてる」

嵯峨はなにも答えなかった。クルマにもたれかかり、夕陽が沈む海に目を向けていた。

しかし、焦点はさまよっていた。虚ろな目だった。

朝比奈がそう感じたとき、嵯峨はまばたきした。朝比奈はいまになって、嵯峨がずっと目を開けたままだったと気づいた。朝比奈が嵯峨の異状に注意を喚起されたとき、嵯峨はまぶたを閉じて、膝から崩れ落ちた。

「嵯峨さん！」朝比奈は叫んだ。

水圧

美由紀は意識を正常に保てなくなっている自分に気づいていた。フレッドという名のロボットがしきりにわきの下をくすぐりつづける。動けない。手足はしびれ、背筋も腰も感覚が麻痺して、いまどんな姿勢をとっているのかもさだかでなくなるぐらいだった。そのひどく惨めで、情けない自分の姿が目の前の鏡に映っている。それを眺めつづけることで、ようやく直立の姿勢を維持しつづけているほどだった。

鏡のなかの自分の顔。口をガムテープでふさがれ、顔は真っ赤になったうえに涙でくしゃくしゃになっていた。いま自分がどんな感情を抱いているのかも、わからなくなっていた。こみあげる笑いは笑いに思えなくなり、ひたすら横隔膜を突っ張らせる拷問としか感じられなくなっていた。ときおり指先に重みを感じ、あわてて体勢を立て直す。それをつづけていられるのも時間の問題だった。

気がヘンになる。いい表現ね。友里はそう言い残していった。それが頭のなかに渦巻く。まるでその友里の表現に対して自分が笑っているように感じられてくる。妙におかしな気分になる。ロボットに怒りをぶつけたくなる。そのたびに、理性を喚起させようと躍起になった。それらはすべて混乱によって引き起こされた幻想だ。事実はちがう。自分は、四千人の命を保持しつづけねばならない。

だが、いつまで。いつ終わりがくるのだろう。

ふいに美由紀は、水流の音を耳にした。涙でぼやけていた視界をはっきりさせようと、何度かまばたきした。わきの下に走る異様な感覚を我慢し、視覚に注意を集中させようとした。

水だ。美由紀は両手をまっすぐ上に伸ばしたまま、許されるかぎりうつむき、床に視線を向けた。コンクリート製の床の上に水面のきらめきがみえる。泡立ち、波打っている。取水管から水が流れこんできている。すでに三十センチほど水位があった。美由紀が立っているテーブルは一メートルほどの高さだ。すぐに足もとまで、水がせまってくるだろう。

ロボットは足が水に浸かっても、まだ微動だにせず美由紀のわきの下をくすぐりつづける。さっさと避難しようとは思わないのだろうか。美由紀は苛立ちまぎれにそう思い、すぐにその考えを撤回した。いや、こいつはロボットだ。たんなる機械だ。意思があるわけではない、そんな判断はできるはずがない。

美由紀は物体に生命が宿っているように錯覚するという、その心理状態をみずから理解しつつあった。ロボットの無機質なヘルメットの奥から、男性の低い笑い声がきこえてくるような気がする。美由紀がもがき苦しむのを、にやつきながら眺める視線さえ感じる。それは美由紀がすでに正常な思考を失いつつある証拠だった。異常な感覚にとらわれ、五感も記憶もすべてが現実から遊離したような気分に支配され、ふとまた現実に戻る。我を忘れかけた自分にぞっとする。そんなことをくりかえしていた。

いつまでつづくのだろう。気がヘンになる。気がヘン。いや、そんな表現はまちがっている。意識の変調にはれっきとした科学的根拠がある。それを忘れてはいけない。

岬先生。遠くから呼ぶ声がする。幻聴もいよいよはっきりしたものになってきた。聞き覚えのある声だ。そうだ、涼平の声だ。

涼平の家庭に平和を取り戻させたい、四千人のなかにいる彼の新しい父親を救いたい。そんな希望が潰《つい》えそうになる。失意と絶望。それが自分に幻聴をもたらしているのだろう。

だが、声はなおもつづいた。岬先生。岬先生。

美由紀ははっとして顔をあげた。たしかにきこえる。この地下室に反響している。水流の音の向こう、涼平の声がする。

排水管を這ってきたのか。自分のあとを追ってきたのか。まさか、そんなことは考えられない。

しかし、声はいっそう明確になってきた。岬先生、しだいに大きくなる涼平の声がそう呼んでいる。

嬉《うれ》しさが一瞬こみあげた。しかしすぐにそれは、わきの下の虫唾が走るような感触によって打ち消された。ロボット。そうだ、このロボットはもう一方の手に自動小銃を握っている。声を発すると、音センサーによって感知し、侵入者の心臓を撃ち抜いてしまう。美由紀はあわてた。あやうく底板を落としそうになるほどだった。すぐに身動きできない自分をさとった。声もだせない。口をふさがれている。もし声がだせても、そのときは美由紀がロボットに撃たれてしまう。

涼平の声が近づいてくる。やはり排水側のパイプラインを昇ってきているらしい。岬先生、岬先生。くりかえしそう呼びつづけている。

まだロボットは反応しない。美由紀をくすぐり、苦悶をもたらしつづけている。しかし、このままではまずい。涼平が近づけば、かならず音センサーが反応する。せめて彼が、声を発することをやめてくれれば。そう思った。

どうやって涼平に意思をつたえたらいい。手も足もでない、声もでない。想像を絶する苦脳と焦燥感にとらわれた。このままでは涼平が撃たれてしまう。いますぐ、なんとかせねば。

ロボットを蹴り倒せないだろうか。だがそれは、いままで何度も頭に浮かんだ稚拙《ちせつ》な考えでしかなかった。足をあげるどころか、身じろぎひとつできないのだ。片手を放すことも不可能だった。どうすることもできない。

来ないで。美由紀は心のなかで必死に叫んでいた。

射殺

涼平はふらつきながら、パイプラインのなかを昇りつづけた。管が太くなったのはさいわいだったが、傾斜に流れおちてくる水に足をとられそうになる。何度も滑り落ちそうになりながら、それでも前に進んだ。意識は朦朧とし、息も乱れていた。水の冷たさのせいか、足に感覚がない。さっき転んだせいで全身がずぶ濡れになっていた。それでも、歩きつづけるしかなかった。

「岬先生!」涼平は叫びつづけていた。声は嗄《か》れていた。管のなかに自分の声が響く。返答はない。

自分の行為が正しいのか、それともまちがっているのか。もうそんなことは頭になかった。果てしなくつづくパイプラインをただ進みつづけた。無我夢中だった。美由紀はこの先にいるかもしれない、いや、きっといる。早く会いたい。彼女の身になにが起きていようと、かならず力になる。そう、美由紀はいつも涼平や、他人の幸せを守ることばかりを考えていた。誰かが美由紀の幸せを考えてあげねばならない。それは自分をおいてほかにはない、涼平はそう心に決めていた。なんの迷いもなかった。

収入が少なくても、歳が離れていても、なんとかなる。自分が頑張りさえすれば、なんとかなる。涼平はそう思った。これからもずっと一緒にいたい。そのためには、平穏な毎日を取り戻さねば。彼女の力にならねば。

パイプラインはふいに終わりをつげた。広大な地下空洞、コンクリートに囲まれた空間にでた。

膝が震えた。ついにここまできた。だが達成感よりも、恐怖心のほうが大きかった。なにがあるのかわからない。薄暗くて、奥までは見とおせない。あらためて自分の無謀さをさとった。

みるみるうちに水位が上がっていくのがわかる。すでに膝の上まで水に浸《つ》かっていた。涼平はあせった。美由紀はここにいるのか。だとしたら、いったいどこに。

「岬先生」声を張り上げながら奥へと進んだ。水のせいで素早く動けない。もどかしさを感じながら、歩いていった。

椅子が倒れて、水面に浮いていた。ホテルのロビーでみかけるような高級品のようだった。なぜこんなところに、こんなものが。涼平には理解できなかった。ただ少なくとも、ひとが存在していた気配だけは残っている。

美由紀はどうなってしまったのだろう。声をだしながら進んだ。岬先生。岬先生。

ふと足がとまった。前方の壁ぎわに、たたずむ人影があった。テーブルの上に、天井を支えるようにして立っている誰かの姿がある。こちらに背を向けている。タンクトップにジーンズスカートという服装。すぐに誰なのか、察しがついた。いた。岬美由紀だ。無事でいてくれた。なにか作業をしているらしい。

喜びがこみあげた。突き動かされるように駆けだしながら、歓喜とともに叫んだ。「岬先生！」

美由紀は鏡のなかに動く人影をみた。

息を呑んでその人影をみつめた。美由紀の背後、膝まで水につかりながら、学生服姿の小柄な少年が駆けてくる。

涼平だった。美由紀は呼吸がとまるような思いだった。

こないで。そう叫び声をあげたかった。振り向いて手を振りたかった。しかし身動きひとつできない。

声だけはあげないで。声をあげちゃだめ。心のなかで呼びかけつづけていた。

まだロボットは美由紀を見上げ、わきの下をくすぐりつづけていた。涼平に向き直るようすはない。

鏡のなかの涼平の表情がはっきりとわかる。それぐらいの距離にまで迫ってきていた。

涼平は笑顔をうかべていた。前かがみになって歩を進める姿勢に、全身の疲労が表れている。ここまでくるのは、並大抵のことではなかったはずだ。その終点になにがあるのかもしらずに。

声をあげないで。美由紀はひたすら祈りつづけた。

だが、涼平は笑顔とともにいった。「岬先生！」

時間がとまったようだった。ロボットの電子音が、はっきりと美由紀の耳に届いた。

だめよ。美由紀はあわてた。だが、首を振ることしかできなかった。

ロボットの手が美由紀のわきの下から離れた。その手がゆっくりと下に降り、もう一方の手がひきあげられた。黒光りする自動小銃。ロボットは低いモーター音とともに身体の向きを変えた。膝まで浸水していても、ロボットの動作にはなんの支障もなかった。涼平のほうに向き直った。

ロボットが腕を伸ばした。自動小銃の銃口を涼平にまっすぐに向けた。

鏡のなかの涼平の顔が凍りつくのがわかった。足をとめ、立ちすくんでいる。

逃げて。そう叫びたかった。だが涼平は呆然とたたずんでいる。

手を放してロボットを突き倒したい衝動が襲った。そうしなければならないと思った。それでも、手を動かせなかった。四千人はどうなる。涼平ひとりを助けるために四千人を犠牲にする。数の問題ではない、誰ひとり死なせてはいけない。涼平はどうなる。見殺しにするのか。いったいどうすればいい。どうすればいいのだろう。

無力感のなかで、美由紀は祈ることしかできない自分を知った。ロボットが故障してくれれば。プログラムにミスがあれば。そう念じることしかできない。なにもできない。困惑と混乱のなかで、美由紀はただロボットを見つめていた。

ロボットの動きはとまらなかった。なにも起きない。奇跡は起こらない。美由紀はそうさとった。

涼平は凍りついたまま、戸惑った表情をうかべて立っていた。その視線がロボットに向いているのが、美由紀からも見てとれた。なにが起きているのか、判断できないのだろう。涼平はつぶやくようにいった。「岬先……」

軽い発射音。花火がはじけるような音が響いた。自動小銃から、一発の弾丸が発射された。

鏡のなかの涼平がのけぞった。呆然とした表情、霧のような血飛沫《しぶき》が飛んだのを、美由紀はみた。幻覚ではなかった。すべて現実だった。

涼平は仰向けに、ざぶんと水のなかに倒れていった。水のなかに呑みこまれていった。まるでなにごともなかったかのように、揺らぐ水面だけが残った。

水流の音だけが響いていた。

美由紀は絶叫していた。ガムテープのせいで呻き声しかだせない。しかし本当は叫んでいた。

がっくりと膝をついてしまいそうだった。全身の力が抜け、なにもかも投げだしてしまいたくなった。それなのに、まだ両手は未練がましく起爆装置の底板を支えている。そんな自分が恨めしかった。

涙がとめどなく流れおちた。視界はぼやけて、ほとんど何もみえなかった。身体が震えた。失意、無念さ、絶望。凍りつくような寒気に襲われていた。

自分はなんということをしてしまったのだろう。涼平を見殺しにした。目の前で、ひとりの少年が胸を撃ちぬかれた。なにもできなかった。ただ立ちつくしていただけだ。

このまま増水したら、いつかは起爆装置から手を放さねばならなくなる。四千人は助からない運命だ、そう割りきって、涼平を助けるべきだったのではないか。

いいや、そんなことはできない。できるわけがない。望みが薄くても、最後まであきらめない、自分はそう誓ったではないか。四千人の罪もない人々を死なせる、そんなことは絶対にできない。だが、そのために涼平は死んだ。

ロボットは涼平を撃った姿勢のまま凍りつくように静止していた。警備のプログラムが終了したら、くすぐりの拷問に戻る。そういうプログラムの橋渡しを友里はインプットし忘れたらしい。よくあるプログラムミスだった。

くすぐられていないのに、美由紀はまだ笑っているのか泣いているのかはっきりしない自分を感じていた。身体が震えつづけた。忍耐力はもう尽きていた。流した涙とともに、自分のなかのあらゆる力が身体の外に流出してしまったように思えた。なにも残ってはいなかった。まだ意識が残っているのに、自分の身体は亡骸《なきがら》のように感じた。うつむいた。足もとに水が満ちてきている。すでにテーブルの上にまで水位が達している。

もう耐えられない。流れこんでくる水に押し流されるのを待つまでもない。自分はもうこれまでだ、美由紀はそう感じた。いまにも膝をついてしまう。そうでなくても、十分後には天井近くまで水位が達するだろう。無意味だった。美由紀の努力は、なんの価値もなかった。

四千人が死ぬことになる。結局、涼平も地上の四千人も助からなかった。どちらも助けようと思った、そんな自分の強情のせいで皆が死んだ、美由紀はそのことを痛感した。自分の失態からはじまったことだった。起爆装置の解体にかかる前に、もっとよく状況を判断しておくべきだったのだ。いや、あのときはああいう判断以外になかった。美由紀はそう思いなおした。同時に、悔しさがこみあげた。

それしか方法がなかった、ひとを助けられなかったときの常套句《じょうとうく》。美由紀はその言葉を忌み嫌っていた。各地で事件や事故、災害が起きるたびに、救出を担う側が安易にそう口にしすぎる、そんなふうに批判的だった。ところがいまの自分はどうだろう。まるで同じではないか。滑稽《こっけい》だった。くすぐられてもいないのに笑いがこみあげてきそうだった。

しかし、それは錯覚だった。混乱ゆえの錯覚。本当は悲しみが全身を支配していた。一瞬のちには、それがはっきりとわかった。悲しみと苦痛。それだけが、ここにあるすべてだった。

もうだめだ。薄らぐ意識のなかで思った。自分の力が足りなかった。友里佐知子の無慈悲で無節操な奸智《かんち》の前には、美由紀の能力など盾にさえもならなかった。

両親の顔が思い浮かんだ。幼いころ、厳しさのなかにも時折、やさしさを見せてくれた母親と父親。頭をなでてくれた父親の大きな手、頰の涙をふきとってくれた母の指先。その肌触りを思い起こした。平和な、安らぎの日々があった。

あれを失ってしまったからこそ、ひとには失わせたくなかった。わたしは自分のために努力しつづけていたのだ、美由紀はそう感じた。だがその願いだけでは、叶《かな》わないこともある。その事実を胸に抱きながら、人生を終えねばならない。もう泳ぐ気力も残っていない。自分はここで溺れ死ぬのだろう。

嵯峨や朝比奈のことを思った。自分が死んだあとも、彼らの努力が報われる世の中であってほしい。暴力や欲望が払拭され、差別や不平等が過去のものとなり、憎しみ合いがなくなる。人々の未来に、そんな日々が待っていますように……。

手の力が抜けていく。膝が落ちそうだ。

そのとき、ロボットが急に動く気配がした。美由紀は身体をびくつかせた。またこちらに向き直ろうというのだろうか。

だが、ロボットはいままでのように滑らかな動作をとらなかった。ただ前のめりにつんのめって倒れていった。勢いよく水面に顔と腹を叩きつけるようにして、そのまま沈んでいった。

どうしたのだろう。美由紀は息を呑んだ。その瞬間、ロボットのいた辺りに水柱が跳ね上がった。

涼平が顔をだした。息をとめていたらしく、口を大きくあけてあえぎながら、水のなかで立ちあがった。涼平がロボットを押し倒したのだ。

涼平くん。美由紀は驚きとともに叫んだ。声はだせなかったが、ガムテープの下で叫んでいた。これほどの驚愕を覚えたことは、かつてなかった。

岬先生。涼平はむせながらそう叫んで、すでに水の下に隠れつつあるテーブルの上にもたれかかった。疲労のせいで顔は青白く、いまにも倒れてしまいそうな気配を漂わせている。が、まちがいなく生きている。あのロボットはたしかに心臓を狙ったはずだ。血飛沫が飛ぶのもみた。

いったいどうして。呆然とする美由紀の前で、涼平は必死の形相でテーブルの上にあがろうと努力していた。やっとのことで美由紀のすぐ近くに立つと、ガムテープに手を伸ばしてきた。はがすよ、そういって、美由紀の口からガムテープをひきはがした。

そのとき、美由紀は涼平の手首をみた。左の手首は血にまみれていた。腕時計のすぐ上の部分が数センチにわたって裂け、出血している。弾はかすっただけだったが傷は浅くはなかった。それでも涼平は、痛みに耐えながら懸命に美由紀を助けようとしている。

腕時計だ。美由紀は衝撃とともにそう思った。一九七三年型スウォッチFED時計、心臓の心拍で生じるのとほぼ同じ強さの電流が走るため、心電図が乱れると指摘された時計。ロボットはこの時計の電流を感知して銃口を向けたのだ。服の下に位置する心臓よりも、腕時計のほうがよりはっきりとした電流を生じさせている。医療器具でさえ誤るのだ、ロボットのセンサーも同様にちがいなかった。

奇跡は起きた。ガムテープをはがされたとき、美由紀は泣きじゃくりながらつぶやいた。

「涼平くん」

「岬先生。なにがあったの。だいじょうぶ」涼平も泣きそうな顔でいった。

「これを支えて」美由紀はとっさにいった。

涼平が起爆装置の底板を両手で支えた。

ようやく、両手を放すことができた。感覚がない。ぐったりと座りこんでしまいそうだ。それでも、最後の力を振りしぼらねばならない。指先を曲げたり伸ばしたりして、感覚を戻そうとした。思考に活力を。現状を把握するのだ。ロボットは水中に没した。防水ではないのだ、もはや鉄屑《てつくず》も同然だろう。残るは頭上の物体だけだ。美由紀は起爆装置に手を伸ばした。

美由紀はいった。「ほんの少しだけさげて」

涼平がわずかに底板をさげた。隙間に指をさしいれた。バネの支点になっている部分が、中央よりも右寄りの位置にあるはずだ。マグネットスイッチの磁力を受けないよう、バッテリーを間にはさんだ反対側に設置してあるにちがいない。

あった。たしかな感触があった。フラップの根元をおさえながらいった。「いいわ。そのまま下に降ろして。ゆっくりと、水平にね」

底板がさがっていく。美由紀は指でしっかりと保持しつづけた。アクリルのケースから、起爆装置が姿を現した。思ったとおりのシンプルな構造だった。解体防止のためのフラップにつながる電極のコードをつかみ、ひきちぎった。

脱力しそうになった。たったこれだけのことで、起爆装置を降ろすことができた。ふたりいれば、難なくこなせたことだ。美由紀は自分の置かれていた境遇を呪いたい気分だった。

まだ起爆装置は作動している。しかし、バッテリーをはずせば停止するはずだ。美由紀は入り組んだコードの接続された先を目でたどっていった。今度こそ見誤りはしない。基板とマグネットスイッチの凸側の間を結ぶコードをひきちぎった。青白い光が走った。バッテリーに手を伸ばす。サーボ６０３、東京湾観音のなかでみたのと同じタイプだった。

接続されている以上は高圧電流が流れている。濡れた手で扱うには慎重を要する。

水面が上昇していた。いつの間にか、腰まで水位が達していた。水中に没しているテーブルがわずかに動きだしたのを感じる。浮力が生じているのだ。あと少しだけ、足もとを支えていてほしい。

バッテリー本体を握り、ゆっくりと真上に引き抜いた。わずかにひっかかりはあったが、バッテリーは装置から外れた。基板に埋めこまれたランプの点滅が消えた。

処理した。ため息をついた。バッテリーを取り落としそうになった。漏電しないよう電極のゴムカバーをずらしてはめ直した。これでもう、このバッテリーはたんなる鉄の塊にすぎない。美由紀はほとんど衝動的に、恨みのこもったバッテリーを遠くに投げた。バッテリーは水のなかに落下した。まだ、それだけの力が自分に残っていたとは意外だった。いや、力はよみがえったのだ。

美由紀は涼平に向き直った。「手を放していいわ。ここでの作業は終わったし。これで建物に侵入できるわ」

涼平は目を見開いていった。「お父さんたちを助けられるの？」

「その状況に一歩近づいたわよ。あなたのおかげで」

美由紀は笑いかけた。涼平も笑いかえした。ごく自然な笑顔。疲労でやつれていても、その笑いは輝いてみえた。

涼平が手放した起爆装置は、底板ごとコードに吊るされてぶらさがった。頼りなく揺らぐ電気部品の集合体。これにどれだけ苦しめられたことだろう。

水面は胸のあたりまで達してきていた。それでも、まだ水の流れは激しくはなかった。高い水圧がかかるのは満水時だろう。いまのうちに逃げねばならない。

美由紀はきいた。「潜水で泳げる?」

涼平は怯えた顔をした。「泳げる……けど、まさかあの管を戻るわけじゃ……」

「そのまさかよ。でもね、そんなに時間はかからないわ。ここからしばらく泳いだら、いったん水面で大きく息を吸いこんで。その先は、潜水すると自動的に排水管に吸いこまれるはずよ。太いパイプラインのほうはそのまま流れにまかせて。制御できないと思っても、腰を曲げなきゃだいじょうぶだから、決して息を吐かないで。両手は身体の両側に這わせて、流れに身をまかせる。問題はそこから細くなる管に突入するときだけど、視線を常に前方に向けて、その入り口がみえてきたら両腕をまっすぐ前に伸ばしてみずから飛びこむようにする。背をまっすぐに保って。バタ足は絶対にしてはだめよ。流れが遅くなっても動かないで。わかった?」

だが、涼平はつぶやいた。「自信ない」

無理もない。美由紀は涼平の両肩に手をおいた。「当然よ。わたしだって同じ。やったことないんだもの。でも理論的には可能なはずだわ」

涼平は小さくうなずいた。その視線が水面に向く。やはりためらいの表情がうかんだ。

美由紀はいった。「涼平くん。あなたはわたしを助けてくれた。本当にありがとう。できれば、ふたりでまたカラオケにでもいきたいわ。そうじゃない？」

涼平が美由紀をみかえした。さっきよりは強くうなずいた。

「じゃあ」美由紀は勇気づけるように、涼平の手を握った。「いきましょう。ずっとここにいることはできないのよ」

その言葉に、ようやく涼平も決心を固めたようだった。上着を脱ぎ捨てた。排水管があるほうを振りかえり、水のなかに身体を投げだした。

もう水面は首まで近づいていた。美由紀も足でテーブルを蹴って水中に入った。

水流の音が途絶え、代わりに低い断続的な音が響いてくる。水のなかは暗かった。水温は低いようだが、あまり冷たさを感じない。数メートル前方に潜水している涼平がみえた。美由紀にいわれたとおり流れに身をまかせている。肺活量はどれぐらいだろう。途中で息切れしなければいいのだが。

水中のほうが流れが早かった。身体が前方にひかれていくのを感じる。じきに急流に巻きこまれるだろう。美由紀は平泳ぎで身体を推し進め、涼平に近づいた。涼平の肩をぽんと叩く。上を指差してみせた。涼平がうなずいて浮上すると、美由紀もあとを追った。

水面に顔をだした。すぐ頭上に天井があった。パイプラインのほうを見た。水面上も、流れが細くなって一箇所に吸いこまれているのがわかる。

美由紀は涼平にいった。「ここから先は息つぎできないわ。大きく吸って。潜ったら、さっきいったとおりにして」

「ねえ、岬先生」涼平がいった。

「なに?」

涼平はこの場に不釣り合いな、穏やかな表情をうかべていった。「無事に帰れたら、教えてくれる?」

「なにを?」

「光ゲンジの、誰のファンだったかを」

美由紀はめんくらったが、思わず笑った。「そんなに知りたい?」

「うん」涼平はいった。「どうしても、気になるから……」

美由紀は間を置かず、つとめて気楽な口調でいった。「あとで話しましょう。じゃ、先にいって」

涼平の緊張が和らいだ、この瞬間にスタートすることが望ましかった。あまり会話を続けると疲労感がつのる。その先になると、悲壮感に満ちた言葉を交わすようになる。特に日本人の心理ではそうなる傾向が強い。あきらめを、敗北のカタルシスとともに受け入れてしまおうという衝動だ。それが生じはじめると、努力して挽回《ばんかい》できる局面でも努力しなくなる。涼平がそうなってはまずい。

美由紀の言葉に従い、涼平はかすかに笑ってふたたび水のなかに潜った。美由紀は内心ほっとしていた。なぜだろう。なぜそんなに光ゲンジのメンバーの名を口にするのがためらわれるのだろうか。こんな場だというのに、思わず苦笑した。

大きくひと息吸いこみ、美由紀はまた水中に潜った。涼平のあとにつづいた。

流れが速くなっていくのを感じる。水泡がしだいに増えていく。視界はまだ、あるいていどの距離を見渡せる状態にある。この辺りに置いてあった椅子やドレッサーはどうなっただろう。すでに排水管に流されてしまったのだろうか。

水泡の数が増した。視界を覆いつくしていく。霧が深まるのに似ていた。涼平の姿がみえなくなっていく。水のなかに溶けこんでしまったかのようだ。そう思ったとき、身体が前方に強く引かれるのを感じた。

水中を伝わってくる重低音が鼓膜を刺激しつづける。流れがさらに速度を増した。水泡の向こう、前方に黒く大きな穴がぽっかりと開いているのがみえる。身体が吸いこまれていく。

パイプラインに飛びこんだ。意外にも、パイプラインの内壁ははっきりと視界にとらえられた。身体が加速度的に前方へ引っ張られていく。体勢を崩してはいけない。余計な水圧を受けるだけだ。

巨大な滝を真上から浴びているような感覚があった。恐るべき速度だった。身体を締めつけられるような激痛が走った。泡が顔面にちくちくとした鋭い痛みをもたらす。目を開けていられなくなった。重低音に鼓膜が破れそうな気がする。身体が押しつぶされそうだった。足もとにはしびれたような感覚がある。宙に浮いているようには思えなかった。飛行機の操縦輪を握ってジェット気流に突入したときの感覚とも異なる。水が槍《やり》のように思えてきた。無数の槍が前方から飛んでくる。その隙間はどんどん細くなり、自分の居場所が消滅していく。そんな妄想じみた感覚にとらわれていた。

なにかが足もとから背をかすめて前方に飛んでいく、触覚でそう感じた。薄目をあけた。追い越していった白い物体、それが椅子だとわかった。椅子はみるみる遠ざかると、いきなり弾けるようにふたつに割れた。それが戸惑うように水中に漂い、意思でも持っているかのように向きを変え、ひとつずつ前方に消えていった。

パイプラインから、あの狭い排水管への入り口だった。椅子が衝突して砕けている。かなりの衝撃だ。壁にぶつかるわけにはいかなかった。涼平はどうなったのか。ここからみるかぎりでは、涼平の姿はない。

そう思っているうちに前方に渦が現れた。身体を包みこむような大きな渦。管が急に狭くなっているせいだろう、身体を引き裂かれそうなほどの水圧がかかる。悲鳴をあげそうになった。口をつぐんでそれをこらえた。肺のなかに空気を残しておかねばならない。泡のせいで視界は真っ白になった。

　両手を前方に突き出した。渦の中心に誘導されることをひたすら祈った。急に、身体は締めつけられた。さっきよりもずっと強烈だった。背骨が砕けるかと思うほどの圧力が周囲にかかった。

　身体の周りをなにかが通過している。細い排水管に突入したのだ。重低音はもはや耐えがたいほどの痛みを耳にもたらしている。それとも水圧のせいだろうか、頭が割れそうに痛い。手と足をつかまれて前後に強く引かれているように、身体が腰のあたりでふたつに裂かれそうになっていた。顔には重くのしかかってくるような痛みがある。さっきの水泡とはちがう、もっと鈍重な痛みだった。潰れてしまう、そんな恐怖が全身を支配する。

　肺のなかの空気が失われている。いつしか酸素の消費が速まっていたのかもしれない。そう思ったとき、胸に痛みを感じた。それをこらえようとすると、意識が遠のきだした。痛みが感じられなくなっていく。ふたたび麻痺症状が全身を襲った。耐えねばならない。意識を保ちつづけねばならない。

　永遠とも思えるほどの長い時間が過ぎたように感じた。急に目の前が真っ白になった。重低音がやんだ。光が差しこんだ、そう思った。宙に浮く感じがした。重力、自由落下。かつての訓練で何度も味わった感覚に似ていた。空中に放りだされている、そう思ったとき、目の前に湖面が迫っていた。

脱出

蒲生は頭をかきながら、夕陽に包まれた湖のほとりに立っていた。死んだように乾ききった排水管の口から、少し前に水が噴き出しはじめた。水は勢いよく飛んで、数メートル離れた湖面へと降り注いでいる。まるで消防車かダムの放水のようだった。

いったいどうなってるんだ。蒲生は呆然と湖面を見つめた。携帯電話で各方面に問い合わせたが、なにが起きているのかさっぱりわからない。美由紀はこのなかに入っていった。涼平もだ。そして、この放水がはじまった。

ときおりなにか物体が水とともに吐き出されていることに、蒲生は気づいていた。さっき棚の引き出しのようなものが水面に浮かび、沈んでいったのをみた。砕けた家財道具の残骸のようだった。不法投棄されたものだろうか。それがなぜ、排水管からでてくるのだ。

またなにかが、水のなかを放物線を描いて飛んでいく。今度は妙に大きかった。ひとつが湖面に落ちたとき、もうひとつが飛び出してきた。湖面に叩きつけられると同時に、高く水柱があがった。

腕のようなものがみえた気がした。一瞬、マネキンかと思った。ところが、それはすぐには沈まなかった。湖面でもがいている。ひとだ、と蒲生は思った。まちがいなかった。あれは美由紀だ。

蒲生は駆けだしていた。湖に膝までつかり、走った。ふいに足をとられて転びそうになった。湖は途中で急に深くなっていた。その先に飛びこむようにして、泳ぎだした。

湖の水は冷たかった。着ているスーツが足手まといになって、なかなか前に進まない。それでも泳いだ。水が濁っていないため、湖のなかはあるていど見とおせる。だが、排水が続いている辺りは泡だらけになっていた。その向こうに人影が漂っている。

そこまで見てとったあと、蒲生は水面に顔をだした。遠くに、同じく立ち泳ぎしている美由紀の顔があった。蒲生は叫んだ。「美由紀！」

美由紀の顔がこちらを向いた。すがるような目でいった。「蒲生さん。涼平くんは？」

いま水中に見えた人影か。蒲生はすぐさま息を吸いこんで潜水した。水泳はひさしぶりだったが、思ったよりも身体が動いた。

排水の真下、滝つぼのように白く泡が立ちつづけている付近に、涼平の身体があった。上着を脱いで、ワイシャツとズボン姿になっている。身体をえびのように曲げたまま動かない。

蒲生は接近すると、涼平の腰を後ろから腕に抱えた。そのまま湖面に向かって浮上した。水面から顔をだすと、蒲生は涼平の頭部をひっぱりあげた。ぐったりとした顔、呼吸もしていなかった。

美由紀がクロールで近づいてきた。あわてたようにいった。「すぐ陸《おか》にあげなきゃ」

蒲生は美由紀とともに涼平を支えながら、陸地に向かって泳いだ。浅瀬に足がついたが、立ちあがろうとしても思うようにならない。涼平を抱えているだけでなく、スーツが水をふくんでいるせいで、鉛のように重くなっていた。ふらつき、転びそうになったが、なんとか涼平を支えつづけた。

湖のほとりの草地に涼平を仰向けに寝かせた。美由紀はそのかたわらにひざまずき、涼平の顔をのぞきこんだ。涼平くん。そう呼んだ。だが涼平は、反応しなかった。

美由紀は胸部のマッサージにかかった。涼平の顔をのぞきこみ、息を吸いこむと、涼平の口にその息を吹きこんだ。

蒲生はかがみこんで、涼平の手首を握った。なにがあったのか、手の甲側に深い傷跡がある。脈をさがした。涼平の身体は冷え切っていた。だが、蒲生の指先はかすかな反応をさぐりあてた。かすかだが、脈はある。

そう思ったとき、涼平が咳をした。美由紀は身体を起こした。

「涼平くん」美由紀は呼びかけた。

しばらく間があった。涼平はうっすらと目を開けた。焦点が合わず、うつろな目をしている。やがてそれが、蒲生をとらえた。次いで、美由紀のほうをみた。

美由紀はほっとしたようにつぶやいた。「涼平くん。よかった」

涼平は空を仰いだまま、呆然としてささやいた。「助かったの?」

ええ。美由紀はそういって、微笑した。涼平の頭をそっとなでた。

涼平は安堵したように目を閉じた。胸がやすらかな呼吸に波をうっている。

美由紀は蒲生をみた。目に涙をため、にっこりと笑った。

蒲生はただ唖然として美由紀をみていた。なにが起きたのかさっぱりわからない。

ところが、蒲生が問いただそうとしたとき、美由紀は笑ったままの顔で倒れた。涼平の横にぐったりと寝そべった。失神したのか、眠りについたのか、目を閉じたまま動かなくなった。妙に幸せそうな寝顔だ、蒲生はそう思った。

蒲生は寒気を感じ、くしゃみをした。まだ水泳には季節が早い。風も冷たい。まいった。これじゃなにがあったのかさっぱりわからん。蒲生は首をひねった。排水管のなかを這っていって大笑いし、でてきたら笑ったまま眠りについた。よほど楽しいことでもあったのか。蒲生はひとりで肩をすくめた。


嵯峨はブルーバードの後部座席で、うっすらと目を開けた。眠っていたのか、あるいは気を失っていたのかもしれない。クルマは森のなかに停まっていた。窓の外に古びた木造家屋がある。大勢の警官たちが出入りしているのがみえる。

はっとして、跳ね起きようとした。だが、身体がいうことをきかなかった。なぜかすべてが、スローモーションのようにゆっくりと動いているように感じられた。クルマのなかには、嵯峨のほか誰もいなかった。前方には水平線に沈む寸前の夕陽がみえている。まぶしかった。ドアを開けて降りようとした。

足に力が入らなかった。一歩踏み出した瞬間、さまざまな不安が頭をかすめた。いま地震が起きたらどうなるだろう。丘になったこの辺りの地面は、海に崩れ落ちてしまうかもしれない。足もとが割れ、そのなかに呑みこまれてしまう自分を想像した。あるいは、爆発物。あの木造家屋のなかに爆発物があって、周囲を巻きこんで大爆発を起こす。そんなこともありうる。友里佐知子に深い関係がある家なのだ、なんだってありうるだろう。一瞬の爆発。熱さを感じるだろうか。煙にむせたり、苦しみは生じるだろうか。それならば、こんなところにはいられない。だが、どこにいけばいい。帰還しようとして、その途中で事故に遭ったらどうする。

やめろ。嵯峨は自分にいいきかせた。つまらない想像を働かせるな。

嵯峨はため息をつき、クルマによりかかった。警察関係者は嵯峨に目もくれず、忙しそうに立ち働いている。パトカーが二台、いつのまにかブルーバードの後方に停車していた。

突発的な事故に対する不安が生じがちなのは、精神状態がそれだけ不安定になっている証拠だった。橋げたの下にいれば、橋が崩れて落下してくる可能性を感じるし、船に乗れば沈没しそうに思えてくる。平素の安定した精神状態では思いもつかない悲劇や惨劇を、あたり前のように連想してしまう。神経症の症状にも、そういう例はよくみられる。

皮肉なものだった。自分が陥っている異常心理状態を、理性の領域が分析している。自我が危いところまできていることもわかっている。それでも、不安は払拭できない。ひどく汗をかき、速い心拍の音を耳のなかに感じる自分がいる。

現実が現実でない感覚。この症状がもっと進めば、とんでもないことをしでかしても罪の意識が生じなくなるかもしれない。そう自覚した。実際、いま大声をあげても誰にも迷惑がかからない、そんな気がしてくる。

ふらつきながら、嵯峨は木造家屋のほうに歩きだした。潮風が頬にあたった。心地よさはなかった。この先は海に面した崖《がけ》だ、そちらへ歩けば転落してしまう。そんなことだけが、頭のなかを支配していた。

白手袋をはめた鑑識の人間が、玄関のわきを調べていた。嵯峨はなにもいわず、扉のなかに入っていった。許可を求める必要も感じなかった。

玄関で靴を脱いであがった。奥へとつづく廊下。いやに寒かった。なぜか奥に向かうのがためらわれた。左手の開け放たれた扉を入った。

居間のような和室だった。電球がさがっているほかには、なにもない。箪笥《たんす》も卓袱台《ちゃぶだい》もない。ふすまに仕切られた向こうはキッチンらしい。外山が流し台の前に立って、警官になにか指示をつたえているのがわかる。

嵯峨は室内を見まわした。天井に目をやったとき、意識が遠のきそうになった。あちこちにしみがついた、板張りの天井。あのときとおなじだった。あのときも、この部屋はがらんとしていた。

足がふらついた。嵯峨はその場にへたりこんだ。うずくまり、両手で頭を抱えた。

「嵯峨さん」朝比奈のあわてた声がきこえた。駆けてくる足音がする。「まだ動いちゃいけません。さあ、外にでましょう」

嵯峨は顔をあげた。朝比奈が心配そうな顔でのぞきこんでいた。

「ここだ」嵯峨はつぶやいた。「まぎれもなく、僕はここに連れてこられた。そこの柱に両手を縛りつけられて、いろいろな薬品を嗅《か》がされ、注射された。……友里佐知子の催眠誘導を受けた。来る日も来る日も、そんなことがつづいた」

朝比奈は口をつぐんで嵯峨を見つめていた。

外山が部屋に入ってきた。嵯峨に近づいてくると、しゃがんでいった。「たいへんなことになりましたよ。これは」

嵯峨はささやくような小声できいた。「なんです」

「この家の所有者がわかったんです。祖父母の代から受け継いだ家のようですな。独身女性で、猪俣美香子《いのまたみかこ》。一九五七年八月十一日生まれ」

嵯峨のなかに鈍い緊張感が生じた。「その誕生日は……」

「そうです」外山が緊迫した声で告げた。「友里佐知子の誕生日とおなじです。おそらく、ここは……」

やはり、ここが友里の実家だったのか。なんの変哲もない、ただ少しばかり人里離れたところに建っている家屋。けばけばしい装飾もインテリアもない。ごくありきたりの木造家屋。老朽し、はがれかけた壁紙、薄汚れた畳。築年数は七、八十年、いやそれ以上経っているかもしれない。祖父母の代からと外山はいった。友里佐知子はここで生まれたのだろうか。ここで育ったのだろうか。

「嵯峨先生」外山は妙に厳かにいった。「やっぱりあなたは、たいしたもんですね」

朝比奈が不快感をあらわにした。「いまさら、そんなことをいったって……」

だが、外山は弁解しようとはしなかった。申し訳ない。ぼそりとそう告げて、頭をさげた。

「いえ」嵯峨は口をひらいた。言葉が喉《のど》にからんだ。「僕の責任です。……拉致事件の事情聴取は何度も受けていた。心の奥底に、拉致された経緯の記憶が残っていることも、薄々感じていた。……でも怖かった。記憶を呼び覚ますなんて、耐えがたいことだった。もっと早くこうしていれば……」

朝比奈がいった。「そんなことないわ。自分でもわかってるでしょう？　嵯峨さん、退行催眠暗示で事件を想起できたのは、あなたが原状まで回復できていたからなんです。正しい精神状態になければ催眠誘導は困難だし、記憶そのものも混乱し歪曲《わいきょく》してしまう恐れもある。……治ったいまだからこそできたんです」

嵯峨はまだ不安にとらわれていた。いまにも障子の陰から、友里佐知子が現れそうな気がする。ありえないことなのに、そんな危惧《きぐ》にとらわれてしまう。

「どうやら」嵯峨はため息をついた。「また治療が必要らしいな」

朝比奈は嵯峨の手を握った。「わたしが協力します。治るまで、ずっと一緒にいます」

嵯峨はかすかな安堵を覚えた。ようやく、恐怖がわずかに薄らぐ気がした。現実感が戻ってくる、そんなふうに思った。

外山が、嵯峨をじっと見据えた。「嵯峨先生、それほどの犠牲を払ってまで、われわれに協力していただけるとは……。本当に、感謝しています」

嵯峨はなにもいわなかった。警察に協力したかったわけではない。四千人を救うために、友里の正体を暴きたかっただけなのだ。それが自分の義務だと思った。自分は、その信念にしたがっただけにすぎない。

牟田が、部屋に駆けこんできた。「外山先輩！」

外山は振りかえった。「騒がしいな。どうした」

牟田は紙片を手にしていた。それを振りかざしながらいった。「奥多摩のほうで動きがありました。〝デーヴァ瞑想チーム〟の人質救出のめどが立ったらしいです。岬美由紀さんの功績のようです」

嵯峨は朝比奈をみた。朝比奈も嵯峨をみて、笑顔をうかべた。嵯峨のなかに、喜びがこみあげてきた。

「やれやれ」外山は頭をかいた。「また捜査一課の蒲生ってやつの手柄になるのか」

だが、外山の言葉には以前のような嫌味な響きはこめられていなかった。ひとを信じないことをモットーにしているこの中年刑事にも、多少は信頼というものを抱くゆとりが生まれたのだろうか。嵯峨はぼんやりとそう思った。

外山は牟田にきいた。「それで、その紙切れは?」

牟田の顔が緊迫した。「猪俣美香子という女性のデータの照会を役所に頼んだところ、これが返ってきました」

外山は牟田から紙片をひったくった。食い入るような目で文面を凝視しながらつぶやいた。「四級小型船舶の操縦士免許を持ってる。猪俣美香子の名で登録された船がないかどうか、調べろ」

「はい。でも……」牟田が身を乗りだして、紙の一箇所を指差した。「それより、こちらの方の紙をみてください。友里佐知子の祖母の名前を」

外山は怪訝そうに読みあげた。「御船《みふね》……千鶴子《ちずこ》?」

朝比奈が目を見張って嵯峨のほうを向いた。

「ああ……」嵯峨は内心の驚きとは対照的に、妙に静かにつぶやく自分の声をきいた。

「貞子《さだこ》の母親か」

救出

デーヴァ瞑想チームの施設とされる白い建物がオレンジいろに染まっていた。黄昏どきが迫っている。夕陽も西の山に姿を消そうとしていた。広々とした谷間の草地は、涼平が昼間に見た光景とは一変していた。

報道陣は追い払われ、人質の家族たちも道路までさがっている。草地を埋め尽くすように集結していた警察の機動隊員は、いまはそうした人々の安全を守る役割にまわっているようだ。警察がほとんど姿を消した草地には、代わって自衛隊の制服や迷彩服姿の男たちが集結していた。ジープやトラックなどの車両が停車し、上空を大型ヘリが旋回している。

涼平は自衛隊について詳しくはなかったが、これがふつうの陸上自衛隊の部隊でないことは察しがついていた。テレビのニュースで観る訓練風景とも異なっている。もっと簡素な装備で、しかしきびきびとした印象があった。戦車や装甲車は見当たらないが、草地にはいくつもの担架や医療用品が並べてあった。怪我人はヘリで空中に吊り上げて、いちはやく病院に運ぶつもりなのだろう。こうした組織的な行動力は、警察や消防よりも自衛隊に分があるらしかった。

父親の救出が現実味を帯びてきたことに喜びを嚙みしめつつも、涼平は気になって臨時の療養テントを抜けだしてきていた。岬美由紀はあの泥だらけの服装のまま現場に戻っていった。美由紀は元自衛官らしいが、なにをするつもりかはわからない。涼平は美由紀を探していた。彼女はこのトラックが集結している辺りにいるはずだと、自衛隊員のひとりがいっていた。どこにいるのだろう。

救難部隊から支給されたジャージに着替えた涼平は、毛布にくるまりながらトラックの隙間をうろつきまわった。トラックの荷台はすべて鉄製のコンテナ状になっていて、窓は黒く塗りつぶされている。なにか特殊な装備品を運搬しているらしかった。ときおりそれらの後部ドアに出入りする自衛隊員を見かけるが、誰もが緊張の面持ちで言葉もなく行動しているため、声をかけられなかった。迷彩服姿の男が涼平の近くを通りすぎていった。一瞬だけ目が合ったが、なにも話しかけてこなかった。

自分がここにいることが、ひどく場違いに思えてきた。やはり民間人は、指定された場所で待機しているべきなのかもしれない。そう思いながら歩きだした。

排水管に流されるという恐怖の経験の途中で、自分の記憶は途絶えている。どうやら意識を失ったらしい。次にみたのは、自分をのぞきこむ美由紀の顔だった。いつの間にか湖のほとりに横たわっていた。それからまた眠りについた。目が醒めると、近くのテントのなかで点滴を受けているところだった。さほど時間は経過していなかった。まだ動くべきではないと医師はいったが、無断で起きてここに来た。しかし、医師の言い分も正しかったかもしれない。そう思った。頭が痛い。貧血を起こしているのか、妙に足もとがふらつく。包帯を巻かれた手首も、手を動かすたびに激痛が走る。

それでも、いまだ捕らわれたままの父親が気になる。とても寝てはいられない。うつむきながら歩いた。そのとき、近くのトラックの荷台から、ひとが降り立つ気配があった。

涼平はすぐに気づいた。美由紀だ。変わった服を着ている。ふつうの自衛官の服とも、迷彩服ともちがう。全身が光沢のある黒で統一されている。襟と胸もとに部隊章らしきものがついているほかは、ジャケットというより革ジャンに近く、腕やわき腹にたくさんのポケットがついている。腰にはウエストポーチのほかに拳銃のホルスターをさげていた。その下はやはり無数のポケットがついた黒のズボンとブーツで、いずれも耐水性のようだった。

美由紀は地上に降り立つと、疲れを感じさせない足どりでまっすぐに背を伸ばし、立ち去りかけた。涼平は声をかけようとした。そのとき、ひとりの男が小走りに美由紀に近づいていった。

男のほうは、自衛官がふつう着ているような紺のスーツ型の制服を身につけていた。頭髪には白髪がまじっている。五十歳は過ぎているようにみえた。男は書類を手にしながらいった。「岬二尉」

美由紀は男のほうをみた。無表情のまま軽く頭をさげた。「師団長。おひさしぶりです」

師団長と呼ばれた男は美由紀の服装をながめていった。「もう着替えたのか」

「いけませんか」美由紀はいった。

「いや。きみが自分からそうしてくれるとは思ってなかったんでね。これを使おうかと思っていた」師団長は書類を差しだした。

美由紀はそれを受けとって眺めた。「なんですか、これ」

「防衛庁長官からの現役一時復帰命令。官房長官の承認もある」

美由紀は興味なさそうにそれを折りたたみ、ズボンのポケットに押しこんだ。

師団長のほうもその反応を意外に思ってはいないようだった。淡々とした口調でいった。

「ワッペンをつけろ。日没前に作戦を開始する」

了解。美由紀が静かにいうと、師団長は背を向けて立ち去っていった。

涼平はためらった。これほどぶっきらぼうな美由紀をみたのは初めてだった。それでも、わざわざここに来たのは彼女に会うためなのだ、そう思い直して声をかけた。岬先生。

美由紀はこちらを向いた。微笑がうかんだ。涼平のほうに近づきながらいった。「涼平くん。もう起きていいの？」

これまでと変わらない美由紀の態度に、涼平はほっとしながら答えた。「どうしても気になって、寝ていられなくて」

「心配ないわ。すぐに終わるわよ」

目の前に立った美由紀は、やはりいままでとはどこか違ってみえた。服装のせいか、ずっと大人びているように思える。シャワーを浴びたらしく、髪はきれいにセットしなおされていた。濡れねずみのままの涼平とは対照的だった。

涼平は胸が高鳴るのを覚えると同時に、またしても美由紀との距離が遠のいたような寂しさを感じていた。

美由紀はきいた。「どうかした？」

「いや」涼平は言葉に詰まりながらいった。「岬先生……その服装は……」

「ああ」美由紀はなにげない手つきでポケットからだしたワッペンの裏紙をはがした。「自衛隊法八十三条の特別条項第四十五項にしたがって、国内の武装テロにおいて警察組織による対処が困難とされた救出活動に限り、防衛庁長官に任命され組織された救出部隊の活動が承認される……。ようするに、武装勢力との交戦が予測される場合に、自衛隊内で別部隊が召集されるの」

美由紀の口調には、高揚した感情はまったくこめられていなかった。これは日常生活の一部にすぎない、そんな自然な手つきでワッペンを上腕にはりつけた。日本の国旗のほか、涼平の見たことのないいくつかのマークを組み合わせたワッペンだった。

「その救出部隊のワッペンなの?」涼平はきいた。

「ええ。部隊は陸海空の幹部候補生のなかから百名近く選ばれるの。モーニング娘のミニモニとか、赤青黄みたいなものね。まあそのなかに、わたしも入ってたのよ」

建物のなかの状況については、涼平も療養テントのなかで看護婦からあらましを聞かされていた。セミナー参加者たちは全員、銃を持ったロボットに制圧されているという。看護婦も誰かに伝えきいたことらしく、まるで本気にしていないようすだった。だが、涼平はそれを真実だろうと思った。あの地下室にいたロボット。あれと同じものが建物のなかにいてもおかしくはない。

涼平は不安を覚えた。美由紀はまた、危険な場所に向かおうとしている。もちろん、過去に充分な訓練をこなしてはいるだろう。しかし、美由紀はもう体力を使い果たしているはずだった。いまも気丈にみえるが、疲弊していることはたしかだった。

美由紀は涼平の気持ちを読んだようにいった。「そんな顔しないで。少しは休んだわ」

「でも」涼平は美由紀がいたわしくなった。「岬先生がいかなくても、ほかのひとが……」

「いいの」美由紀はかすかに笑った。「わたしはロボットを実際に見たし、仮レム睡眠状態の人々の心理もあるていど把握できているしね。それに、涼平くん。あなたにも恩返ししなきゃ」

「僕に？　でも、僕はそんなにたいしたことは……」

「してるわよ。体力的なことよりも、ずっと重要なことをね。涼平くんは、わたしの笑い声を聞きつけても心をかき乱されなかった。ふつうなら、ひとに理解しがたい変化が起きたりすると、それだけで敬遠してしまうものよ。いまの世の中には、異常心理に根ざしたトラブルや事件ばかりがはびこって、それが最も恐れられることになっているから……。でもね、一見異常にみえても、踏みこんで冷静に状況をみつめて、しっかりと研究すれば、解決できる事態もあるの……。あなたは偏見に陥らずに、わたしを助けにきてくれた。誰にでもできることじゃないわ」

美由紀の澄んだ瞳が、涼平をじっと見つめた。

涼平は照れを感じた。ほてる頬を手で押さえたい気分だった。「そうかな。でもそれは、岬先生がそうしてくれたから……。学校で会ったとき、僕を異常者扱いせずに、話をきいてくれたから……」

「そうね」美由紀は静かにいった。「この籠城《ろうじょう》事件もそうなの。洗脳っていう、薄気味悪く理解しがたいと受け取られがちな現象にみせかけて、警察に手だしをためらわせる、それが主犯の狙いよ。でもあきらめずに探求しつづければ、真実はあきらかになるの。いま、もうその最終段階にきてる。ここでわたしが手をひけるわけないじゃない。そうは思わない？」

美由紀の笑顔に、涼平も思わずつられて笑った。「そうかも、ね」

そのとき、どこかからか声が飛んだ。「岬二尉。集合の時間だ」

美由紀の視線が横を向いた。その先には、美由紀と同じ服を着こんだ集団がいた。

「いかなきゃ」と美由紀は涼平にいった。

涼平はうなずいた。「気をつけて」

美由紀は微笑で応えた。表情を険しくして、涼平の前から歩き去っていった。

夕闇のなか、救出部隊に歩き去っていく美由紀の背を、涼平はたたずんで見送った。

光ゲンジの誰が好きかをきくのを忘れたな、ぼんやりとそう思った。だが、あとできけばいい。美由紀は必ず無事で戻ってくる。涼平の家にも、平穏な日々がやってくる。そうなってから、いくらでも話せばいい。

そして、と涼平は思った。そのときこそ、自分の思いをはっきりと彼女につたえよう。岬美由紀を、本気で好きになっているということを。

自分と同じく救出部隊の制服を着た一群と交わったとき、美由紀は人生が一気に過去へと逆戻りしたように思えた。心のどこかで、ここ数年にわたって積みあげてきた経験を放棄するようなものだ、そんな警告を発している自分がいる。

いや、と美由紀はその考えを否定した。相手は人間ではない、人形《ひとがた》をしていても機械にすぎない。自分はそのトラップのなかから人々を救出する、そういう作戦に加わるだけだ。いわば災害からの救助だった。決して交戦が核となる作戦ではない。

除隊してから数年を経ているため、部隊のメンバーも新顔が多かった。美由紀よりも若く、知らない隊員がほとんどだった。それでも、すぐに知り合いはみつかった。

目が合った同世代の女性が笑いかけていった。「美由紀。しばらくぶりね」

「斎藤《さいとう》二尉」美由紀も笑いかえした。「元気そうね。陸自ではまだ北部方面隊に？」

「いえ」斎藤紀美子《きみこ》は美由紀よりもずっと太くたくましい腕を組んだ。「いまは中部方面隊の第十三師団に移ったわ。名古屋の」

美由紀は、斎藤の隣りに立っている若い男性に目をとめた。髪を刈り上げた、浅黒い顔の男性が会釈した。美由紀はしばしその顔を見つめて、ようやく誰なのかを思いだした。

「岸元《きしもと》二尉、おひさしぶり。前は長髪だったのに」

「ばっさり切ったよ、ヘルメットの着脱にじゃまだから」岸元二等空尉はそういって、こめかみを指先でかいた。「そういえば、空将が岬二尉に会いたがってたけど……」

そう、と美由紀はいった。旧友との再会の喜びに冷水を浴びせられた気分だった。「わたしのほうは、そうでもないわ」

整列。その声が飛んだ。美由紀は気を付けの姿勢をとった。ほかの全員も同様だった。

さっき美由紀がトラックの近くで会った陸上自衛隊の第一師団長が、ファイルを抱えてやってきた。休め、師団長がそういうと、全員が直立姿勢をわずかに崩し、師団長の周りを囲んだ。

美由紀が加わった一団は全員で二十人足らずだった。ほかに八十人近い隊員が近くに集結している。師団長の直接指示を受けるのは、ここにいる人間だけらしかった。

師団長はファイルをひらき、目を落とした。その後ろに、眼鏡をかけたスーツ姿の男性が、おずおずと近づいてきた。いかにも研究者といった感じのその男は、師団長の背後に隠れるようにして立った。

「ああ」師団長は顔をあげ、その男を紹介した。「こちら経済産業省の工業技術院でエンジニアをつとめてらっしゃる、奥居《おくい》さんだ」

隊員たちがいっせいに頭をさげると、奥居は緊張した面持ちでそれにならった。

気の毒に、と美由紀は内心思った。いきなりこんな恐持《こわも》ての集団に囲まれたのでは、緊張するのも無理はない。ふだんは茨城県つくば市の研究施設から一歩もでない生活を送っているのだろう。

師団長は奥居をみて、ぶっきらぼうにいった。「では、皆に説明を」

はあ、と奥居はおどおどしながら口を開いた。「本田技研のMK1ですが、身長一メートル八十五センチ……でして、その、以前のアシモという通称のP3や、ソニーのパラパラを踊る二足歩行ロボットよりも大型、油圧式の関節で……」

「奥居さん」師団長は硬い表情でファイルをさしだした。「そんなことより、さっきおっしゃってた通信機能についての話を」

奥居はあわてたようすでそのファイルを受け取り、ページを繰りながらうわずった声でいった。「そう、そうですね。通信機能というか、プログラムの伝達機能についてなんですが……。MK1にしろほかのロボットにしろ、センサーや動作に複雑なプログラムをインプットする場合、そのメモリをすべてのロボットに搭載することは事実上不可能です。メモリが高価ですし、そのバックアップに用いられる一連の機材も含めてロボット本体の重量が増えるために、脚の関節に高度な補強技術が必要となってきます。ですから、今回のようにすべてのロボットが同じプログラムで動く場合、メモリを搭載しているのは一体のみで、それが司令塔となり、ほかのロボットに必要に応じて無線でプログラムを順次伝えていきます。ソニーのロボットも、中央でパラパラを踊っていたのがメモリ搭載ロボットで、左右の六体はプログラムを受信していただけ……」

師団長が咳ばらいした。「ソニーのじゃなく、今回のMK1に関しての説明をお願いできますか」

奥居はばつの悪そうな顔をした。「すみません。ええと、ようするにこれです」

開いて示されたファイルの一ページには、二体のMK1ロボットの写真が載っていた。

そっくりだが、わずかに違いがある。美由紀が地下でみたのは左のタイプだった。耳の部分に短いアンテナ状のものが存在している。右のロボットにはそれがない。

「ご覧ください」奥居はいった。「左が司令塔となるロボットです。耳のアンテナからプログラムを送信します。右は、それを受けて行動するロボットです。受信可能範囲は約五百メートル。つまり、この指令ロボットが機能を停止すると、ほかのロボットにはプログラムが送信されなくなるので、すべてのロボットが動きをとめることになります」

師団長がすばやくあとをひきとった。「聞いてのとおりだ。百の部屋にそれぞれ四十人から五十人の人質がいる。どの部屋にも一体ずつロボットがいて、銃を人質に向けていると推察されるが、指令ロボットはそのうち一体だけ。そいつを破壊すればあとのロボットはぜんぶ機能停止する。ただし、どの部屋に指令ロボットがいるかわからない以上、すべての部屋をいっせいに襲うしかない」

隊員のひとりがきいた。「ロボットを破壊するには、どこを狙えば?」

奥居が写真を指差していった。「頭部に回路が集中しています。精密機械なので、わずかな故障でも作動不可になります」

師団長がうなずいた。「全員、八十九式五・五六ミリ小銃《ライフル》で武装。百人の隊員が、すべての部屋にひとりずつ侵入、ロボットを狙撃する。構造的には、一発でも頭部に命中すれば機能停止できるとのことだ。誰かが指令ロボットをしとめれば作戦完了となる。そうでなくても、全員が確実にロボットを破壊すればいい」

「ただし」奥居はハンカチで額の汗をぬぐった。「問題は、ロボットにどんなプログラムが施されているかわからない点です。ここにいる皆さんが、万が一ロボットを撃ち損じたら、反撃してくるプログラムになっていたとしたら……」

師団長がいった。「それについては、岬二尉があるていどのロボットの動きを経験している」

隊員一同の目が美由紀に向いた。

美由紀は口をひらいた。「わたしがみたのは発声に反応する音センサーと、体内電流を感知して心臓を狙うシステムだけです。建物内にいるロボットには、サーモグラフィーによって侵入者を探知する機能があるかもしれないし、動きを察知するモーションセンサーが組みこまれているかもしれない。油断はできません」

「でも」斎藤が眉をひそめた。「ロボットはいずれも、指令ロボットと同じ動きをするだけでしょう?」

「いえ」奥居が首を振った。「そうじゃありません。誤解しないでほしいのは、指令ロボットから発信されているプログラムが、ただいっせいに手足を動かすという内容のものではないということです。指令は個別に行われます。たとえば百体のうち一体のロボットが、センサーによって侵入者を感知したら、そのことを無線で瞬時に指令ロボットにつたえまけに送られます。そして指令ロボットからは、侵入者の心臓を探知し撃てという指示がそのロボットだけに送られます。当該のロボットは、確実に侵入者の胸を撃ち抜くというわけです」

沈黙がおりてきた。誰もが緊張したようすで口を閉ざしている。

美由紀はいった。「ただし、これもわたしの主観ですが、ロボットにいかに高度なセンサーがそなわっていようと、反応はさほど迅速なものではありません。センサーは一瞬にして感知するでしょうが、身体の動きはすばやいとはいえないんです。もともと軍事用につくられた兵器ではないのだし、落ちついて対処すればだいじょうぶだと思います」

そうだな、と師団長がいった。「きみたちが班長となり、四人ずつの部下を組織する。個別の行動力と判断力が鍵を握る。ただ、作戦が開始されたらひとり対ロボット一体の勝負となる。指示をつたえてくれ。健闘を祈る」

隊員たちのあいだに異様な空気が流れているのを、美由紀は感じとっていた。それも当然だった。ウージーの自動小銃を手にした二足歩行ロボットと交戦、そんな奇妙な任務が転がりこんでくるとは、誰も予想もしていなかったにちがいない。

それでも、部隊に採用されているのは陸海空の幹部候補生でも特に成績優秀だった者だけなのだ、かならずやり遂げるだろう。美由紀はそう信じることにした。

解散。師団長の言葉とともに、隊員たちはあちこちに散りはじめた。美由紀は斎藤と岸元に目くばせして、建物に向けて歩きだした。

ついに運命の一瞬がやってくる。四千人を救えるかどうかの瀬戸際が。黄昏の空に黒く浮かんだ建物に向かって歩を進めながら、美由紀はそう思った。

突入

日が暮れた。辺りを闇が包んだ。サーチライトも消されたいま、この山奥には光を発するものはなにもない。だが、視界は良好だった。暗視ゴーグルを通してみえる赤みがかった視界にすぎないが、暗闇のなかを所定の位置に向かうには充分だった。

美由紀はさきほど顔をあわせたばかりの四人の部下とともに、建物の北西の外壁に身を這わせた。さきほど五階に侵入する班がいっせいに壁を登っていった。こんどは、美由紀たちを含む四階の担当班の出番だった。三階以下に侵入する連中は、背後の草むらのなかに身を潜めている。

建物を百人の隊員が取り巻いているというのに、辺りからは物音ひとつきこえなかった。虫の音がきこえる。暗視ゴーグルを通してみると、ときおりムササビが飛び交っているのがわかる。隊員は自然のなかに溶けこんでいた。もっとも、人間を相手にする作戦の場合は賞賛に値する彼らの忍耐力も、いまは効果のほどはわからない。もしロボットが壁の外をサーモグラフィーで探知していたら、息を潜めていたところで姿が丸見えになっているのと同じことだからだ。

能力が明確でない敵。それが、この作戦の最も大きな障壁であることは疑いの余地がなかった。

耳もとのイヤホンから指示があった。四階担当の全班、ロープ射出《しゃしゅつ》。

美由紀はロープを撃ち出すためのF8空気銃を真上に構えた。五階の窓の外に、横一列に隊員たちがへばりついているのがみえる。彼らも、ぴくりとも動かない。そのわずか下を狙って引き金をひいた。

消音器つきの拳銃を撃ったときのような鈍い音とともに、手に反動を感じた。辺りからも同じ音がきこえる。美由紀の撃った空気銃は、ロープを尾のように引きながら飛び、狙いどおりの位置にフックを命中させた。力をこめてロープをひいた。しっかりとした手ごたえがあった。美由紀はロープを握りしめ、壁を登りはじめた。

窓を踏まないように気をつけながら、じりじりと壁面を這い上がる。休息をとったとはいえ、やはり手足に思うように力が入らない。背負った八十九式ライフルのほかにはたいした装備も身につけていないのに、身体が重く感じられる。

気合をいれねば。美由紀はそう思った。ここで迅速な行動がとれなくてどうする。

四階まで昇った。このていどの高さでも、地上とはちがう風を感じる。美由紀はロープから手を放した。窓枠の下部に足をかけ、壁に身体を密着させながら少しずつ横移動していく。

部下のひとりがロープを昇ってきたのを視界の隅にとらえた。このようにして全員が所定の位置につく。四階のスタンバイが完了したら、最後にあがった人間がロープをはずす。次は三階担当の隊員たちがロープを撃ちだし、昇ってくる。

ロープをいちいち張りなおすのには理由があった。F8空気銃の射出の威力は最小限にとどめてある。そのためフックはコンクリート製の外壁にさほどめりこまない。昇るのも、五、六人が限度だ。強力な空気銃を使えばもうしばらくはもつが、銃声が大きくなる。位置につくのが少しばかり遅れても、慎重に行動する。日本の自衛隊らしい判断だった。アメリカなら、なによりも手早くスタンバイする道を選ぶだろう。

完了。部下のささやく声がした。最後に昇った隊員から、順に送られてきた言葉だった。美由紀の班は位置についた。襟もとのマイクに、そっとつぶやいた。岬班、準備完了。

しばし時間がすぎた。地上でロープを射出する音が響いた。三階担当が行動を開始した。建物のなかからなんの反応もないことに、美由紀は安堵を覚えた。空気銃の銃声はこれが最後だった。二階担当は、脚立を使ってよじ登ることになっている。

こうして待つ一分間は、一時間もの長さに感じられる。作戦行動そのものは複雑ではないが、問題は人数が多すぎることだった。百人のうちひとりでも足を滑らせたりすれば、それだけで作戦がなし崩し的に失敗する可能性もある。百人の隊員、百体のロボット、四千人の人質。どんな予測不能の事態が起きるかわかったものではない。

いや、そんな考えはよせ。美由紀は自身を叱咤した。他人の心配よりも、自分が確実に任務を遂行することだけを念頭におけ。

窓ガラスの向こうはカーテンでふさがれている。その先には自爆を引き起こす銀線が張りめぐらされているが、起爆装置を無力化したいま、それらはただのデリケートな綱にすぎない。窓から廊下への侵入は容易だ。問題は、部屋に飛びこむ瞬間だ。

この建物のなかに四千人もの人質がいるとはとても思えない、そんな静寂が漂っている。仮レム睡眠状態にありながら、強迫観念を抱き緊張状態にある。そんな混乱した精神状態が、どのような反応をもたらすのかわからない。まして、人質は疲労の極限にあると思われる。こちらのとっさの指示に応えてくれるかどうかもわからない。

焦燥だけがつのる時間が経過していった。やがて、イヤホンに指示がきた。全員配置についた。侵入開始。

美由紀は片手でウエストポーチからガラス切りをとりだした。サッシの回転錠がついた付近のガラスに、カッターの刃を突きたてる。そのまま半円を描くように切り裂いた。ふつうはガラスの破片が落ちないようにテープを張る方法をとるが、救出部隊ではわずかな力加減によって破片を落とさないていどの深みに切るという極意を教えていた。こういう細かさを当たり前のように強要するのも、日本人ならではかもしれなかった。

カッターをしまいこみ、半円に切られた部分の上部を押した。破片はちょうど回転するように窓からはずれ、美由紀の手のなかにおさまった。この手順《ルーティーン》をこなせるようになるまで一か月かかったのを思いだした。まだ腕は鈍っていなかった。

窓にあいた穴から手を差しいれて回転錠をはずした。音をたてないように注意しながら、窓を滑らせて開けた。カーテンをつかんでひきはがす。その向こうに網状の銀線が光っていた。

ポーチからワイヤーカッターを探りだした。一瞬ためらいがよぎったが、銀線の網を縦に一気に切り裂いた。なんの反応もなかった。ほっとした。起爆装置はたしかに解除されている。

窓のなかに滑りこんだ。暗い廊下、人影はない。暗視ゴーグルを通じて左右をみた。隊員たちが同じように侵入したのを確認した。それぞれの部屋の扉に忍び寄る。

美由紀は扉のすぐ近くでしゃがんだ。死んだように静かだ。なかを覗きたいが、そうもいかない。すべての行動は作戦できめられている。

完了。また部下のささやきがきこえた。美由紀はマイクに小声でいった。岬班、侵入完了。

このわずかな時間に建物に百人が侵入した。その気配を微塵《みじん》も感じさせない静寂がある。なにもきこえない、それは作戦が着実に進行している証拠だった。

イヤホンから命令が届いた。三十秒後、全員攻撃開始。

美由紀はライフルを肩から下ろした。静かに安全装置を解除する。この八十九式は訓練で持たされていた六十四式よりはかなり軽い。全長もやや短く、九十センチていどであつかいやすい。とはいえ、その軽さゆえに狙いが上方に逸《そ》れないよう注意しなければならない。三点射バーストではなく単発にしておいたほうが無難だろう、そう思った。

待機の時間が流れる。だが、今度は制限つきだ。二十秒前、イヤホンからそうきこえた。そっと銃をかまえた。てのひらに汗を感じる。ため息が漏れる。十秒前。事前に指示されたとおり、左手を銃から放し、扉の把っ手をつかんだ。

五、四、三、二、一。攻撃開始。

美由紀は扉を開け放ち、室内に転がりこんだ。暗視ゴーグルの視界に、手をあげている人々の姿がはっきりとみえた。全員が驚いたようすでこちらに視線を向けた。美由紀はすぐに頭を振って辺りを見まわした。ゴーグル装着時はこうしないと周囲が見渡せない。

全身に緊張が走った。壁ぎわにロボットの姿があった。銃をこちらに突き出そうとしている。

声をたてなくても侵入者を感知している。動きに反応しているのだ。だが、美由紀の反射神経のほうが勝っていた。ライフルの銃口をロボットの頭部に向け、引き金をひいた。

鋭い音とともにロボットの顔を覆うガラスが弾けた。粉々になった破片が飛び散った。その下に機械部品の一部がみえた。ロボットは前のめりにつんのめって倒れた。人間とは違い、ただ切り倒された木のように倒れた。

しばらくライフルで狙いすましていた。だが、ロボットは動かなかった。

美由紀は暗視ゴーグルをはずした。深いため息をついた。

室内の人々は目を見張っていた。まだ手をあげている者が多かった。

美由紀はいった。「もうだいじょうぶです。手をおろしてください」

歓喜の声をあげた男がいた。だがほとんどは、信じられないといったようすの反応をしめしていた。急激な変化に思考がついていかないのだろう。

人質の精神状態は、思ったよりも正常に近かった。興奮したようすはみられるものの、感覚はごくふつうに機能しているらしい。救出を受けたという現状も、すぐに把握したようだった。

ただ、何人かが暗い顔でロボットを見下ろしていた。吐き気をもよおしたように、口に手をやっている男もいる。このロボットに生命が宿っているように感じていたのだ、当然の反応かもしれなかった。ひとりが崩れ落ちるように倒れこんだ。美由紀は駆け寄った。気を失ったかと思ったが、そうではなかった。めまいを起こしたらしい。

リハビリをおこない、充分な睡眠をとれば仮レム睡眠が発生しがちな症状も緩和されていくだろう。美由紀はそう察しをつけた。これぐらいの症状で済んだのはさいわいだった。

戸口に足音がきこえた。美由紀がふりかえると、部下のひとりが暗視ゴーグルをはずして入室してきた。「完了しました。他班も同様のようです」

ほっと胸をなでおろす。そんな心境だった。ところがそのとき、銃声が耳をつんざいた。階上からだった。

美由紀はあわてて立ちあがった。ウージーの掃射音。フルオートにしている。それに八十九式ライフルの発射音もきこえる。

「ここを動かないで」美由紀は室内の人々にそう告げて、廊下に駆けだした。

急に廊下が明るく照らしだされた。外からのサーチライトが点灯したのだ。誰かが無線で要請したのだろう。銃声をききつけた隊員たちが、美由紀と同じく廊下に飛びだしている。

美由紀は全力で廊下を走った。先行していた隊員たちを抜き去り、階段に向かった。駆けあがろうとしたとき、踊り場を降りてくる人影に気づいた。

凍りついた。それは人影ではなかった。ＭＫ１ロボットだった。二体のロボットがウージーを片手に歩いてくる。美由紀に気づいたのか、足をとめた。銃をかまえた。

とっさに身を伏せた。二体はウージーを掃射した。階段に着弾の波が走った。美由紀は敵の銃口が自分に追いつく前に反撃にでた。ライフルをかまえて二体の頭部に一発ずつ発射した。命中した。二体はすぐさま倒れた。うち一体が、身体をまっすぐにしたまま階段を滑りおちてきた。

美由紀は心拍が速まるのを感じた。ロボットは移動して攻撃してきた。思ったよりも防衛能力がある。だが、いったいどこから現れたのか。

駆けつけた隊員のひとりがきいた。「これは?」

「わからない」美由紀は答えた。五階からはまだ銃撃音が響いていた。

美由紀は振りかえった。隊員たちが次々にやってくる。だが、あまり持ち場を離れてはまずい。「それぞれの部屋に戻って人質を守って。わたしが上のようすをみてくる」

返事もきかず、美由紀は階段を駆けあがった。手もとに視線を落とさず、指先の感覚でライフルのセレクターを探りあて、連発に切り替えた。

五階にでた。火薬の臭いが鼻をつく。美由紀はびくついた。四階とはまるで違う光景がひろがっていた。あちこちのガラスが割れて床に破片が散らばっている。廊下に転がったロボットが一体、その向こうから三体のロボットが自動小銃を乱射しながら向かってくる。美由紀を狙っていたわけではないらしい。だが、すぐに美由紀に狙いを修正したようすだった。

美由紀は床に這ってライフルをかまえた。近い順に頭部を狙って撃った。三体のロボットが倒れたとき、近くの床に着弾した。美由紀はあわてて跳び起きた。

廊下の反対側にもロボットがいた。近くに二体、その向こうにも二体がみえる。近いほうの二体のうち一体が美由紀を狙っていた。美由紀は掃射を避けて廊下を走った。

「美由紀！」呼びとめる声がした。斎藤紀美子の声だとわかった。

声がした柱の陰に転がりこんだ。そこには斎藤と、あとふたりの隊員がいた。

斎藤の顔は汗だくになっていた。呼吸も荒かった。美由紀は斎藤の腕に目をやった。制服がざっくりと裂け、血が流れおちている。

美由紀は驚いて手をさしのべた。「撃たれたの？」

「平気。かすり傷だから」斎藤は唾を呑みこんでいった。「まさかあんなブリキのおもちゃに、一人前に応援部隊がいるなんてね」

美由紀は柱の陰から向こうをのぞいた。部屋の戸口から半身を乗りだした隊員が、ロボットに応戦している。美由紀はかがみこんで、斎藤に向き直った。「応援部隊って？」

「五階の制圧を完了した直後に、だしぬけに現れたのよ。乱射しながら廊下を向かってくるわ」

「人質は？」

「各部屋を守備している隊員がいるからまだだいじょうぶだけど、銃撃戦が長引くと危険だわ。一発でも流れ弾が部屋の天井に当たったら……」

イトチリン混合C４が爆発する。美由紀は息を呑んだ。混乱をおさめねばならない。

この応援部隊が侵入者対策だったとして、何体が存在するのだろう。美由紀は考えた。ロボットのコピー品は一体一千万円、友里佐知子の要求額は一千万ドル。百体の購入のあとも、レートによっては三億円近く浮くことが考えられる。すると三十体。予備のために多めに買い入れただろうとは思っていたが、まさかそれらを応援部隊にまわしているとは。

美由紀はきいた。「あいつらはいったいどこから?」

斎藤がいった。「奥に隠し部屋があったみたい。そっちから続々とでてきてるわ」

一刻の猶予もない。美由紀は立ちあがった。「援護して。前進するから」

「まって」斎藤は顔をしかめながら立ちあがった。「わたしもいくわ」

美由紀には制止する気はなかった。自衛官なら当然の反応だった。残るふたりの隊員に声をかけた。援護たのむわね。

すぐに柱から飛びだし、美由紀は突っ走った。すぐ眼前に迫った二体のうち一体を破壊した。もう一体も頭部を砕き散らせて倒れた。斎藤が撃ったのだ。援護の隊員がいるせいか、奥の二体の掃射は狙いがさだまらなかった。美由紀は斎藤とともにジグザグに走り、しきりに追いまわす跳弾を避けた。

思ったとおり、予期せぬ動きへのロボットの対処は人間ほど早くはなかった。美由紀は床の上を転がりながら前進し、踏みとどまると同時にライフルで狙いをつけた。二体にすばやく連射した。ふたつのロボットは顔から青白い閃光を放ち、同時に倒れた。

近くの戸口から隊員が顔をだした。美由紀は叫んだ。「人質を階下に避難させて。いまのうちに!」

美由紀は立ちあがって走った。すぐ後ろを斎藤がついてくる。廊下の角を折れたとき、鉄製の箱の陰に身を潜める隊員たちの姿が目に入った。その向こうに、四、五体のロボットがみえた。

斎藤の手をひき、美由紀は箱の陰に飛びこんだ。ロボットの掃射を受けたが、間一髪まにあった。美由紀は斎藤をみた。斎藤は息をきらしていたが、無事だった。

箱の陰には岸元を含め、男ばかり四人の隊員がいた。うちふたりが身を乗りだしてロボットを相手に応戦をつづけている。岸元ともうひとりは待機している。発砲を最小限にとどめるためだろう。

美由紀は前方を覗いた。壁の一部に大きな穴があいている。床にはロッカーが倒れていた。あれが隠し部屋か。ロッカーで入り口をふさいであったにちがいない。そう思っているあいだにも、穴のなかから二体のロボットが出現した。

岸元が銃声にかき消されまいと大声で怒鳴った。「きりがない。外に重火器の使用を要請して……」

「だめよ」斎藤がいった。「天井の爆薬に引火するじゃない」

岸元がいらだったようすでいった。「だからって、このままライフルで応戦しつづけるにも限度があるぞ。やつら、動きはトロいが、やたらめっぽう乱射してきやがる。それもどんどん数が増える。こっちの弾が尽きちまう」

美由紀はいった。「まって。指令ロボットはどこ?」

斎藤は困惑した顔を浮かべたが、すぐに口をひらいた。「部屋に一体ずついたロボットは全部やっつけたはずだから……」

岸元が歯ぎしりしていった。「たぶん、あの部屋のなかだろう。いちばん最後まで隠れてるんじゃないか。ったく、頭のいいことだぜ」

美由紀は現在の状況がきわめて危険なことを肌身に感じていた。建物に仕掛けられた爆薬、まだ避難もままならない人質たち。ロボットだけに説得もきかない。作動しているかぎり、弾を乱射しつづけるだろう。これ以上戦闘を長引かせてはいけない。打つ手はすぐにきまった。決断は揺らぎようがなかった。いまさら迷ったところでなんになる。

美由紀はいった。「あの部屋に飛びこむわ。援護をお願い」

斎藤が目を丸くした。「なんですって」

「おい」岸元が声を張りあげた。「ばかをいうな。あそこはロボットの巣窟《そうくつ》だぞ。一斉射撃を受けるだけだ」

「いいえ」美由紀は首を振った。「みたところ、ロボットが相手を認識して狙いすますのに一秒か二秒の間があるわ。あのなかに残るロボットも、多くてもせいぜい二十体ってところでしょう。指令ロボットを倒せば動きはとまるわ」

斎藤が美由紀の腕をつかんだ。「あんた正気なの？　耳に小さなアンテナがついてるってだけの違いしかない指令ロボットが、そうかんたんに見つかると思う？　探しているあいだにやられちゃうわよ。いくらなんでも、いちどに二十体も敵にまわすなんて無茶よ」

「特攻か」岸元があきれたようにいった。「いまどきの日本じゃ流行《はや》らないぜ。幹部候補生学校でも愚かしい行為だと教えられただろう」

美由紀はいった。「違うわよ。わたしを信じて」

斎藤と岸元が、返答に困ったようすで口をつぐんだ。

これ以上、議論するつもりはなかった。美由紀はライフルから弾倉を引き抜き、新しい弾倉を叩きこんだ。すぐさま箱の陰から躍りでた。

なんてこった。そういいながら、岸元が援護射撃を開始したのをちらとみた。斎藤もそれに加わった。美由紀は感謝の念を抱きながら駆けだした。

味方の援護射撃で前方のほとんどのロボットは破壊されていた。美由紀は走りながら隠し部屋の入り口に近い位置に立つ二体を撃った。その二体が崩れ落ちたとき、美由紀は入り口のわきに身を潜めた。

美由紀は足首に激痛を感じた。弾がかすめたのだ。怒りがこみあげた。ロボットの分際で。そう思った。いくら二足歩行ロボットの動きが滑らかだろうと、人工知能を組みこんだロボット犬が生きているようにみえようと、そんなものは擬態にすぎない。命あるものにとって代わることなどできようはずがない。これ以上、誰も危険にさらすものか。命も持たないくせに人間の命を奪おうとする、あんなふざけた機械に、誰も傷つけさせるものか。

目をつぶった。気を落ちつかせようと努力した。さっき外で見せられた指令ロボットのかたちを思い浮かべる。耳にアンテナがついている、そういう特徴を理性で判別しようとしてはいけない。あくまで形状をそのまま眺めてとらえるのだ。理性ではなく、本能での自然な判断にまかせる。

それが〝選択的注意集中〟という能力だ。機械のようなセンサーではない、人間だからこそ発揮できる能力なのだ。

閉じたまぶたの裏に、思い起こしたロボットの頭部が浮かんでみえる。美由紀は目を開いた。隠し部屋の入り口に飛びこんだ。

薄暗い部屋、床を転がった。周囲にロボットが群れをなしている、それはすぐにみてとれた。やはり二十体ほどいる。待機していたのだろう、きれいに横に二列になっている。ロボットがいっせいにこちらに向きを変えた。耳障りなモーター音が室内にこだまする。ロボットたちが自動小銃を握った手をこちらに向けて突き出す。

体勢を立て直し、ライフルをかまえた美由紀は、どこにも焦点をあわさず、ロボットの群れ全体をながめた。無数の銃口が美由紀を狙いすまそうとうごめいている。それでも、ただ漠然とながめた。

反射的に目に飛びこんできた。アンテナつきの指令ロボット、後列の中央より右寄りにいた。

ロボットのセンサーはすでに美由紀の心臓の位置を感知しているだろう。そこに銃で狙いをつけようとするロボットの動作も、現在のテクノロジーでは最速のものだったろう。

だが、美由紀のほうが早かった。美由紀が指令ロボットにぴたりと狙いをつけても、まだあきらかに間があった。二秒に満たないほどの間だった。その間に、美由紀は低くつぶやいた。

「人間をきどるには、まだ早いわね」

引き金をひいた。弾丸は一直線に指令ロボットの顔面に飛んだ。ガラスが砕け、頭部はショートして火花を放った。次の瞬間、その頭部はオレンジいろの炎をあげて小さな爆発を起こし、部品を撒《ま》き散らしながら粉々に砕け散った。頭部を失った指令ロボットは、呆然としたように立ちすくんでいたが、やがて前傾姿勢で倒れていった。

室内のすべてのロボットが動きをとめた。たちまちバランスを失い、ふらついた。数体が倒れ、その隣接するロボットも巻き添えを食うように倒れていった。けたたましい音とともに、次々にロボットが床に叩きつけられていく。

鉄屑が床を埋め尽くすように転がり、動かなくなった。

静寂がやってきた。

美由紀はひとり静かにため息をついた。なぜか、ロボットの残骸が哀れに思えてくる。精神的拷問を受けた、そのなごりだろうか。あるいは不眠不休で働きつづけているせいで、自分にも軽い仮レム睡眠の妄想が生じているのか。

いや。誰だって人形が捨てられていればかすかな哀れみを感じる。それと同種のものにすぎない。そう思った。

ただ、空想的なことではあるが……もしこのロボットたちに生命があったと仮定するのなら、彼らにとっても本望だろう。彼らは主人に命じられたままに動くしかない、それ以外に生きる道がない。そんな呪縛《じゅばく》から解き放たれたのだから。

眠りについたロボットたちをあとにして、美由紀はゆっくりと部屋をでていった。

祭祀

奥多摩の夜空に星がきらめいていた。澄みきった空気のせいで、星座ばかりか天の川までが姿を現している。

蒲生は吐く息が白く染まるのをみた。ポケットに両手をつっこんだ。冷える夜だ。こんなときは、家に帰って熱燗《あつかん》でもやりたい。

地上に目を戻した。谷間《たにあい》に集まった人々は、そんな寒さをまるで感じていないようすだった。サーチライトに照らされて、辺りは昼間のように明るい。人質の家族だけでなく、報道陣も戻ってきていた。カメラのフラッシュがつづけざまにたかれ、テレビのリポーターは笑顔でカメラに向かって報告をつづけている。一杯やりたいのはむしろ連中のほうかもしれないな、蒲生はそう思った。誰もがお祭り騒ぎのように浮かれていた。

ざわついていた民間人の群れから、わあっと声があがった。白い建物の、機動隊員に守られた扉から、中年男性たちが歩いて現れた。疲労のいろはみえるものの、元気そうだった。何人かが手を振っている。

家族たちがいっせいに建物のほうに駆けだした。機動隊員が制止しようとしたが、誰も立ちどまろうとはしなかった。機動隊員のほうも、本気で押しとどめる気はないようだった。決壊したダムのような人々の流れのなかで、ただ立ちつくしていた。頼りねえな、蒲生はそうつぶやきながらも、仕方がないことだろうと思った。危険もない。建物内の爆薬は、すでに液体窒素で冷却済みだ。

蒲生は緩やかな勾配の上に立ち、夫あるいは父親との再会を喜ぶ家族たちの姿をながめた。出会うやいなや抱きつく者、静かに語り合う者、さまざまだった。小さな子供はたいてい泣いていた。いま解放されたばかりで疲弊しきっているだろうに、幼児を肩車している父親もいる。明日から仕事にいくとか、冗談まじりに口にする者もいるだろう。それくらい、誰もが元気だった。絶望からの生還だけに、喜びもひとしおだろうと思った。男性の母親らしい老婦と、妻と、子供がずっと静かに抱きあっている、そんな家族もあった。一方では、体調を崩したのか担架で運ばれていく男性もいる。家族が心配そうに付き添っていく。

蒲生はタバコを口にくわえた。ある意味で、うらやましい光景だった。自分の妻や息子は、なにかあったらこんなふうに出迎えてくれるだろうか。そんな思いがよぎった。

建物からでてくる男性たちと家族との再会の輪はどんどん広がっていき、谷間を埋めていった。報道陣が大忙しでその合間を右往左往している。奇跡の再会とか、そんな見だしが明日の朝刊のトップを飾るだろう。調子のいい話だ、きょうの夕刊はどの新聞も四千人絶望とか、家族の心情を無視した記事で売り上げ部数を稼いでいたくせに。

　蒲生が伝えきいたところでは、人質および自衛隊員ともにひとりの死者もでなかったという。人質の何人かは疲労が激しく建物内で点滴治療を受けているらしく、また自衛隊員に軽傷者が数名でたが、犠牲者がなかったのはなによりだった。

　むろん、その功労者が誰であるか、あらためて考えるまでもなかった。蒲生は群衆から離れたところに立つ一群をみやった。

　謙虚なことに、自衛隊は作戦終了と同時に草地を警察に明け渡し、隅のほうに引き下がっていた。黒い制服姿のなかで、ひとりだけ群衆のほうをながめてたたずんでいる人影がある。集まって談笑している者が多い自衛隊員らのなかで、岬美由紀の姿はひときわ目立っていた。

　美由紀は無言で立ちつくし、家族の再会のようすを見守っている。蒲生のほうからみると後ろ姿になっていた。表情はわからない。ただ、気持ちは手にとるようにわかる。千里眼でなくても、美由紀のいまの心のなかはあきらかだった。

　家族。それは美由紀が心から欲してやまないものだった。蒲生はそのことに気づいていた。美由紀は、知り合った相手に家族のようなつきあいを求めることが多い。それは彼女の甘えではない。彼女自身も、知人のよき家族の一員になりたいと欲し、常にそのための努力を惜しまない。美由紀は自分の家族を、両親を失ったことを心から悔いている。温かい愛情の通った家庭が失われてしまったことを、いつも虚《むな》しく感じている。だから他人のことであっても、家族に関することとなると躍起になるのだろう。

しかし、と蒲生は思った。美由紀はこれだけの人々を幸せにしたのだ、彼女の亡き両親も、誇りに思っているにちがいない。

ふと蒲生は、群衆のなかに日向涼平の姿を見つけた。母親の静子も近くにいる。静子の胸には、赤ん坊の由宇也が抱かれている。

涼平と静子は、人混みのなかをさまよっていたが、やがて足をとめた。ひとりの男性が近づいていく。やせた、おとなしそうな中年の男だった。涼平たちを見て、満面の笑みをうかべた。

静子は泣いていた。涙を手でぬぐいながら、その男性に寄り添っていった。

あれが涼平のいっていた、市原和幸という名の新しい父親だろう。蒲生はそう思った。

涼平はためらいがちに、母親のわきに立っていた。市原が由宇也を抱くのを、黙ってじっとみていた。

その市原の顔が涼平に向いた。なにかを話している。涼平の顔がほころんだ。笑顔をうかべていた。

それだけみれば充分だった。蒲生は美由紀に視線を戻した。

美由紀は群衆をみまわしている。涼平の家族をまだ見つけていないのだろう、しきりに背伸びをしている。だがやがて、あきらめたように群衆に背を向けた。

蒲生は、すぐに美由紀のもとに飛んでいって涼平たちの居場所をつたえてやろうかと思った。

が、結局そうはしなかった。美由紀はもう、歩きだしていた。家族の再会に、もう目を向けることはなかった。自衛隊の同僚たちとも言葉を交わすことなく、無言でトラックのほうに歩き去っていく。

美由紀の横顔がちらとみえた。寂しげな顔だった。どれだけの家族が再会を果たそうとも、自分の両親は戻ってはこない。率直に、そう語っているようにみえた。

岬美由紀が立ち去ったことにも関心を向けず、ひたすら喜びに湧く群衆。星空の下の祭《さい》祀《し》。その喧騒を眺めながら、蒲生は静かにタバコの煙をくゆらせた。

埠頭

友里佐知子は横浜の籠岬《かご》にある小さな港を、トランクケース片手に歩いていた。日没後の埠頭《ふとう》は闇に包まれている。潮風と、まばらに位置する海上の灯浮標《とうふひょう》のおぼろげな光が、かろうじて目の前が海であることを告げている。

ステッチをきかせたベージュのスーツに着替え、旅行用のトランクを転がしている自分の姿は、この小さな漁港にはそぐわない。友里はそのことをよくわかっていた。だが、ここにはひとの目はない。係留している船もほとんどが漁師所有の小型船舶だった。早朝、まだ日の昇らないうちに、漁師がやってきて船を出す。空が明るくなったころには全員が戻ってきて、船をもとの位置に戻す。そのあとは、子供でさえも寄りつかない。大型船は寄港できないし、狭い入江のなかに位置しているため、小型船舶の航行にさえもさほど便利とはいえない。夜の港は、まさに死んだように静まりかえっていた。

勝利とともに出航するには、寂し過ぎる風景といえなくもない。それでも、これは日本脱出の最良の手段だった。前祝いはせいぜい気に入った服で着飾るていどで充分だ、友里はそう思っていた。本格的な祝賀は、太平洋上で落ち合うことになっている外国の密漁船に乗り移ってからでいい。

携帯電話をとりだして液晶画面を点灯する。時刻が表示されていた。午後七時四十分。一時間前に自動送信するようセットしてあったEメールが、予定どおり成田空港管制室宛《あ》てに送られているはずだ。

メールには、いくつかの指示が記してあった。友里が乗らなくても午後七時に飛行機を発進させること。台湾の南四キロの海上を飛ぶこと。サーチライトで合図を送っている船を見つけ、その近くで金の入ったケースを投下すること。ケースを受け取るのは友里ではなく、ロボットのコピー品の大量注文に応じてくれた東南アジアの密売業者だ。支払いの一千万ドルを受け取ることができれば、彼らも満足するだろう。ただし、彼らには気の毒なことであるが、その可能性はほとんどなくなった。岬美由紀のせいで計画の一部に狂いが生じた。報道はみていないが、あのあと奥多摩の施設がどうなったかはあきらかだ。美由紀が排水管に流された時点で起爆装置のスイッチが入り、全員爆死しただろう。人質が消滅した以上、警察も航空会社も友里の指示に従う必要はなくなった。

業者は金を得ることができず腹を立てるだろうが、かまわない。友里はそう思っていた。二度と彼らに会うことはない。逃亡先も、誰にもわからない。

残る生涯は、南米で悠々自適の生活を過ごすことになるだろう。二度と日本の土を踏むこともあるまい。テレビや新聞で、遠い祖国のニュースを知ることができるかもしれない。

そのときこそ、シャンパングラスを高々と掲げよう。祖母の代から続いた恥辱の歴史に、終止符が打たれたことを、心から祝おう。

未来を想像しただけでも胸が躍った。自然に足が早まる。埠頭の端に、自分の船がみえている。ヤマハのクルーザー、CR28FB。ずいぶん前に購入したものだが、性能は衰えていない。外観は塗装が剝《は》げ落《お》ちて薄汚くなっているが、人目を避けてこの港に係留させておくにはそれも長所のひとつだといえた。内部はきれいにしてある。メインキャビンにはソファも運びこんである。居心地は悪くはない。

クルーザーに向かおうとして、ふと足がとまる。手にした携帯電話が気になる。iモードで新聞社のページを見ておくべきだろうか。友里はこれまで、常に最新のニュースをチェックすることを怠らなかった。計画の完了も間近となったいま、報道の閲覧など無意味かもしれない。彼らの知りたがっていることを唯一知っているのは自分だ。

全国民の関心は成田空港に向いているだろう。だが、わたしはそこにいない。友里は思わず笑った。

奥多摩の惨状もあえて報道をみる必要はないが、岬美由紀がどうなったか、それだけは知っておいて損はあるまい。友里はそう思ってボタンを押した。溺死体《できしたい》が排水管から湖に吐き出された、そんな記事があればいっそう気分は高揚する。もっとも、警察も報道もそれどころではないかもしれない。四千人が死んだのだ、人里離れた湖に水死体が浮かんでいても、誰も気づいていないかもしれない。

自分の心を躍らせる文面を期待して、友里は新聞社のページを表示させた。

ふいに、頭を殴られたような衝撃が襲った。

手が震えた。トランクケースが滑りおちた。携帯電話を支えているのもやっとだった。

〝洗脳〟のからくり解ける　四千人全員救出　成田空港に警官隊を緊急配備
友里は愕然とした。胸もとをえぐられたような痛みが走った。気が遠くなる。そう感じながら、呆然とたたずんだ。

液晶画面を見つめ、どれくらいの時間が過ぎただろうか。友里は急にまばゆい光に照らし出された。

思わず手で顔を覆った。薄目を開けて前方の光を凝視した。無数のサーチライトがこちらを照らしている。人影が連なっているのがわかる。スーツ姿、そして制服姿の警官たちが、シルエットになって浮かんでいた。

スピーカーを通じて、厳しい男の声が飛んだ。「友里佐知子。すでに包囲した。その場に立ちどまって両手をあげろ」

警察。なぜだ。友里は激しく動揺した。トランクケースを手にとり、それをひきずって後退しようとした。

だが、反対方向にも同じ光の群れがあった。埠頭の出口はふさがれていた。待ち伏せていた。これほどまでに多くの警官隊が、自分ひとりが現れるのを息をひそめて待ちかまえていた。自分はそのことに、まったく気づかなかった。

怒りと悲しみが同時にこみあげ、激しい感情の渦となって頭のなかを支配した。友里は歯ぎしりした。自分の呻き声を耳にした。

光のなかを、警官たちが駆けてくるのがみえる。たったひとりの容疑者を逮捕するのに、どれだけの人数を動員しているのだろう。あいもかわらず、税金を無駄に費やしたがる国家だ。払っているほうの国民も、友里佐知子逮捕の報《しら》せさえあれば納得するのだろう。救いがたい国。

友里は立ちつくしたまま、迫ってくる警官隊の影をながめていた。どこで足がついたのか。友里の本名。それが判明し、所有するクルーザーが割りだされた。それ以外には考えられない。だが、なぜ本名があきらかになったというのだ。

悲しみに胸が張り裂けそうになる。〝洗脳〟の謎が公になった。自分は警官に包囲された。またしても、自分を常人とは異なる特殊な存在に位置づける、そのための礎《いしずえ》を失ってしまった。心理学の支配者をきどりながら、〝洗脳〟はトリックにすぎなかった。千里眼の異名をとりながら、警官の待ち伏せに気づかなかった。誰もがそのことを知った。世間はふたたび自分を、愚かな詐欺師で狂暴なテロリスト、そのていどの女とみなすにちがいない。すっかり時代遅れになっていながら報道陣に親指を立てて主役をきどっていた、日本赤軍の女幹部の逮捕劇と同レベルの扱いになるかもしれない。いや、きっとそうなる。誰も友里佐知子の特異性に気づかない。誰も才能を認めない。

ばかげている。友里はふっと笑い、つぶやいた。「冗談じゃないわ」

トランクケースを開け放った。衣類がころがり落ちた。その底から、ウージー・サブマシンガンを引き抜いた。安全装置をはずして銃口を警官隊に向けた。引き金をひいた。反動で銃身が跳ね上がるのを感じる。片手の掃射では狙いが定まらない。本当は警官全員を射殺したいが、逆光のなかでは狙いすますのは困難だった。

それでも、警官隊がひるんで後ずさったのは見てとれた。じきに銃を抜く奴が現れるだろう。凶悪犯ゆえに射殺もやむなし、警察庁はそんなふうに正当化するにきまっている。つきあえないわね。友里はそう吐き捨てて、埠頭を走りだした。サーチライトの光はかえってありがたかった。係留している船舶がはっきりとみえる。

友里はモーターボートに目をとめた。排水型や半滑走型の漁船ばかりがつらなるなかで、滑走型プレジャーボートはそのボートと水上オートバイだけだった。自動小銃を乱射しながらモーターボートに走った。係留しているロープに銃口を押しつけるようにして引き金をひいた。ロープは切断された。揺れるボートに飛び乗り、操縦席におさまった。

逃亡はできん、あきらめろ。警官の声がする。友里はもういちど埠頭に向けて乱射した。すぐさまブロワースイッチをいれ、ハンドルを回した。イグニッションスイッチをひねる。エンジンは一発でかかった。どうやら、まだツキに見放されたわけではなさそうだ。友里は思わず笑った。

ブロワースイッチを切り、燃料計に目をやった。満タンだった。後方を振りかえった。ドラムカンが三本積まれている。沖にでて、追っ手をまくことができれば、密漁船との合流地点にたどり着くことは充分に可能だ。

隣接する船に接触して転覆したのでは意味がない。エンジン千回転でいどで微速発進させた。波が大きい。船が揺れた。また警官隊が迫ってくる。右手でハンドルを握り、左手で自動小銃を掃射した。

船体が港から抜けだした。友里はリモコンレバーを前方に倒していった。速度があがる。向かい風の強さが増す。身を切るような冷たい風だった。スピードがあがるとともに船首があがり、前方がみえにくくなった。そのあいだに友里は振りかえり、もういちど埠頭を掃射した。逃げまどう警官の影が光のなかに浮かんでみえる。

友里は前方に目を戻した。二千六百回転を過ぎ、ふたたび船首がさがって視界がひらけた。暗黒の海原がひろがっている。浮標のほかに明かりはみえない。海の上には、包囲網はない。

日本の警察にはありがちなお粗末さだ。友里は思わず口をゆがめた。絶対に埠頭で逮捕できると信じ、海上保安庁への協力要請をためらったのだろう。手柄をひとりじめにしたがる上層部が存在するかぎり、警察組織はとるにたらない団体にすぎない。

さらにリモコンレバーを前に押して速度をあげた。背後から銃声がきこえる。ハンドルをまわして蛇行しながら逃走した。たちまち入江を抜けた。左四十度に変針した。この方角なら灯台の光に照らされることもない。闇のなかにまぎれこんでしまえば、ヘリからも容易には発見できまい。

強烈な向かい風のなかで、視界が涙でにじんでいた。この国に〝洗脳〟の脅威を残したまま去っていく、そんな友里の策謀は水泡に帰した。もはや自分はただ追われるだけの存在でしかない。だが、なんとしてでも逃げのびてやる。凶悪犯罪者を裁くことができなかった、その無念を味わわせてやる。そう決意した。それが、自分に残された唯一の復讐法だった。

最高速度に近づいた。行く手をふさぐものはなにもない。友里はふっと笑った。

そのとき、甲高いエンジン音が鳴り響いた。左手になにかがみえた。

防波堤を飛び越え、水上バイクが出現した。さっき埠頭でみかけたものだ、友里は瞬時にそう思った。水上バイクはモーターボートの左手に着水すると、側面に並んで突っ走った。

友里はそちらに視線を向けた。水上バイクを操っているのは、黒い制服姿の細身の人間だった。警官かと思ったが、ちがっている。自衛隊救出部隊の制服だと気づいた。次の瞬間、その顔をみた。暗闇のなかだが、はっきりとわかった。

友里は驚き、叫んだ。「美由紀！」

生命

岬美由紀は埠頭で飛び乗ったヤマハＭＪ７００ＦＸジェットスキーを全力疾走させていた。ＦＲＰ製で軽く、乗りなれたカワサキＪＳ５５０ＳＸに近い七百ccの排気量のため、ジャンプ力もあって小回りがきく。多少エンジンが不調のような気がするが、おそらく機械の故障ではなく燃料のせいだろう。この水上バイクはオイルとガソリンの燃料混合式エンジンを採用している。持ち主が給油するさいにうまく調合しなかったにちがいない。

だが美由紀は、友里の乗ったモーターボートに追いつけると確信していた。友里は灯台の光を避けるため左方向に変針すると予測し、水上バイクでまっすぐにこちらに突っ切ってきた。いま、その勘が正しかったことが証明された。友里のボートの真横につけた。

友里はボートの船首をいきなり美由紀の針路に向けた。船体を打ち当てるつもりだ。美由紀は減速しなかった。引き離されるわけにはいかない。友里とおなじ方向にカーブして接触をかわした。横波がくるのを予測してバランスをとった。

友里のボートがふたたび前方へと向きを変えた。操縦席で友里がこちらをみている。美由紀を転覆させられなかったことに怒りをおぼえているにちがいない。

美由紀は水上バイクの速度をあげた。夜の海は広大な黒い絨毯《じゅうたん》に思えた。モーターボートから浴びせ掛けられる水飛沫《みずしぶき》が身体を冷やす。風圧もかなりのものだった。前傾姿勢になって耐えた。

自動小銃の掃射音がきこえた。美由紀は身をかがめた。友里がこちらに銃口を向け、自動小銃を乱射している。

美由紀は初めて銃を撃つ友里の姿をみた。手馴れている。肩肘を張らず、反動をうまく逃がしている。発砲の訓練も受けていたにちがいない。

美由紀はモーターボートから距離をおいた。蛇行して、友里の狙いがさだまるのを避けた。

友里はなおも自動小銃を撃ちつづけていたが、やがて銃声がやんだ。ボートの操縦席で、友里がかがみこむのがみえた。

なにをしているのか。美由紀は身体を浮かせてボートを注視した。そのとき、友里の上半身が現れた。なにかを投げるように、右手を大きく振り下ろした。

とっさに美由紀は水上バイクを左に向けた。さらにボートとの距離をとった。次の瞬間、その判断が正しかったことがわかった。激しい爆発音とともに水柱があがった。滝のように降り注ぐ海水のなかを、美由紀は疾走した。

手榴弾《てりゅうだん》だ。どこに保持していたのか。たぶん上着の下にちがいない。それなら、多く見積もっても十発もないはずだ。

美由紀は友里を煽るようにボートに接近していった。友里はハンドルを操りながら、また投げる動作をした。美由紀はエンジンを全開にして離れた。また爆発音が起きた。さっきよりも近かった。横波を受けてバランスを失いそうになった。

それをみてとったのか、友里がつづけざまに手榴弾を投げたのがわかった。三つ、あるいは四つか。美由紀が針路を向けそうな地点にばらまいた。逃げようがなかった。

反射的に、美由紀は水上バイクをモーターボートに向けた。友里に向かって一直線に突き進んだ。それしか針路がなかった。背後で爆発が起きた。つづけて二、三の爆発音が轟《とどろ》き、爆風とともに海水が背に押し寄せた。波に乗って速度があがった。

友里がこちらをみた。怒りに燃える目。それをはっきりと認識できた。友里は、まっすぐ向かってくる美由紀に向けて手榴弾を投げた。この距離で、なんて無茶な。美由紀がそう思ったとき、すぐ背後で爆発音が響いた。

一瞬の熱を感じ、すぐに水柱のなかに呑みこまれた。が、美由紀はすでに次の動作に移っていた。水上バイクの上で立ちあがり、転覆を承知で船体を蹴った。その反動で前方に跳躍し、進行中のモーターボートのベンチレーターめがけて飛びついた。

だが、わずかに届かなかった。美由紀の身体はボートの側面寸前に落下しそうになった。手を伸ばした。船尾に近いクリートをつかんだ。そのまま、身体は海面に叩きつけられた。

痛みが全身をつらぬいた。美由紀の身体は水面で跳ね返り、何度も打ちつけられた。それでも美由紀はクリートから手を放さなかった。モーターボートの縁《へり》にしがみついていた。顔は海面からでていた。水飛沫のなかにさびついた船体側面がみえている。しかし、身体はどうなっているのか自分でもよくわからない。しびれて感覚がない。

頭上に奇声を耳にした。友里の叫びだとわかった。なにか硬いものが、美由紀の頭を強打した。つづいて、肩にもなにかが打ちつけられた。激痛が走った。友里は、その物体で美由紀の手を何度も殴りつけた。骨がくだけそうだった。神経が麻痺し、船体を抱きかかえるのが困難になってきた。

怒りがこみあげた。この女！　どこまでわたしを苦しめれば気がすむの！　心のなかでそう叫んだ。

腕に力をこめて懸垂の要領で身体をひきあげた。いまや友里の姿ははっきりとみえた。振りかざしているのは自動小銃だった。弾が切れたのだろう。目をかっと見開き、大声をあげて暴れるさまは、まるで友里がかつてあからさまに軽蔑してみせた野蛮人そのものだった。

友里は自動小銃を水平方向にテイクバックすると、美由紀の頬めがけてそれを打ちつけてきた。衝撃が美由紀の頭部を貫いた。あやうく転落しそうになった。口のなかには、血の味が広がっていた。

美由紀は猛然と怒りに駆られた。足を振り上げて船体にかけ、友里の腹部に頭突きをくらわせた。友里が呻き声をあげて後退すると、美由紀はすかさず身体をひきあげた。わずかに残った体力をふりしぼって、美由紀は船体側面を這い上がり、モーターボートのなかに転がりこんだ。

まだボートはかなりの速度で走行している。だが、友里は近くにいた。友里はゆっくりと起きあがると、美由紀を見下ろした。金切り声をあげて、美由紀の腹を蹴った。ハイヒールのつま先で何度も蹴った。

激痛で意識が遠のきそうになる。だが、闘争心が美由紀を突き動かした。友里の足首をつかみ、ひき倒した。

美由紀はよろめきながら立ちあがった。もう自分の身体のように思えない、それでも立った。うずくまっていた友里が顔をあげ、美由紀をにらんだ。

友里の顔は化粧が崩れ、夜叉のようになっていた。殺意に燃える目が美由紀をとらえた。友里は自動小銃を振りあげ、立ちあがって襲いかかってきた。

美由紀はすかさず回し蹴りを放った。美由紀の踵が友里の顎を直撃した。友里はもんどりうって操縦席のなかに沈んだ。

友里とは別の叫び声を、美由紀はきいた。自分の声だった。怒りとともに倒れた友里の上に飛びかかり、こぶしで殴りつけた。何発も殴った。

それがどれくらいつづいたかはわからなかった。手の甲に、激しい痛みを感じた。

美由紀がふと我にかえったとき、友里はぐったりとしていた。穏やかな潮風。美由紀は顔をあげた。モーターボートは減速し、停止していた。友里は操縦席を離れる前に、リモコンレバーを元の位置に戻していたらしい。

揺れる船体のなかで、暗闇をみつめた。息がきれていた。自分のあわただしい呼吸音をききながら、冷静に状況に対処しようと努力した。海上保安庁のレーダーは、こちらの位置を把握しているだろうか。どれくらい岸から離れただろう。

だしぬけに、美由紀は喉もとをつかまれた。眼下の友里が美由紀の首を両手でつかみ、薄気味悪く微笑しながら見上げていた。

美由紀はもがいた。息ができない。友里の握力は異様に強かった。伸びた爪が首すじに食いこむ。まるで大蛇の口が噛みついたようだった。

ふたたび遠のきそうになった意識を懸命に呼び覚まし、美由紀はこぶしを振りあげた。友里の頬を殴った。友里の手が、美由紀の首からはずれた。

美由紀は後ずさった。助手席のシートの上に、尻もちをつくような姿勢になった。もう立ちあがるだけの力はなかった。めまいをこらえるのが精一杯だった。

友里は倒れたままだった。操縦席に倒れていた。だが、意識を失ってはいなかった。頭を持ちあげ、顔を美由紀のほうに向けた。

うっすらと痣《あざ》ができた友里の顔。そこにまた怒りのいろがひろがった。口を大きく開けて絶叫するさまは、獲物に襲いかかる豹《ひょう》が牙《きば》をむいたかのようだった。

とっさに美由紀はホルスターから拳銃を抜いた。四十五口径のオートマチックの銃身を友里に向けた。

美由紀は自分が焦燥に駆られたことに、内心驚きを覚えていた。本来なら、ここで拳銃を抜くべきではない。救出部隊の装備は、その限定された任務以外での使用を禁じられている。そもそも、部隊の制服で任務以外の場所に赴くこと自体が規則に反しているのだ。緊急事態ゆえに誰もとがめなかったが、美由紀はそのことを頭の片隅で認識していた。

友里は美由紀の拳銃をじっと見つめていた。やがて、ふっと笑みをこぼした。

「撃ったら？」友里はいった。「さっさと撃ちなさいよ」

美由紀の拳銃を持つ手がかすかに震えた。うわずった声でいった。「そんなこと、できるわけないでしょう」

「なぜ？」友里は嘲《あざけ》るようにきいた。

「無抵抗の人間を撃つなんて、できるわけないわ」

「ばかね」友里はため息をついた。「いまのうちに撃っておかないと、後悔するわよ」

「撃たれることを、恐れていないの？」

「ええ。怖くないわ。ちっとも」

「嘘よ」

へえ。友里はいっそうの笑いをうかべた。「なんで？　わたしの表情筋にも動作にも、そう断言できる要素はみあたらないはずだけど」

美由紀はいった。「あなたは死を恐れてる。死ぬのは怖い、過剰なほどにそう思ってる。あなたが笑っていられるのは、わたしが引き金をひかない、そう確信してるからだわ」

友里はあきれたように首を振った。「そんなこと。わたしを見くびってるようね。死ぬことなんか怖くないわ。いったでしょう。生命なんて無意味だって」

「無意味じゃないわ」

「無意味よ」友里は語気を強めた。「蛋白質と脂肪と水分の塊。それだけでしかないっていってるでしょう」

美由紀は拳銃を持つ手の震えをとめようとした。だが、とまらなかった。どうしたというのだろう。怯えは感じていないはずなのに。

友里はしばしの沈黙のあと、口をひらいた。「撃てないのね。当然ね。あなたが偽善を価値あるものと信じきっている以上はね。わたしを警察に突きだすの？　いっておくけど、裁判官だろうと検事だろうと刑務所の看守だろうと、わたしは心のなかを見通すことができるのよ。なにを考えているかわかるのよ。おとなしく捕まったままだと思う？　ふたたび世に出た暁には、より大勢の人間を血祭りにあげるわよ。四千人どころか、四万人、四十万人が対象になるかもね。あなたの神経を逆撫《さかな》でしてあげましょうか。まず子供が学校にいく平日に、子供のいる家庭を百ほど無作為抽出して、その家の主婦を自宅で殺すわ。部屋じゅうに血飛沫を飛び散らせるくらい切り刻むの。子供が帰ってきて泣きさけぶ。その自宅を爆弾で吹き飛ばす。国内のすべての世帯主に、わたしに従わないかぎり家族が同様の目に遭うと脅してやるわ。社会はパニックの様相を呈し、労働力が減退し、日本経済は壊滅状態に……」

美由紀は怒りを抑えきれなかった。友里につかみかかり、馬乗りになって左手で胸ぐらをつかみあげた。右手は拳銃の銃口を友里の頰に押しつけていた。

「この馬鹿女！」美由紀はわめいた。「よくそんな倫理観の欠如を誇らしげに露呈できるわね！　わたしがあなたの親だったとしても顔をぶってやるわ！　死ねとか殺すとか、軽々しく口にした時点でもう現代社会に生きる資格なんかないのよ！　わたしが親なら、そんな言葉は最後まで子供に教えない！　命のたいせつさが理解できない人間は、それ自体が罪だと思い知るべきだわ！」

友里は無表情だった。「あなたは極端な思想の持ち主ね。よく自衛隊に入れたわね、美由紀？　命のたいせつさですって？　わたしを殺そうとしたくせに」

「あなたが大勢のひとの命を奪う危険分子だからよ！　ひとの皮をかぶった悪魔だわ！」

「だから殺すの？　美由紀。あなたのいってることは、過去に殺戮《さつりく》をおこなってそれを正当化しようとした人間の言いぐさと同じよ。自分は善、悪を成敗する立場にある。だから人殺しが許される。あなたもそういう偽善者の仲間入りを果たしたにすぎないわ」

　美由紀はいらだちを覚えた。同時に、友里の狙いを感じとった。「わたしを動揺させるつもりね。信念に揺さぶりをかけるつもりでしょう。でもわたしは変わらないわ」

　友里はあっさりといった。「そう？」

「ええ。あなた自身が一貫した思想の持ち主でない以上、議論なんか無意味よ。ああいえばこういう、そんな言葉遊びで惑わされたりしないわ」

「思想ってなによ？」友里はまた笑った。「そんなもの、わたしにあるわけないじゃない。生命なんてただのまやかし、わたしたちは物体にすぎない。思想なんてものも、そのまやかしの上にさらに築かれる幻想でしかないわ」

「だからあなたは大勢の人を殺すのも平気だっていうの？　罪もない人々の幸福を犠牲にしても、良心がとがめないっていうの？」

「わたしがどう感じようが勝手でしょう。感覚も思考も脳の電気信号にすぎないんだから」

「なるほど」美由紀はわざと軽い口調に転じてみせた。「そんなふうに考えて、死ぬのが怖くなった。臆病者が癇癪《かんしゃく》を起こして暴れた。あなたの行為は、それがすべてなのね」

友里の顔が凍りついた。「なんですって」

「ひとは物体にすぎない、生命はまやかし。そんなふうに勝手に結論づけて、それゆえに死を恐れる。天国も地獄もない、死んだら自分はそのまま消えてなくなってしまう。それが怖くて仕方ない。あなたはそれだけのひとよ」

「美由紀」友里は怒りのこもった目で美由紀を見つめた。「あなたは宗教家にでもなったの？　あの世があるとか、そんなことというつもり？　それこそ、人間がアイデンティティを保って自滅しないために生みだした妄想にすぎないわ。死んでも別の世界にいく。ただそれだけじゃ、殺したり殺されたりっていう遺恨を残した者どうしがその死後の世界で鉢合わせする可能性がある。だから天国と地獄っていう概念が生まれた。ことさら都合のいい概念がね。そんな幻想で自分をだまして生きつづけるなんてお笑いぐさだわ」

「本当に死んだこともないくせに、そんなふうに断言できるっていうの？」

「できるわよ！」友里は早口にまくしたてた。「人間は食物連鎖の頂点に位置している。動物、植物、穀物。地上のあらゆる生命なるものは、弱者が強者に食われる運命にある。そのなかで人間だけは、すべての生命を殺し、腹におさめることができる。しかしそれは人間の脳の持つ思考そのほかの能力がほかの動物より優秀なだけ。牛肉や豚肉や鶏肉をみてごらんなさい。蛋白質に脂肪に水分。あれがすべてよ。わたしたちと変わらないわ。もし宗教家がいうように人間の生命が尊いというのなら、食べられている牛や豚たちの生命はどうなの。われわれ人類はすべての動植物の生命を奪いつづける。生きるために、そうしなければならない運命にある。そんな人類のどこが尊いっていうの!」

「人間には使命があるのよ!」美由紀も思いつくままに怒鳴りかえした。「人間っていう高等生物はいまはまだ発達の途上にあって、完成の域に達していないんだわ! 繁殖し、繁栄する力を持ち、思考することによって科学力を高めていく! 遺伝子工学が人間の寿命を三倍にすることが可能だといわれるようになり、移植手術用の臓器をクローンで培養することも研究されている! 同時に宇宙を探索し、惑星上に限定されない自然界に関するあらゆる知識も深めていく! 感情はそれらを推進する力となる! あなたのいうように動植物に対する殺戮が罪の意識を生む以上、かならず人間はそれらの命を奪わずに食物を得る方法を研究しつづけ、いずれは完成するはずよ! 人間はみずから食物をつくりだせるようになる! 飢餓も疫病もなくなる! やがては差別や不平等やあらゆる紛争が減少し、消滅していく! 人類はそのように悪というものを嫌悪し善に愛情を抱くことで、能力を駆使して進化するよう義務づけられている! これは海の生命体が陸にあがったり、類人猿がヒトに進化していったというような、肉体的変化を中心とした進化じゃないわ! その次の段階に位置していることなのよ! 知性による発展、それにともなう進化。それがわたしたちなのよ!」

友里の目がかすかに潤んだ。「進化の途中だから、まだ動植物を殺して食べなきゃいけないっていうの？　半分はまだ動物だから？」

「そうよ！」美由紀はまだ友里の胸ぐらをつかんでいた。「進化の途中だから、生命を尊重しながら同時に生命を奪って食べなきゃならないっていう矛盾に苦しむ。わたしたちは過渡期に生きてるのよ。わたしたちに摂取される動植物のためを思えばこそ、未来の進化のために日夜学び、社会貢献のために努力すべきなのよ！」

美由紀はふいに、友里の表情の変化に気づいた。

友里は黙って美由紀を見つめていた。怒りのいろが消え、微妙に哀れみを感じさせていた。

「進化の途中……」友里は口ごもった。「いずれ進化したら、人類は永遠の生命を得るかもしれない。肉体を超越し、いまのところ想像もつかないような生命体に進化を遂げるかもしれない。死を恐れるような感情は不要となるかもしれない。でも、わたしたちは進化の途中。わたしたちはまだ完成していない。死とともに消滅する運命かもしれないじゃない！」

美由紀は低くつぶやいた。「どうせ生まれるのなら、進化したあとの人類に生まれたかった。そういいたいのね」

「ええ、そうよ」友里は噛みつくようにいった。「そうですとも！　こんな進化の途中の生物に生まれるなんて地獄だわ。半人半獣。血のしたたる動物の肉を食らいながら、数学の解法を思案する。こんな段階なんて！　生きてることは苦痛でしかないわ！　いったい死んだらどうなるっていうの！　進化途上のわたしは死んだらどうなるの！」

「あなたは自分のことしか考えないのね。わたしたちは未来のために……」

「わたしがどうなるかをきいてるのよ！　死んで、いま見えてるこの目が見えなくなるなら、死後はなにが見えるようになるの！　脳は、思考は！　どうなるの！」

友里はそこまでわめきちらして、ふいに沈黙した。ふうっとため息をつき、小声でささやいた。「ばかげてるわね。堂々めぐりだわ。脳なら何度も見たわよ。ひとの頭からとりだして、この手にとってみたもの。蛋白質と脂肪と水分。それだけの物質。死後の世界は幻想。雲の上に神や仏がいるだなんて夢想、飛行機が飛ぶようになって、そんなものはないとわかった。すべて幻想だわ」

「いいえ」美由紀はきっぱりといった。「わたしはそうは思わない。死後も自分は存在しつづける。生命がなぜ存在し、繁殖するのか。なぜ進化を義務づけられているのか。そこには理由があるけど、現在のわたしたちの想像ではとうてい解き明かすことができない。まだ進化の途中だから。生命の概念だって同じことよ。宇宙というもののなかに、無数の生命体というエネルギーが存在している。肉体として死んだあとも、存在しつづける。どういうかたちなのかはわからない。たぶん、霊とか魂とか、そんな想像上のものではなく、宗教に描かれているようなものでもなく、科学や物理の法則や、数学の定理や定義、物質の成分などあらゆる知識を超越したかたちで、存在しつづける」

ふたりのあいだに風がふいた。埠頭で感じたよりも、わずかに温かい風だった。

「だから」友里はつぶやいた。「いまは安心して、将来の進化のために尽くせって？　学習し、社会のために働き、子供を産んで」

「ある意味では、そうよ」

そういった直後、美由紀ははっとした。

友里の目に涙があふれた。昂《たか》ぶった感情を解き放つようにわめいた。「それなら、現代はとうてい進化に貢献していないじゃない！　むしろ退化しているわ。進化を妨げることばかり。巷《ちまた》には犯罪が溢《あふ》れかえり、みんな殺し合いをしている。人類の進化は挫折しつつあるわ！」

美由紀は異様な気配を感じ、鳥肌が立つのを覚えた。友里はまるでこれまでとは正反対の人格をとりだしたように思える。自分のような殺戮者を他者のごとく批判している。

ひょっとして多重人格か。美由紀は疑った。いや、そうは思えない。これが人格交代なら、いままで美由紀が話していたことは忘れてしまうはずだ。友里はこれまでの会話の流れをひきついでいる。多重人格ではない。

だが、友里が精神を病んでいることは疑いようがなかった。死ぬことへの異常なまでの嫌悪、生命の概念に対するこだわり。それらに逆行するような殺戮の数々。正常な思考の持ち主とはいえない。

友里は興奮したようすでいった。「地球は温暖化し破滅の危機を迎えてる！　環境ホルモンの影響で脳が変異する！　すべて人類のせいじゃないの。それにこの国をみてよ。不況で心がすさみ、わずかな金ほしさに平気でひとを殺す。女や子供や老人、弱いものばかり狙って猟奇殺人におよぶ。マスメディアにはそういう犯罪を助長するような過激な表現ばかりが溢れ、企業の安全管理は名ばかりのものとなり、事故が多発しすぎて人命が失われることをなんとも思わなくなっている。詐欺や騙《だま》しが横行し、奸智の働く一部の人間が富を独占する。国民に支持されないリーダーが重大事故の報告を受けたあともゴルフに興じて失脚する。ストーカー被害を訴えても警察は見殺しにする」

美由紀は友里の胸ぐらをつかんだまま、油断せぬようみずからにいいきかせていた。友里はいったいなにをいいたいのだろう。自分の悪は許せても、他人の悪は許せないとでも主張したいのだろうか。

だが友里はあの、脳を見透かすような目をしていった。「甘いわね。美由紀。あなたが単純に割り切りたがる善悪とか、そんな話じゃないのよ。人類の進化の妨げになっているのは、この国の本質的な腐敗よ。わたしは戦後の半世紀を生きてきた。戦後民主主義とやらを生きてきた。この五十年間っていったいなんだったの？　なにかの冗談？　どいつもこいつも、つまらない小さな仕事をして日銭を稼ぐだけで、あとは無味乾燥な娯楽に浪費するだけ。政治には無関心。無責任に毎日を生きるだけ。世の中が変えられるなんて思わない、やたらと運命に従順な連中。政府がきめたことには、つべこべ文句を口にしながらも結局はしたがう。逆らわない。逆らうだけの知性もない。政党の名前をぜんぶいえない国民が大多数だから。愚かしい。話にならないわ」

美由紀は黙って友里を見つめていた。唐突に、いかにも友里の世代が語りたがるような話を口にしだした。安保闘争の挫折を経験した世代の論理。戦後民主主義への批判だった。だが、友里が熱心な活動家とはとうてい思えない。そう感じたとき、美由紀のなかにおぼろげにひとつの感触がかたちをとりはじめた。

猪俣美香子。嵯峨がつきとめた友里の本名を、美由紀は外山からの連絡で耳にしていた。そして、御船千鶴子の孫であるということも。

友里は憑かれたように近代日本の批判をまくしたてつづけている。美由紀はその顔を見つめながら思った。

この女が、明治の〝千里眼の女〟の孫。そうだとするなら、生まれながらにして国家への反発を抱くこともありうる。千里眼というニックネームを吹聴し、世間の脚光を浴び、尊敬と畏怖を集めようとした理由も説明がつく。

「猪俣」美由紀は友里にいった。「猪俣美香子。御船千鶴子の孫ね」

友里は口をつぐんだ。表情から興奮のいろが消えた。ただ黙って美由紀の顔を見あげた。

やがて、友里は弾けるように高笑いした。「滑稽な話ね。わたしは貞子の娘ってことになるの？」

「どこかの映画の話をしてるんじゃないわ。現実の御船千鶴子の孫よ」

「……あなた、それを信じるの？」

「ええ。猪俣名義のクルーザーに乗ろうとしたのがなによりの証拠だわ」

「あなたにそう思わせるために仕組んだかもよ。美由紀。あなたに同情心を抱かせて、攻撃性を減退させるためにね」

美由紀は一瞬、困惑した。たしかに友里のいうとおりならば、その計画は多少なりとも効果をあげたことになる。

友里の表情からはなにも読み取れない。嘘かどうかはわからない。

「いえ」美由紀は迷いを振りきった。「そんなはずはないわ。あなたは警察の待ち伏せを予測していなかった。仕組んだこととは思えない」

友里はまばたきもせずに美由紀を凝視していた。やがて、ふうっとため息をついた。

「わたしの祖母はね」友里は、妙に穏やかな口調でいった。「明治十九年、熊本で、漢方医の父の次女として生まれた。幼いころから勘が鋭かったと母にきいたわ。それが、ある時期を境に人生が一変した……」

美由紀は御船千鶴子の生涯について、だいたいのことは知っていた。明治時代の年鑑で読んだことがある。「御船千鶴子は義理の兄の催眠誘導を受けた。それで突然、透視能力が芽生えた。その能力で九州の万田坑という海底炭坑を探しだし、二万円の礼金を得た。いまの金額に換算すれば二千万円以上……」

友里は小さくうなずいた。「わたしの祖母は一躍、千里眼の女として脚光を浴びた。そのせいで、彼女の父親と義理の兄が利権をめぐって対立したり、家庭のなかはめちゃくちゃになった。でもまだ、そのころの祖母は幸せだったと思うわ。ところがそこに……」

「東京帝国大学で心理学を研究していた助教授が現れ、御船千鶴子の千里眼をテストしたいと申し入れてきた。茶封筒に入れた紙の文字を透視する、そういうテストをくりかえしおこない、いつも正解した。その成果は新聞で報道され、彼女はさらに有名になった」

友里は、子供のように微笑を浮かべ、虚空を見つめながらいった。「祖母が上京したときには、駅に黒山のひとだかりができたそうよ。祖母を見物する人々のために特別列車が運行されたほどだったわ」

美由紀は鼓動が速まるのを感じていた。まるで、友里に師事していたころのような、穏やかな会話のペースがよみがえりつつある。自分はそのペースに呑まれつつある。そうさとった。もしや、友里の罠ではなかろうか。いや、それはありえないと感じたはずだ。美由紀のなかに、そんな葛藤が生じていた。

友里は依然として美由紀に胸ぐらをつかまれ、拳銃をつきつけられている。そんな状況を忘れてしまったかのように、物静かに語りつづけた。「祖母は横浜に家をもらったわ。わたしの母も、わたしも、そこで育った。海のみえるきれいな丘の上の一軒家。辺りは森で……ほんとに美しかった。祖母も満足していたと思うわ」

「でも」美由紀はいった。「東大の助教授がなぜか急に関心を失ったことで、御船千鶴子は孤独になった。公の透視実験も何度も失敗し、千里眼はいんちきだとするバッシング記事が溢れかえった」

「祖母は死んだ」友里の表情がまた険しくなった。「心痛のすえ、服毒自殺した」

美由紀は動揺せざるをえなかった。あることに気づいたからだった。

カウンセラーになるべく、友里佐知子が美由紀に伝授した数々の技能や知識。それらは欧米のカウンセリングにはみられない、独自のものだった。その特異性の理由が、いま明らかになってきたのだ。

「まさか」美由紀は震える声でいった。「あなたが教えてくれたのは……」

友里は微笑した。「そうよ。母がはじめて教えてくれたのは、口もとの筋肉のしまりぐあいでジャンケンに勝つ方法だったわ。それから、表情筋の変化で思い浮かべた色を見抜く方法も教えてくれた。選択肢問題から正解をみつけだす方法、コイントスされた硬貨の裏表を表情から見分ける方法。……ぜんぶわたしの祖母が考えだしたのよ」

「だけど」美由紀は、長年の疑問をといただす瞬間がきた。それも友里佐知子に。身震いを禁じえなかった。「それらの技術は……。日本の、いえ、世界のどのカウンセラーも知らない技術だった。海外の文献にも専門書にも、掲載されていない技術だった。なのに、なぜかあなたのほかにも、東京カウンセリングセンターの職員だけは知識を共有していた。いったいなぜ……」

「あいつが」友里の顔に怒りのいろがうかんだ。「祖母にべったりくっついていた心理学博士の助教授が、すべて奪っていったのよ。祖母の技術を心理学的に解析し、東京帝国大学に持ち帰った」

美由紀は衝撃を受けた。思いついたことをつぶやいた。「東京カウンセリングセンターの創始者、岡江卓造は……帝大から東都医大に移った……」

「すべては、わたしの祖母がはじめたことなのよ。祖母は決してインチキなど働いてはいなかった。でも超能力者でもなかった。わかるでしょう？　義理の兄が催眠誘導したとき、祖母は理性が鎮まった状態で、本能的に物事を観察することができた。その状態で海底の図面をみたとき、一箇所だけ周囲の規則性とは異なる形状をした岩場をみつけた。〝選択的注意集中〟によってみつけたのよ。それが海底炭坑の発見だった。表情筋の変化を読み取ったりするのも、祖母の場合は本能的直感で判断していたの。だから原理はわからなかった。なぜ当たるかわからなかったんだわ。だから純粋に、自分を千里眼の持ち主だと信じた。本気で、人々のために能力を役立てようと思ってた」

「じゃあ」美由紀はつぶやいた。「御船千鶴子が自殺したのは……」

友里の瞳から、大粒の涙がこぼれおちた。「助教授に千里眼の技術を解析され、根こそぎ盗まれたせいだわ」

美由紀は、出会ってからずっと仮面に隠れていた友里の素顔が、ようやく表出したように感じていた。友里の表情はごく自然なものだった。怒りと悲しみ、屈辱感。感情が率直に顔にあらわれている。いままでなかったことだった。

東京カウンセリングセンターは心理学的に解析された〝千里眼〟の技術を用いて、国内唯一のカウンセリング機関として発達した。友里の家系は、その陰で生きてきた。

「美由紀」友里は泣きながらも、毅然《きぜん》とした態度でいった。「社会がどんなに愚かか、いつも感じてるでしょう？　どんなに学ぶことがたいせつだと主張しても、誰もそれを実践しない。奇跡に思えることに遭遇すると、すぐさま妄想じみた想像力で、超常現象だ、超能力だと騒ぎだすか、それとも物理的なトリックがある詐術だときめつけるか、どちらかでしかない。その中間に位置する科学を理解できない。そんな不勉強な社会が、なにをしでかすと思う？　勝手な偏見による断罪。あるいは自己を放棄しての盲信、依存。そんなことばかりくりかえして、いっこうに学ばない。こんなのが進化といえるかしら。わたしの祖母は、すでに百年も前にそんな目に遭ってた。それはいつまで経っても変わらない」

美由紀は友里の主張に、若干の甘えが露呈しつつあるのを感じた。「だからといって、カルト教団を組織して国家の転覆をはかったことが正当化されるわけじゃないわ」

友里は押し黙った。ふたたび敵意のこもった目で美由紀をにらんだ。「わかってないのね。わたしや、わたしの母が、どんな思いで生きてきたかなんて、あなたには想像もつかないでしょうね。祖母は帝大の総長をはじめ、政府関係者や、当時の権威者たちによって詐欺師呼ばわりされたのよ。この意味がわかる?」

「……当時、御船千鶴子は日本初の超能力者とみなされていた。帝国主義の政府が、黙っているはずがない……なぜなら……」

友里は大声でいった。「そうよ! 帝国主義、軍国主義。あの当時の日本では神は天皇だった! 奇跡を起こせるのは天皇だけだった! それで政府は祖母の存在を抹殺した。社会的に葬り去った! 国民の、神道への崇拝心を失わせせないためにね。祖母の死後も、わたしの母に対する迫害や弾圧は想像を絶するものがあったわ。まるで魔女狩りね。それがなにさ、敗戦のとたん、てのひらをかえしたように表面上だけ民主主義をとりつくろって、国民の精神的基盤なんてあったもんじゃない!」

「だから恒星天球教を組織したとでもいうの? みせかけのマインドコントロールで信者を支配して、恐怖政治でも敷こうと思ったの?」

「この国の信仰と精神的基盤がみせかけにすぎないことを知らしめるためよ! わたしがやったのは、祖母の代に政府と軍部がやったことと同じだわ!」

美由紀は手に力をこめて友里を押さえつけた。「それによってあなたの家系が苦痛を味わったというのなら、なぜ現代社会がそうならないように努力しようとしないの！　なぜ当時の悪を再現しようとするの！」

「どうせ」友里は美由紀をにらんだまま、震えながらいった。「いずれ、わかるわよ。わたしの……猪俣美香子の記録をつぶさに調べれば」

「……どういうこと？」

「戦時中に資産も家財もすべて奪われ、親族からも縁切りされて、残ったのは横浜にある一軒家だけ……。ねえ、美由紀。そんなところで生まれ育った女がどうなるか、想像つかない？　六十年代の横須賀で、わたしは六歳のころから米兵に身体を売って生活したのよ。連中がやさしかったなんて、とんでもないデマだわ。あいつらは容赦なく、まだ幼かったわたしを玩具にした。暴行以外のなにものでもなかった。あいつらにとって、敗戦国の女なんて消耗品みたいなものだった。味見とかいって、次から次へと女あさりをしていた。あるとき、わたしは怖くなって逃げた。家に逃げ帰った。あいつらは追ってきた。家には、母とわたしのふたりしかいなかった。あいつらは家に踏みこんできて……母も……わたしも……」

友里は身を震わせて泣きだした。言葉が途切れ、ききとれなくなった。泣きじゃくる友里を、美由紀ははじめてみた。

美由紀はとてつもない苦痛を感じた。友里に対する憎しみはもちろんある。だが、一方でそれを拒もうとする心理が働く。意識から閉めだしてしまおうとする衝動がある。

どうしたらいい。美由紀は呆然とした。拳銃を持つ手が震えた。

そのとき、友里の目が光った。美由紀が失態に気づいたときには、もう遅かった。友里は、胸もとをつかんでいる美由紀の手が緩むのを待っていたのだ。拳銃の銃口も、友里の頬からわずかに逸れていた。友里の腕が振りあげられ、拳《こぶし》が美由紀の頬を直撃した。

強烈な痛みとともに、身体が浮きあがるのを感じた。後方に仰向けに倒れた。海に落ちるかと思ったが、そこまでは飛ばなかった。背中は硬いものに打ちつけられた。

美由紀は拳銃を手放してしまったのに気づいた。目を開けると、友里はボートのなかで立ちあがっていた。美由紀の拳銃をにぎり、銃口をこちらに向けていた。

友里は微笑をうかべて、冷酷な口調でいった。「立ちなさい」

美由紀は立とうとしたが、身体が思うように動かなかった。よろめきながら、揺れるボートのなかでなんとか身体を起こした。

友里はいった。「あいかわらず、甘いのね。美由紀。あなたの油断を誘うために、ずいぶん長い演説をぶつはめになったわ。想像力豊かでしょう？　作家になれるかしら」

だが、美由紀は友里の言葉に身じろぎひとつしなかった。つとめて冷静にいった。「いいえ。あなたは嘘をついていない。目をみればわかるわ」

美由紀はすでに確信していた。友里が語ったことは、まぎれもなく真実だ。自分が友里に隙をみせてしまったのはあきらかだ、だが友里は、ずっとその機会を狙っていたわけではない。なぜなら、いまにかぎらず美由紀は何度も友里をつかむ手を放しかけたからだ。美由紀を跳ねのけて拳銃を奪おうとすれば、もっとはやくできたはずだ。

友里は動揺のいろをうかべていた。美由紀に向けた拳銃を持つ手が小刻みに震えた。「ばかね。違うわ。すべて嘘よ。同情をひくための嘘」

「本当だわ」美由紀はいった。「すべて真実」

友里は顔を真っ赤にして、怒りのこもった目でにらんできた。「こんなガセにひっかかるなんて、岬美由紀もたいしたことはないわね」

いまさらブラフには惑わされない。そう思いながら美由紀は、友里がなぜああまで躍起になって〝生命〟を否定しようとしたのか、その理由に気づいた。ひとも政府も神も、なにも信用できない。生きることが苦痛でしかない。そんな境地では、人間がモノでしかないとみなすほうが、むしろ救いになるのだろう。蛋白質と脂肪と水分。だから、なにも思い悩むことはない。そう信じることで、友里は救われてきたのだ。

しかし、その思いが友里を凶行に走らせた。連続殺人、脳切除手術。むごたらしい事件を引き起こす原因となった。やはりそれは、正常な思考とはいえない。

美由紀は静かにいった。「ひとつ、いってもいいかしら」

友里は拳銃をかまえたままいった。「なんなの」

「警察署に連行されたら、勾留中にカウンセリングを受けて。なんなら、わたしが担当するわ」

友里はめんくらったように目を見張った。やがて噴きだした。「なんですって?」

「精神の病んでいる部分を回復させれば、少しは理性的に……」

「だまって」友里はいった。「あいにく、警察に捕まる気なんかないわ。そうするぐらいなら、ここであなたと一緒に死ぬ」

「死ぬのは」美由紀はきいた。「もう怖くないの?」

友里はしばし沈黙した。わずかに戸惑いのいろを漂わせながらいった。「ええ。さっきのあなたの講釈のおかげでね。気休めかもしれないけど、感謝してるわ」

「どうせ気休めだと思ってるんなら、もう少し長くカウンセリングを受けてみれば?」

友里はいらだったように声を荒らげた。「ばかにしないで。わたしが逮捕されて死刑にされる道を選ぶと思う?」

「死刑になるとは、かぎらないわ」

「精神鑑定を受けて減刑を期待しろって? あいにく、わたしは精神病者の振りをするつもりはないわ。責任能力もあるし、犯罪者だっていう自覚もある」

「振りじゃないわよ。あなたは精神病者だわ」

友里は血走った目で美由紀をみた。「わたしが心を病んでいるというの？　辛い過去のせいで？　ばかいわないで。あなただってあれだけ拷問を受けても、まだ正常だわ」

美由紀は友里をみつめかえした。「わかってるはずでしょう。最近では精神病は心の病じゃなく、脳の機能障害だという学説が有力になってきてる。心因性ストレスが原因で、間違ったかたちにシナプスが形成されてしまう。そこには、遺伝的な要素なども関係している。あなたの祖母は服毒自殺をしているから……」

友里は拳銃を美由紀の額につきつけた。「わたしの家系を侮辱するつもりなの！　とんでもない差別主義者だわ！」

「ちがう」美由紀はなおも冷静にいった。「病気は遺伝にも関係している、ただそれだけ。あなたの代で治そうと思えば、治せる。あなただって知ってるはず」

「それでなによ。治療を受けたら裁判の被告席に立てって？　当然死刑を受ける、そんな予定調和の茶番劇につきあって、いさぎよく死ねというの？」

「死刑とはかぎらない。それに、たとえ死刑をまぬがれなくても、裁判によって人々は新たな事実を知り、学び、進歩する機会をあたえられるわ」

「死刑制度を許すような国家が新しく学ぶと思う？　死刑は廃止すべきよ！」

「そのとおりね」美由紀はいった。「でも、学ばなきゃ進歩はないわ」

友里は拳銃をかまえたまま、かすかに困惑のいろをただよわせた。「わたしに、人類の進化のために死ねというの？」

「そんなふうに思わなくてもいいわよ。ひとはあるときは運命に従い、あるときは戦って正義をつらぬくものよ。……罪があればつぐなう。それは運命。でも偏見や差別に対しては、出廷すれば意見を申し立てることができる……。それも戦いのひとつだわ。あなた自身と、母と、祖母のための……」

友里は黙って美由紀を見つめつづけていた。拳銃の先がおちていた。

だが、美由紀は飛びかかる気はなかった。そっと手を差し伸べた。「お願い。あなたはわたしに、たくさんのことを教えてくれた……。最後だけは、わたしの願いを聞き入れて」

友里は当惑の目で美由紀をみた。

だがそのとき、遠くでサイレンの音が湧くのが、耳に入った。

美由紀ははっとした。水面をサーチライトの光が滑っていった。水平線の彼方に、赤い光がちらついている。

海上保安庁か。そう思ったとき、友里が身体を硬くした。退いて、拳銃をかまえなおした。

友里はいった。「裁判なんて、どうせ一方的に罪状をつくりあげるだけよ」

「いま決めつけちゃだめよ。やってみなければ……」

「うるさいわね！」友里は叫んで拳銃を突きだした。「他人のことなんか、誰も真剣に考えない！　他人を生き物と思っていない、ただのモノと思ってるからよ！　極悪犯だ、死刑になれと身勝手にほざくにきまってるわ！　祖母のときもそうだった！　真実が理解されずに苦しんでいる人間がいるのに、世の中は興味本位のでっちあげばっかり！　なにが貞子よ！　母を化け物同然に扱われたわたしの気持ちが、あんたなんかにわかるもんですか！　千里眼も、催眠も、ばかげた低俗ホラーの見世物にされてるだけじゃないの！　ひとが血まみれになって死ぬ映像を娯楽にするなんて！　映像によって暴力の衝動を引き起こされることはないなんて、とんでもない無知だわ！　マスメディアが陰惨な事件を伝えるたび、過激な暴力表現をとるたび、人々の下意識に暗示となって受け入れられる！　そんなこと当然でしょう！　それを許してるのはこの国の意識レベルが低すぎる証拠よ！　こんな国のどこにあんたのいう、生命の尊重なんかがあるっていうの！　この国は進化どころか退化してるのよ！」

美由紀は怒鳴りかえした。「でっちあげはあなたでしょう！　不可能だった〝洗脳〟を、さも可能にしたようにみせかけたのはあなたじゃないの！　あなたにも不可能なことがある、それはすなわち、心理学がまだ人の心をすべて網羅できていない証拠だわ！　科学は人間のすべてを解き明かしてなんかいないのよ！　生命が無意味だなんて、結論づけるのはまだ早いわ！　この国はいま学ぶことを忘れて、進化を停滞させているかもしれないけど、だからこそ自分自身が努力しなきゃいけないのよ！」

友里は黙りこくった。頬が痙攣していた。洋上を風が吹き抜けるたびに、サイレンの音が変化する。

サイレンの音がしだいに近くなる。

美由紀は、ゆっくりと歩み寄ろうとした。「お願い。わたしと一緒に、いきましょう」

友里はためらうそぶりをみせた。だがそれは、一瞬のことにすぎなかった。友里は叫び声をあげ、美由紀を両手で突き飛ばした。

美由紀は身体が宙に舞うのを感じた。ボートから海面に落下する。遠ざかる友里の顔が、視界に入った。呆然としている。そうみえた。

次の瞬間、美由紀は海に叩きつけられた。身体が砕けるような痛みが走り、波が周囲を包みこんだ。美由紀は必死に体勢を立て直そうと足をばたつかせた。

立ち泳ぎの体勢になったとき、上下する波の向こうに、モーターボートがみえた。友里が銃口を船尾に向けている。

美由紀は、船尾に乗った物体をみて愕然とした。ガソリンの入ったドラム缶が並んでいる。

友里は無表情だった。軽い銃声がした。

ドラム缶のひとつが轟音とともに爆発した。すぐにほかのドラム缶にも引火したらしい。

爆発は二回、つづけざまに起こった。炎がモーターボートの上をなめていく。爆風に身をかがめた友里のほうに、炎が走っていく。肘に燃え移ったのがわかる。

美由紀は顔に熱風を感じながら、それを見守っていた。

すべてが無に帰する。友里佐知子が死ぬ。すべて終わる。すべて……。

だれが、あきらめるものか。

そうはさせない。美由紀は猛然と泳いだ。無我夢中だった。ボートの縁に達した。炎は頭上を舞っていた。身体を船体の上にひきあげると、髪がこげる臭《にお》いがした。

かまうか、と思った。全身ずぶ濡れだ、容易には引火しない。

美由紀は炎のなかを突っ切り、操縦席に飛びこんだ。シートの下に友里がうずくまっていた。まだジャケットに引火したばかりだった。美由紀は友里を抱きかかえ、押し倒すように海のなかに飛びこんだ。

落下の最中、友里のジャケットの炎が美由紀の右手を焦がした。だが、美由紀は手を放さなかった。ふたたび海面に衝突し、視界は墨汁のように黒い海に没した。

友里を支えているぶん、さっきよりも深く沈んだ。立ち泳ぎで浮上し、海面からわずかに顔をだしたとき、ボートの燃料タンクのほうに炎の帯が走るのがみえた。一瞬のちには、ボートは火柱とともに激しい爆発音をあげ、破片を周辺に飛び散らせた。無数の火の粉が飛んだ。美由紀はいったん海面下に頭をさげてそれらをかわした。つづいて、爆発の衝撃による大波が襲った。海面が数メートルも上昇したように感じた。息苦しくなり、必死で浮上しようとした。

　海面に顔をだした。ボートは、黒煙に包まれていた。それが周囲に霧のように漂う。サイレンはきこえるが、海上保安庁の船はみえなくなった。

　美由紀は友里を抱きしめていた。友里は、気を失ってはいなかった。抵抗もしない。ただ、震えていた。肩を震わせて泣いていた。

「なんで」友里は泣きながらいった。「なんで助けるの」

　しきりに顔を洗う波に、海水を飲みこみながら美由紀はいった。「誰も死なせやしない。助けられるひとは助ける」

　友里の顔はすぐ目の前にあった。その目から涙が流れおちるのを、美由紀はみた。

「どうしてあんたばっかり！」友里は大声で泣きわめいた。「どうしてあんたばっかりなの！」

　美由紀はなにもいわなかった。友里を抱いたまま、海面を漂いつづけた。

　黒い霧のなかを、うっすらとした赤い光の点滅が近づきつつあった。

拘送

岬美由紀はグレーのコンサバスーツを着て、神奈川県警の駐車場側に面する廊下に立っていた。窓からはまばゆい光が差しこむ。午前十時をまわっている、陽もすでに高い位置にある。外はずいぶんにぎやかだった。報道陣のざわめきは、昼も夜も同じにきこえる。話し声だけでも充分にやかましいのだが、機材の音はそれをさらに上回る。独特の気配だった。

スーツのラップスカートはウエストに少しばかりたるみがある。ジャケットの上のベルトをきつくしめて、なんとか体裁を保っている。着替えを取りに帰るひまがなく、婦人警官の私服を借りたせいだった。

昨晩、海上保安庁の船からパトカーへ、そしてこの県警本部に着いたのが午後十一時。明け方に少し仮眠をとったが、それ以外は調書の作成に協力した。蒲生も駆けつけて尽力してくれた。警視庁と神奈川県警の仲の悪さは有名だった。関東の大都市どうしのせいか、主導権争いで妙にいがみあう。蒲生もひと晩じゅう、県警の刑事に大声を張りあげていた。本庁の捜査本部から友里佐知子の身柄を大至急確保し、都内の留置所に移動させるよう要求されていたからだった。神奈川県警も、戦後最大の犯罪者の逮捕劇とあってなかなか手柄を手放したがらなかったらしい。結局、どのように折り合いをつけたかはわからないが、友里は午前中のうちに東京に送られることになった。

昨夜以来、美由紀はひとことも友里と話していなかった。友里が、特にそれを要求しなかったからだった。友里は取調室で仮眠をとり、そのあと事情聴取に応じていたというが、担当した刑事の話では、終始おとなしく、うつむきながら返事をするばかりだったという。神奈川県警の管轄内で起きたすべての事件、自動小銃の乱射、モーターボートの奪取、海上交通安全法違反、手榴弾の使用などについて、容疑を認めているという。刑事は緊張した面持ちで取調室に入っていったが、でてくるときには、安堵のいろを浮かべていた。あれが世間を騒がせた友里佐知子とは思えないな、刑事はため息まじりにそう漏らしていた。

廊下には、県警の刑事たちが立っている。誰もが浮かない顔つきをしている。手柄を本庁に奪われたせいだろうか。いや、たんに張り詰めているだけだろう。夜通し働きづめた、その疲労のせいもあるのかもしれない。

美由紀も実際のところ、こうして立っているだけでもかなり堪《こた》えた。医師の診断では異状はみられなかったものの、動くたびに背筋に痛みが走る。睡眠不足を感じる。

ふと、近くにあった灰皿が気になってじっとみつめる。仮レム睡眠状態が発生しているのだろうか。この灰皿が語りかけてくるように感じられるだろうか。そう自問自答した。

美由紀は思わず苦笑した。灰皿は灰皿でしかなかった。だが、そんなふうに自分を確かめたくなること自体が、疲れている証拠かもしれない、そう思った。

階段を駆け下りてくる足音がした。蒲生だった。廊下にいた県警の刑事となにか言葉を交わしてから、緊張の面持ちでこちらにやってきた。

「美由紀」蒲生は気づかうようにいった。「休まなくていいのか」

「ええ、東京に着いてからで」美由紀は階段のほうに目をやった。「友里佐知子は?」

「間もなくだ」蒲生は窓に目をやった。「騒々しいな。県警の奴ら、混乱を予測してなかったらしい」

「ヘリで輸送したほうが……」

「本庁のお偉がたもそれを望んでた。だが、拘送に関する規則でな。離れ小島からの拘送でないかぎり、警察車両を使わにゃならん。時代遅れの規則さ」

航空機を使ったのでは、ハイジャックされ逃亡に利用される恐れがあるということだろう。だが美由紀には、高速道路から都内の公道へ大混雑のなかを拘送するほうが、よほど危険に思えた。信号で停車するたびに、わずかでも脱出のチャンスが生じる。

しかし、美由紀は友里がそんな暴挙には出るまいと考えていた。逃亡する気があるなら、すでに騒ぎを起こしているだろう。

廊下に緊張が走った。刑事たちが並んで整列した。階段に足音がきこえた。

「きたぞ」蒲生がそういって、美由紀の横に並んだ。

制服警官数名が、まず姿を現した。それから私服の刑事。婦人警官。次いで、友里佐知子が、手錠をつけられ、階段を降りてきた。そのあとにも、続々と刑事や警官が降りてくる。物々しい行列だった。

友里は、フォーマルな印象がする紺のワンピースを着ていた。身体にぴったりあっている。おそらく、埠頭に残してきたトランクケースのなかにあった自前の服だろう。友里の趣味としては、首にスカーフを巻いてコサージュ留めにでもするところだろうが、それは刑事に禁じられたのだろう。美由紀はそう思った。

かすかに疲労のいろを漂わせているものの、友里の足どりはしっかりとしていた。警官たちのなかに隠れるようにして、こちらへと歩いてくる。

無表情な横顔だった。

目の前を通りすぎようとしたとき、友里は足をとめた。まるで美由紀の視線になんらかの感触を覚えたように、こちらを向いた。

友里は、美由紀に近づいてきた。警官たちも制止しなかった。目の前に立ちつくし、美由紀をじっとみつめた。

美由紀も、友里をみかえした。互いに、しばらくなにもいわず見つめあった。

女医でカウンセラーだったころの友里とはちがう。それに、昨夜までの友里でもない。

美由紀はそう感じた。

友里は静かな口調でいった。「ひと晩考えて、あなたのいっていたことの意味もわかったような気がするわ。裁判に臨むことも、人生に課せられた義務よね」

予想しえなかった、おだやかな目つきが美由紀に向けられていた。そこには、彼女がまとっていたけれんのようなものは跡形もなく消え去っていた。ごく自然な、くつろいだ表情があるだけだった。

美由紀は無言で友里を見つめていた。

友里はいった。「ありがとう。美由紀。あなたに出会えてよかった」

美由紀は驚きを禁じえなかった。固唾《かたず》を呑んで友里を見つめた。

友里は微笑をうかべた。なんの皮肉もてらいもない、純粋な笑み。そんな友里の顔をみるのははじめてだった。

しばし時間がすぎた。友里はうつむき、床に視線を落としながら、苦笑ぎみにつぶやいた。「あなたに、洗脳されたのかな」

「いえ」美由紀も静かにかえした。「洗脳なんてありえない。いまのあなたは、あなた自身のなかにあったのよ」

友里の澄んだ、真摯《しんし》な目つきが美由紀をじっと見すえた。そして、また視線を落とした。小さくうなずいた。美由紀にはそうみえた。

いこう、刑事がうながした。友里は顔をあげ、もういちど美由紀を見つめた。そしてゆっくりと歩きだした。

立ち去る友里をみながら、蒲生が肩をすくめた。「あれも演技かな。凶悪犯ってやつは、捕まると妙におとなしくなるからな」

美由紀はそうは思わなかった。そうではない。彼女は、長年望んでいた安らぎをようやく手にいれたのだ。ひとが物体でしかない、その持論を強く否定されることによって。

正面玄関の大きな扉が開いたとき、美由紀は立ちくらみを起こしそうになった。日差しは強烈だった。春だというのに、真夏の白昼のように思えた。

やがて、すぐに目がなれてきた。県警をでていく友里佐知子と、それを囲む一団の後姿がみえる。左右から押し寄せようとする報道陣と群衆、それを押しとどめる機動隊員。外にでたとき、美由紀は想像をはるかに超える混乱状態をまのあたりにした。見渡すかぎりの群衆。県警の駐車場や路上ばかりではない。歩道橋の上、近隣のビルの屋上や窓、ありとあらゆるところに人垣ができている。瓦屋根の上にも座りこんでいる人々がいる。カメラの砲列も、はるか彼方まで続いている。みたこともないほどの数だった。たぶん国内ばかりでなく海外の報道機関も集まっているのだろう。ほとんどのカメラには、群衆以外にはなにも映らないにちがいない。

数ばかりでない、人々はかつてないほど興奮状態にあった。誰もが口々になにかを叫んでいた。鼓膜が破れんばかりの喧騒だった。上空からはヘリの爆音、遠くからは右翼の宣伝カーとおぼしき音声もきこえてくる。まさに大混乱だった。

友里が歩を進めるうち、報道陣の過熱ぶりはほとんど狂乱の域に達した。まるでバリケードを突破しようと押しかけるゲリラのように突撃した。機動隊員の整然と並んだ列が、蛇のごとく揺らいでいる。友里を連行する一団は、そのなかを歩いていく。

「くそ」蒲生が吐き捨てた。「祭りじゃねえんだぞ」

蒲生が刑事たちのもとに駆けていくのを、美由紀は見守った。警官たちも続々と増援されていく。だが十人や二十人増えたところで、混乱がおさまるはずもなかった。

美由紀は、自分のもとにも報道陣が押し寄せはじめたのを知った。何十本ものマイクが突きだされ、視界をさえぎった。リポーターたちの声は混ざりあい、なにをきいているのかさっぱりわからない。

通してください、そういって美由紀は人垣のあいだを割って進んだ。蒲生たちに追いつこうと懸命になった。

駐車場の出口に近づいた。さすがにこの辺りになると、頑丈な柵《さく》が張られ、人々を押しとどめている。視界がひらけていた。道沿いに停車する警察車両がみえた。友里が、そこに乗りこもうとする寸前だった。

そのときだった。美由紀は喧騒がふっと耳もとから遠のいた気がした。時間がとまったかのようだった。

右手の柵から、人影が躍りでたのがわかった。グレーのセーターにジーパン姿だった。細身の、中年の女性。友里のほうに一直線に駆けていった。

見覚えがある。美由紀はすぐにそう思った。あの奥多摩の施設の近くで会った。

すでに何人かの警官は車両に乗り、友里がドアのなかに足をかけたところだった。後続の刑事たちと、わずかな隙間ができていた。友里は、ひとりきりになっていた。

中年の女性が握った銀いろの刃。それが美由紀の目にもはっきりとうつった。

友里は女性のほうをみた。ほぼ同時に、女性は友里に衝突していった。

一瞬のことだった。だが、長い時間が過ぎたようにも思えた。

美由紀は呆然と立ちつくす自分に気づいた。

刑事たちの肩ごしに、崩れ落ちる友里の姿がみえた。

群衆がどよめいた。だが、それよりも甲高い悲鳴のような声をきいた。美由紀自身の声だった。

美由紀は駆けだした。刑事たちをかきわけ、友里に向かって走った。

群衆のなかにぽっかりとあいた空間に、仰向けに横たわる友里の姿があった。辺りに、赤い鮮血がひろがっていた。その胸に、ナイフが突きたてられていた。

蒲生と警官たちが、友里を刺した女性に飛びかかり、取り押さえた。それを視界の端にとらえた。

美由紀は友里のわきにひざまずいた。深手を負っていた。友里にすがりつくように抱きついた。

「友里先生!」美由紀は、かつて爆発のなか倒れた友里に叫んだように、大声をあげていた。意識しないうちに、そう呼んでいた。「友里先生!」

「美由紀」友里はうっすらと目を開けていた。苦痛に表情を歪めていた。

「友里先生」美由紀はいった。「こんな。こんなことって……」

「いいの」友里はつぶやくようにいった。「いずれ、こうなる運命だったんだわ」

涙で視界がぼやけはじめた。友里の顔がみえなくなった。美由紀は涙を手でぬぐった。

「すぐ病院に……」

友里はかすかなため息をついた。「もういいわ。わたしのことは……。あなたが正しかった。美由紀……千里眼……」

声がきこえなくなった。周囲のせいだった。美由紀は顔をあげ、怒りとともに群衆に怒鳴った。「静かにして!」

友里をみた。友里の息づかいは急速に弱まっていた。

「ねえ」友里の青ざめた顔から苦痛のいろが消え、妙におだやかな表情になった。ささやくようにきいてきた。「あれってほんと？」

「なにが？　なにがですか？」

「死んだあとのこと……ほんとに、そう思ってる？」

「ええ」美由紀は泣きながらうなずいた。震える自分の声をきいた。「そう信じてます。心から」

そう。友里は美由紀をみてつぶやいた。よかった、もう怖くない。

ふしぎだった。美由紀は友里との別離が、唐突に訪れたものではないように思えた。すべてが必然で、儀式のような段階を経てここに至った。そんなふうに感じられた。

友里とは過去に二度、決別している。いちどは彼女が凶悪犯だとわかったとき。もういちどは、霊安室でうりふたつに仕立てられた遺体をみたとき。

それらが、いまこの瞬間のために心の下地をつくってくれていた。なぜかそんな気がする。すなおな気持ちになれる。そんな自分がいる。

友里に尊敬の念を抱いた自分。愛情を抱いた自分。憎悪を抱いた自分。さまざまな自分の心情が去来した。

友里の目から、ひとしずくの涙がこぼれおちた。痛みに身体をひきつらせた。

そのまま、まぶたを閉じた。

眠ったようにやすらかな顔。それが美由紀の腕のなかにあった。

美由紀は友里を抱きしめて泣いた。誰の目を憚することもなく、大声をあげて泣いた。

別離

嵯峨敏也は、木製のベンチに腰を下ろして、ひろびろとした花壇の向こうでのどかに回転する風車を眺めていた。ハウステンボスか。初めてきてみたが、ここまで広大だとは思わなかった。咲き誇るチューリップ、レンガづくりの洋館、街のなかを流れる運河、跳ね橋、それに時計台の鐘の音。本当にオランダにいるようだった。いや、もっと美しい。泊まっているホテルの部屋には塵《ちり》ひとつ落ちていなかった。日本では常識だが、ヨーロッパでそこまで綺麗好きなのはドイツとスイスの人々ぐらいだ。だから海外にいってみてがっかりする。ここには、そんな落胆がない。

空は晴れ渡っていた。透き通った青空。かすかな風を感じた。

倉石から休養を命じられて、一週間ほど経った。唐突に胸に突き上げてくる不安も、頻度がずいぶん減ったような気がする。気持ちがおちついてきた、自己診断でも、はっきりとそう感じられる。

「嵯峨さん」朝比奈がソフトクリームを二本手にして近づいてきた。赤のベルテッドコートの下に、黒のタートルニットを着ていた。風車を背にしていると、ファッション雑誌からそのまま抜けだしてきたようだった。

ありがとう。嵯峨はそういってソフトクリームを受け取った。チョコレートのようないろをしている。ひと口なめた。とたんに、妙な舌ざわりを感じた。

「これ」嵯峨はきいた。「なに？」

朝比奈は笑って、隣りに座った。「ワイン味だって。めずらしいから買ってきた」

「ふつうのほうがよかったな」

嵯峨はソフトクリームを持ったまま、運河に視線を向けた。白鳥がゆっくりと通過していく。

朝比奈はいった。「長崎、どうですか」

「ああ、いいね。人々が優しいし、水もきれいだ」

「そうでしょ？」朝比奈は笑いながらうなずいた。「わたしの故郷だから」

「ご両親は、こっちに住んでるの？」

「うん。市内のほうだけど。眼鏡橋の近く」

ふうん。嵯峨はそういって、またソフトクリームを口に運んだ。

「嵯峨さん。そういう場合、沈黙しちゃ女性に嫌われますよ」

「そうなの？」

「ええ。両親のことたずねたんだから、会いにいってもいいかな、とかたずねたら？」

「そうだな」嵯峨はかすかにためらいを覚えた。「でも、まだ早いよ」

「なにが早いの？」

さあ。嵯峨はあいまいに濁した。なぜためらったのか、自分でもよくわからなかった。だが、深い意味はないのだろう、そう思った。朝比奈の実家に寄りたくないわけではない。このテーマパークを抜け出して、人々のいる市街地にでること。それが躊躇する理由だった。ここが日本国内である以上、新聞やテレビの報道にぶつからないわけにはいかない。それが怖かった。

横浜で起きたことのあらましは、朝比奈を通じてきかされていた。嵯峨は、それ以上のことを知りたいと思わなかった。むしろ、知りたくなかった。友里佐知子に関しては、あまりにも多くのことが起こりすぎた。思いだすだけでも辛い。自分のことだけではない、岬美由紀の心情も察するに余りある。

嵯峨はため息をついた。「朝比奈。きみは以前、自分はカウンセラー失格かもしれない、なんてこぼしてたよな。いまじゃ僕がそう思ってる」

朝比奈は嵯峨をみた。「どうしてですか」

「大学生のころ、父が死んだときに神経症になった。以来、たびたび悪くなる……。カウンセラーがこれじゃ、ひとの相談には乗れないよ」

「そんなことないですよ」朝比奈は明るく笑った。「嵯峨先生、昔からいってたじゃないですか。ひととして生きている以上、いつも正常であるわけではない。それが生きている証だって」

「そんなこといったっけかな」嵯峨は苦笑した。

いつも正常であるわけがない、か。自分が過去に発した言葉だというが、なぜか胸に沁みた。

「嵯峨さん」朝比奈がいった。「そろそろ、戻りますか?」

うん。嵯峨はつぶやいた。優雅に回転をつづける風車を眺めていった。「でも、いまはもう少し、このままでいよう」

校庭は鮮やかな桜の並木に彩られていた。すでにわずかに盛りを過ぎて、桜の花びらが風に吹かれて舞い落ちる。人生のなかで経験してきた、いくつかの卒業式の想い出がよぎる。雪のように降り注ぐ桜のなかで、岬美由紀はそう思った。

校舎のほうは静まりかえっている。午後の授業が、すでに始まっている。やわらかい春の日差しに照らされた校庭にも、ひとけはない。

腕時計に目をやった。午後一時半をまわっている。職場に戻る時間だった。校門の外に蒲生を待たせている。教頭室にいってあいさつして、すぐに戻ると告げてあった。あまり長く待たせすぎてはいけない。

いこう。そう思って歩を進めようとしたとき、駆けてくる足音がした。岬先生。呼びとめる声がする。

ふりかえった。学生服姿の日向涼平が、息をはずませながら駆けてきた。

「涼平くん」美由紀は驚いていった。「いま、授業中じゃないの？」

「先生にきいた」涼平は美由紀に近づき、じっと見つめた。「きょう限りだなんて。そんな」

美由紀は困惑した。こういう話をするのは苦手だった。

「ごめんね」美由紀はいった。「高校のスクールカウンセラーは三か月ごとに交代するの。文部科学省の規則で」

涼平はあわてたように詰め寄ってきた。「また会えるよね？　家にもきてくれるよね？」

美由紀のなかに、辛さがこみあげてきた。黙って去ろうとしたのは、この気分を味わいたくなかったからだった。

「地方の学校と、災害後の被災地と、シンポジウムを訪問してまわるの。一年以上、東京を離れることになるわ……」

涼平はなにかをいいかけた。だが、口をつぐんだ。抗議しても無意味だとさとったのだろう。

約束したとおり、何度かカラオケにいくことはできた。三十分ていどで帰らねばならない、そんなことばかりがつづいたのに、涼平は不満をこぼさなかった。美由紀と過ごす時間は、いつも笑顔でいてくれた。

家庭に平和が戻ったことが、涼平にも明るさを与えたのだろう。美由紀はそう思っていた。だが、こうしていま涼平と向き合うと、その笑顔の理由が別のところにあることがわかった。

薄々は感じていた。しかし、目をそむけていた。自分をごまかしていた。美由紀はそのことを自覚した。

涼平の目に涙の粒がふくらんでいった。重い液体のように、それは涼平の頬をこぼれおちた。別れたくない、瞳がそう訴えていた。

涼平は危険を顧みず、わたしを助けてくれた。美由紀はその事実をしっかりと胸に抱いていた。そこまでしてくれる男性がほかにいるだろうか。

だが、美由紀にはわかっていた。わたしは容易に恋愛はできない。カウンセラーとしての職務を捨てることはもちろん、減らすことさえ不可能だった。むしろ、あきらかに不足していると感じていた。自分がいない場所で惨事が起きるたび、心が痛む。自分がそこにいたならと思う。そして、すぐにでもそこへ飛んでいきたくなる。悲しみに打ちひしがれる人々の心を救うために。

「涼平くん」美由紀は穏やかにいった。「あなたはもう、わたしがいなくてもだいじょうぶ。ひとりでやっていける。これからの人生、また新しい恋愛に出会うこともあるはずよ。……忘れないで。あなたはわたしばかりか、四千人もの人々を救ってくれた。お父さんを助けだしたのは、あなたなのよ」

涼平は泣きながら美由紀を見つめていた。かすかに喉にからむ声でいった。「岬先生。どうしても、きいておきたいことがあるんだけど」

「なんでもいって」美由紀はいった。

「光ゲンジの、誰のファンだったの?」

美由紀はふっと笑った。美由紀がどんなタイプの男性に好感を抱くのか、それが気になるのだろう。

心のなかでつぶやいた。心配しないで。あなたにいちばんよく似たひとよ。

湖のほとりで、人工呼吸したときに唇を重ねた。それを除けば、キスすること自体、学生のころ以来だ。美由紀はそう思いながら、涼平に顔を近づけた。涼平の少女のように白い顔には、風に揺らぐ桜の枝の下で、光と影の明暗の落差ができていた。美由紀はそっと唇を重ねた。

涼平はじっとしていた。美由紀がふたたび離れたとき、涼平の頬は紅潮していた。戸惑った視線が、辺りを見まわしていた。

しばし時間が過ぎた。涼平の視線がふたたび美由紀をとらえた。もう泣いてはいなかった。涼平は静かにいった。「門のところまで、一緒にいくよ」

ええ。美由紀は笑いかけた。質問の答えは、もう必要なさそうだった。

並木沿いに校門に向かって歩いた。涼平は舞い散る花びらをいとおしむように、ゆっくりとした足どりで歩いていた。いや、できるかぎり、門に着くのを遅らせよう、そう思っているにちがいなかった。美由紀も、その歩調にあわせて歩いた。

門をでた。路上にジャガーが停まっている。蒲生が、屋根の上に肘をついて車体に寄りかかっていた。

涼平は蒲生に気づいたらしく、照れ隠しのように美由紀と距離を置いて立った。かしこまって直立した。

さよなら、涼平くん。美由紀は告げた。涼平は涙をこらえるように、小さな声でささやきかえした。さよなら。

美由紀は蒲生のクルマに歩いていった。蒲生は黙って、運転席に乗りこんだ。

ドアを開け、助手席に座った。蒲生がエンジンをかけ、クルマを発進させた。

美由紀はサイドミラーをみた。涼平はまだ、門の前にたたずんで見送っていた。

蒲生がいたずらっぽくいった。「ずいぶん遅かったな。なにしてたんだ?」

美由紀は答えなかった。無言のまま、サイドミラーのなかの涼平を見つめていた。

涼平に降り注ぐ桜の花びら。カウンセラーとして初めて晴海医科大付属病院に着任した日を思いだす。あの日も、こんな穏やかな春の日だった。窓から千鳥が淵の満開の桜をながめていた。隣りに友里佐知子がいた。友里の髪がそよ風に揺らいでいた。寂しげな微笑を浮かべてつぶやいた。うらやましいわ。あなたには未来があるのね。

いまとなっては、それももう過去の想い出だ。そして、この学校で過ごしたことも。涼平と出会ったことも。

美由紀の視界が涙に揺らいだ。サイドミラーに四角く切り取られた過去が、遠ざかっていくのをじっと見守った。

この物語はフィクションであり、実在する個人や企業などの団体とは、いっさい関係がありません。

解説

関口苑生

本書の冒頭第一行目――「友里佐知子は壁一面を覆った巨大な鏡の前で、クリスチャン・ディオールの新色のルージュを手にとり、唇にうすくひいてみた」という一節を目にしたとき、おおッ！　と驚きの声をあげた読者は少なからずいたことだろう。かく言うわたしもそのひとりだ。何といっても、あの友里佐知子が生きていたのである！

前作『千里眼　運命の暗示』で悲劇的な結末を迎えたはずの彼女が、本書では何の前触れもなくいきなり冒頭から登場するのだ。これが驚かずにはいられようか。ヒーローは死なずというけれど、ヒーローに匹敵する、魅力ある敵役もまた同様なのであった（ちなみに加筆訂正された文庫版で読まれた方でも、巻末のあたりでいかにも意味ありげに、しかしそれがどういう意味を持つのか疑問に思えたエピソードの挿入部分――本書の冒頭と同じ文章が出てくることの理由も、これですべて明らかになったわけだ）。

とのっけから、こちらばかりが興奮していても始まらない。ともかくも、とりあえずまずは（これまでの文庫解説の繰り返しになるかもしれないが）ざっと本シリーズの経緯を説明しておこう。

本シリーズの主人公・岬美由紀と、その最大のライバル友里佐知子との出会いは、シリーズ第一作『千里眼』から始まる。この時点では友里は美由紀の上司であり、かつまた恩師であり、母親のごとき存在でもあった。ところが、その友里が日本政府転覆を狙うカルト教団、恒星天球教の黒幕であったことを知るに及んで一転して敵対関係となる。そうした背景には、美由紀が自衛隊を辞めるきっかけとなったとある事情も絡んでいるのだが、美由紀にとっては人生の転回点といえた出会いも、実は千里眼との異名をとる友里が仕組んだことだと後に判明し、彼女の怒りはさらに膨れ上がっていった。

続く第二作と第三作の『千里眼　ミドリの猿』と『千里眼　運命の暗示』は、基本的にはひとつの物語である。しかし、この話の出だしにも驚かされたものだ。開巻からいきなり現実とは思えない別次元の世界へと投げ込まれた少女の前に現れるのが、『催眠』の主役であった嵯峨敏也と入絵由香なのだ。思えば『千里眼』においても、恒星天球教が関係していると思われる事件を捜査する過程で、彼らとおぼしき人物の姿は見え隠れしてはいた。だが、このときは言ってはナンだがこうしたシリーズにはありがちの、一種の作者のお遊び的なものかと誰もが思っていたに違いあるまい。それが、全体の物語の根幹をなす重要な役どころを担う人物として再登場してきたのである。しかも、嵯峨もまた友里に人格を崩壊させられるほどの、酷い仕打ちを受けていたのであった。これ以降、嵯峨は美由紀と行動を共にしていた警視庁捜査一課の蒲生誠も含め、千里眼チームとも言えるトリオで物語を支えていくことになる。

しかしながら、この物語における敵役は史上最大のマインドコントロール（こういう言葉はありえないと、作中で何度も指摘されているが）組織である、メフィスト・コンサルティング社だ。友里はどちらかというと脇役に徹し、さほどの活躍は見せない。とはいうものの、彼女が飼っている「ミドリの猿」の正体がここで明かされ――『催眠』において入絵由香が、ミドリの猿が自分に催眠術をかけたのだと供述したことの意味が、ようやく明らかになっていくのである。

この難敵を倒す過程で、友里は味方の陣営の裏切りにより、完全に抹殺されたかに思えたのだった。

その彼女が本書では見事に甦り、美由紀の存在をはるかに凌駕する形でわれわれの前に姿を現したのである……。

極論ではあろうが、本書は岬美由紀の物語というより、友里佐知子の人生と生涯を描いた物語、と捉えても構わないかもしれない。物語の後半では、彼女の出生の秘密から、ここまでにいたる軌跡が静かにではあるが、圧倒的な説得力をもって語られていく。正直言って、わたしにとってはエンターテインメントの主役としてのスーパーウーマン・岬美由紀よりも、子供の頃から辛酸をなめつくし、紆余曲折を経て〈悪〉の道に迷い込み、今なお孤独な人生を噛みしめている友里佐知子のほうが、数倍も魅力ある人物と映るのだが、読者はどう思われるだろうか。

さて本書の物語だが、学術的には〝洗脳〟というものはありえないとされる人格や精神の改造を、ついに成し遂げたとする友里の陰謀に美由紀たちが果敢に挑む姿が描かれる。ひそかに復活をはたしていた友里が、今回仕掛けた罠は、〈デーヴァ瞑想チーム〉という自己啓発セミナーである。おもに運輸や運送を仕事にしている企業を中心に、そのセミナーを受講した人間は動体視力と反射神経が鋭敏になり、操縦者あるいは運転者としての成績が目に見えて上昇するという触れ込みで売り込んでいたものだった。

友里はそうして集めた受講者たちを完全に〝洗脳〟したとし、いつでも集団自殺に追い込めると言い放つのだった。その数四千人。彼らは奥多摩にある団体の施設で、静かに彼女からの指令を待っていた……。

同時に友里は、日本政府に対し彼らの身代金一千万ドルを要求する。一方、洗脳などはありえないとしながらも、万が一の可能性も捨てきれず、美由紀と嵯峨はこの――ある意味で不可能犯罪とも言える謎に挑んでいくのだった。

とまあ、今回もまたリーダビリティに富んだ、ノンストップの痛快アクションが展開され、まさに息つく間もなく松岡ワールドに引き込まれてしまうのだ。

しかし、それにしても……と本シリーズを通して改めて思うのは、岬美由紀を筆頭とするカウンセラーたちの人間を見る眼の注意深さはもちろんだが、彼らに心の隙を覗かれる人間たちの多様さであった。本書では、彼らのテクニック——瞳が左上方に向かうと、その人間は何を思い出しているかなどの技術がどこから生まれ、発達してきたのかの一端を明らかにしているが、確かにこれはこれで感心させられるし、ある種の驚きもある。

だが、それ以上に考えさせられるのは、嘘とまでは言わないにせよ、他者との付き合いにおいて隠し事をする、あるいはしなければならない人々の多さということであろう。それが象徴的に表れたのが『千里眼』での政治家たちの対応であった。

このときわたしが思い出したのは、アメリカ合衆国大統領だったリチャード・ニクソンのことだった。彼は職を辞してしばらく経ってから、嘘をついていたことはあくまで否定したが、ほかの政治家同様、真実を隠していたことは認めたのである。嘘をつくことと、真実を隠すことの間にはどれほどの差があるのか、わたしには分かろうはずもない。しかし、この人物だけには言われたくはないという思いもある。『千里眼』では野口官房長官と酒井経済企画庁長官の対比がそれにあたるだろうか。というのも、他者に迷惑を賭ける嘘、はっきりと欺瞞行為である嘘は別だが、時と場合によっては嘘（ないしは真実の隠蔽行為）も必要なことがあるだろうからだ。真実ばかりが正しいとするのはあまりにも子供じみた意見であり、人間は騙されて幸福な場合もあるからだ。それにだいいちピノキオのごとく、足が短くなる嘘と、鼻が長くなる嘘があって、嘘をついたときにはすぐに分かってしまうなどというのは、生きていてちっとも面白みがないではないか。人間は洞察力を養っていくという過程で成長も遂げるのである。

だが――悲しいかな、美由紀たちにはそれが分かってしまうのである。その意味では、本シリーズはかつての超能力もの、それもサイコパスを扱ったＳＦの変種と言えるかもしれない。特異な能力を有した人間が担わされた使命と、それに伴う悲哀が描かれていくのである。時には彼らは化物扱いされ、また時には英雄扱いもされる。それらを決定するのは、無責任に、思いつくままその時々で意見を変える一般人であった。

美由紀の内にも、そうした思い――他の人間にはない特殊能力が備わった者としての哀しみはある。もちろん、友里佐知子にもだ。だが、そこからスタートして、ふたりが歩んでいった方向《ベクトル》はまったく正反対のものとなっていく。

それを決定したのは、一体いかなる要素であったのか。

わたしは、そのことが知りたくて本シリーズを読み続けてきた。

（せきぐち　えんせい・文芸評論家）

―本書のプロフィール―

二〇〇一年四月、書き下ろし単行本として小学館より刊行したものです。

シンボルマークは、中国古代・殷代の金石文字です。宝物の代わりであった貝を運ぶ職掌を表わしています。当文庫はこれを、右手に「知識」左手に「勇気」を運ぶ者として図案化しました。

―「小学館文庫」の文字づかいについて―

- 文字表記については、できる限り原文を尊重しました。
- 口語文については、現代仮名づかいに改めました。
- 文語文については、旧仮名づかいを用いました。
- 常用漢字表外の漢字・音訓も用い、難解な漢字には振り仮名を付けました。
- 極端な当て字、代名詞、副詞、接続詞などのうち、原文を損なうおそれが少ないものは、仮名に改めました。

千里眼《せんりがん》 洗脳試験《せんのうしけん》

著者 松岡圭祐《まつおかけいすけ》

二〇〇二年一月一日 初版第一刷発行
二〇〇五年十一月二十日 第八刷発行

発行人――佐藤正治
発行所――株式会社 小学館
〒一〇一-八〇〇一
東京都千代田区一ツ橋二-三-一
電話 編集〇三-三二三〇-五六一七
販売〇三-五二八一-三五五五
振替 〇〇一八〇-一-二〇〇

ISBN4-09-403256-8

印刷所――図書印刷株式会社

小学館文庫